ヒトクイマジカル

殺戮奇術の匂宮兄妹

[日] 西尾維新 著
萧鹗 译

插画绘制
take

饕餮魔法

匂宫兄妹之餍昧奇术

作者
[日] 西尾维新

插画绘制 take　封面设计 稚梦

ヒトクイマジカル
殺戮奇術の匂宮兄妹
西尾維新 NISIOISIN

匂宫兄妹之屠魔奇术

[日] 西尾维新 著
[日] take 绘　萧鹆 译

国文出版社
·北京·

千本樱文库

前　言

　　文库，原本是指收纳书物的仓库和书库，也指收纳书与记事簿，以及不常用物品的小箱子。以前者为例，京滨急行线的"金泽文库站"就是以前镰仓时代北条氏用来收藏汉书的，"金泽文库"名字的由来便是如此。东京都的世田谷区也存在收集珍贵汉书的"静嘉堂文库"。后者更多地被称为"手文库"。

　　江户时代以来，可以放入袖袂的小开本书籍逐渐流行起来，被称为"袖珍本"。明治三十六年（1903年），富山房发行了小开本的丛书，起名"袖珍名著文库"。随后，明治四十四年（1911年），讲述日本战国时代的猿飞佐助和雾隐才藏系列故事的讲谈社"立川文库"出版发行。讲谈是一种日本民间艺术形式，以口语化的方式讲述历史故事。而"立川文库"则是将讲谈收录成册集中出版的丛书。据统计，当时刊行量为200册左右。从那时起，文库就脱离了原本的释义，逐渐演变成了现在的类书集丛。

　　文库说法借鉴了日本出版业界的传统说法。而千本樱源自日本奈良县吉野山樱花盛开的奇景，世人皆用"一目千本樱"来形容樱花美景。千本樱文库纳入的作品皆为日系作品，题材包括推理、悬疑、幻想、青春、文化等，正如千本樱满山盛开的绝景。

现代日本，以"文库"命名刊行的丛书系列有 200 种以上，所谓"文库本"只不过是统称而已。日本传统的"文库本"常用的是 A6 尺寸的 148mm×105mm，也叫"A6 判"。千本樱文库的所有书籍将在"文库本"的基础上提升，达到 148mm×210mm 的开本标准，在追求还原的前提下，力图带给读者更清晰的阅读体验。

从 20 世纪 70 年代以来，日系推理小说逐步进入中国读者的视野。随着时代更替，涌现出了各种不同风格的作家。日系推理能够长久不衰的原因之一在于设立的各种新人奖。这些新人奖能为日本文坛输送新鲜血液，不断地创作优秀作品。其中，以"自由度"著称的梅菲斯特奖独树一帜。梅菲斯特奖是讲谈社旗下的公募新人奖，其特色在于不限题材，不设字数限制，能够充分发挥作者的想象力和创作力。因此，获奖作品都具有鲜明个性。同时，如森博嗣、京极夏彦、辻村深月等人气作家也都出道于梅菲斯特奖。梅菲斯特奖作家系列的引进出版，会给读者带来更多的个性之作。

西尾维新作品的风格，即使放在梅菲斯特奖的历史上，也是独具一格的。2002 年至 2005 年期间刊行的"戏言系列"兼具文学性与娱乐性，打破了本格推理小说解谜为主，不注重登场角色的传统。其作品中，经常出现形形色色、个性怪异的角色形象：喜爱自言自语的大学生、醒来就会失忆的侦探等。千本樱文库会陆续为各位读者带来他们的故事。

千本樱文库编辑部

RENAISSANCE OF LIGHT NOVEL

轻的文艺复兴

　　轻文艺是介于轻小说与纯文学之间的分类。与轻小说一样，轻文艺较多使用配色浓烈鲜明的背景与人物形象的立绘作为封面。而在内容方面，除了汲取轻小说中"剑与魔法""异能""机械"等常见要素以外，更加注重构筑世界观，合理搭建人物关系，使其充分服务于剧情发展，因此更加具有逻辑性，作品完成度更高，并非只依托"角色力"。而与纯文学相比，其天马行空的想象力、更受年轻读者喜欢的角色，以及融入流行文化的余味，都充分诠释了"轻"的概念。作为类型文学的重要分支，"轻文艺"不仅体现着文学的功能性，更将娱乐性发挥得淋漓尽致。

　　说到轻文艺的起源，离不开轻小说的发展。21世纪初，轻小说曾经涌现出大量内容丰富的杰出作品，读者群体涵盖甚广，题材百花齐放，文学性与娱乐性都非常高，当时堪称轻小说的"黄金时代"。但随着动画市场的商业化运作愈发成熟，轻小说逐渐受到形象商务与媒介联动的影响，"萌文化"与"角色力"逐渐占据主导地位，如今轻小说的受众群体范围在逐渐缩小。近年，轻文艺的涌现也正是适应了读者的需求与时代的改变。

　　"轻的文艺复兴"旨在再现当初轻小说"黄金时代"的繁荣，遴选当下具有代表性的轻文艺作品，其中既有口碑甚好的名作，也有个性鲜明的新作，宛如文艺复兴运动，将曾经辉煌过的流行文化，推荐给这个时代的读者。

 千本樱文库

人既无法带给他人影响，也无法受他人影响。——太宰治

我（旁白）
主人公

一人等于两人，两人等于 ·人。

一人即为两人，两人即为一人。

餍寐奇术的匂宫兄妹。

他与她在同一具身体中度过时间。

在封闭的时间中，生活。

在封闭的空间中，生活。

她是《变身怪医》中的杰基尔，他则是海德。

两人等于一人，一人等于两人。

两人即为一人，一人即为两人。

肉身被赋予的姓名，并不存在。

精神被冠上的姓名，倒有两个。

"汉尼拔"的理澄，"饕餮者"的出梦。

同一个身体，相反的性格。

正如同黑白分明，阴阳两极。

表面上是天真无邪的名侦探。

她负责调查。

对事物进行由内至外压倒性的完美调查。

暗地里是穷凶极恶的杀手。

他负责杀戮。

对人类进行由内至外彻彻底底的毁灭。

名为双重却又不那么相似的妹妹。

名为双重却又不那么相似的哥哥。

名为双重却又太过于重叠的兄妹。

这就是，餍寐奇术的匂宫兄妹。

话说回来，大家有没有过将自己视为故事的主人公来思考人生的时候呢？即使是将信将疑的态度也好，即使只有一次也好，有没有设想过，自己的存在其实只是某个故事流程中的一个环节？有的事情，说是偶然又太过于具有命运性，说是突发又太过于具有必然性，说是奇遇又太过于具有因果性，说是奇运又太过于具有因缘性。不管在什么时间、什么地点发生了什么，当自己周围出现某种非正常情况的时候，真的不曾下意识地涌现过这种想法吗？这个世界仿佛存在着故事大纲一样的东西，我们只是按照这个大纲，无作为地、无意识地被它吸引。就像铁砂被磁铁吸引，沿着玻璃慢慢滑动，创造出的某种艺术作品。在自己不知道的地方，完全感知不到的地方，是否存在着伟大的"谁"，在自己不知道的地方，完全想象不到的地方，推动着某个庞大的"故事"展开？如果有人从未产生过上述这种想法的话——那么，那种人不算真正意义上的活着。

那是"惰性"。

是在苟且延续着生命罢了。

人，都有着被规划好的使命。没有谁是多余的，每个人都是世界的齿轮。就算只是某个在没有意义的地方兀自回转的悲惨的齿轮，它的那份空虚也会给它周遭的世界带来巨大的影响……从各种意义上来说，对世界不产生一丝影响、与谁都不产生一丝关联的真正的孤独，根本就不存在，就连其存在本身都是不存在的。在现实中，就算是那些很久以前就被否认，被称作空谈和妄想的存在（即那些被人们叫作神或是恶魔的东西，不过在这个语境下意思都是一样的），时至今日也仍然会扰乱我们的日常生活。

命运是存在的。

必然是存在的。

因果是存在的。

因缘是存在的。

然后，故事，也是存在的。

并且散发着不可忽视的存在感和压倒性的影响力。

"一件必要的，不能不做的事情，其实跟当事人本身的意志是毫无关系的。充其量不过是今天不做就明天做的问题罢了，明天还不做的话，就会有其他人来做。注定要发生的事情，就算最后没发生，那也如发生过了是同样的效果。反过来说，由于它没发生而产生的所谓未知的可能性——'假如当初怎么怎么'之类的平行世界，这种东西不管你把它当作希望也好绝望也罢，从根本上来说都是不可能存在的。"

……

开玩笑的，这些话……才不是戏言玩家的台词。

就当是被狐狸骗了，忘了就好。

从这开始要讲述的是一个"荒谬绝伦"的故事。

即使说出来也没人会相信，对着愿意相信的人也说不出口，满纸荒唐的故事。所有人都在欺瞒，说什么都会变成谎言，走投无路的故事。被卷进来的人，每一个，都没能全身而退，彻头彻尾的故事。没有人听得进别人的话，在听到的那一瞬间世界就封闭了，无从交流的故事。友情与信任皆不存在，充斥着亵渎与暴食的、鬼哭狼嚎的故事。最恶与丑恶交织，极弱与脆弱交织，落得一片狼藉的故事。血流成河、残酷之至的故事。错失享受人生的机会，早已注定了一无所有的结局，平凡至极的故事。丧失了一切含义、意志和意义，满溢着无为、无视和无机，浑然一体的故事。浑浊是唯一的色彩，混沌被不断搅乱得更加模糊，颓靡不振的故事。极度缺乏情感，找不着半点服务精神，枯燥乏味的故事。随波逐流的程度，甚至让人怀疑作者的头脑是否还正常，完全不为读者考虑的故事。

在登场人物中，没有一个正常的家伙。

发狂，崩坏，病态。

不只是那对双重的兄妹。

不死之身的少女。

体验着无尽死亡的少女。

只是作为某人的延续存在的副教授。

永远持续存续的副教授。

病蜘蛛的后继者。

琴弦师的后继者。

没有感情的生物学者。

身无一物的生物学者。

戏言玩家。

旁观者。

蓝色的学者。

死线之蓝。

人类最强承包人。

死色真红。

还有,狐面男子。

是故,这个残酷的故事,并不存在序章。

这样也可以接受的话,那我们就此开幕吧。

Hitokui Magical

目录

第一章	薄幸的少女	1
第二章	饕餮	73
第三章	先行的不幸	111
第四章	实体验	181
第五章	无法愈合之伤	227
第六章	不一致	285
第七章	战场吊	329
第八章	偏执狂	361
第九章	无意识下	411
第十章	崩坏的"最恶"	475
终 章	仲夏夜之梦	529

登场人物介绍

我（旁白）—————————— 主人公

木贺峰约—————————— 副教授
圆朽叶—————————— 实验体

匂宫出梦—————————— 杀手
匂宫理澄—————————— 名侦探

浅野美衣子—————————— 剑客
紫木一姬—————————— 女高中生
暗口崩子—————————— 少女
石凪萌太—————————— 死神
隼荒唐丸—————————— DJ
七七见奈波—————————— 魔女
春日井春日—————————— 学者

哀川润—————————— 承包人
西东天—————————— 游者
玖渚友—————————— 技术家

第一章　**薄幸的少女**

0

你的谎话我已经听腻了。

1

实际上，我对"国立"高都大学人类生物学科的木贺峰副教授早有耳闻。

倒也称不上是知识储备量那么了不起的东西，大约是今年五月在新京极，从我就读的私立鹿鸣馆大学同专业的同班同学葵井巫女子的口中，听说过这个名字。

"那个什么……墓喝？墓喝风？"

"不是啦！你这个发音听起来就像什么饿死鬼一样！很吓人欸！"巫女子反应激烈地吐槽道，"真的假的？伊君你连那么有名的老师都不知道吗？这不就像'好不容易打出直击背板的本垒打，结果只是在开球仪式上'一样吗！"

"就算很有名——"我把吸管含在口中,顿了一下才接着说,"那也是其他学校的老师,不知道也很正常吧。"

"也有来我们学校上课呀!我有选的!星期一的第三节!就在午休之后!"巫女子精神饱满地说个没完,"那堂课一直都超有人气,简直是人山人海……大教室里像下饺子一样!甚至还有人为了占座连早饭都不吃呢!"

"这样啊。星期一的第三节,我选了语言学呢……意大利语。嗯,然后呢?那堂课叫什么?"

"嗯?"

"那堂课的名字。"

"嗯——"

"课程的内容呢?"

"嗯?"

"课程的内容。"

"嗯——"

"你这不是根本就没认真听吗?"

"才不是!只是每次都睡着了而已!"

"……"

上述对话发生的地点,是新京极路正中心的一家麦当劳里。那一天,我陪巫女子去购物了。虽说也不是稀里糊涂毫无心理准备地就跟女生去逛街,但刚过正午不久,我的体力还是到了极限,只好先中场休息一下。桌子下面堆着大量纸袋。纸袋里那些衣服价签上的数字远远超出了我的认知。巫女子，搞不好是个有钱人。跟她交往好像也没什么损失，我开始有一搭没一搭地乱想。

"但是，那位木贺峰副教授真的很有名哦！"为了避开对自己不利的话题，巫女子把话又绕了回去，"而且还是个大美人——巫女子，好羡慕啊！"

"美人？啊，原来是女性啊！"

从"木贺峰约"这个名字很难判断性别，再加上巫女子讲话的态度，使我一直默认那位教授是男性，但是形容男性的话一般很少会用"美人"这个词吧。

"对啊！她讲课的时候还会穿白大褂。白大褂欸，白大褂！我一直觉得理科的老师都很死板，所以不太喜欢，但是到她那个境界的话，怎么说呢，就感觉很帅——啊对了，难得出来一趟不如我们去买白大褂吧？伊君，你知道哪里有卖的吗？"

"感觉在制服专卖店之类的地方看到过……还有美术大学的小卖部应该也会有。"

"美术大学？为什么？"

"画油画的时候，都会套着白大褂或者围裙什么的吧，就不怕弄脏衣服了。理科人穿白大褂的理由也基本都是不用担心弄脏吧？反正又不是婚纱。"

这么说着，我开始幻想起了巫女子穿白大褂的样子。

……

啊，好像还不错。

"到时候可不能摘掉眼镜哦。"

"嗯?"巫女子微微侧首。从这个反应可以得知,刚才的白大褂话题只是她随口说说的,真遗憾,"伊君真奇怪。算了,奇怪才是伊君嘛。然后,正题现在才要开始哦……在听吗?喂喂?伊君,你是不是在想其他事情了?"

"啊?没有没有,我在听呢。完全没有在想白衣打扮的智惠啊,无伊实啊什么的,也完全没有觉得智惠是最适合的,无伊实是最不合适的。"

"哎呀!伊君真是的,又在说那些奇怪的话了!一点都不严肃!就像大家一起过桥不会觉得恐怖,可偏偏要走独木桥!"

"……"

啊……在我装傻的时候能好好吐槽的女孩子,真好啊。在玖渚或是哀川小姐或者其他人面前,我一直都是负责吐槽的那方,也挺累的。

"呃,你刚才说什么来着?"

"果然没在听啊……我晕。"巫女子重重地垂下头去。五秒后,复活。

"就是昨天的事!巫女子在学校里,遇到那位木贺峰老师了!"巫女子像在描述什么大事件一样提高了音量。

真是个喉咙健康的女孩。

"真的是near miss(侥幸脱险)!"

"miss(错过)了吗?"

5

"倒没有miss！"

"呃……咦，昨天是星期五……对吧。星期一之外也有课吗？那位木贺峰副教授。"

"谁知道呢。也许没有吧，反正肯定是要办什么事情啦。"巫女子仿佛觉得这个问题不怎么重要，继续讲自己的话，"然后！由于我当时没有注意前方，咚——！"

随着"咚——"的声音，巫女子把两手往前一伸。

"……就这样，撞上去了！"

"撞上去了吗？"

"是的。木贺峰老师手里的文件呀、资料呀、书本呀，在走廊里撒了一地。咚咚——哗啦哗啦——"

巫女子忽地低下头，做出了垂头丧气的样子。真的，要说反应大没人能比得过她了。感觉一直看下去也不会厌。

"啊……然后呢？"

"我一个劲儿地低头道歉，但木贺峰老师只是温和地笑着说没关系，不用这么过意不去。"

"真是成熟的应对呢。"

"她还说'因为在这个走廊与你相撞，这件事我早已预料到了。我在这里被你撞倒，不过是庞大的命运指引下的一次必然事件罢了。'"

"真是诡异的应对呢。"

不如说，快点逃吧。

快逃啊，快逃啊，快逃啊！

"于是我就接着问：'这是什么意思呢？'"

"那不是可以冷静提问的场合吧。"

你是勇者吗？

"但是，之后，木贺峰老师的目光就已经完全不在我身上了。她一边整理掉在地上的资料一边念叨着'也就是说在这个世界线里，这个女孩和我的关系，充其量不过是"在走廊里相撞"的程度而已……这就是命运，这就是因缘。但是，能够躲避必然事件的方法也还……被想当然地视为必定或必然的命运背后，还存在着更大的命运……这是确确实实的，不存在丝毫相对性的……'如此这般的话。然后，木贺峰老师便从完全傻眼的巫女子面前转身离去了。恰啦恰，恰，恰恰，锵——恰啦啦。"

"……"

那个场景一点也不适合这么沉稳的背景音乐。

"那么伊君，你的感想是？"

"那个人，绝对很危险。"

大学教员，不可小觑。

嗯，怎么说呢？这么一想也是，毕竟说到大学教师，不就是那些从小到大只知道读书学习的人吗……我一边想着，目光逐渐飘远。

"哼——"

巫女子，不知道为何一脸不爽。嘟着嘴，脸颊胀鼓鼓的，实在是非常好懂的"一脸不爽"的表情。看来她对我的感想（那个人绝对很危险）并不满意。也就是说，巫女子是期待着得到更加肯定性的回答。

"难道，我该说'好帅啊'这样的话比较好吗？"

"唔……算了！就好像'烟花百连发，结果晴空万里'一样！"巫女子砰砰地敲打着麦当劳那看起来并不是很结实的桌子，"只听刚才的话可能会觉得是个怪人啦！但实际上真的很帅！就是那种姿态呀、气场呀，用语言表达不出来的东西！"

"就算你这么说……"

"怎么说呢，就是那种女生会觉得很帅的人！我刚就是想表达这个意思！你想象一下嘛。"

"也不用这么努力地说服我……"我试图通过喝饮料来敷衍过去。

"是真的……真的……确确实实……真真正正的帅气哦！从女生的视角来看就是理想型！巫女子将来也想成为那样的人！"

"帅气啊……我倒也认识几位帅气的女性。但是，那种类型的人都很高的。至少也要到一米七五吧。巫女子你，完全没戏啊。"

"过……过分！"巫女子从椅子上跳起来，对着我摆出了拳击的架势，"我……我很介意欸！一直都很介意身高这个事情！明明自己也是个矮子！跟我也差不了多少嘛！伊君你个邪道！魔鬼！恶魔！就像'笑容超明朗，但只是麦当劳叔叔''实行了夏令时，但对象是吸血鬼''打中脸不淘汰，但参加的是拳击赛'一……

8　第一章　薄幸的少女

样……啊……"

"巫女子,太棒了。"

居然是三连发。

"伊君是大笨蛋!"

巫女子一边气哼哼地想回转身体背朝着我,一边用足以刺破喉管的速度使出了一计手刀(当然是点到为止)。

啊……

该怎么讲呢……

"果然本尊还是不一样啊……"

"你有说什么吗?"

这句话,将沉浸在回忆中的我拉回了现实。是凛然又清透的声音。顺着这声疑问,我将自己漫无目的地游走在天花板的目光又重新挪回了正前方。

这里并不是新京极的麦当劳。用坐标轴来看的话,大约是位于那个麦当劳的X轴正方向的某家大型国际酒店一楼的咖啡厅。一张四人桌,两个人面对面地坐着。其中一人是我,另一人则是——那位……木贺峰约副教授。

当然,她并没有穿着白大褂,而是一身相当符合社会常识的打扮。藏青色西服套装。长长的黑发宽松地束在颈后,无框眼镜。粗眉,右眼下有一颗泪痣。刘海垂向右侧。然后,果不其然,这样面对面坐着很明显就能看出,她的身材十分挺拔高挑。虽然还不及玲无小姐,但和哀川小姐应该算旗鼓相当了。巫女子所说的那种"用语言表达不出来的帅气"的确很到位。

可是。

话虽如此。

但很遗憾。

如果在承认她"美人"和"帅气"的基础上，要再用一个词来形容的话——

"你一副在评估别人的表情呢。"

"欸？啊，哦哦……"我慌张地回答木贺峰副教授，"如果让你不愉快了很抱歉。这个，算是我的一个怪癖吧。"

"怪癖吗？"

"我，属于记忆力比较差的那种人。所以并非喜欢观察别人，而是因为记性不好。第一次见面的时候如果不把对方的某些特征印在脑子里的话，很快就会忘记的。"

"没关系。你的这种性格，我早已预料到了。"木贺峰副教授，听完我这段拙劣的借口，竟赞同地点了点头，"虽然还称不上是怪癖，但我也有类似的习惯。也不知道算不算习惯吧……看人的时候，总是忍不住思考那个人之于我的意义，如果将人生看作流程图，那个人会位于哪个分岔点之类的。呵呵……大体上来看，人类这种生物本来就很类似，不仔细观察的话，确实很难做出区分吧？"

"呃……"

"不管是谁，都只会模仿别人……简直就像，害怕被区别开来一样……被当作效仿者或是仿制品，反而会有种莫名的安心感——这种自己主动放弃易识别性的态度，就好似是一种对命运的恭顺，或是迎合……呵呵。"

本来以为是缓和气氛的玩笑话，结果到后半段已经变成了她的自言自语。也就是说这根本不是玩笑话，而是眼前这个人的"真心话"。

"那么接下来——"

木贺峰副教授投射过来的目光，仿佛要将我的身体刺穿一般。她的嘴角虽然是微笑着的，但那微笑中夹带着强烈的压迫感，这样的表情，不仅说不上亲切，反倒让我提高了警戒心。

"你现在是暑假期间吧……我们教师可没有什么假期。因此本人，木贺峰约并没有什么闲暇时间……所以就让我们快点切入正题吧。"

"好的。"

顺带一提，今天是八月一日。正如木贺峰副教授所言，昨天大学的期末考试全部结束，今天开始进入暑假了。但这么轻率地就把别人的"暑假"与"闲暇时间"画上等号，还是让我很意外的。虽然说我确实没有什么特别需要去忙的事情，但也绝对没有在安逸享乐。就算是我，也有那么一两件需要去考虑的事情。比如说上个月去爱知县的时候，左手受的伤（由于心视医生过于高超的治疗，似乎痊愈后没有任何后遗症，但很遗憾还是会留下伤疤，现在也还没拆掉石膏）；比如说必须要给期末考试全科目不及格，达成了"满江红"大成就的小姬辅导功课，再比如之前因为觉得自己运动不足，所以答应美衣子小姐加入她的每日晨练（强度相当大）……以及其他许多事情。总而言之就是，我也不是闲人一个。按理说突然被自己压根儿没选的课的副教授叫出来这种事，完全是可以无视的。

况且，约好的见面时间是下午三点。但是木贺峰副教授三点十五分才到。真让人怀疑她是不是把这当作是在大学讲课了。

"……进入正题之前，能允许我稍微……打断一下吗？"

"……什么事？"

想必是因为自己的话被打断所以有些不满，木贺峰副教授微微皱起了眉头。果真就跟从外表感受到的印象一样，是神经质又难相处的性格。

"你是从哪里知道我手机号码的？我是个相当封闭的人，几乎不会告诉别人手机号码。"

"——我早就预料到你会提出这个问题，但是，想知道这种事情——"她耸耸肩，"办法要多少有多少，只要想知道，这世界上就几乎不存在查不到的东西。与其说是不存在，不如说是无法存在更贴切吧。"

"但我还是想知道一下具体途径。"

这才是，我务必想要弄清楚的问题。要问为什么，因为这就是我没有无视她的邀约的理由之一——或者可以说是唯一的理由。迄今为止走过的人生，并没有平静安稳到能让我轻松忽视掉一个陌生号码打来的电话。

"就算你知道了也没有意义吧。毫无意义。"谁知，木贺峰副教授轻描淡写地回避了我的问题，"方法实在太多了。这种程度的手段，大概你自己也能马上想出至少三种吧？所以，纠结这种问题没有意义。真正有意义的是……可能对你来说知晓手段确实很重要，但真正重要的是——我，我本人是一个为了达成目的不择手段的人。只是因为想知道你的手机号码，所以就不择手段地找到了。这难道还不足以说明一切吗？"

"……"

足够了。

确实，从这层意义上来说已经足够了。

甚至太过充足了。

"你对我有所警惕倒也无妨，不如说这才是值得夸奖的做法。简简单单就能信任别人的人，活得那么轻松真好啊。不过，对我的判断也好，评价也好，都在听完我接下来的话之后再决定也不迟吧？事实上，你原本就是抱着这种打算才来见我吧？"

"……是的。"

我决定退让一步。总觉得跟这个人深究下去会很麻烦。虽然要说麻烦，现在就已经发展成很麻烦的状况了，但还是继续吧。如她所言，听完对方的话之后再下具体判断以及考虑相应的对策也不迟。

"看来你有着冷静的判断力。你是这样明事理的人，这件事我早已预料到了。"

"然后，正题……到底是什么事？"

"单刀直入地说，"木贺峰教授讲道，"我很中意你。"

"……啥？"

未免也太单刀直入了。

我瞬间进入防御状态。

不知道是不是看穿了我在紧张，木贺峰副教授露出了宛如确信犯[1]一般的笑容。

"你相信命运吗？"

"……"

出现了。

从刚才回想起巫女子的话开始，就一直担心的事情！不安感！警戒心！动物感知危险的本能！搞不好、搞不好会出现这种内容的谈话！

命运啊，命运！

多么伟大的主题……

一定是仅次于"爱"一般的伟大吧。

"呃，命运……是吗？"

"嗯？啊，我并没有打算说你是我前世的恋人之类的话，还请安心。只是单纯地，想请教一下你是否相信命运这种东西的

---

[1] 又称信仰犯，指基于道德、宗教、政治上的信仰而实行犯罪行为的人。——译者注

存在。"

"哦……嗯……这样啊……那个……用'命运'这么庞大的词语总感觉有点那个啥……换成必然或者因果的话，就觉得是存在的吧？自作自受……因果报应。比如说……苹果会从树上落下来，雨会从天上降下来，太阳是明亮的，夜晚是黑暗的，开心的话会笑，伤心的话会哭——"

"活着就一定会死。"木贺峰副教授意味深长地一笑，"你会提出这样的观点，这件事我早已预料到了。"

"……是吗？"

因果吗？

说起来也不记得是什么时候在哪里的事情了，我自己好像也有说过"因果的谬误"这样的话。那个时候，我是想表达什么呢……

"怎么了？"

"没事，只是突然想起一些往事。然后，我们是在聊什么来着？因果，怎么了吗？"

"呵呵呵。没错，因果论——说白了就是理所当然的事情。理所当然的事情，理所应当的事情，理……所……应……当……的……此处就算引出'上帝不会掷骰子'这句名言也完全没有问题。我们虽然可以在一些细枝末节上改变未来，但无法改变类似于大方向的发展。明明活着却不会死亡这种事情，谁也做不到的。"

"……"

"谁也做不到。"

又是那种与其说是在跟我对话，不如说是在自言自语的口气。看来这个人，比起普通的神经质，更像是那种根本不考虑别人的类型。虽然我自己也没有资格说三道四，但是自己主动把别人约出来是这种态度，实在让人有些不舒服。

"虽然有点冒犯，但我事先调查了你的经历。"

木贺峰副教授突然像发布宣言一样开口了。

然后一副看起来很愉快的样子，翘起嘴角。

"有趣。你的经历实在是有趣。"

"……"

经历……只用这样一个词语概括，也不知道她究竟查到了什么程度。查到这个程度，连"经历"都调查过了的话，跟查个手机号码已经完全不是一个级别的情况。最重要的部分，就算我没开口，玖渚那家伙应该也大致上帮我处理过了。靠半吊子的调查能力，充其量只能获得一些掩人耳目的假情报。但是，这个人的话……又如何呢？根据我的经验，这种类型的人，在那方面的手段都很强。虽然我也不想说这是物以类聚吧……

"曾经隶属于ER3系统已经很了不起了，更令人震惊的是，你在那里留下的成果。说实话，我完全不能理解，你为什么要中途退出ER3计划，屈就在这样一个极东岛国的地方私立大学。"

"ER3计划的事你已经知道了吗？"

不过，那段经历我倒也没有特意隐藏，其实很简单就能查到。毕竟去留过学的事情，也不好糊弄。所以，对我来说，在那之前的经历才是重点。不过也能看出来，对大学副教授来说，ER3这块金字招牌还是相当有分量的。

"不过，你刚才所说的'在那里留下的成果'，这多半是个误会。我在那边的时候，和一个叫想影真心的家伙走得很近。我只是跟不上那边的进度才回日本的，是个吊车尾、拖油瓶罢了，虽然思乡病也是一部分原因。总之，那个和我走得近的家伙非常优秀，大概是……"

"然后——你回到日本之后，也遇到了很多事情呢。很多，很多。很……多……很……多……的……"

木贺峰副教授完全无视了我的话，自顾自地继续说着。真希望她能稍微听一下别人的讲话。

"比方说今年五月。你所在的私立鹿鸣馆大学，就有数名学生死亡。而且，还不是事故，而是杀人事件。"

"……"

"杀人事件。杀人事件。杀……人……事件。再加上同一时间段发生的那场骇人听闻的杀人者风波……好像出现了宛如古典推理小说中的名侦探一样的人物，以快刀斩乱麻之势，将这一连串的事件全部解决了。那个人，难道不是你吗？"

"呃……这真是让人心情愉快的误解。而且大胆到让人不禁困惑，你是从哪里，又是怎样才能得出这样彻彻底底的大误会？"

就算我一个劲儿地否认，副教授也完全没有要停下的意思。

"关于你的其他传闻更是数不胜数。看来不只是学校，你在各处都有所活跃呢。不过，当然，那些传闻中大多数可能都像你说的，是误解或者是被夸大其词了吧——但，你是一个会被那样的流言缠身的人，是一个会被那样误解的人，是一个会被那样添枝加叶的人，只需要知道这些，对我来说就足够了。"

"……"

"你……很有意思。"

木贺峰教授忽然闭上了眼。

"你这个人……实在很有意思。"

"哦……"

说了两遍。

"你这个人，实在是太有意思了。"

"也不必说三遍吧……"

"……我，是绝对不会允许的。"

"什么？"

不会允许？

"不会允许……什么？"

"像你这样有意思的人竟然与我的人生没有半点瓜葛——这样的事情，我实在不能容忍。所以才希望你一定要和我产生一点什么关系。"

"啊，哦……"

呜哇。

迄今为止我也被各种各样的人评价过，但这么露骨的话，还是第一次听到。啊……不对,准确地说,六年前曾经见过一次玖渚的哥哥——玖渚直,虽然语气完全相反,但也被说了差不多的话。不过,同样的话从男性嘴里说出来和从女性嘴里说出来,还真是天差地别。

"可惜事与愿违,我查了一下,你并没有选我的课。从你选课的倾向来看,明年或是之后的学年也不像是会选我课的样子。我认为,这样下去的话,你极有可能与本人木贺峰约在同一时间点身处同一校园中,却永远不会产生半点交集,然后就那样毕业离开学校。不,按照你的生活方式,就算明年什么时候突然退学也不奇怪。学校的课程,你也没有很积极地出勤吧。这样下去,不行。这样的命运,我不能接受。"

"说什么不能接受……"

"命运是真实存在的。但是,存在的命运,也是可以靠自己改变的。这就是,我今天,在这样一个场所,把你约出来的原因。"

"这样啊……"

虽然她的话我能懂,但还真是一个夸张的人啊。如果能换种普通的表达方式,内容听起来可能就正常多了。她没有必要特地用这种过于奇葩的方式交流。

"呃,我确实是个逃课惯犯,但是,突然对我说这些……老实说,我只能回答你这是高估我了。跟我这样的人打交道,是不会发生什么好事的。不如说,被卷进麻烦的概率反倒会增大。"

"有没有高估,是我说了算。"

"……这样啊。"

完全听不进别人的话啊。

感觉说什么都没用了。

"虽然你很有趣,但要比有趣的话,本人也是不会认输的。从这层意义上来讲,对你来说,跟我相处,与我产生交集,也不会有什么坏处。你觉得呢?"

"还问我觉得呢……"

"总之现阶段呢,我希望你能在一段时间内协助我的研究。当作是暑假期间的打工就好。"

"打工……吗?"

"对,就是打工。兼职。兼……职……打……工……真是方便的词汇啊……当然了,报酬上是不会亏待你的。日薪两万日元,你觉得怎么样?"

"……一共几天?"

"连续一周吧。"

一周……就是……十四万日元的收入。

嗯,一下子变成非常接地气以及现实的话题了。十四万,作为一周的薪水,相当不错。直到前不久,我都还算是有点存款的人。可是那些钱基本都用来给小姬交学费了,现在的生活水平,只能算是普通贫困大学生以下。这么大金额的收入,说实话是雪中送炭。

话是这么说,但是——

"……协助研究吗……我在ER3的时候,也不是没做过类似的事情……但实验……临床之类的,并不是我的擅长项啊。硬要说的话，我是更偏向于用头脑思考派。"

"你会像这样含蓄地拒绝我的邀请，这件事我早已预料到了。"木贺峰副教授点了点头，"但是，既然我人已经到这儿来了，就不可能点点头说声'好的，我知道了'然后乖乖回去。你听完我详细的说明之后，再回答也不迟吧？"

"话说回来，木贺峰副教授，像这种专业领域的研究你应该已经事先聘请好助手了吧？总不可能仅因为想跟我产生交集这种程度的理由，就雇用我这么一个门外汉吧。"

"想产生交集这种程度……程……度……呵呵。你也真是会说些有意思的话呢。"

"这个有意思吗？"

"总而言之，我的研究中没有固定的助手。虽然有时候也会需要帮助，但基本上都是我自己来……啊，不对，确切地说，还有'一人'，一直在协助着我，但并不是以助手的身份。"

"一人……"

总觉得，这个说法别有深意。

令人在意。

"这个话题先放在一边。虽然你的担心也不无道理。但这次呢，比起临床试验，更像是比它高一个阶段的，带有确认成果这层意义的工作。所以反而更需要非本专业的局外人来协助。换句话说，我现在需要的不是助手而是一个结果评价员。"

"结果评价员……啊，原来如此。"

确认成果，这样的话，这份兼职的薪酬之高也可以理解了。想必整个研究都是不惜投入重金来进行的吧。虽然统称是大学研究，但其中也不乏与人类社会本身息息相关的重大项目。关于这些事情，我在ER3的时候就已经了解不少了。

"时间是从八月二十二号星期一开始，到二十八号星期日结束。那个时候，你左腕的石膏也会拆除，一身轻松。虽然到时不会让你做什么体力劳动，但良好的健康状态是最理想的。地点是在……虽然我很想说是高都大学校内，但还请谅解一下，是在交通略有不便的，我的个人研究室。沿着鸭川河的上游一直往前走，再翻过一两座山，就在那前面山间的小村落的附近。时间预计是早上九点到晚上六点，不过很有可能会延长，你要做好心理准备。市内没有巴士或者电车通到那边，所以希望你开车过来。你有车吗？OK。当然了，汽油费是会报销的，一天往返最多两千日元。还有，中途可能会有几天需要住在那里。到时候，再按照其他类手续费给你补贴吧。"

"啊……稍……稍等一下。"

什么时候开始以我已经接受这件事为前提展开话题了？并非是谈话中不小心被对方牵着鼻子走了，而是这个人，压根儿就是不会把别人的意见放在心上的我行我素派。没有比我行我素的聪明人更难对付的了。

"我……对这种事情向来都是敬谢不敏的。很抱歉。"

"……这种事情？"

"是的。刚才谈话的时候，你也提到五月的事件了吧。虽然已经过去一段时间了，但是，我当时就是因为轻率地答应了别人的邀请，才会有那么惨痛的遭遇。"

这个说法其实并不完全准确，但我觉得没有详细解释的必要。

"也就是说……你现在有所戒备了？"

"就是这么回事。"

"高都大学人类生物学科副教授这个头衔，也不能让你放心吗？"

"我对头衔之类的……也避之不及。"

尤其是上个月，发生了这样那样的事。

"哼。"木贺峰副教授像是无计可施一般，低下头沉思道，"真顽固啊。在如今的年轻人中，你算是意志坚定的了。明明看起来一副胆小如鼠的样子。"

"呃，过奖了……"

喂！这个人刚才若无其事地说了很失礼的话啊。

"我明白了。"

"真是，不好意思了。"

"你的意思就是，报酬还不够高呗。"

"……"

我没有这么说。

一个字……都……没有说。

"日薪三万怎么样？"

"哇哦。"

总计超过二十万。

太诱人了。

现如今，我的收入来源只有给包括小姬在内的三个高中生补习功课的兼职费，以及偶尔替哀川小姐打打下手的报酬。家庭教师的工作虽然收入也不算低，但如果想要保障衣食无忧的生活，就必须再多辅导几个人。哀川小姐那边，虽然也可以赚上一点外快，但要为此拼上性命好像有点不值得。

嗯——

好像可以考虑考虑。

"日薪三万，也太低了吗？"

"啊，没有。不是这个意思。"

"没关系。我并不讨厌你这种不贱卖自己的年轻人。"呵呵呵，木贺峰副教授发出了反派角色一样的笑声，"那么，我也说一下我这边能做到的最大让步吧。日薪五万，这是在综合考虑了性价平衡之后，我能给出的最大金额了。"

"五万……"

也就是合计收入三十五万……

三十五万的话，是多少张一万大钞？

提价到这个地步，反而让我的警惕心更高了。当然我也不愿意相信，像上个月的斜道卿壹郎研究机构那样的地方在自己身边随处可见。但……当真不是什么违法研究吗？

不过。

木贺峰副教授不惜如此也要将我视为必要的这层讯息，已经传达得足够到位了。虽然不明缘由，但木贺峰副教授，好像对我这个人怀有很深的执念。嗯……感觉最近我的怪人吸引体质，越来越严重了啊。就算说是自作自受，也不为过。

"果然要当场答应还是有点困难。" 我犹豫再三说，"不过，我希望可以听一些更详细的说明之后，再作回答。"

"这样啊，那么——"木贺峰副教授从旁边椅子上的包里，取出一个A4大小的信封，直接递到了我手上。信封被贴得严严实实，要当场拆开好像有点困难，"请看一下这些资料。虽然只是粗略的梗概，但里面写着我的研究的大概内容和需要你协助的事项。还有……如果可以的话，想再拜托你一件事情。"

"什么？"

"可以帮忙再另外召集几个愿意当结果评价员的人吗？这次的评价员，尽量要找跟我毫无关系的人，所以由我本人来指定人选是不可行的。就算是你，也应该有那么几个值得信赖的朋友吧？"

"……唔。"

我打了个寒战。

这……这个人在说什么啊。那……那可是……那句台词，对着我这种人可是绝对不能说出口的啊。说白了就是禁语……禁忌！值得信赖的朋友……那种东西……那种东西……

"当然了，其他人的报酬是另算的，但肯定没法跟你的相提并论。你的报酬可是包含了要改变命运这层物质意义的。所以按照你这个行情来考虑的话，嗯，因为给你提了不少价，所以其他人的报酬就定为一天一万两千日元吧。这也挺高了吧？如果不满意的话还有商量余地，不过因为工作内容中并没有什么高强度劳动，所以要求太高的话我这边也不好办。"

"你说再找几个人……具体还需要多少人呢？"

"两个，或者再多一点的话，就三个人吧。研究室本身也不大，如果一下子进来太多人恐怕不方便。而且研究基金也有限，我的赞助人可不是什么大富豪。那么……"木贺峰副教授看了看右手的手表——是一只线条刚硬的欧米茄高级腕表，大概是男款，"话也说得差不多了。我会等你一星期，如果你愿意参与，请随时给我发邮件。邮箱地址就在一开始给你的名片上写着。"

"啊，我没有电子邮箱。"

"……"

被用看见原始人一样的目光扫视了。

可恶，不要以为是个人都有电脑啊。不能发邮件的手机有那么少见吗？这种机型也有它的优点好吧。

"那……你的电脑知识也很贫乏……是这种感觉吗？我记得鹿鸣馆大学，对情报技术这方面的专业还是很重视的啊。"

"啊……那个，也就是说打工的时候会需要这方面的技能吗？"

"起码需要不会给人添麻烦的程度吧。"

"我上课还是有好好听讲的。不用电子邮箱，只是因为个人家庭情况，或者说是一些私人问题吧。在ER3也有学过这方面的东西。"

"这样吗？那好，我姑且放心了。"木贺峰副教授说，"既然这样的话，电话联系也可以。时间随意，早晨也行白天也行深夜也行。不过，我平时也很忙，多半会转到语音留言。这都没问题吧？"

"明白了。"

"那么，再会了……倘若有缘的话。"

木贺峰副教授道别后，优雅地离开了座席。站起来之后，她高挑的身材更显眼了。这个比例。原来如此，果然和巫女子说的一样，这种姿态或者说是气质吧，透着一股女性特有的潇洒。

但是——即便如此，在承认其帅气的基础上还请允许我再多一句嘴——她的"帅"，与"魅惑"，或是"有魅力"这类的词语完全搭不上边。

没错，这就是我的第一印象。

木贺峰副教授有个很关键的问题——她极度缺乏人性。即使我才跟她进行了面对面的交流，也仿佛在跟机器对话似的。硬要打比方的话，就像改造人一样。我也知道，这种形容很没有礼貌。但我想表达的是，她不像"人类"的程度之大，就是会让人忍不住使用这么失礼的形容。

我从口袋里拿出一开始收到的名片，端详起来。"高都大学人类生物学科副教授""人类学博士""生物学博士""木贺峰约

Dr.KIGAMINEYAKU"，下面是研究室的电话号码，个人网站的地址和电子邮箱（后缀是ac.jp）。嗯，一目了然，工作用的名片。

嗯。

生物学博士呢……

我向着正准备离开的木贺峰副教授的背影……搭话了。

"那个……再耽误一下，可以吗？"

"可以啊。"木贺峰副教授回过身来面向着我，"你会像这样在最后的最后，提出什么疑问，这件事我早已预料到了。"

"……你具体是从事什么研究的呢？木贺峰副教授。"

"其实你只要看完信封里的资料就能明白大概了……嗯，怎么说呢，我的研究是对因果论的反叛，是为推翻对真实存在的命运所发起的革命，是面对定将来临的必然所发表的独立宣言。简明扼要地来说——"木贺峰副教授轻描淡写地回答道。

没有意味深长，也没有故弄玄虚。

没有拐弯抹角，也没有虚张声势。

她轻描淡写地答道："就是不死的研究。"

2

没有亲身体验过的人可能有点难以想象。但在京都，从四条河原町走到千本中立卖，并不是很费力的事情。脑子里需要整理一些琐事时，这条路线正合适。对那些喜欢边散步边思考的人来说，距离也刚刚好。当然，因为手上打着石膏所以不方便乘坐巴士或是地铁也是理由之一，这一点就另当别论了。

不过，沿着这条路线走了快一小时，我却仍然没能决定，要怎么回复木贺峰副教授的邀请。听起来也不是什么大事，感觉也不会牵扯进什么事件，就这么答应下来好像也行。但是考虑到之前就是遵循着这种"好像也行"的想法答应了别人，结果导致了那些无比惨痛的遭遇，内心还是觉得"君子不立危墙之下"或许才是最佳选择。

但是……

我本人对那个研究，不能说是完全不感兴趣。

"不死的研究"。

不死。

就算活着，也不会死亡。

"……"

那还真是不得了啊。

是传奇。

是科幻。

是悬疑。

是架空。

It's entertainment（是娱乐节目）.

总之就是荒诞无稽。

那种话，不就好像在跟别人说"我在研究炼金术"一样吗？现在的学术界会认同那种研究吗？至少表面上是不会的……就算是背地里，堂堂"国立"大学也不可能这么露骨地、直接地做出有悖伦理道德的事情吧。

嗯。

不过，或许正因如此，才没有在校内进行研究？也就是说，这并不是官方的、可以公开的项目吗？……完全搞不懂。

"唉，总而言之得先把这里面的东西看了，才有发言权呢……"我基本上没有带包出门的习惯，所以信封现在被我直接拿在手里。偷瞄了一眼，由于本人没有透视能力，所以横看竖看也只是个普通的信封，对里面的内容一无所知，"接下来要做的事，感觉就没什么意思了。"

刚走回从二月份开始居住的骨董公寓旁边，就被停放着从巫女子那儿接手过来的伟士牌摩托车（白色复古型）的停车场吸引了目光。那里，有两张我熟悉的面孔。

一个，是小姬。

另一个，是美衣子小姐。

我停下脚步，远远地观察她们。正好奇她们在这样的烈日下做些什么呢，仔细一看，原来是在玩剑玉玩得不亦乐乎。系着细线的红色圆球在空中嗖嗖作响。说起来这个剑玉，还是之前在大阪的 TOKYU HANDS[1] 被小姬死缠烂打央求着买的……

---

1 东急手创馆。——译者注

"美衣子小姐——"

我一边打招呼，一边踏上被栅栏围起来的停车场。注意到我的美衣子小姐和小姬，都纷纷转过身来。

"哟，伊字诀。"

"啊，师父。"

美衣子小姐一如既往地穿着甚平。但毕竟现在是京都的八月，可谓盛夏中的盛夏，万里挑一的盛夏，她把外褂脱掉，系在腰上。上身是一件黑色吊带背心，肩膀处露出了大片健康的肌肤，有点耀眼。腰间插着前几天我送的铁扇。头发梳成了武士一样的高马尾。然后，即使在这样的酷暑中也是一如既往清冷的表情。

小姬好像刚放学回来，穿着水手服（虽然是暑假，但"热爱学习"的她现在每天都要去学校补习），头上戴着大大的黄色蝴蝶结。明明脸冲着我的方向，手里的剑玉却像被重力吸引一般，牢牢地套进了最尖的地方。嗯，不愧是曾经的"病蜘蛛"市井游马的弟子，对这种"针线类"的游戏很擅长呢。

"师父，你今天出门去哪里了？"小姬一路小跑到我身边，就像小狗一样，"喔！那个信封感觉有点可疑呢——"

"没什么。不要突然在奇怪的地方发挥超常的直觉。这并不是值得小姬你在意的东西。"轻描淡写地敷衍了小姬之后，我向美衣子小姐那边走去。

"下午好，美衣子小姐。"

"嗯。"

美衣子小姐微微点了下头。

点过头后，注意力迅速地回到了剑玉上。

"咻……咚、啪嗒、咻"。

"……"

"……"

"伊字诀，这个你会吗？"

"嗯，啊，只是小时候玩过罢了。"

我从美衣子小姐手中接过剑玉。仔细一看，虽然才买来不久，但红色圆球部分已经多了不少伤痕。再瞄一眼小姬手里的剑玉。小姬的几乎没有痕迹，还是崭新的模样。

首先轻轻地，试着用大皿[1]部分接住。

用膝盖巧妙地缓冲一下，成功。

很好，下一步……

"哦呜！"

美衣子小姐发出了惊讶的声音。

听到这个声音的我由于太过震惊，不小心让红球掉下来了。

"……怎么了……吓了我一跳。"

"太出色了……居然一下就成功了。"

"啊不，我刚才用的是大皿……"

这个，接不到才比较难吧。

玩剑玉要说高难度的话，起码要是剑尖的部分吧。

1　大皿是剑玉的一个部位。——译者注

"唔……连伊字诀都能做到的话,难道说这个剑玉本身有什么质量问题吗?"

"这里写着日本剑玉协会认证噢。"

"……哦。"

美衣子小姐皱着眉头。

"真是屈辱……明明名字里有'剑'字,我没有道理控制不好啊……"

"……你这个发言也太不讲道理了。"

"美衣子姐姐,意外地笨拙呢。"

小姬咯咯地笑了。一边笑着,一边"哐哐哐哐"地用剑玉来了个地球一周回转招式[1]。最后手持红球,"咻"地利用离心力把剑身抛出去,再完美收回到圆球的洞口中。

"耶!"

"……哈啦咻[2]。"

没错。

与她看上去笨拙的外表正巧相反,这个女孩的手指十分灵活。连抛沙包都可以同时操纵八个。身材虽然娇小,但每根手指是不合比例一般的修长。

"这个,有什么窍门吗?"美衣子小姐问我,"从刚才开始小姬就一直在教我,但我还是不得要领。"

---

1 将剑玉的圆球依次抛入大皿、小皿、中皿,最后套上剑尖的玩法。——译者注
2 源于俄语хорошо,意为"了不起"。——译者注

"是呢。不管小姬怎么教，美衣子姐姐都只会越来越淫乱而已。"

"……"

虽然站在我本人的立场上来讲，美衣子小姐变成什么样子都可以。但是，此处还是容许我订正一下，正确用词应该是"混乱"。

"窍门啊……这个，其实就是把球体用这个像盘子一样的部分接住就好。想套进剑尖的话，就像这样，可以先把球'咕噜咕噜'地转起来再试，就简单多了。"

"啊，你这是邪门歪道——"小姬吐槽道，"不可以学这种偷懒的手法啊。人啊，一旦学会偷懒了就会养成坏习惯呢。那样就无法成长了。阿西莫夫[1]说过人类就是要不断成长的。"

"说得真好。"我将手搭上小姬的双肩，"那么，你就快去实践这句名言吧。"

"咦？"

"不要在这儿玩了，快去学习。"

"咦——"

小姬发出了小动物似的怪叫声，一副垂头丧气的样子。

"好了好了，快去实践阿西莫夫的'机器人三原则'吧。"虽然阿西莫夫本人并不是机器人，但我还是顺着小姬的话说下去了，"第一，必须绝对服从师父的命令……"

---

[1] 艾萨克·阿西莫夫，美国科幻小说作家、科普作家、文学评论家，美国科幻小说黄金时代的代表人物之一。——译者注

"学习很无聊啊——无聊无聊无聊！"

"就算这样一直抱怨，事情也不会有什么进展哦。"

"这种事情也说不定呢？搞不好会有什么进展啊。为什么要不分青红皂白就否定别人在做的事情呢？哼，都怪师父害得我一点干劲都没有了。"

"别讲这么多借口。真是的，也不知道你什么时候变成一个嘴上不饶人的家伙了。"

"那肯定是受你的影响吧。"

美衣子一边不停地甩动着剑玉，一边说。

哦，还真有可能。

"师父——小姬我呢，就在刚刚哦，说是一秒钟之前也不过分吧，才从学校回来。是从补习地狱中奇迹般生还归来的勇者啊，所以稍微放松一下也可以吧？这可是战士的休息。"

"战士是不会休息的！一旦学会了偷懒人类就无法成长了。好了，Go Ahead[1]！"

"呜……师父好懒缩！"

"你的意见鄙人接受，但是小姬，不要再勉强自己用复杂的词语了。"

懒缩→×

啰唆→○

完全不是一回事啊。

---

1 前进。——译者注

35

"知道了啦。"小姬一脸无奈地点点头，"美衣子姐姐，谢谢你陪我玩。"

"嗯？嗯……啊，嗯嗯。"

美衣子小姐略显不自然地点了下头。大概在她看来，不是"陪小姬玩"而是"一起玩"吧，不，或许反而是"小姬陪自己玩"吧。这个人，在某些方面意外的孩子气。

"还有，师父。"

"还有什么事？"

"呸——"

小姬冲我吐了下舌头，单手提着剑玉跑出了停车场。真是活力充沛呀，她的身影瞬间就消失在了我们的视野中。

到底是十七岁。

不过，我十七岁的时候也没有这么有活力，大概是另一种意义上的——沉默寡言又死气沉沉的家伙。

不太愿意回想起来。

"你也真是坏心眼。"身后的美衣子小姐说，"也不用这样催着她学习吧。我像她那么大的时候，就是个性格扭曲的笨蛋，什么也不懂的小鬼。这么一比，小姬不是个率真的好孩子吗？"

"但是，学习是学生的本分。"

"你也基本不去学校吧。"

"大学生就无所谓了。"

说是这么说，但我其实是想和美衣子小姐单独相处，才把小姬赶回公寓的,这可要保密。

"哎呀,我还想再玩一会儿呢。"

因为自己想玩才说我坏心眼的吗?

真是孩子气啊。

"对了,美衣子小姐,平时这个时间你不是都在打工吗?"

浅野美衣子,二十二岁,自由职业者。

现在一边做着各种各样的兼职,一边教附近的小孩子剑道,维持生计。按理说一个人生活也花不了太多钱,但因为她现在沉迷于古董收藏的兴趣爱好,所以感觉在那方面花费了不少精力。

"啊,你说打工啊?"

"嗯。"

"昨天被炒鱿鱼了。"她说这话时的语气竟然十分淡定,"因为跟客人起了点争执。"

"哦……"

美衣子小姐之前在居酒屋打工。想必是遇到酒品不好的客人了吧……虽然看起来性格冷静淡泊,一副看破红尘的样子,但美衣子小姐其实是个相当直肠子的人。

"我也是太不成熟了……"

"原来也有在反省啊……"

其实,这已经是美衣子小姐第三次由于类似的原因被解雇了。如范本一般的体现了人类到底还是江山易改本性难移的生物啊。

"得赶紧找到下一份兼职啊。"

"这样啊。"

我应和了一句，目光移向了手里的信封。

打工……赚钱……生计……

总之都是一回事。

可是，再怎么说，也不能把美衣子小姐卷入这么可疑的工作里……

"虽然生活费也是需要的，但眼下的问题，其实是我上个月看中的一幅画轴……必须在这个月底之前把钱付了。对了，你有什么事吗？"

"那个画轴，现在是预留状态？"

"差不多是这个意思。"

"顺便问一下价格是？"

"一百四十万。"

"……哇哦。"

入手之后再转卖，到手的钱再用来购置其他东西，美衣子小姐就这样像转动自行车辐辘一样周转资金。不过这回的画轴价格在她的众多藏品之中也是相当罕见，看来只靠转卖是很难筹集齐资金了。

"现在大概筹集了多少呢？"

"二十万多一点吧。本来这个月打算好好工作赚钱的，结果最指望的兼职竟然被炒鱿鱼了。"

"原来如此。"

京都这座城市对打工仔很严格啊。

"为什么这么想要那幅画啊?"

"唔——因为是喜欢的画家的真迹。"

真迹。

好奢侈的词语。

"那家店可信吗?"

"有给我看过鉴定书。"

"这样啊。"

才二十万……就算答应了木贺峰副教授的邀请,金额也还远远不够。啊不对,我的收入是三十五万,但其他人的合计收入,只有八万四千日元而已。不过,期限是这个月底的话,之后再打点其他的工,或许可以……

不过,果然还是算了。

唯独这件事还是算了。

唯有美衣子小姐,是我绝对不想让她卷入麻烦的人。换成七七见那家伙的话,肯定当场就同意了吧。

"嘿。"

美衣子小姐的注意力又回到了剑玉上。她按照我刚才说的,先快速转动细线下方垂挂着的红球,再尝试用大皿接住。球还真的瞬间落进了大皿里,但由于旋转的速度太快,又掉下去了。为什么会想到用器皿去接住一个正在旋转的物体呢?

"唔——明明是剑……明明是剑啊!"

"这个跟剑没有什么关系哦。"

"我……是不是很笨手笨脚啊?"

"不不不,只是性格上不适合吧。美衣子小姐不适合玩这种小家子气的游戏啦。"

"小家子气吗?我觉得还挺有趣啊。"

"……"

对着自己不擅长的东西也能夸它有趣的美衣子小姐。

真是率真又优秀的人啊。

我的生活要是能够稍微安稳一点,真想向她学习。至少现在,这个瞬间,我是发自内心羡慕美衣子小姐的。

"啊。接住了。"

"成功了呢。"

"这还是第一次。"

"……"

用大皿都还是第一次成功吗?

这个人搞不好真的有点笨手笨脚。

或者是,另一种意义上的天赋异禀。

这个才能可要好好珍惜啊。

"那么,我也先回公寓了。美衣子小姐今晚有空吗?有空的话,一起去吃个饭吧。作为失业纪念,可以请你吃肉哦。"

"真不巧,我今晚有其他安排了。"

"这样啊。"

遗憾至极。

"对了,伊字诀。"美衣子小姐啪的一下,抓住了被甩在半空中的剑玉球。只看这个动作,倒也不像是反射神经不发达的人,"我说这话你可不要觉得是在多管闲事啊。关于,你房间里的'那个',伊字诀,你准备把'那个'安置在房间里到什么时候?"

"啊……"

"我也不想对你的私人生活说三道四,但是那个公寓里还有小姬、萌太、崩子三个未成年人在呢。从青少年道德教育的角度上来看,可能有点不妥吧。"

"我也勉强算是未成年呢。"我用开玩笑的语气说着,耸了耸肩,"嗯,不过你说得没错。我一定,找个时间好好处理。"

"找个时间吗?"

"虽然只有一丁点儿,但我对'那个'也是要负责任的,所以有点难办。不过现阶段,是不可能发生美衣子小姐所担心的那种麻烦,关于这点请一定放心。"

"嗯,我相信你。"

"那,告辞。"

向美衣子小姐轻轻摆了摆手,我背过了身去,转身的同时听见后边又传来了剑玉的声音。美衣子小姐对那个游戏,还真着迷。可是剑玉本来是室内游戏吧,为什么要跑到停车场玩呢……对了,那个四张榻榻米大小的公寓,别说剑玉了,就是抛沙包都不太方便吧,难怪呢。

七平方米的一居室，榻榻米地板，裸灯泡。

没有浴室，厕所公用。

很难想象这年头还有如此恶劣的居住环境。但由于这里的住民们实在是太有个性，所以生活倒也还挺愉快。以剑道家浅野美衣子为中心，此外还有最近终于知道了他本名的传教士老爷爷隼荒唐丸，离家出走的兄妹石凪萌太与暗口崩子，最邪恶的魔女七七见奈波，以及"病蜘蛛"的弟子紫木一姬。在这些成员包围中，本平凡无奇的戏言玩家，只能说是相形见绌。

实际上。

确切地。

无穷无尽，无边无界。

从本质上，毫不含糊地用一句话来概括的话。

"真是戏言啊……"

我走到了公寓的大门前。

木质结构，三层建筑。

爬上二层，经过隔壁美衣子小姐的房间，我打开了自己的房门。

"欢迎回家，夫君。"

打开门的瞬间，就听到了迎接我的问候。

"一直盼望着您平安归来呢。夫君今天一定也很疲劳了吧，我会尽心尽力服侍您的。那么，您要先吃饭呢还是先洗澡呢？还是先陪……陪……我……呢？"

"……"

在这个世界上如星河般浩瀚的语言之中，能对我的精神状态造成最大伤害的，恐怕就是这句话了吧。居然不知道该怎么回答。

"……"

"夫君你在那边发什么呆呀？"

眼前的人身着围裙，故作娇态，但偏偏有着一副与打扮一点也不相称的冷酷且知性的表情。头发及肩，脸上虽挂着浅浅的微笑，但怎么看都像是刻意为之的假笑。全身上下感受不到一点温暖。这么形容可能会让人联想到木贺峰副教授。但倘若把木贺峰副教授比作是像机器人一般金属质感的冰冷的话，这个人就是如同纯净水般清淡透彻又令人舒适的冰凉吧。

她的名字是春日井春日。

春日井春日。

专攻动物生理学，动物心理学领域的动物学者，生物学者——换句话说其实她与木贺峰副教授的共同点还不仅是在温度感上——上个月，还曾隶属于爱知县深山里的邪道卿壹郎研究机构。

这里用的是过去式，显然是因为——那已经是过去了。

上个月，被称作"堕落三昧"的臭名昭彰的斜道卿壹郎博士的研究机构，以及与其相关种种都已经不复存在。同时，她也丢了饭碗。因为此前都是住在研究机构，所以顺带着连住处也没了。

"开玩笑的啦，这是顽皮大姐姐的小玩笑。你别一脸认真的样子在那边害怕啊，真是可爱。"

"……好的。"

然后。

为什么那个春日井小姐会出现在这里呢？为什么会以白大褂套围裙的打扮出现在这个地方呢？且听我慢慢道来。

以下是我的回想——

"嗨——呀。"

"为什么知道我家的地址？"

"我查到的。"

"……你是怎么从爱知县来到京都的？"

"走过来的。"

"……"

"让我进屋啊。"

"为什么？"

"我从今天开始就住在这儿了。"

"为什么？"

"因为你害我丢掉工作变成无业游民了。"

"呃……"

"因为你害我丢掉工作变成无业游民了。"

"……那个，呃，也许是吧。"

"这样下去我的名媛生活就要出现大危机了。如果你能表现出一点男孩子的人道主义精神，我会很开心的。"

"……"

"不行吗？"

"不行。"

"这样啊，真遗憾。"

"你还真是一如既往的擅长放弃啊。"

"啊啊——我专门准备的女仆装也浪费了。可惜可惜。"

"啊？"

"那拜拜啦。有缘再见。"

"请等一下。"

"怎么了？"

"你刚才说什么？"

"什么也没说哦。"

"说了的吧。请再重复一遍。"

"我准备的女仆装也浪费了。"

"请进请进，快请进来。"

"……"

"见义不为非勇也，强者理应助贫扶弱。我这样正直善良的人，怎么会弃人于危难之中呢？"

"……谢谢。"

"您客气了，举手之劳而已。"

——回想结束。

不过，上述内容几乎都是开玩笑的胡话，有人相信的话我也会很困扰。但真实情况其实也差不多，八九不离十吧。

春日井春日，到今天为止已经寄人篱下一星期了。

"别傻站在那里啊。这可是你自己家。"

春日井小姐仿佛在引诱我一般,招了招手。

不愧是寄宿生活的第七天。

已经变得相当自在了。

不过,与其说是变得自在了,不如说她原本就是这种性格。借用木贺峰副教授的说法,虽然因为初次见面的场所导致第一印象很差,但像现在这样把她的性格放到日常生活中就会发现,春日井春日其实是一个相当罕见的有趣的人。因为实在太有趣了,所以我总是在不知不觉间错过了赶走她的时机。

"好的好的……真是受不了。别开这种玩笑啊。再说了,饭菜和浴室都不可能有啊。这个房间里连冰箱都没有。"

"但是晚饭真的有哦。我叫了外卖,而且还是寿司。因为获得了一笔临时收入呢。"

"嗯?"

"算是这段时间受你关照的谢礼吧。"

"欸……"

那还真是,蛮有心的嘛。

临时收入,是找到新工作了吗?

"好了,快进来吧。"

"啊,好的,谢谢……"

寿司盒的旁边横躺着一位身披斗篷的少女。

"……"

"好吃吧？我去问了荒唐丸先生这附近有没有什么好店推荐。其实我刚才偷偷尝了一点点，真的很美味哦。因为你不喝酒没法碰杯，我还准备了乌龙茶。是红乌龙哦——"

"春日井小姐。"

我感觉自己发出了仿佛生锈的机械一般的声音。

嘎吱嘎吱！

咔嚓咔嚓咔嚓！

"干什么呀？这么严肃。"

"介个女孩子，究竟，系谁捏？"

变成了外星人的说话方式。

"嗯？啊啊，这个待会儿再解释，先不要管啦。比起这个，还是先吃寿司比较好哦。"

"才不好。"

从头到脚都不好。

赌上我的人格发誓一点也不好。

那个包裹在黑色斗篷里的女孩子·身形娇小，好像已经睡着了。安静下来的话，还能听见微弱又可爱的呼吸声。即使隔着点距离也能发现，那头清爽的黑色秀发，长度相当了得。虽说戴着眼镜睡觉这个行为让人觉得有点奇怪，但她的睡相还是很赏心悦目的。

相貌可爱。

大概跟小姬差不多年龄，也是十七岁左右吧。

"……"

也就是未成年。

诱拐未成年人！

绑架……监禁！

最要命的，还是个女孩子！

"乌云啊……我的人生真是乌云密布啊……"

啊啊……看见死兆星了。

不，已经什么都看不见了。

"别说这种遭人误解的话吧。我生气了哦！"春日井小姐双手交叉在胸前，有点不开心地说，"我这可是在助人为乐。今天出门散步的时候发现这个女孩昏倒在路边，所以才捡回来的。"

"倒在路边……捡回来……"

"嗯。"

面对我的疑惑，春日井小姐平静地点了点头。

然后自顾自地坐在榻榻米上，伸长了腿，向寿司伸出了魔爪。一口吃掉，呼，脸上浮现了满足的神情。明明性格那么奇怪，但食欲方面跟正常人没什么两样。

正常的只有食欲。

然而，这人的常识去哪里了。

"你……你在想什么啊！"

"生什么气啊。你这话才奇怪又过分欸。我的行为有哪里不对吗？难道你会对昏倒在路边的人视而不见吗？对需要帮助的可怜女孩子熟视无睹吗？那样的人，根本不配做人。"

"……"

没想到，正确的道理从不正确的人嘴里说出来，竟然这么让人不爽。

"明白了的话就快点来吃寿司吧。玉子烧的我全包了哦。嗯？那个信封是什么？有股让人想要一探究竟的气息……"

"请不要把重要的事糊弄过去擅自推动故事情节发展好吗！简直就像'准备征服世界，结果世界变成了百人村'一样！"

由于太过混乱，导致我突然巫女子附身。

"快报警！警察警察，请立刻、马上、现在就跟警察联系！我们现在最最急需的就是警察叔叔！"

"真讨厌。说得好像我是没有社会常识的人一样。"

啧啧啧，春日井小姐装模作样地摇摇食指。也许会被人指责心胸狭小吧，但她现在的一举一动，真的都让我非常火大。啊啊——我早就猜到，这个人总有一天会给我惹上什么大麻烦，明明早有预感，为什么，就这样放任她了呢？和漂亮大姐姐的同居生活，就这么有吸引力吗？值得我毁掉自己今后的人生吗？只会让本来就狭窄的房间更加狭窄，变得只剩下一半空间而已啊！

"哎呀，人生在世，无奇不有嘛。"

被制造奇怪事件的罪魁祸首安慰了。

用走流程一般的姿势，拍了拍我的肩膀。

"不过也是啊。这样吧，大姐姐来告诉你这个烦恼的青年一件好事情哦。对困境有所准备的心态，合起来写作——"

"写作？"

"困惫！"

"你烦死了！"

"你的眼神中透出了困惫！"

"说话不要这样！"

"这是那个女孩身上唯一的物品。"

春日井小姐漂亮地无视我的咆哮，将话题拉回正轨。她站起身来，从钱包里取出了什么东西。塑料质感的钱包上画着颜色饱和的奇妙小动物（也可能是某个动画角色），怎么看都是小孩用的东西。春日井小姐拉开钱包的拉链，从里面掏出了一张纸片。那是一张名片。

"你看这个。"

名片上写着如下内容：

名侦探

匂宫理澄

NEONOMIYA RHYTHM

然后是住址和电话号码（座机、传真、手机）。

"……"

"砰——"脑内仿佛发生了大爆炸。

"喏，你现在还能说我没有把这个女孩交给警察是错误的选择吗？不，你不能。"

"还用的多重否定……"

不，这个时候还管它什么修辞法。

现在，眼前这张粘着圆形仓鼠贴纸，像是在电玩中心做的，反面还贴着大头贴的名片上写的头衔，才是大问题。

名侦探。

"厉害啊……"

生物学者算什么。

比尼斯湖水怪还珍稀。

比不明飞行物还神秘。

"出现了吗……"

"而且还是美少女名侦探。"春日井小姐说，"美少女名侦探。美少女名侦探。如何？这么有趣的女孩，还是不要交给警察叔叔来处理了吧？"

"这叫什么理由啊。"

不过，理由不提，这个判断本身确实是正确的。

身着黑斗篷的名侦探（自称）。

不容辩驳的可疑人物，怎么看都来路不明，简直就是头号全民公敌。

"不过也是……说到名侦探就会想到黑斗篷呢……"由于过于混乱，我开始说起了莫名其妙的话，"但再怎么样，春日井小姐，你也不能把她带回我的房间啊。"

"可是,我就是觉得跟你在一起肯定会发生什么好玩的事情才特地跑到京都来的欸,结果完全就是普通的日常生活嘛。每天就当当家庭教师,暗恋浅野小姐,跟一姬妹妹打情骂俏,无聊死了。所以我只好把麻烦的源头给你带进来了。"

"原来如此,我已经充分了解您那有涵养的动机了,所以给我闭嘴。"

然后就这样窒息而死吧。

杀意。

现在我内心汹涌而来的情绪,毫无疑问,正是杀意。

"应该不是生病了吧?"

我来到少女身旁蹲下,伸手摸了摸她的额头。有点热,不过应该是这个年龄段的少女特有的现象,属于正常体温吧。缩回手来,想再把一把她的脉搏,无奈双手都在斗篷里。又不能把斗篷脱下来,所以只好改为触摸颈动脉。"扑通扑通",非常健康,没有异常。

"这些检查步骤我都已经做过了。这个女孩……理澄妹妹,只是睡着了而已。再怎么说我也是个生物学者哦。"

"吵死了,你这个无业游民。"

对年长的女性出言不逊了。

理澄妹妹吗?

奇怪的名字。

"这个名字……是念'NEONOMIYA'吗?"

"那个大概不是日文的罗马音,而是英文写法吧。'理澄'也是同理。所以普通地念作'NIOUNOMIYA'就好了吧。"

"嗯,匂宫……"我收回了试探脉搏的手,"总感觉在哪儿听过这个名字……是在哪儿呢?"

"唉,亏你还是个大学生,见识如此浅薄。说到匂宫当然就是《源氏物语》了,我这个理科生都知道。全书由五十四帖构成,世界最早的长篇小说。第一部由《桐壶》开始到《云隐》结束,但实际上《云隐》是不存在的,正篇到《幻》就结束了,《云隐》只是为了暗示主人公的死亡。紧接在《云隐》之后的就是第二部。从《桥姬》到最终卷《梦浮桥》这几帖被称为'宇治十帖'。而正篇到'宇治十帖'之间的几卷就是《匂宫》《红海》《竹河》。'匂宫'乃是主人公孙子的名字。"

"哦哦,这样啊。"

怪不得感觉在哪里听过。这样我的疑问就一扫而空了,神清气爽。好怀念啊,《源氏物语》,是在什么时候读过的呢?对了对了,是ER3时期,作为课程的一个环节,读了英文版。不过跟大众的评价刚好相反,比起第一部我更喜欢之后的几卷。怎么说呢?有点后日谈,或者是善后处理的感觉。

"伊小弟——"

"……这个称呼是怎么回事?"

"伊小弟——"她无视了我,"想不想看看这个女孩斗篷里面的样子呀?"

"才不看……请不要把我说得像变态一样好吗?而且我,对小女孩没什么兴趣。都十九岁了,对比自己小的女孩实在提不起——"

"可我觉得浅野小姐那边希望渺茫欸。"

一针见血。

有点受伤。

"但是理澄妹妹的斗篷里面很有趣哦。"

"有趣?"

"特别特别有趣。我把她捡回来的最大原因,就藏在这个斗篷里面。"

"……"

我抱着被骗的觉悟,战战兢兢,把手伸向了眼前这个一脸纯真的熟睡着的少女,然后从下方慢慢卷起她的黑斗篷,向里面看去。这个场景要是被拍下来,我的人生大概就走到尽头了。

少女穿着拘束衣。

就像杀人者汉尼拔·莱克特[1]穿的那个一样,穷凶极恶的死刑犯专用的,毫无情色要素的那种东西。袖子被捆绑在胸前,与衣服融为一体,上面由两条皮革的束带固定,衣服的尺码似乎不太合身,娇小的少女穿着它就像穿着一条长长的连衣裙。我勉勉强强、绞尽脑汁,想说服自己这其实只是件宽松风格的卫衣——但不行,做不到。根本做不到。

---

[1] 托马斯·哈里斯小说《沉默的羔羊》中的主人公,杀(食)人狂魔。——译者注

我将斗篷恢复原貌。

"……"

不行了。

已经到极限了。

已经受不了了。

在我迄今为止十九岁半的人生里,也算体验了不少艰难险阻,但这样的绝境还是头一回。像这样被逼上悬崖,进退两难的情况,绝对是头一回。如果下次再接到来自鸦濡羽岛那至少一个月打来两次的邀请电话,就毫不犹豫地答应吧。这个想法,在我脑中已经获得了压倒性的同意票。

"原来不是斗篷的问题,是这样根本就没法把脉啊……"

"最近的年轻女孩间是不是很流行这种打扮啊?唉,我也是上年纪了呢。这个是叫哥特萝莉风吗?还是死亡金属风?朋克摇滚风?"

"这种自己一个人绝对没法穿上的东西能叫流行吗……"我觉得这不是哥特萝莉也不是死亡金属也不是朋克摇滚,而是千真万确如假包换的拘束衣,"果然,名侦探都是不太正常的人吗?"

我发自内心地这样认为。

也就是说,我远远不够格吗?……

"但是这衣服,也不一定就是理澄妹妹自愿穿上的。"春日井小姐突然用学者的语气讲话了,"万一是虐待少女事件呢。"

"虐待。"

虐待少女。

虐待。

真是让人寒心的词语。

甚至不敢，从这个词展开任何联想。

"……被谁？"

"伊小弟。"

"为什么——"

"不管谁看到现在这个场面，都会这么觉得啊。"

"可恶。"

不妙啊。

这个人，太有意思了。

寄宿的生物学者，以及昏倒的拘束衣少女。

我现在应该先因为谁混乱才好……要不叫小姬去找人帮忙吧……不行，这时候怎么能再增加一个犯傻的人。

救救我，巫女子！救救我，志人君！

"伊小弟真是个无趣的男人。"春日井小姐极为轻蔑地叹了口气，"还期待着你能来个漂亮的吐槽呢。"

"闭嘴白痴。"

"因为伊小弟太无趣了，所以现在开始罚你只能负责吐槽哦。"

"凭什么啊？"

"……"

"……"

"……"

"我知道了，从现在开始我就专心负责吐槽吧……凭什么啊！"吐槽一次完成，然后再一次，"所以说凭什么啊！"

"合格。"

春日井小姐竖起了大拇指。

"就是这个势头，以大垣君为目标加油吧。"

"原来他是被你训练出来的啊……"

春日井春日的动物调教讲座。

才怪呢。

这时。

"唔……唔嗯。"

在我们插科打诨的时候，那个少女——理澄妹妹翻了个身。看样子，好像快醒过来了。

"嘿嘿嘿，终于到正题了。我倒要看看你能找什么借口来说明这个情况。"

"……"

之后再好好想想怎么把这个人扫地出门吧。

在理澄妹妹恢复意识的时候，保持一定的距离可能比较好，所以我稍微离理澄妹妹远了一点。春日井小姐看起来不打算移动自己的位置，所以我选择躲在春日井小姐身后。她个子比我高一些。

"真卑鄙。"

"随便你怎么说。"

"你这个虐待少女的变态。"

"这句不行。"

勾宫理澄,睁开了眼睛。

"唔……呀。"

娇小的身体,忽地坐了起来。明明双手无法活动,却意外地灵活。紧接着,理澄妹妹的目光,转向春日井小姐和我的方向。

然后,微微歪着头。

黑溜溜的大眼睛。

一眨一眨。

充满了疑问。

不可思议。

困惑。

惊愕。

疑惑。

警戒。

然后是——恐惧。

"呜——"

目不转睛。

"呜……呜哇啊啊啊——!"

仿佛要震裂耳膜般的音量。

带着眼泪，组合成了响亮的悲鸣！

可恶！完蛋了！

戏言玩家系列就到此结束了！

感谢大家一直以来的支持！

"有……有……有寿司啊！"

"欸？"

"我开动了！"

理澄妹妹如一头饥饿的野兽，迅猛地扑向了寿司盒。因为双手无法活动，所以采用了小狗一般的进食方式。然而又由于她的吃相太过满足，让人实在不忍心指责这个吃法并不合乎餐桌礼仪。

"啊啊！玉子烧寿司是我的！"

呆滞了一秒后，春日井小姐发出了惊慌失措的大叫。

说起来，我好像还是第一次听到这个人尖叫……平时积攒的能量是用在这种时候的吗？

真浪费啊……

"……"

我无法做出任何反应，也无法组织好任何言语，只能沉默地观赏着，身着斗篷的名侦探和身穿围裙的生物学者在我眼前互相争夺寿司的画面。

淡出（Fade Out）。

3

"我叫匂宫理澄。"

说罢,理澄妹妹乖巧地鞠了个躬。

理澄妹妹、我、春日井小姐,面对面围坐成一个三角形。因为房间太小,所以三个人的距离很近,几乎可以互相碰到。理澄妹妹把黑色斗篷脱掉,放在了一旁的角落里,现在是拘束衣连衣裙的打扮。虽说已到傍晚,但京都的夜也不甚凉爽。或者可以说,夜晚才是京都的暑热真正发挥实力的舞台。但是,若要把我此时此刻感受到的沉闷凝滞的空气全部怪罪于京都,也十分不妥。

"今年十六岁,是个名侦探!"

"……"

"这样啊。我叫春日井春日,是动物学者。"春日井小姐平静地回答道,然后伸出了右手。双手被束缚住的理澄妹妹,只是友好地笑着。横看竖看,都是不谙世事、无忧无虑的笑脸。

"这个人叫伊小弟,是戏言玩家。"

"不要胡乱介绍别人。"

"好的。那么……"

理澄妹妹神情一变,严肃地盯着我们。那个视线,让人感慨不愧是以名侦探自居的人,确实能感到一些威严。前提是她嘴角没有沾满寿司米粒的话。

"我为什么会在这种地方呢？"

被质问了。

就算质问我也没用。

虽说这是值得质疑的问题。

但是，我也想知道为什么。

想问问天上的神。

神啊，请问你是笨蛋吗？

"说是这种地方也太失礼了，怎么说也是我家欸。"

"才不是你家。"我赶紧纠正她说，"春日井小姐，为了避免事情更加复杂化，麻烦你先不要讲话了。"

"明明你自己也想让它复杂化的。"

"闭嘴，我打你哦。"我把目光避开春日井小姐，转回理澄妹妹身上，然后使用了既没有伪造事实又能够达到撒谎目的的高级修辞手法——"你刚才是问为什么自己会在这个地方吧……其实是因为呢，那个亲切的大姐姐偶然间发现你昏倒在路边，不忍心丢下你不管，于是就把你带到这里来了。"

"昏倒在路边！"理澄妹妹一脸惊讶，"在……在哪里？我……这次又倒在哪里了？"

这次又？

这次，也就是说，以前也有发生过同样的事情吗？

我侧过头，看向春日井小姐。

"她是在哪里昏倒的?"

"鸭川公园那边的一座桥下。"春日井小姐如是回答。

鸭川公园那边,其实范围很大。不过,这个人只是散个步而已,居然走了那么远吗?

算了,本来她就是行动范围很广的人。

闲人一个。

"啊……原来如此原来如此。"理澄一副已然接受的样子点了点头,"太感谢了!大姐姐,最喜欢你了!"

这个道谢法还真是相当自来熟。不过,一个阳光可爱的女孩子这么说倒也不会让人心情不悦。毕竟现在这世道,多的是性格别扭的"小鬼头"。

"哪里哪里,不用谢。我只是做了身为大人该做的事情而已。"过去一定也是个性格别扭的"小鬼头"的春日井小姐,说出了言不由衷的台词,"不过我想请教一下,'名侦探'究竟是个怎样的职业呢?"

然后问出了她其实一点也不在意的问题。

很明显是想看好戏。

"哼哼。"

理澄妹妹得意地笑了。

"用一句话来说,就是脑力劳动的工作啦。"

"欸——"

春日井小姐发出了钦佩的感慨声。

全是演技。

"但是，大姐姐，大哥哥。要我来说的话呢，名侦探可不仅仅是一种职业。名侦探啊，是一种生活方式。"

理澄露出了骄傲的笑容。

糟了，这是个笨蛋。

还说什么"生活方式"。

"好帅呀……好帅好帅。生活方式啊，好憧憬。"春日井小姐兴致勃勃，感觉已经变成了另一种莫名其妙的人格，"对了，你那个拘束衣……唔！"

我大吃一惊，使出最快速度从后面架住春日井小姐的胳膊，顺势捂住了她的嘴巴。

呼……真险。

这个人是白痴吗？轻描淡写地问出了这种问题，少根筋也要有点分寸吧。突然这么刨根问底，要是到时候真的发现有虐待少女之类的内情，该怎么办啊？

"你们怎么了？"

"没事没事，什么事都没有。只是突然想玩摔跤游戏了……喂，春日井小姐，不要舔我的手指！"

我反射性地松开了春日井小姐。刚……刚才那阵穿透全身神经的感觉是什么。明明只是被舔了一下手指……我忍不住狠狠瞪了一眼春日井小姐，然后看到她鲜红的舌头从薄薄的嘴唇间探出，再用十分魅惑的目光凝视着我。

可怕!

春日井春日,可怕等级又上升了!

"那个,既然你都知道自己昏倒的地点了,能不能告诉我们一下,为什么会昏倒呢?是跟侦探的工作有什么关联吗?"

"不是侦探,是名侦探。"

在微不足道的地方被指摘了。

看来她似乎有种无谓的坚持。

"嗯……要问我为什么会昏倒啊,这个嘛,多半是因为肚子饿了吧。我只要集中精力做事情,就会忘记吃饭。所以最近忙东忙西,已经三天没吃饭了,整个人都轻飘飘的。"

"……"

所以才展现了惊人的食欲吗?

了解。

"不过,'多半'的说法感觉有点微妙啊。"

"我……经常会失去意识。算是昏迷癖了吧。有时候回过神来,就会发现自己倒在陌生的地方,或者是完全不记得的街道,记忆全都消失了。不过,我已经习惯了。"

"……欸?"

这个……

这个……有点严重啊。

是……一种病症吗?

好像是有一种,叫……什么什么的,嗜睡病吧(Narcolepsy)。

"但是睁开眼睛就发现面前摆着高级寿司的情况,还是第一次!哎呀,谢谢款待啦。我……最喜欢寿司了!"

"哪里哪里,粗茶淡饭。"春日井小姐微微点头说,"不要担心,不会管你要钱的。"

"哇……大姐姐就跟外表一样,好善良啊!最喜欢你了!但是这样可不好……啊,对了!"理澄妹妹像突然想起什么似的,猛地站了起来。

"我……我的钱包不见了!"

"钱包在这里,是放在斗篷的暗袋里的那个吧。"春日井小姐递了过去。虽然递过去的人是用手递的,但接东西的理澄妹妹只能用嘴衔住。这女孩没有卫生观念吗?

"安全起见,先替你保管了一会儿。虽然可能有些冒犯,但一方面也是想找找里面有没有写着你名字的东西。"

"太感谢了……怎么是空的!"理澄妹妹发出了悲壮的声音,"又被偷掉了……这次可有三万现金啊!只剩下几个硬币和名片了!"

"太可怜了,一定是在你昏迷的时候被偷走的吧。"

春日井小姐摆出了一副发自内心同情理澄的表情。

我的目光瞄向跟钱包一样已经空空如也的寿司盒,仔细察看雕刻在盒子上的店名。嗯,这家店的特级寿司,再加上这个分量的话,大概要三万左右吧……

临时收入。

这就是临时收入的意思。

临时的意思是指非正常渠道。

"……"

你是魔鬼吗？

让我重复多少遍都可以。

你是魔鬼吗！

"唉，反正也吃到寿司了，就算了吧。"理澄一边垂头丧气地说，一边向着角落里斗篷的方向移动，"久留无益，我就先告辞啦。"

"这样啊。"

"唉……今晚，住在哪里呢……"

"住在哪儿，你家不在附近吗？"

"我……是云游四方的流浪者。"

"流浪者？"

"浪漫主义者。"

哦哦。

这么说来，那张名片上写的地址确实不像是京都的地名。那个邮编是什么地方的呢。既然职业（生活方式）是名侦探，那么在外工作的时候一定很多，所以才说自己"云游四方"吧。

"既然经常出门在外，就要学会分担风险哦。比如钱包要准备三个以上。我到京都来的时候就是这样做的。"

春日井小姐恬不知耻地讲起了经验谈。我今后再也不会相信这个人的话了。

"……"

没有比在旅途中痛失所有财产更凄凉的事了。

"……大哥哥。"

"在,有何吩咐?"

不禁用了敬语。

"帮我穿一下斗篷。"

"……好的。"

现在绝对不能吐槽。

我拾起地上的斗篷,以一流洋房的管家塞巴斯蒂安(假名)的姿态,为理澄妹妹穿好了斗篷。"谢谢。"理澄低下头道谢。随后她抬起头来,背影却依然颓丧。

可怜。

太可怜了。

真是可怜中的可怜,可怜之王。

最可怜的还是,她还没意识到自己到底哪里可怜。这种人会在不知不觉中,被弱肉强食的社会压榨吧。大概就是"咦?什么时候被夺走的?唉,算了吧……"这种感觉。

我的罪恶感到达了峰值。

"……理澄妹妹。要不,我借你钱吧。"

"可以吗?"

理澄迅速地转过头来。

"嗯……不过也没法借你太多。"

"谢谢！大哥哥，最喜欢你了！"

"咚——"

理澄像是想给我一个大大的拥抱，一头撞进了我怀中。当然，她的双手还是不能活动。所以从结果来看，只是单纯地对我的身体进行了一次攻击。由于力道超过预料，我狠狠地撞到了身后的墙壁。

还挺疼。

"啊……没事吧？"

"……嗯。"

我从裤子后面的口袋里掏出钱包，取出正好三万元，放进了理澄的钱包里。这原本是我这个月的生活费。其实我现在的经济状况也相当紧张，虽然紧张，真的紧张，但是在这件事上还是没有什么可犹豫的。三万，我把钱包再次放回了理澄妹妹斗篷内侧的暗袋里。

"还有啊，理澄妹妹，不可以轻易对别人说喜欢哦。"

"为什么？"

"这样表达好感会被人乘虚而入的。当然，如果你本人就是打算被人乘虚而入的话，就当我没说。"

"……好吧。虽然我不是很懂。"

"伊小弟，你在向纯真的少女灌输什么东西啊？所以说你们现实主义者就是不招人喜欢。"春日井小姐用电视购物节目里的外国人那种夸张的姿势摊开手,摇着头说,"理澄妹妹你可要小心,别变成这样的大人。"

"……"

虽然我很赞同这个观点,但再怎么说,我都比你像样多了。

"好的,我知道了!"

你点什么头啊。

"那么,大哥哥,大姐姐,今天承蒙关照了!"

"嗯。再遇到困难的话也别客气,随时来找我们。"

"我不是让你闭嘴吗!"

"由于工作原因,我会在京都待一阵子,有缘的话会再见的。不过我刚到这边,所以住的什么酒店,还没定下来呢。"

"这样啊。"我点点头,"有缘的话。"

有缘的话。

是谁曾经说过这句话?

对了,是木贺峰副教授。

"再见面的话一定还你钱。"

"啊,那倒不必。把我们的事忘了吧。比起这个,你说因为工作原因……是指?"

话说根本就不是什么生活方式嘛。

"我……这次来呢……"

理澄继续说:"是为了寻找一个叫零崎人识的男人。"

"……"

"……"

"这就是我现在的脑力劳动。大哥哥大姐姐,如果你们有关于这个零崎人识的情报,就打那个名片上的电话,我会很开心的。"

"你……你说情报……"我结结巴巴地说,"但是我们也不知道那是什么样的人啊。"

"遇到的话大概一眼就能认出来了。那个人的脸上,有特别明显的刺青。不过也不会那么轻易就碰到吧。好像是个很擅长隐蔽行踪的家伙。而且还是危险分子,就算见到了也千万不要上去搭话。对了,大哥哥,可以告诉我你的联系方式吗?"

"嗯嗯……"

我条件反射似的,马上就告诉了理澄我的手机号码。

"嗯——感觉是串好数字呢。"

"……"

"怎么了?一脸不可思议的表情。"

"啊,没事……"

"那就好。"

理澄原地立正。

"那,我就先告辞了。大哥哥,大姐姐,再见!"

最后的最后,依旧是活力充沛、彬彬有礼的样子。自称名侦探的匂宫理澄,向我们道别并低头致意后,走出房间。

留下的是,一片静寂。

无比沉重的，静寂。

令人喘不过气的沉默。

就连那个春日井小姐也一言不发。

我更是无话可说。

零崎。

她在找……零崎人识?

在寻找……

"零崎这个名字，我记得……"不知过了多久，春日井小姐才喃喃自语道，"上个月入侵博士研究所的人，好像就是类似这样的名字……"

"呃……"

还有。

五月份现身于京都，总计残害十二人的无差别杀人者，那家伙的名字，正是零崎人识。

没想到……

我竟然会在这样的场合下，再次听到这个名字。

人间失格·零崎人识。

零崎一贼的成员。

破坏如呼吸，刀刃如冰霜。

"话虽如此。"

我挠了挠头。

实际上不用这么紧张。要找到那家伙，就算现在来京都……

我觉得也无济于事。那家伙现在别说京都了，在不在日本境内都难说。

名侦探的前路漫漫呢。

是不是告诉她实情比较好啊。

"喂……伊小弟——"

春日井小姐脸上露出了奇妙的神情向我搭话。

"肚子吃饱了的大姐姐，想做一些害羞的事情。"

"你自己去做吧。"

八月一日，星期一。

暑假。

戏言玩家的日常生活，大概就是这么回事。

匂宮出梦
NIOUNOMIYA
IZUMU
杀手

第二章　饕餮

0

彩票中了一等奖。

"奖金拿去买什么了?"

"彩票。"

1

提到哀川润,脑海中便会浮现如下形容词:

自由奔放、放荡不羁、光明磊落、粗野刚强。红色、人类最强承包人、只要给钱不管什么工作都接受。沙漠之鹰、恶鬼讨伐人、赤色征裁。讽刺的笑容、总是挂着微笑,又仿佛下一秒就要翻脸、总是冷嘲热讽的口吻。三白眼、眼尾上翘。时髦的西装。喜欢把人当笨蛋耍、喜欢好玩的事情。最爱麻烦、容易高估别人。喜欢多管闲事、讨厌半途而废。身材挺拔高挑。从不考虑他人想法。爱看漫画。自信满满、漂亮、值得信赖。无论如何都不想与她为敌,与她为友的话就天下无敌,当然这也需要相应的代价。说话方式很粗暴,待人态度也很粗暴。傲慢自大、不讲道理、我行我素。大骗子,能面不改色地撒谎。头脑聪明,但很少使用、靠蛮力取胜。有魅力,有领袖气质。年龄不详,二十五岁到三十岁,喜欢角色扮演。爱车是大红色的眼镜蛇。机车当然是进口的杜卡迪,不过我还没见过。

"然后呢?那之后怎么样了?"

"怎么样了,是指?"

"你有没有给那个叫……匂宫理澄的名侦探小妹妹打电话?告诉她'你现在做的都是无用功,太傻了,你是笨蛋吗'什么的?"

"不……并没有。"

"为什么?还是告诉她比较好吧。"

"麻烦,而且我也不想再跟她扯上关系。"

"是吗?我觉得很有意思啊。"

"那可是穿黑斗篷、拘束衣还自称名侦探的眼镜少女欸?"

"不是很有意思吗?"

"不,我唯恐避之不及。"

"哈。行吧。"

哀川小姐一副可以理解的样子点了点头。

八月四日。

我再次来到了四条河原町附近。

在某家大型书店楼上的意大利餐厅，又一次见到了哀川小姐，全名哀川润，一起吃着午餐。

昨天突然就被叫出来了。

回想一下当时情景大概就是这样的感觉。

"哟，小哥。明天中午以后都有空吗？"

"欸？明天吗？明天一天都要看着小姬做作业。"

"哦。那把这个安排取消掉就有空了吧。"

"……"

"拜拜——"

——以上。

抱歉啊，小姬。

今天的哀川小姐，怎么说呢，打扮得相当休闲率性。或者说整体感觉特别青春。上身穿着修身的短上衣，腰间系着衬衫，下身是看起来很难穿脱的紧身牛仔裤，脚上也不是高跟鞋，而是像篮球鞋一样的厚底高帮运动鞋，额上绑着印花头巾，下面的头发分成两束绑着。虽然全身的色彩还是跟往常一样以红色为主，但感觉上让人怀疑这是不是在玩变装游戏。

"嗯？你说这身衣服啊？才不是变装游戏啦。今天是休息时间又是私人场合。所以想着要不要配合小哥打扮一下。偶尔这样也不错嘛。毕竟是难得的约会。"

"……这是约会吗？"

原本以为又会塞给我什么麻烦的工作，所以一路上都在担惊受怕。不过仔细想想，哀川小姐说得也有道理。要是她穿着平时的那种大红色套装出现，无论谁都不会觉得我们是情侣吧……怎么想都是大姐头和小跟班。但是，就算她配合我改变了造型，我们之间的差距也是不可能被轻易填平的。

"这种风格也不错吧？"

"嗯，哀川小姐不管穿什么都很合适……不过上次的护士服还是有点让人想笑。"

"都说了不要叫我的姓氏。会用姓氏称呼我的只有敌人……都快懒得纠正你了。居然能在毅力上战胜我，你小子果然不是一般人。"

就像惯例的仪式重复了一百次，也会慢慢变得敷衍。哀川小姐把盘中蔬菜豆奶酱汁风味的意大利面，优雅地吸入口中。虽然表面上看起来粗枝大叶，但是这个人有时候意外地端庄有礼。

一定，受过相当良好的教育吧。

……

教育吗？

"对了，小哥。"

"在。"

"你最近怎么样？"

"……大概就像我刚才说的那样。被个子高高的副教授邀请去兼职，捡到了一个名侦探。啊，还有，左手的石膏终于拆掉了。你看。"我活动了一下左手腕，"虽然还不能说是完全康复，但至少现在活动自由了。"

"欸。啊啊，这是上个月受的伤吧。不过，仔细想想，哎呀，亏你能活着回来呢……你也是……很努力了呀。"

"算是吧。就算是我，上个月都以为自己一定会死掉呢。"接受了哀川小姐的夸奖，我将双手交叉在胸前，"……不，再之前那个月的小姬事件，再再之前的零崎骚动，还有更之前的鸦濡羽岛事件，好像自从认识润小姐之后，每一次遇到事件我都差点死掉啊。"

"啊哈哈。"

这还笑得出来。

"感觉自从认识了润小姐，我的人生就完全被搅乱了。"

"你的人生本来就是一团糟吧。在跟本小姐认识之前，就已经没救了。"

哼。

说得很对。

"不过，匂宫……匂宫理澄……匂宫……又认识了一个不得了的人物。你的麻烦人物吸引体质，好像被磨炼得越来越厉害了。"

"匂宫这个名字怎么了吗？"

"嗯？怎么，原来你不知道吗？"

"知道啊，不就是《源氏物语》那个。"

"……你从零崎人识小弟弟那里，什么也没听说吗？"

"他倒是说了不少话，不过都是些无关紧要的事情，怎么了？

是关于那边的话题吗？勾宫这个名字，很不妙吗？"

"这个世界上有的事情啊，还是不知道为好。"哀川小姐说完，拿起账单站起来，离开了座位，"走吧。我今天可是为小哥把下午的时间全都空出来了。"

"这还是真是我的荣幸。"

"有什么推荐的观光景点吗？我来京都的次数虽然不少，但还没有专门来玩过呢。"

"嗯……"我也离开了座位，跟在哀川小姐后面边走边思考，"其实我也不常出去玩呢——这种是不是就叫作工作狂啊。"

"是吗？"

哀川小姐已经结完账了。

好像理所当然的，让哀川小姐请客了。

感觉真是无地自容啊。

接下来，要去哪里呢……去玩保龄球、台球或是乒乓球吗？但是竞技运动类的活动，肯定赢不过哀川小姐吧。又不是在应酬接待，胜负过于悬殊的话也很无趣……就算想迎合哀川小姐的兴趣……啊，对了，漫画咖啡馆？新京极的入口倒是有一家装修风格诡异的漫画咖啡店，不过约会去那种地方，也太不浪漫了。按照一般的套路，去鸭川公园悠闲地坐着，好像也不太适合我们。

"去看电影怎么样？润小姐。"

"最近有什么好电影吗？"

"不知道。先去看看？"

"嗯，去看看还是可以的。"

下楼后，经过了书店，我们前往不远处的一家大型电影院。那家电影院总是放一些主流商业大片，我一般是不会去的……不过哀川小姐喜欢老套的剧情，说不定会有适合她口味的电影。

可是，走到电影院门前，哀川小姐突然说了句"果然还是算了"，然后停下了脚步。

"欸？"

"难得来一趟京都，却跑来看电影，感觉不对。你还是带我参观一下什么寺庙、神社吧。"

"好……"

真是善变的人。

离这里最近的就是本能寺了……但要带别人去自己都没去过的地方观光，内心还是有点抗拒。不过，我好歹也算是京都的住民啊——正因如此，所以反而对观光景点不太熟悉吧。记得刚来京都的时候，还请美衣子小姐给我介绍过一些寺庙，看来只好在那些寺庙中做选择了。

晴明神社、哲学之道、二条城，都好远。

延历寺……这不是更远了吗？

八坂神社……清水寺，大概就这两个选项吧。

"八坂神社和清水寺，你想去哪个？"

"嗯——清水寺吧。"

"清水寺吗？"

"我想从清水寺的高台上一跃而下。"

"请不要这样。"

"我开玩笑的啦。"

"……"

从你嘴里说出来一点也不像是在开玩笑。

真的求你别闹了。

"明白了。虽然不算太远，但是从这里过去也要走一段距离。"

"无所谓，我喜欢走路。"

"说到这个，今天怎么没开眼镜蛇？"

"正在维修中，之前被我撞坏了，唉。果然我平时对它太粗暴了，所以今天是打车过来的。"

"这样啊。"

"打车很省事也挺好的，不过还是自己掌握方向盘更好啊——这么一想就很不爽。"

"是不喜欢把事情交给别人办的类型吗？我不太能理解这种心情啊。不过，也对。润小姐的工作就是帮别人办事而不是让别人帮自己办事呢……这边走啊。"

我走在润小姐前面，开始担任起了导游的角色。

——这么说来。

虽然是件再正常不过的事情，但我之前一直没考虑过，哀川小姐，肯定不是京都本地人吧。每天四处奔波，那她的根据地究竟在哪里呢？

"润小姐，有固定的住所吗？"

"啥？固定的住所？"

"嗯，就是户籍上登记的住址。"

"没有。只是准备了几处藏身的地方以备不时之需，平时基本都住在酒店。并没有能称得上是定居地的地方。"

"哈——"

这还真是豪爽的回答。

"……我还以为，小哥肯定也是这样的人呢。伊小哥也没打算一直待在京都吧？也没有把那个破破烂烂的公寓当作自己的家吧。"

"可能是吧……毕竟我也是无根浮萍。但只要玖渚还在京都，我大概就不会离开吧。没有什么特殊情况的话。"

"嗯哼。特殊情况啊，原来如此。"

哀川小姐颇为理解般点了点头。

也不知道她理解什么了。

沿着我们之前过来的路线往回走，出了河原町路，再往南走。如果在四条路拐弯的话就会先路过八坂神社，那样未免有点扫兴……所以再往前走一段路然后左拐比较好。嗯，八坂神社就留到回程的时候再去吧。

"那个匂宫啊。"

走着走着，哀川小姐突然开口了。

"简单来说，就是一个杀手组织。"

"杀手？"

这还真是一个相当不平凡的词语。

说是随处可见，也算是随处可见吧。

但起码，不是正常人生活中会出现的词语。

"对。有'餍寐奇术团'之称的匂宫杂技团。在那边的世界里，可是相当赫赫有名的。赫赫有名……哈哈，形容得好。"

"但是，这个姓氏也没有那么罕见吧？有可能只是偶然同姓。那个女孩怎么看也不像是杀手，也不是说她就像名侦探，但反正绝对不可能是杀手。那种气场，我还是能感觉到的。"

"气场啊……虽然小哥你这么说，不过理澄这个名字，我好像也有在哪里听过欸。"哀川小姐继续说，"什么来着……那个'汉尼拔'理澄……不对，好像是'饕餮者'理澄什么的。"

"怎么感觉这么随便！"

"我也不清楚。本来就是个神神秘秘的组织，我平时也尽量不跟'杀之名'的那些人接触。那些人，净是些脑子不正常的变态。那个世界完全是根据异于常理的规则在运转——说实话，跟他们扯上关系的话，我都自身难保。"

嗯。

理澄妹妹，确实是个有点奇怪的女孩子。

感觉像个外星人少女。

但是如今，那种女孩子可能也已经不算奇怪了吧。毕竟，现在就是这样的时代啊。对我这个已经见识过玖渚和小姬的人来说，理澄妹妹还没有奇怪到需要看着说明书才能应付她的程度。

"话说回来，名侦探……匂宫杂技团居然开始搞侦探副业了，这倒是挺有意思的……到底是怎么回事啊？"

"呃，你就算问我也问不出什么啊。不是还有碰巧同姓的可能性吗？虽然比不上什么铃木、佐藤那么常见，但也没稀有到仅此一家的程度吧？"

"嗯——话是这么说……一般情况的话，有可能是我瞎担心了。但是，跟你有关的话就难讲了。总之，还是把收到的那张名片撕了扔掉比较保险。手机号码最好也换了。你这人最怕惹麻烦了吧？"

"不……我最近开始觉得那种处世风格也可以舍弃了。"

"哦哟，要改变宗旨了？"

"人嘛，就是要学会放弃。"

"哦哦，你也是有所觉悟了嘛。果然是受上个月的事件的影响了？"

"一半是上个月的影响……另一半是受现在跟我同居的春日井小姐的影响吧。看着那个人啊……就感觉自己老是拘泥于无聊的小事，档次太低了。"

"春日井春日啊。哼，不过没想到那个女人会再次出场……这也真是意外的发展。那家伙也跟你一样，是个看不透的人物，所以大概做出什么事情都不会让人感到奇怪的吧。"

"请别这么说……我一点都不想跟那个人属性重叠。"

"哦——"哀川小姐沉思片刻,"不过,要说春日井春日到你身边来毫无目的,也不尽然吧。"

"开始说是,觉得待在我身边就会发生有趣的事情……谁知道她到底怎么想的呢。那个高个子的副教授也说过同样的话,真希望她们不要再把别人形容得像个娱乐节目一样啊。"

"欸,娱乐节目不是挺好的嘛。"哀川小姐坏笑道。

"话说玖渚知道这件事吗?那位名字反过来念也一样的春日井小姐,跑到京都来找你了?"

"怎么可能让她知道。"

"出轨,男人中的渣滓,渣男。"

"虽然这么说容易让人误会。但是,我和玖渚很早很早以前就不是那种关系了,已经结束了。现在只是普通朋友,Friend。是互相尊重,不分彼此,柏拉图式的纯洁关系。"

"哎呀,还说什么纯洁关系。怎么听都是没骨气又要逞强的人的台词——"哀川小姐轻而易举地就戳到了我的死穴,"就这样一直拖拖拉拉的好吗?"

"有什么关系。反正这个世界上的一切,都是命中注定。"

"一切都是……命中注定吗?"哀川小姐,小声地重复了我的话,"也就是说只要活着就会死亡……'不死的研究'也算是个古老的课题了。在古时候,不老不死还是属于帝王的研究呢。我记得ER3系统,也有类似的研究课题吧?毕竟是那个ER3嘛。"

"有，还是没有呢。"我含糊地岔开了话题，"那个副教授给我的详细资料，我看了，但还是摸不着头脑。总感觉像一杯浑浊的茶水，读不明白……也可能是我还没有明确表态要不要参与，不太方便把研究内容表述得太清楚吧。"

"那……你最终决定怎么办？"

"呃……"

我稍作停顿答道："也不是不可以接受啦。"

"哦，看来你已经得出结论了。"

"嗯……虽然还有点顾虑，不过八成会答应吧。"

"为什么？果然是对'不死的研究'感兴趣了？"

"嗯，也有这个原因。还有就是，骨董公寓的邻居最近有点为钱发愁。这个月怎么也要凑个二十万。平时一直受对方关照，所以想稍微帮一点忙。"

"……"

因为没听见回应，所以我回头看向哀川小姐，发现她满脸写着不可思议，瞪圆眼睛。

还真是相当罕见的表情。

"欸？什么什么？怎么回事？"哀川小姐朝我逼近，使出了一招拿手的擒拿技，"怎么会有这种事情？你居然会为了别人而想做点什么，到底是怎么了？"

"啊……不不不，并不是那么了不起的事情。"我慌忙地回答说。没想到哀川小姐反应这么大，原来我在她眼里是那么排他的性格……也不是全无道理。还有胸部，哀川小姐你的胸部碰到我了，"是报恩啦，报恩。我不想欠人情。"

"……哦。"听到我这个还算情理之中的回答，哀川小姐终于松开手说，"嗯……是那个吗？你之前讲过的那个，像武士一样的大姐姐？名字是叫浅野拓海之神来着？"

"不，并不是这么华丽的名字。"

"你喜欢她？"

唔哇。

一记直拳。

一针见血。

"大概就像润小姐喜欢我一样吧。"

我尝试使用左勾拳曲线回击。

"哦哦。"

毫无效果。

反而自爆了。

直接自掘坟墓了！

"真是搞不懂你这个家伙……就这么喜欢隐藏自己的真实想法来耍帅吗？算了不管你了……然后呢，你已经向那位副教授表示你答应了吗？"

"不，还没有。一起协助研究的另外两三个人，还没决定好找谁……"

"除了那个武士姐姐之外，还定下来几个人了？"

"不，我并没有邀请那个武士姐姐。"

"……伪善者。"

"随你说好了。"我耸耸肩。扮演反派角色我已经习以为常，现在不管被怎么说也完全不会在意了，"总之，先试着邀请了一下骨董公寓的魔女。"

"魔女？"

"对呀，名字叫七七见奈波。"

"哼，你人脉还挺广。邀请的结果呢？"

"啊？居然要本小姐去从事劳动？我的大名七七见奈波，你是没听说过吗？"

"……"

哀川润沉默了。

哎呀呀，没错。

这就是最恶毒的魔女，七七见奈波。

虽然完全不想变成她那副德行，但要是有她十分之一的自我中心意识，我的人生一定会跟现在迥然不同吧。虽然对那个性格表示遗憾，但也忍不住心生敬意。

"然后，我又试着去拜托了照子小姐。"

"噢！结果怎么样？"

"她说'啾！照子好开心！'……才怪呢，在说出正事之前电话就被挂掉了。"

"原来如此。"

"然后，就无计可施了。"

"人脉真窄。"

哀川小姐开始嘲笑我只找了两个人。

不用想就知道一定会被嘲笑。

其实去试着邀请一下大学里的同学应该也可以，但是因为五月的事件，让我不太想把那些正直的普通人卷进来。而且，也不知道他们到底是否值得信赖。

这个世界上，真的存在值得信赖的人吗？

说到底，信赖又是什么呢？

是即使被背叛也没有怨言吗？

是把责任全推给对方吗？

"啊，对了。哀川小姐，要不要一起去？"

"嗯？可以倒是可以。什么时候来着？"

"八月二十二号开始。"

"嗯——啊，那不行了，有工作。"

"这样啊。"

"八月中旬以后的日程已经全满了。"

"真遗憾。"

"最近啊，这里那里的事情很多。也不知道怎么了，到处都出乱子，生意兴隆得忙不过来……但是总觉得有种可疑的气氛。"

"欸——真辛苦啊。"

不过话又说回来了。

只付不到十万块钱，就让人类最强承包人跟着我工作一周，再怎么说也是太冒犯了。

"不过，差不多该给木贺峰副教授打电话了，约好的一周期限也快到了……"

"木贺峰？"哀川小姐似乎有点惊讶，"木贺峰？你刚才是说了这个名字吗？"

"咦？啊，我刚才忘记说了吗？那个雇主的名字就是木贺峰约。不是像饿死鬼的那个墓喝风，是兔吊木的木，贺岁的贺，峰不二子的峰，以及约分的约。啊，不是月份的月，是数学上那个约分的约。"

"木贺峰……约。"

"你认识吗？"

嗯，巫女子也说过，木贺峰副教授好像很有名。其"有名"的范围，也并不限于大学校园内。

"……不，并不认识……"

哀川小姐虽然没停下脚步，眼神却变得锐利了起来。本来哀川小姐的三白眼就是一大特征了，现在这副表情更是让人不敢直视。

"不认识……应该是不认识的……可是，总觉得，好像在哪里听过……不，应该是见过？嗯……嗯？"哀川小姐喃喃自语，"木贺峰，木贺峰……这个姓氏也不寻常，所以，如果见过的话应该不会没有印象才对啊……"

"……"

"我说小哥。那个兼职，还是拒绝比较好吧？"哀川小姐看着我，"我总有种不祥的预感。二十万而已，我来给你想办法就好。"

"不，这怎么行。"

"或者我给你介绍兼职也可以啊。"

"对天发誓我绝对不会接受的。"

"嗯……这样啊。你说的也没错，想要消除心里这股莫名其妙的担忧，比起逃避还是正面出击比较好吧。"

"……"

不，我并不是凭着这么有男子气概的想法才答应去兼职的啊。

"小哥。那个，其他几个一起参与结果测试的人员，是找谁都可以吗？"

"只要是值得信任的我的熟人，应该谁都可以吧。"

"那……要不带一姬去吧？"

"……欸？小姬吗？"

"嗯。"哀川小姐点点头，"有那个丫头在的话，出现什么意外状况好歹还能应付一下。毕竟只论战斗力数值的话，那个丫头可以说是无敌的。当然，比起本小姐还是差远了。"

哀川小姐不忘补上这么一句。

确实，"病蜘蛛"最后的弟子，这称号还是相当有分量的。迄今为止，能将小姬逼入绝境的，恐怕除了"军师"以外再无他人了。可以说是保镖的最佳人选。可是，假如真的只是一个正经的大学研究计划,带那样一个懒散的高中生,而且还是全科目不及格的天才少女过去,会不会不太妥当啊。

"小姬的补习,我记得是到二十号吧?那样的话,二十二号的兼职,不是没问题嘛。完全赶得上。"

"是呢……可是把小姬本来就只剩十天的暑假再剥削掉一半,好像有点——"

"有什么关系,反正那丫头也很闲。按理说,应该是有不好预感的我本人,亲自出马才对,可是考虑到一些人情世故,有的工作实在不能推掉啊。"

"这样啊。这样的话……我明白了。我会去拜托小姬的。"

小姬啊。

虽然是个好孩子。

但其实,我有点不擅长跟她相处。

因为那个女孩,跟玖渚有一点像。

阳光,天真烂漫,纯真无瑕。

说实话,跟本人正好相反。

"总觉得啊,"哀川小姐一副无语的表情,"别人正在担心你,你倒是一点紧张感也没有的样子。"

"咦?啊,是在说我吗?"

"当然是你了。什么态度嘛?明明在给你忠告,你却心不在焉的。那个副教授,搞不好是个相当危险的人物哦?刚才给你讲匂宫的时候也是这副样子,你啊,能不能稍微对自己的人生有点紧张感或危机感啊？你就没有想过，自己可能会送命吗？"

"所以说我现在已经决定舍弃这种想法了。"

"还舍弃……我说你啊，这跟对可能发生的问题视而不见是两码事吧？就算有什么'不死的研究'，但人类是绝对无法躲避死亡本身的。"

"谁知道呢。"

"算了，这也是你的个人风格，没什么不好。怎么说呢，是觉得自己游刃有余吗？"

"游刃有余？"

"或者说是隐藏实力吧。还没有真正发挥出自己的全部实力吧？你这家伙。说什么学会放弃、舍弃，根本就不是那么一回事。你应该是一直只靠七成实力来糊弄人生的人吧？七成……不对，六成吧。也就这种程度了。"

"……是吗？我自己是觉得，每次都已经使出浑身解数了。"

"不管什么事，自我感觉和现实总是有偏差的。你这样子，与其说是软弱，不如说是害怕展示自己的真正实力……我觉得你只是害怕知道自己的极限所在。唉，不过，虽然等级不太一样，但在这一点上我其实也没资格说你。"

"欸，这话怎么说？"

"因为啊，我……根本就不能使出全力。"

哀川小姐露出了在她脸上极为少见的自嘲的神情，但随即又和往常一样略带嘲讽地笑了。

"从这层意义上来说，什么最强啊，顶点啊，意外地很无聊。因为没有可以与之对抗的存在，怎么都没法实现真正意义上的战斗。没有对手，就失去了平衡。所以只能自己主动出现在对手面前……去配合对方的实力。但这样不就是在看低对手，给对手放水吗？所谓的最强无敌者，其实也有着这样卑鄙的地方。卑鄙，并且……无趣。"

"……"

"啊，说起来……刚才也稍微提到两句，五月份出现在京都的那位双胞胎小弟——零崎人识。跟那个家伙的战斗，还是相当不错的。至少是近期最好的战斗了。"

"近期……这么说来，之前还有更厉害的了？还有在零崎之上的人吗？"

"嗯……有倒是有。"哀川小姐有些吞吞吐吐，"不过，那已经是我成为人类最强之前的事情了。能让我发自内心地屈服，觉得不可战胜的对手，在我还是小鬼头的时候，曾经遇到过两个。"

"两个啊……"

这真是令人惊讶。

但仔细想想也合情合理。就算是哀川小姐，也不是打从一出生就是"人类最强承包人"。

不管是谁，都有过去。

不管是谁。

需要也好，不要也罢。

喜欢也好，厌恶也罢。

正是有了过去的沉淀，才能一路走到现在。

而现在的沉淀，又将我们指引向未来。

"发自内心地屈服……"

"嗯。可能只是我自己这么觉得吧——但这也是很久以前的事情了……那个零崎弟弟，早就被我从候补名单中剔除了。毕竟我又不是那个被蒙在鼓里的名侦探，零崎那家伙已经不在了。"

"已经不在了——吗？"

"所以说在这层意义上呢，小哥——"

"啪"，哀川小姐的手，搭在了我肩上。

然后，握住了我的肩膀。

紧紧地，不留余力地，不知轻重地。

"我可是对你，寄予厚望哦。"

"……别开玩笑了。"我用颤抖的声音回答道。

在发抖的不仅仅是声音。

"别拿我开玩笑了，润小姐。"

"我之前也说过……现阶段的话，的确是玩笑话。所以你也别在意。"出乎意料的，哀川小姐爽快地松开了手，"不过，我个人还是非常想见识一下……你的真正实力。对此，也有点害怕。说实话，我也在考虑是不是应该在你拿出真正实力之前，先把你收拾掉。"

类似的话，之前好像确实有提过。

我如果怀着某种目的，为了那个目的而全力以赴的话，会变成什么样子。

什么样子呢？

"太强人所难了。"

"嗯哼？"

"我，就是这种人啊。模棱两可、半途而废、无可救药的人啊。跟刚才提到的春日井小姐没有关系，我本来就是个对人生没有目标、没有追求，懒懒散散混日子的家伙而已。"

"解说得真清楚啊。"哀川小姐哧哧地笑了，"嗯，就是这样吧。但要我来说的话，且不管身边的人怎么想，不全力以赴地活着，对本人来说不也是个无趣的选择吗？"

"就算还保留着什么余力，那也是我自己掌握不了的余力。正所谓过犹不及嘛。不是有人说人的大脑其实只使用了百分之三十吗？就算有一天试着开发剩下的百分之七十，说不定只会发现那里面都是垃圾而已。"

"垃圾也好什么也好，那个隐藏的余力，总有一天会派上用场。你也不可能一直这样模棱两可、半途而废下去的。"

哀川小姐打断了我的话。

然后，坚定地说："因为，你还活着啊。"

2

参观完清水寺和八坂神社后,我们在哀川小姐"钦定"的居酒屋吃过了晚饭。那之后又说了很多话,走了很多路,在一个地方稍作停留后马上又前往下一个地方,就这样过了深夜零点,也就是八月五号的时候,哀川小姐才坐上出租车与我告别。看来是为了我腾出了"中午以后"的所有时间,接下来就要马不停蹄地投入工作中了。

那个人不是一般的忙碌啊,我不禁这样想到。

到底什么时候睡觉呢。

"……"

突然,我想到一件事情。

为什么哀川小姐会当承包人呢?只要她想的话,以那个人的才能……不,不是才能,而是只凭着"哀川润"的名号,恐怕就没有做不到的事情,也没有得不到的东西吧。

"活着"却"不会死亡"。

就连这样荒诞的台词,在她身上仿佛都可以实现。

至少,能让人有一种强烈的认定感。

能让人相信。

明明如此,可为何选择了承包人这个工作呢?

所谓承包人，就是替别人做事的人。

就是代办人。

代理人。

替代品。

为什么能接受这样的工作呢？

坚决地要求别人要认真活着的她。

有朝一日希望能看到我全力以赴的她。

对我寄予厚望的她。

这难道不矛盾吗？

没有使出全力。

从语言表达上来看，意思差不多。

但从境界上来看，就差多了，简直是天差地别。

我是，不能使出全力。

她是，不会使出全力。

其间的差别实在太大了。

这个差别是绝对的。

是最强与最弱之间的差别。

用一句话可能解释不清楚。

"……对啊。"

我从来没想过。

甚至从来没打算去想过。

哀川小姐她。

"哀川小姐她……到底期望着什么呢?"

又或者,她到底不期望什么呢?

下次问问看吧。

如果有机会。

如果再次见面时,我还能记得。

"现在,打道回府吧。"

我转身往回走。像我这种贫穷学生,自然是不可能像中产阶级一样有钱打车回家的。可是现在这个时间,已经没有公交车了。结果只能走着回去。可惜这回没有什么需要在路上思考的事情,手上石膏也拆了,结果还得沿着同样的路线返回,突然感觉好空虚啊。

"啊……好疲惫。"

毕竟被哀川小姐指使了整整十二小时,积攒了不少疲劳。要不给美衣子小姐打电话请她来接我吧……可是,这样也很麻烦。况且都这么晚了,美衣子小姐可能已经睡了。吵醒她的话就罪过了。

我沿着横向的御池街道,缓慢走着。说起来,之前也是在这样的深夜里,跟零崎那家伙肩并肩散过步。那个时候我们的目的地是哪里来着?

已经是很久以前的事情了啊。

那个时候也有很多人死去了。

多到让我的感觉几乎麻痹。

多到让我觉得什么都无所谓了。

多到让我放弃思考,选择忘记。

"也许只是戏言吧……"

就算被人说我还活着。

我也不过是行尸走肉一般地活着。

"活下去……迎接死……"

木贺峰约。

"不死的研究"。

当然,这肯定只是比喻,是副教授特有的什么隐晦的表现手法。倘若要较真的话,那医疗本身也可以称作是"不死的研究"。生物学和医学之间的界限,我一介文科生确实不懂。但我曾经的恩师三好心视,就对"死"进行过研究。这么一想,"不死的研究"好像跟我也不是完全绝缘,反而关系很大也说不定。

可是……这样真的好吗?

跟那种研究扯上关系。

就像哀川小姐说的,如果察觉到有什么不安因素或者是不确定因素的话,也许应该就此撤退吧。

"不管怎么选择,结果都是一样的。"

迄今为止,不是一直如此吗?"应该"怎么怎么样,"本该"怎么怎么样。说来说去,一次次后悔,一次次反省,结果都是一样的。

无论选择哪一方,结果都相同。

前进也是地狱,后退也是地狱。

这就是我的人生。

服从。

遵循因果。

"最终，一切都是命中注定吗？"

我这样想。

到了堀川街道的红绿灯前，我停下脚步等红灯时，在长长的人行横道对面，隐约发现了一个人影。离开了繁华区域的京都，其实也就是一个普通的地方城市，这个时间别说人影了，就算是狗影都少见——才怪。就算是地方城市，深夜也还是会偶尔有一两个出来散步的人。

问题在于，人行横道对面的那个身影，完全不是散步的样子，而是横卧在了马路的黄色地砖上。

本人视力可是2.0。

是昏倒了……吗？

"呃……"

并不是因为刚才想起了零崎的事情。此时我脑海中浮现的是五月的事件。那时我在类似的情况下，因为同情心泛滥，结果惹祸上身了。

很难保证今天不会再发生同样的事情。

……

好了，好了。

就算不过这个红绿灯，我也可以走其他路线回到公寓。

"难道说你会对一个昏倒在路边的人视而不见吗？"

知道了。

先不管春日井小姐这句话。

就在前几分钟还跟哀川润有过交流的家伙,是绝对不可能在这里,无视一个昏倒在路边的人。

来不及等到红灯变绿,我一路小跑着过了马路。反正半夜三更的,基本上不会有车开过。

"你没事吧——"

我一边喊着,靠近那个人影。

然后,愣住了。

"你……没……事……吧?"

纯黑的斗篷。

双手隐藏在其中。

长长的秀发和眼镜。

那是匂宫理澄。

"……"

又昏倒了……

又昏倒了啊,这个丫头!

我凑近过去仔细观察发现,跟之前一样,这回看上去也只是睡着了。不,不是看上去,眼前这人都发出了"哈呼……呼噜呼噜"的声音。然后还"唔喵唔喵"的,翻了个身。散发出一股好像喝醉了酒瘫倒在路边的上班族的凄凉气息。

唔……这……这该怎么形容呢?

还真是有缘啊。

"好想逃……"

并不需要这种缘分……我内心这么想。

可是。

就算是在京都的大街上,盛夏的夜空下。

再怎么说,也是个女孩子啊。

"……"

匂宫。

杀手组织。

这么说虽然有点对不起哀川小姐,但我还是觉得理澄妹妹看起来不像那种人。木贺峰副教授的"不死的研究"暂且不论——对这个女孩,应该不用抱有太强的戒备心吧。

也挺好的。

我已经习惯应付这些奇奇怪怪的女孩子了。

总不可能比玉藻妹妹还可怕吧。

"话是这么说,可我也不能直接背着她走啊。"

春日井小姐是在八月一日捡到理澄妹妹的,算起来已经三天了。之前她说自己"三天都没吃饭",这次大概也是因为同样的原因倒下的吧。不过,她是不是也说过自己有昏迷癖之类的?如果真的有这种病症,还是带她去医院比较好。可是那样的话,就跟联系警察的情况一样会出问题——"名侦探"加上"拘束衣"。

总之,先拍拍她的脸试试看吧。

这样想着，我将手伸向了理澄妹妹的脸颊，就在那一刹那——

"啪"。

理澄妹妹的身体像上了发条似的，从地上弹了起来。仿佛为了躲开我伸过去的手，她一口气从原本昏倒的地方，跳出了三米远。其灵敏程度远远超出了我的想象，甚至比起前几天扑向寿司的时候还厉害。

从那边看向我的双眼，睁得又圆又大。

感觉连瞳孔都放大了。

"……那个。"

"……"

理澄死死地盯着我，沉默中流露出威压。

突然反应过来了。

难道是因为我刚才打算拍她的脸？

"啊，刚才，不是你想的那样……我刚才，只是想——"

就在我解释的时候，不对，应该说在我开口之前，她便双脚一蹬，像发射而出的火箭一般对着三米之外的我冲了过来。那个力道，跟之前答谢我时的拥抱比起来，完全不是一个等级。在强大的反作用力下，她的斗篷被掀开，落在了地上。

露出了里面的拘束衣。

双手被皮带紧缚着的她。

张开大口，瞄准了我的脖子。

"咦？"

会被吃掉，脑海中闪过这个念头。

哀川小姐的话浮现在耳旁。

"汉尼拔"和"饕餮者"。

饕餮。

"喂……呜哇……哇啊啊啊！"

在考虑着躲开之前，身体已经凭着对恐惧的本能做出了行动，我猛地向旁边翻滚躲开了突袭。严格来讲，并没能完全躲开那锋利的虎牙，齿尖略微擦过了我的右脸。

尖锐的疼痛。

仿佛被刀刃划过，一阵寒意。

与其说是疼痛，不如说是灼热。

与其说是灼热，不如说是冰凉。

"嘎哈哈！嘎哈哈哈哈！"

她笑了。

应该是在笑吧。

"嘎哈哈哈哈！"

"等……等一下。"

我已经整个人倒在地上了。这个状态是不可能避开下一次攻击的。明知道这样下去也无法拉开距离，我还是努力地张开手掌，朝着她做出了请求暂停的手势。

她看着我。

嘴角，流下一丝鲜血。

是我的血。

赤红的血。

很红，很红。

然后她笑了。

诡异的笑声。

"嘻……嘻……"

我好不容易才发出声音："理澄妹妹……"

"——什么嘛？"

她说了。

她终于发出了人类的声音。

"你就是那个救过理澄的家伙吗？"

"……欸？"

我惊呆了。

勉强站起来……与她拉开了距离。

看着我这副样子，她很不屑地笑了。

"哎呀。差点就咬错人了，好险好险。真是的，我每天的杀戮时间可是只有一小时啊。"

"你……你在说什么啊？"

"嘎哈哈！"

她，放肆地大笑。

恐怕，只是毫无意义的狂笑。

我被她这副样子吓得魂不守舍。

讲话的语气……完全不一样。不仅是语气，与那天见过的理澄妹妹相比，气场也好，表情也好，眼神也好，全都判若两人。谁？这是谁？仿佛，仿佛只是同一个容器——里面放着完全不同的东西。

错觉。

是错觉吗？

这个家伙，到底是谁？

她的样子——不对。

这是"她"吗？

根本就是另一个人。

只是外表看起来一样。

根本就是另一个人。

那个笑容。

那个眼神。

"理……理澄妹妹……是你吗？"

"啥？理澄？理澄妹妹！嘎嘎！嘻嘻！不错不错，好一个令人开心愉悦充满诗意的误解！理澄妹妹感动到浑身颤抖好像内心深处都被烛光照亮一样暖洋洋的呢哦——耶！"

然后再次狂笑。

用夸张的音量，放声大笑。

"嘎哈哈哈哈！"

她……

错了。

"他"。

"他"一步一步向我逼近。

仿佛在压制，仿佛在威胁。

仿佛很享受，仿佛很开心。

"现在不是哦……"他否定地说，"我是西园伸二……才怪！嘎哈哈哈！"

"……"

"我乃杀手！委托者即为秩序！身负十字之符，即将完成使命！"仿佛在对着夜空嘶吼一般，他大声说，"现在的我，是勾宫出梦……人称'饕餮者'之出梦！"

3

回到公寓一看，所有的灯都关着，我的房间就像蝉蜕下的一只空壳，春日井小姐不在了。

那个人也是神出鬼没。

房间里放着一封信。

想到这个吃白食的家伙可算走了，我不禁心生喜悦，拿起信纸。只见上面写着:"木贺峰副教授的兼职我也要参加,请多关照!虽然还不会做小偷,但我会努力学习的!(开玩笑的,可爱吗?)

"@金银珠宝不如春日井宝 敬上。(这句是借用了'金银珠宝不如自家小宝'的俏皮话哦)

"追加:说起《北风与太阳》这个故事,你不觉得如果普通人被那么强烈的阳光照着,为了保护皮肤反而会把外套穿得严严实实吗?"

大概就是这样的一封信。那家伙偷看了我特意藏起来的文件。

不过想了想,刚拿回家那天就被她发现了,再考虑到春日井小姐原来的职业,这种展开也不算意料之外。

总而言之,成员就这样定好了。

春日井春日,紫木一姬,还有我。

感觉像什么怪人派对。

看看手表,现在仍是可以算作深夜的时刻。不过还是早点联系比较好,这样想着,我掏出了手机。反正大学教授一般也不会睡很早吧。木贺峰副教授自己也说过深夜可以打电话。小姬那边,先斩后奏就好。我从钱包里找出木贺峰副教授的名片,拨打了上面写着的号码。

"……"

无人接听。

浅野美衣子
ASANO MIIKO
剑客

第三章

先行的不幸

0

你为人类带来了一些不幸。

1

八月十四号，星期日。
今天剪了头发。
"……"
我照了照镜子，举着小镜子看看后边的头发，然后又一次正视镜子，偏着头说："小姬……这个会不会有点太短了？我又不是体育选手。"
"不会不会，就要这个效果。这就是小姬心中的理想形象。"
"咻咻"。小姬灵巧地甩着手里那把百元店买来的理发剪刀，自信满满，昂首挺胸。
"小姬我呀，老早老早以前就觉得，师父的头发又长又阴沉，看着就很烦让人不爽。"

"原来你一直这么觉得吗？"

"第一次见面的时候就这么觉得了。"

"居然还是第一印象……"

太过分了。

这也太过分了。

"再说了师父，剪都剪了，你现在抱怨也是马头鱼啦。"

"……"

马头鱼……马后炮，联系上下文，恐怕她是想说马后炮吧。

"唉，算了……"

我从垫在榻榻米上、掉满碎发的报纸上站起来，取下围在脖子上的毛巾，然后穿回了刚才剪头发时脱下的T恤，然后，再一次面向镜子，审视自己短发的模样。嗯，行吧，也不算太糟。起码，看起来不阴沉了。

"谢了，小姬。我挺喜欢的。"

"不客气哟。"

"咻咻咻。"小姬又上下左右挥舞着手里的剪刀，最后迅速地收进了口袋里。

"嗯哼。果然，还是短发适合师父。"

"作为回礼，下次我来给小姬剪头发吧。"

"才不要呢！千万不要。师父，回礼怎么想都该是帮小姬做暑假作业和补习班的课题吧。明天就是最后期限了。"

"这样啊。可是小姬,你的头发也很长了哦。从六月到现在,已经两个月没修剪了吧?这可不行啊,女孩子怎么能不好好打理头发。"

"你这算性别歧视吗?"

"不,当然不是。只是在提醒你头发变长了。"

"我这不是变长了,是特意留长的。小姬我,现在可是在忍耐着酷暑留长发哦。想在今年冬天的时候改变一下形象。"

"听说做羞羞的事情,头发会长得比较快哦。如果不嫌弃,我愿意助你一臂之力。"

"太不检点了……"

被冷眼相待了。

看来小姬在这方面有洁癖。

"不过师父,你怎么突然想起来剪头发了?感觉像是在做乌鸦功欤。"

"……"

这句难度太高了。

我放弃吐槽。

"这个嘛——你看,我脸上的这个伤。"

"好的。"小姬乖乖照做了,"嗯。我记得这是,大约十天之前,师父和润小姐约会之后,晚上被野狗咬到的伤口吧。"

"没错。这个……看起来有点像刺青吧?"

"嗯,现在这个结痂的状态,确实有点像欤。"

"所以，如果长发还那么长的话，就会跟某个人撞脸了。最近这十天，每次照镜子的时候都很不爽，干脆就一鼓作气剪掉了。"

"……"

小姬一副不解的样子，歪着脑袋。

也是，她当然听不懂了。

遇上零崎，是在认识小姬之前的事情了。

"不过师父，那个伤口会好吗？要不要去医院看一下比较好？"

"没事，伤口不深，应该可以自己愈合的。虽然我总是莫名其妙恢复得很慢，但下个月应该就会消失了吧。而且就算留疤了，伤疤也是男人的勋章啊。"

"是吗？可是那只适用于长得帅的男人吧。"

"……"

小姬，你这是什么意思？

"好了，我要出门一下。"我拿好事先收拾好的包对小姬说，"你就待在这儿也可以。反正春日井小姐今天也不会回来的样子。那我走了，记得锁门。"

"欸……那个，师父，作为帮你理发的回礼，不是说要帮小姬做暑假作业和补习班的课题吗？"

"那是骗你的。"

"什么！"

"我说什么就信什么，小姬你还是太天真啊。不帮你长点教训，以后可是会吃亏的。"

"师父变卦简直像翻书一样！这样不是等于让小姬白白浪费了一天宝贵的休息时间吗！明天开始又要天天去补习了！"

"狮子为了训练自己的孩子，可是会把它们推入谷底的。"

"那只是在削减孩子的数量！"

"喂，小姬。我劝你还是注意一下自己的语气。别看我这个样子，在大学里可是人称'狂犬病'。"

"为什么？"

"因为不会游泳。"

"过分！"

我把发出悲鸣的小姬丢在身后，出了家门。穿过走廊，下了楼梯。然后，到了公寓之外。

院子里，荒唐丸先生正在晨练。好像是以前很流行的那种哑铃体操。不过，左右各负重二十公斤这一点，好像并不是流行趋势。荒唐丸先生裸露着健康的茶色肌肉，用广播体操一般标准的动作，挥舞着哑铃。

夏。

烈日。

蓝的天。

肌肉爷爷。

"……"

别打招呼了，直接溜吧。

今天的天气真不错啊。

天空万里无云。

出了中立卖街道，到了停车场。美衣子小姐正打开引擎盖，给爱车做保养。即使撇开意大利生产这一点不谈，菲亚特500也是相当难伺候的车种。

"啊。"

今天的美衣子小姐仍然是下半身甚平，上半身黑色背心，再把外褂系在腰间的潇洒运动风打扮。也不知道是因为太热，还是为了避免外褂被汽油弄脏。

"伊字诀，你要外出吗？"

"嗯，出去一下，去朋友家。"

"朋友是指？"

"那个蓝毛丫头。"

"哦哦，那个唔咿唔咿的女孩。美衣子小姐点点头。

我走到停在菲亚特旁边的伟士牌前，戴上安全帽，拉下防风镜。手腕还不太灵活，所以必须在二十二号正式打工前找回原来的状态。复健，复健。

"头发。"

"嗯？"

"剪了吗？"

"啊，是的。"

"不适合你。"

哐。

当头一棒。

"啊，不对，我说错了。刚才的不算数。"美衣子小姐摇摇头，"很适合。"

"……"

虽然我个人觉得"不适合"和"很适合"这两句话怎么也不可能混淆，但我宁愿相信那绝对不是美衣子小姐不小心脱口而出的真心话。

"很帅。男子汉。少女杀手。**Beautiful！**"

"不用勉强的……"

我的心仿佛被抛到了荒芜的大沙漠。

"下手相当大胆啊，是崩子剪的吗？"

"是小姬。"

"这样啊，那崩子可要失望了。她一直想给你剪头发来着。"

"再怎么说，我都不敢让手持尖锐物品的崩子妹妹站在我身后的。"

"也是。"

美衣子小姐仿佛很能理解。

"美衣子小姐今天有什么安排吗？"

"找新的兼职。"

"这样。"

"可能已经来不及了。"

"不要这么悲观啊。"

"唔。也是，万一之前买的彩票中奖了呢。"

"也不要这么乐观啊。"

"你这人真难伺候。"

"……对不起。"

顺便，我要去打工的事还没有告诉美衣子小姐。小姬和春日井小姐那边我也已经封口了。与其说是不好意思张扬或者是想制造个惊喜，不如说是担心露馅的话会被美衣子小姐逮着说教。所以就要一点一点地，采取类似于请吃饭啊、买点生活用品啊、代付水电费之类含蓄的方式，积少成多，来实施我的援助计划。听起来好像有点变态。如果这些都行不通的话，就只能选择直接借钱这个最差方案了。当然，我是没打算把钱要回来的。

总而言之。

必须要报答美衣子小姐。

之前接受了美衣子小姐不少好意。

直到现在，也仍然在被她关照着。

所以。

在我总有一天要搬出骨董公寓之前，在我总有一天无法回到骨董公寓之前，一定要好好偿还这份人情才行。

"不过现在，我是没有这个打算的。"

"你刚才有说什么吗？"

"没什么。那，我先走了。"

"嗯。"

"美衣子小姐，Love……"

"Love……"

伟士牌，发动。

目的地是京都第一高级地住宅区——城咲。星期日的京都，车水马龙，信号灯一个接着一个，只能以规定时速缓慢前进。

昨天，昨晚的事。我接到了木贺峰副教授的来电。从我第一次打电话留言那天起，正好过了十天。不过，毕竟是大学教授的时间观念，也可以理解。我这边也没有要催促的意思。春日井小姐毕竟有头衔在，问题不大，唯一担心的是小姬的年龄会不会造成困扰。然而木贺峰教授什么也没说，就接受了这份名单。

"不过……"木贺峰副教授又说了些什么。

即便如此，为了测试成员的适应能力，希望包括我在内的人，都能接受一次类似于面试的测验。考虑到工作内容，这也是合理的要求。接着她询问了我哪天方便。由于小姬二十号以前，除了星期日以外的时候都要补习，所以在打工开始前只有今天和打工前一天也就是二十二号才有空。但是不巧，木贺峰副教授今天没有空，又不好拖到打工前一天才测试。所以综合来看，要在白天完成测试是不可能的。其实主要是木贺峰副教授那边很忙，所以为了配合她这样那样的行程，经过商议，最终决定将适应能力测试的时间定在明天的晚上。

"这么仓促决定真是抱歉了，但是我只有那天才有空。"

"啊，没关系的。我明天晚上本来也没有安排。"

"你明天晚上没有安排,这件事我早已预料到了。"

"……"

真的假的?

你是预言家吗?

"呃……那么,我们就明天过去吧。"

"谢谢。那么,明天晚上,还请多多指教。"

明晚,也就是八月十五日的晚上。

虽说前一天晚上才面试相当夸张,但事到如今也没办法了,看样子这个面试只是走个形式而已。就像见面会,或者事前培训之类的吧,只要不出什么惊人的意外状况,应该就不会被剔除。

小姬……春日井小姐……

像是会出意外状况的样子。

毕竟这两个人的字典里就没有"适应力"这个词汇。

"……疼。"

脸上的伤被风吹得生疼。

已经结痂的伤口,可能又裂开了。

裂开的话,就会出血。

因为我还活着。

因为我,貌似还活着。

至少此时此刻是这样的。

"真是戏言啊!"

花了一小时,才终于抵达城咲。

玖渚友不在家。

"……震惊。"

抵达那座三十二层的超豪华公寓楼下，我掏出手机给那家伙打电话才知道她今天出门了。之前也没听她说要出门啊，不过转念一想，我也没有告诉玖渚今天要到她家来。这么碰巧地错过了，也没办法。哎呀。

当然我也知道，按照常识来看，应该事先确认对方行程的。但谁能想到，那个不管何时，不论发生了什么都不会踏出家门半步的家里蹲小丫头，竟然像算计好了一样，偏偏挑了我要过来的这个时间出去了呢？

唉，真是的。

难得剪了头发，想让她看看呢。

突然感觉好无聊。

"算了，这也没办法……"

毕竟她出门去医院了，那也没有办法。

今天貌似是每月一次的定期体检日。

如果是为了达成最初的目的，就这样开着伟士牌去医院（玖渚机关专用综合医院的京都分院）也不是不行，但既然是体检日，不出意外的话直先生应该也在。难得的兄妹二人相处的时光，我可不想跑去煞风景。

本来也没有什么要紧的事。

新发型嘛，之后再给她看也行。

虽然还是有点失落吧。

我再次发动停放在路边的伟士牌。

对了，要不回去按照约定帮小姬做作业吧，看她怪可怜的。虽然之前教训她说不能偷懒，但就观察来看，那么多作业不是她一个人一天之内可以完成的。学校的老师想必也没料到，居然有需要全科目补习的学生吧。

正当我想着这些事时。

突然有种被人盯着的感觉。

公寓的红砖墙前，有一束目光射向我。貌似是身着纯白和服的人，宛如死者一般。在盛夏的京都，这种打扮并不罕见。可能是由于他高挑瘦弱的身材与衣服极为相称，给我一种十分清冷的印象。

那个男子，脸上戴着狐狸面具。

"……"

"……"

狐面男子，一言不发，但又好像注意到我发现了他，于是微微地向我点头致意。

虽然还不明状况，但我也姑且点头回礼。

怎么回事啊？这个人。

复古款伟士牌有这么稀奇吗？还是说，他觉得我这辆车与高级住宅区不搭调？

不知道为什么。

不知道为什么，我发动伟士牌的动作……迟缓了。

"……"

在这个过程中,仍然没有人打破沉默。

狐面男子将背部从红砖墙上移开,一言不发地向我走来。慢悠悠的,慢悠悠的。脚下的木屐没有发出一点声响,径直向我走来。

我……僵在了原地。

"哟。"

就在我们之间的距离只剩两米左右的时候,狐面男子终于开口了。

"初次见面。"

靠近之后发现,他个子相当高。应该有一米九。和铃无小姐差不多,或者还要更高一些。看起来不太像日本人,但清瘦的身材十分适合穿和服,衬托得气质正好。

"……初次见面。"

我回应了他的搭话。

尽管因为面具的缘故无法看见他的相貌……但从声音传达出的威严感来看,应该比我年长吧。

"嗯。初次见面。"狐面男子重复了我的话,"你看起来是一个人呢。"

"啊、呃,是的。一个人。"

"一个人。哦,这么说,你是有事前来拜访这栋大得不像话的公寓里的某位住户的喽?"

"是这么回事。"

"'是这么回事',意思是错过了?"

"是的。"

"哦。"

狐面男子点点头。

"原来如此——其实,我也是。"

"欸?"

"我也是,跟人'错过了'。真是巧遇呢。"

"是……是啊。"

怎么说呢,没法形容,但是总感觉这个人说出的话有一股压迫感,或者说是咄咄逼人的气势。

"不过我只是站在这里等待,并不是要去这栋公寓——这个公寓很显眼吧,就像京都的地标一样。这种建筑在京都很少见……不过我很喜欢,这种带有破坏性的建筑物。这种无视整体的部分,格外突出的异类。我一直想见见,规划设计城哄的政治家和建筑师呢……总而言之,因为这里很醒目,所以觉得当作碰头地点会不错,但是我等的人好像在过来的途中迷路了。我觉得,在京都和札幌都能迷路的家伙都是无可救药的笨蛋吧。"

"呃。不过这边的街道已经不是棋盘式了。"

"'已经不是棋盘式了'。呵。"

听见这话,狐面男子好像笑了。因为看不见他的脸,所以表情如何也不得而知。跟一个完全不了解的陌生人说话却又见不到对方的表情,这让对话实在很难进行下去。

"话说这位小哥。都是白跑一趟的人也算同病相怜了,要不要去哪里坐下聊聊天?"

"呃……"

"反正你错过了这边的事情之后也没有别的安排吧。我也刚好多出了一段空余时间,互相帮忙打发一下时间也不坏吧。不然我请你吃大餐也可以啊。"

"啊……那个……啊,不……"

我有些结巴。因为被狐面男子那莫名自信的口气惊到了。

"我……我妈妈说不可以跟不认识的人走。"

"呵,想逃啊。"

"……"

为何?

为何我非得被一个陌生人这样指责?

虽然,我的确是想逃!

"对对,我就是要逃啊。"忍不住说实话了,"再说了,冷静下来仔细看看,你这个人相当可疑吧。什么东西啊,那个面具!"

"是狐狸。"

"……"

居然给我讲解。

"所谓狐狸就是一种犬科狐属的哺乳动物。"

"这我知道。"

"之前就知道了吗?"

"呃，不，之前其实不知道。"

狐狸原来是犬科啊。

真意外。

"哼。算了。本来是觉得跟你挺有缘的，所以才出声搭话，看你反应，可能也没有什么值得留意的缘分吧。"

"缘分？"

缘。

因缘。因果。

命运。

怎么最近总是听到这些词。

"那个，请问您是……"

"啊——是大哥哥！"

问到一半的问题，被身后突然传来的充满活力的声音盖住了。

回头看去，那里站着的——

是匂宫理澄妹妹。

"哇！好厉害！奇遇！吓我一跳！能在这种地方再见，真是太巧了！"

"……嗯。"

还是熟悉的斗篷。

活泼开朗的小脸上，戴着非常适合她的眼镜。

双手，藏在斗篷里。

长长的秀发在空中飞舞着，"吧嗒吧嗒"朝着这边一路小跑的样子好像一只小动物，令人心生爱怜。

"……"

即便如此，面对接下来的情况，就算我抱有警戒心，相信没人会有意见吧。我将跨上去的一条腿从伟士牌上撤了下来。毕竟如果整个人就这样坐在没插钥匙的机车上，要是出现什么意外很难应对。

万一，出现什么意外的话。

"好久不见啊，大哥哥！"

咚——身体撞击。

躲开了。

"哇呀！"

理澄妹妹，就这样与柏油路面亲密接触。发出了"嘎吱嘎吱"的奇妙的滑行声。因为没法使用双手缓冲，所以好像受到了重创。

"没……没事吧！撑住啊，理澄妹妹！"

"不用特地这么大声地担心我啦！"

看来没有大碍。

理澄妹妹灵活地靠双腿的弹跳力站了起来。

"我很好！"

"那再好不过了。"

"理澄，你迟到了三小时。"狐面男子突然开口，低声说道。

"啊！"理澄被吓了一跳，转身看向狐面男子。

"我还以为你不来了。"

"这不是狐狸先生嘛！你提前到了呀！真厉害！"

"三小时之前就到了。"

"不愧是狐狸先生！"

"别佩服我了。"

"真是辛苦你了！"

"也别慰劳我了。"狐面男子照着理澄的脑袋来了一击，"而且，要说也应该是'您辛苦了'。注意一下你的措辞。"

"好的！狐狸先生，最喜欢你了！"

"别想着模糊重点！"

狐面男子又一次敲打了理澄的脑袋。

然后，看向我。

"这就是……我在等的人。"

"……"

"虽然是我在等的人——不过看小哥刚才的反应，你也认识她吧。"

"呃，姑且算是认识……"

姑且算是认识。

但我其实很想装作不认识。

"半个月前我昏倒的时候，就是大哥哥救了我！"正在我犹豫的间隙，理澄已经飞快介绍起我来，"而且还借钱给我了！真是感激不尽！"

"是吗？那还真是相当的……"狐面男子上下打量，从头到脚、慢慢悠悠地审视了我一通说道，"疯狂。"

"疯狂，是吗？"

"这种无用的好心可是会惹祸上身的。这样的话，以后这个笨蛋每次遇到困难都会以为有人会来救她。难道说，从今以后不管她在哪里遇到困难，你都会跑过去吗？"

"呃。不，这个嘛……"

"第一次给了甜头，第二次就不管了，这就叫伪善。是人类这种生物独有的自我意识。给予原本身处绝望的人希望，也是不对的。那些被希望煽动的革命者，最后的结局都是上了断头台。最终活下来的，只有那些用希望去欺骗别人，自己躲在安全区的煽动者……不过……"狐面男子说，"借她的钱就由我来还吧。还是要感谢你照顾这个笨蛋。"

"……"

可以的话，希望你能把道谢的话放在前面说。

害得我差点反省起来。

"多少钱？"

"啊，那个……"

可是……那原本就是春日井小姐偷走的钱啊。但是，那种事情现在更加说不出口了。

为难。

"三万。对吧，大哥哥？"

"嗯……我怎么记得没有这么多呢……"

"三万是吗？给你。"

狐面男子从怀中取出钞票,递给了我四张福泽谕吉[1]。

四张?

"还有利息。"

"啊啊……多谢。"

罪恶感。

罪恶感快堆成小山了……

"大哥哥真是好人啊!"

"唔……"

"要是世界上都是像大哥哥这样的人就好了!一定会变成美好的世界吧!"

"呃……"

"我最喜欢像大哥哥这样的好人了!喜欢到想要抱回家一个人独占!"

"这、这……"

那个笑容。

那个洋溢着对美好人间的希冀的笑容。

圣洁的光芒淹没了我。

故意的吗?你是故意这么说的吗?

想用罪恶感杀掉我吗?

如果是这个打算的话,那绝对不会露馅。

这个女孩——难道想要实施完美犯罪吗!

---

[1] 1万日元日币,上面印的是福泽谕吉的头像。——译者注

我强忍着心脏的刺痛，想要把话题扯开。

"……那个，冒昧问一下，你们两位是什么关系呢？"

"是恋人……唔！"

狐面男子伸出长长的手臂，紧紧捂住理澄说话的嘴，连一毫米的缝隙也没留。没法使用双手的理澄自然无法挣脱。

"你知道这家伙的职业吧。"

"我记得是……侦探。"

"是摩登……摩登……名侦探！"

理澄妹妹努力挣扎。

但还是被一只手就制服了。

"说是摩登名侦探呢。"狐面男子的声音听不出感情起伏，"所以按照这个说法，我算是她的助手……吧。"

"助手？"

名侦探的助手。

那不就是像华生[1]，或是亚瑟·黑斯廷斯[2]上尉。还有谁呢？小林芳雄[3]什么的。虽然我知道的也不多。不过这个人作为助手的话，个性不会太强了吗？

"如果这么说你不信的话，那就算是后援……或者说是委托人

---

[1] 约翰·H. 华生医生，《福尔摩斯探案全集》中的虚构人物，与夏洛克·福尔摩斯是搭档。——译者注

[2] 亚瑟·黑斯廷斯是英国作家阿加莎·克里斯蒂在波洛系列作品中虚构的人物，是比利时名侦探赫尔克里·波洛的好友。——译者注

[3] 小林芳雄，也称小林少年，为江户川乱步笔下少年侦探团团长。——译者注

之类的吧。哼，选词怎么都行。什么都必须要用语言才能说明，那才叫空洞。"

"……空洞。"

"戏言，罢了。"

微微的。

我感觉狐狸的面具上浮现出一丝笑意。

我——哑口无言。虽然自己也不明白哑口无言的原因，但就是哑口无言了。就好像……好像被什么不讲道理的气场震慑住无法说话一样。

硬要形容的话。

毛骨悚然。

我甚至感到身体在打寒战，毛骨悚然。

似乎对我哑口无言的反应颇为满意，狐面男子点点头，继续刚才的话题："既然你们也是熟人，那就更好说了。

"一起来吧。果然我和你很有缘。如果硬要反抗这样的缘分，只能说你太鲁莽了。所谓命运就是要去顺应的，这是基本法则。什么改变命运，简直是傲慢无礼的三次方——因为我们并不是被迫受命运掌控，而是有幸得到命运的指引。哼哼。所以人生才不能轻易结束……理澄，你也别在那儿发愣了。替我邀请一下这个人。"

"啊，好的！"终于被解放的理澄面朝向我，十分有礼貌地招呼道，"那么大哥哥，这边请！"

"这边只有空气好吧。"狐面男子毫不留情地吐槽并再次敲了敲理澄的头顶，"我的车停在那边……走吧。你的伟士牌就放在这儿吧。反正附近也没有禁止停车的规定。"

"啊，好的……那个……"

我把安全帽摘下来，挂在伟士牌的把手上。唉，结果又这样被别人牵着鼻子走了……虽然自己也清楚，就是这种优柔寡断的性格招惹了那么多事端。

感觉这种情况，之前也发生过……

"……啊……啊啊啊啊！"

突然，理澄发出了怪声。

"大……大哥哥的头发掉光了！"

"才没有掉光！"

这个小丫头在说什么蠢话。

对结束成长期的男性来说，这可是禁语。

"是剪了啦……转换一下心情。"

"啊……原来如此。"

"挺适合我的吧？"

"……"

理澄脸色发青。

感觉……无所谓了。

"别只顾着闲聊了，快跟上。"

说完，狐面男子自己走到了前面去。明明我还没明确表示同意呢，看来，这个人性格也相当强势。

命运是可以靠自己改变的。

那是，木贺峰副教授的台词。

但大体上来说，命运这种东西，就类似于在与自身行为毫无关系的地方骨碌骨碌兀自运转的齿轮。

只是有幸得到命运的指引吗？

这也不失为一种——绝妙观点。

在前方拐了个弯，眼前出现的是一辆纯白色的保时捷。这个款式的保时捷感觉好久没亲眼见到过了……话说，这不是跑车吗？虽然后面也不是完全没法坐人，但是……

"你，叫理澄坐在你腿上。"

"……"

这个人，对着初次见面的人提的什么要求啊。

"我不喜欢让别人碰方向盘……如果你不愿意的话，喂，理澄，你走着去……"

"不不不，没关系的，我不介意。"

我赶忙回答道，然后坐进了保时捷。怎么回事，这个人……如果说理澄妹妹是外星少女的话，这个人就是没常识星人。但也不像那种类型啊……举止谈吐十分理性，感觉有点高深莫测。虽然狐狸面具和保时捷这个搭配，有点滑稽。

"欸嘿！人肉椅子！"

理澄妹妹一屁股坐在了我的腿上。

……不要把别人叫作人肉椅子啊。

人肉椅子。

完全没有情趣。

"最喜欢了！"

"……"

一脸笑容的理澄妹妹。

看起来，完全没有恶意呢。

车门关上了。

"现在，我们要去哪儿呢？人贩子先生？"

"从这里往东，出了城咲再稍微开远一点，有一家很好吃的饭店。因为靠着山，所以食材都是纯天然的。人类不管再怎么折腾，再怎么努力，也赢不了大自然。这家店正是用料理的形式证明了这点。"

"这样啊，感觉很不错呢。"

"本来只预约了两个人，不过再增加一个也不要紧。"

"是吗？不是说都是纯天然食材吗？那应该只准备了两个人的分量吧。"

"那样的话，你和理澄分着吃一份不就好了。"

"啥？"

"我是绝对不会分给你的。"

狐面男子一脸坦荡地说。

不是你说的要请我吃饭吗？

但是无所谓啦。比起这个，坐在副驾的我有一个更需要担心的，性命攸关的问题。戴着那个面具，真的能看清前面的路和信号灯，还有来往的车辆吗？

"哈哈！狐狸先生食欲旺盛呀！对食物有着强烈的执着，真棒！我最喜欢狐狸先生了！"

"又得意忘形了。理澄，别总是让我重复同样的话，注意你的措辞。"

"啊，好的，对不起。"瞬间，理澄露出了有些丧气的表情，但下一秒又马上回过头对我笑着说，"惹他生气了呢！"

"……好像是呢。"

"不过大家都说，吃一堑长一智嘛！"

理澄坐在我的腿上喧闹着。因为对方是女孩子所以不好直说，但其实很重。多半……是那件斗篷的重量。加起来接近四十公斤了……我将视线稍微下移，看到了理澄头顶的旋毛。近距离看得更清楚了，那是一头飘逸美丽的黑发。

然后，我想起了。

那一天，那一晚，那时候的事情。

名侦探变身为杀手的……那个瞬间。

"啊，对了，大哥哥。听说你见过出梦哥了，是吗？"

"……嗯。"

我点头了。

要问为什么点头，只因为那是事实。被问到确实发生过的事情是不是确实发生过，当然只能点头。谁都会做出这种反应的。我也不例外。比如说在我心情不错的时候，或者心血来潮的时候。

我见过勾宫出梦。对这一事实我无意否认。但是……与理澄妹妹……这也不是第二次……而是第三次见面了。

"怎么了？大哥哥，突然不说话了。啊，难道是被出梦哥捉弄了？"

"大概就是这么回事啦。虽然我这么说不太好，但你那个大哥，性格真的太差了。他一直就是那样吗？"

"嗯。从以前开始就一直那样了呢。"

"你们……还真像啊。"

"欸？完全不像啊。"

"理澄啊……"

"如果还想要舌头的话，劝你们还是安静点比较好。"狐面男子突然插话，"我要加速了。"

2

经过了一段令人怀疑是不是已经离开京都的长距离行驶后，我们最终到了一家格调高雅的日式料理店。古典的装潢与京都十分相称，与狐面男子的和服也十分相称，但与便装的我，以及斗篷装扮的理澄，就十分不相称了。

店员招待我们坐下的包间足有我公寓的三倍大，室内摆设的画轴和花瓶之高级，想必美衣子小姐看见一定会兴奋得手舞足蹈。手舞足蹈的美衣子小姐，我至今还一次都没见过呢。

呈上来的是京都怀石料理。

未成年的理澄和我的杯中都是乌龙茶，狐面男子的则是日本酒，干杯。没有人说祝酒词，只是单纯地互相碰了下杯子。

我稍微喝了一点乌龙茶，润润嘴唇。

"咕叽——咕叽——咕叽——"

发出牛蛙一般声音的是理澄妹妹。双手无法动弹的她，把玻璃杯叼在嘴里强行完成了干杯行为。凭理澄妹妹下颚的咬合力，一定可以咬断任何塞到她口中的东西吧。

我摸着自己脸上的伤口，不由得想到。

接下来。

我之所以跟着这个怎么看怎么可疑的狐面男子，以及双重人格的斗篷眼镜少女名侦探来到这里，并不是随波逐流，而是有着明确的理由。理由有两个：

首先是我个人比较关注的一点——狐面男子。他到底怎么才能戴着面具吃东西，又怎样补充水分呢？面具并不是设有开口的类型，怎么想都不可能在戴着面具的状态下进食。我对这个问题，非常感兴趣。

于是——

"怎么了？别发呆了，快吃啊。"

他直接取下了面具，向怀石料理伸出了筷子。接着以优雅的姿态喝了一口杯中酒。随后露出一副回味无穷的表情,长吁了一口气。

"……"

确实,这是理所当然的。

虽然,这是理所当然的。

但是,如果所有理所当然的事情都能理所当然地发生,谁还要去劳苦奔波啊。

"你从刚才开始就一脸有话想说的表情。怎么了?一脸惊讶。"

"……面具,摘掉了呢。"

"嗯。是啊。"狐面男子瞟了一眼放在边上的面具,"因为我想不到其他可以吃东西的方法。"

"……"

那你倒是别戴面具啊!我忍住了质疑的冲动。我想这和理澄斗篷下面的拘束衣一样,是不能询问的禁忌。一定要避免深究。

顺便一提。

面具下男子的脸,威严凛然,有一种阅历丰富的精悍感。虽然眼神有点让人如坐针毡……这一点我比较在意,但总之他的相貌非常有男子气概。配上和服,俨然一副歌舞伎演员的模样。这种长相好像没有必要用面具遮起来,看来那个面具,只是狐面男子的个人时尚趣味。

没办法。

理由之一,这就算解决了吧。

那么，接下来进入理由之二。

"我说，那个，理澄妹妹啊——"

"吵死了。"狐面男子用异常冷静却又严厉的声音，制止了我的发问，"吃饭的时候不要说话。"

"……"

呃……

这样的话一起吃饭不就……没意义了？

我看向理澄妹妹。只见她跟上次同样，用小狗进食般的动作伸出舌头享用着怀石料理。咕噜咕噜，一言不发。

"……"

入乡随俗。

胳膊拧不过大腿。

人云亦云，见风使舵。

爱怎么样怎么样吧。

我也学着他们的样子，安静地向怀石料理伸出了筷子。

味道很淡，并不怎么好吃。

"到底是平民百姓。"

"唔？大哥哥你说什么？"

"没，谢谢款待。"

"嗯。"

吃完饭，狐面男子又戴上了面具。在饭后茶水端上来的时候，他终于说："那来聊点什么吧。你刚才有什么话说到一半吧？"看来他还替我记着。

"啊,那个……理澄妹妹。之前你说过的脑力劳动……是指别人委托你什么工作吗?"

"什么脑力劳动?"

"……"

她忘了。

看来那不是什么招牌台词,只是当时随口一说的话罢了。

"就是上次,你说在找一个叫零崎什么的家伙。"

"零崎人识。"狐面男子说,"你认识零崎人识吗?"

"啥?不不,我完全不知道。"我急忙全力否认,"怎么可能认识呢?为什么会觉得我认识那种家伙?你有什么证据表明我认识零崎人识这种丧失为人资格的混账啊。这是污蔑。哎呀,受不了啊。"

"……"

"……"

啊。

好像反而显得非常可疑了?!

"不,不是的,我只是觉得这个名字太奇葩了。零崎欤,零崎。名字还叫什么人识。感觉像傻子一样,我都快笑出声了,这种堪称杰作的名字一般可遇不到啊。"

"……这样。"

隔着面具,我看不见狐面男子的脸上现在是怎样的表情。但不难感知,对面的眼神中充满了疑惑。

"这件事是我委托理澄的。"狐面男子继续说。一边说着,一边伸手敲打了一下身边理澄的头,"你这个大嘴巴不要四处宣扬啊。"

"狐狸先生真是的。我才没有四处宣扬呢。我是悄悄说的,悄悄地。"

"闭嘴。"

又被敲头了。

无法反抗的理澄只能逆来顺受。而且按狐面男子的身高来看,理澄的小脑袋恰好在一个非常顺手就能打到的位置。

"……算了,这样正好。既然你已经听她说过就算了……本来也不是什么需要隐瞒的事情。理澄,调查结果呢?今天原本就是为了听你说这个,才特地跑来京都,还预约了饭店。"

"啊。好的。"理澄妹妹稍微正经了一点,"从结果开始汇报呢,就是零崎人识这个人已经不在京都了。"

"……"

"再确切一点地说,他好像已经被杀掉了。"

"……是吗?"

狐面男子有些踌躇的样子,点了点头。

"那还真是令人遗憾。"

"跟我们预想的一样,或者说,跟狐狸先生说的一样。五月份,在这里也就是京都发生的连续杀人事件……其犯人毫无疑问正是零崎人识。关于这点我已经掌握了证据。而他被杀，大概是在事件之后。"

"……"

"详细的调查结果我之后会交给你，但是，多半不是狐狸先生所期望的结果。还请节哀顺变。"

"这样啊。"

咦。

关于五月份的连续杀人事件，警方应该还没有正式公开信息才对。之前还觉得现在才来调查京都事件的理澄慢了半拍，现在看来，她慢的只是开始调查的时间而已（倒推一下的话大约是从上个月月末开始的吧）。没想到，理澄那大张旗鼓的名侦探头衔居然不是挂羊头卖狗肉。

挂羊头卖狗肉。

这个形容，好像也有点夸张了。

这时，我忽然发现狐面男子正盯着我。

"……怎么了？"

"不，没事。"

"哦……那个叫零崎人识的，是你朋友之类的人吗？"

"'是你朋友之类的人吗'。呵，是完全不认识的人物……完全不认识。见都没见过。只是稍微听过些传闻觉得他的命运挺有意思，所以想试着跟他打个交道罢了……既然人已经死了，那便不可能了，没办法了。想要与已经没有生命的人产生关联，是绝对不可能的。看来从某种意义上来讲，零崎人识的命运和我的命运，是完全不相关的。"

"……这样啊。"

"真遗憾。"

面对理澄的调查结果，狐面男子表露出了明显的失望。即使隔着面具，也能感受到他的沮丧。

"小哥，你知道传说中的零崎一贼吗？"

"……不知道。"我谨慎地回答。

狐面男子哼了一声，看着我。

"零崎一贼。那群家伙……就是恶的代名词，杀人者的集群。在这个世界上最不可与之敌对的丑恶军团。在这个世界上最不可与之为伍的'最恶'组织。那是邪恶与亵渎的宝库。虽然在'杀之名'中排行第三……却是其中最受人忌惮和厌恶的组织。"

"……"

狐面男子口中的话，在我听来就像异国的语言。只能听懂里面的只言片语。但狐面男子看起来也没打算向我进行更深层次的解释说明了。

"零崎人识是那里面最纯粹的。纯粹，即有着纯正的血统。因为那家伙是……零崎一贼近亲乱伦生下的孩子。即使在那群完全不按常理思考的一贼中，也是最例外的存在。例外的，过于例外的例外。可以说是，杀人者中的杀人者，零崎中的零崎……是我无论如何，都想在有生之年亲眼见识一下的东西。"

"……"

零崎人识。

回想起来。

我和他进行过的……各种各样的……没头没尾的对话。

他经常笑,也很能说。

看着那样的他……我看到了自己的倒影。

同时,也按捺着反胃的心情。

"哼。"

仿佛为了打断我的回想,狐面男子又开口了。

"不管怎么说,这件事情就到此为止了……那么,这位小哥。我的正事已经解决了……接下来是自由谈话时间了。来说点什么吧。"

"哦……"

就算你这么说。

其实我也有种目标达成的感觉。至少跟着他们来这里的两个原因都已经完美解决了。

要说还有什么想问的……

狐面男子对理澄的"哥哥"——匂宫出梦了解多少……也就剩这种问题了。但是,这个话题实在很难展开啊!

尤其是当着本人的面。

啊,也不算是当着本人的面……

麻烦啊。

"啊!这样的话!"这时,活泼的理澄发话道,"我我我!我……有个事情一定要问大哥哥!"

"……什么?"

"之前在一起的时候就一直很在意的事情!"

"所以说,是什么事?"

"大哥哥和那个很温柔的大姐姐,到底是什么关系呀?"

"……"

充满孩子气的提问啊。

虽然我刚才也问了类似的问题。

"主人和女仆的关系。"

"哇!"

理澄妹妹,惊得差点倒地。

"女……女仆!大哥哥是女仆吗?!"

"不是我!"

"那,那是大姐姐吗?!那个美丽漂亮的大姐姐,原来是女仆吗?!"

"对对。就是这样。我的日常琐事全都交给她打理。春日井小姐平时也一直称呼我为主人呢。"

"不是叫你伊小弟吗?"

"那只是在外人面前啦。"

"原来如此——噢噢。"

理澄妹妹竟然相信了这套说辞。

感觉,是个很好骗的女孩。

"'温柔的大姐姐'。"狐面男子说,"怎么?除了这个大哥哥以外,你这家伙还给其他人也添麻烦了吗?"

"是的。"

"不要太麻烦别人啊。之后会很困扰的。这个大哥哥倒还好,不要再跟那些无所谓的人物扯上关系了。"

"好,好——"

"不过……只要有缘,无论是怎样的缘分,也不能在一开始就予以否定。你和这个大哥哥还有那个大姐姐,也是在结缘之后才会发展出你们之间更深层次的缘分。大多时候,这种情况下都只能顺其自然。"

"你说,缘分吗?"

"对啊,缘分。"

狐面男子,这次恐怕是毫无理由地敲打了理澄的脑袋,然后看着我说:"你相信所谓命中注定的相遇吗?"

"……啥?"

这是。

这个台词。

什么时候,在哪里,从谁口中,听到过。

"比方说……此时此地,我们三人聚在一起这件事——也许有人会觉得这只是不值得一提的偶然事件,但也有人不这么认为。"

"……缘分。"

"两周前救了理澄的你,在两周之后遇到了身为理澄的委托人的我,只是一场偶然的这次奇遇……其实并不是偶然也称不上奇遇。"

"你是说,这是命运的安排吗?"

"这个世上不会发生无意义的事情。对整个世界来说,所有的一切都是存在重要意义的——只要你是这个世界拼图中的一个碎片,就绝对无法逃脱命运的束缚。我刚才也说过吧?我们只是有幸被命运指引着。个体是没有价值的,如果有人以为自己就算不和外界产生一丝联系也照样能活下去……那便超越了无知,只是单纯的傲慢罢了。"

"……你是宿命论者吗?"

"不如说我是故事论者。我根本不相信世界上存在神明这种虚无缥缈的东西,但是,这个世界毫无疑问是存在故事性的。因为,这个故事中出现的人,也就是登场角色……是没有自由的。虽然有自由,但又没有自由。只是一味地,随波逐流,跟随着故事发展下去。"

"跟随着故事……"

"我们三人,也是因为应该相遇所以才在那里相遇的。通俗地说,就是这么回事。"

"……"

假如玖渚每个月例行体检的日子不是今天。

假如理澄妹妹在去城咲的途中没有迷路。

假如狐面男子选择了其他的碰头地点。

不，不需要这么巨大的变动。

只要稍微有一点差池。

如果我没在停车场跟美衣子小姐聊天，或是守约帮小姬做了作业，这种程度的小变化就足够了。只要有一点变动，我便不会遇见狐面男子，也不会与理澄妹妹再次相见。

这么多细微的偶然才造成的结果。

真的能算得上是，命中注定的相遇吗？

"当然，我们也是拥有受限制的自由的……就像这样。"

狐面男子缓缓地，打翻了茶杯。

洒出来的茶水在桌面扩散开来。

慢慢地。

"这种，不讲道理的，没有含义的，不自然的举动是可以的。但是从整体来看，想要违抗故事本身发展是不可能的。有少许自由，但没有更高层次的自由。高层次的自由被低层次的自由驱逐。简单来说，我们就是笼中的小鸟。不管怎么努力地尝试，最终都会被命运修正。"

"修正……"

笼中的小鸟。

就算登场人物擅自行动。

故事的主线也不会变动。

"没错，修正。不过，针对已经发生的事情再谈什么'如果当初'，也不过是愚蠢的假设。如果今天我和你擦身而过，那你和理澄自然也不会再会……假设虽然是成立的，但实际上并不会变成这种情况。"

"我自爆了。"理澄"扑通"一声，把头贴到了桌面上，"狐狸先生，你说的什么我一句都听不懂——话说你们知道吗？自爆咒语的汉字写作'眼眼手[1]'，好像是一种妖怪的名字呢。"

"如果你要问假如我们擦身而过了会怎样。"

压倒性的、无懈可击的，无视。

"你和我以及理澄，想必会在别的地方相遇，并且进行跟现在类似的对话吧。虽然时间上会有一些偏差，但行为本身一定会在某时某地，在与现在不同的时间和地点发生。我将这种现象称为时间收敛……还有，那个时候，我和理澄不一定会同时出现在你面前。也有可能会分别遇到我们两个。"

"……"

"或者，还有另一种可能性，你在那个地点遇到的不是我和理澄……而是其他人物。你和那个人相遇的意义，与此时跟我在这里交谈的意义等同。那是个跟我同一等级的人物。并不是说一定要与我不相上下才能胜任这个角色，只要对你而言，那个人的存在意义

---

[1] 眼眼手，日本游戏公司ENIX（现SQUARE ENIX）发行的角色扮演游戏（RPG）《勇者斗恶龙》系列中出现的自爆魔法咒语。据说名字由来是漫画里经常出现的"眼睛变成圆点"的夸张效果，表达威力太强令人目瞪口呆的意思。与日本妖怪"手の目"的发音相近。——译者注

和我是同样的就可以了。不过，就我们现在这种程度的缘分，大概谁都可以替代吧。比如那边的理澄。"

狐面男子瞟了一眼理澄妹妹的方向。

"就算你遇到的是她的大哥出梦，你的命运可能也不会发生什么大的变化。"

"你是说出梦……"我不禁脱口而出，"……他吗？"

"嗯……啊，说起来你在车里好像提过，跟出梦那边也有过一面之缘呢。那就更能说明问题了。你啊，就算此时此刻没有遇到理澄，也会在某时某刻遇到出梦的。就是这么一回事。我将这种现象称为代替可能。"

时间收敛和代替可能。

就算把现在必须完成的事情往后拖延，也总有一天不得不去做，如果还是不去做的话，那么就会有其他人来代替你完成。

这就是世界的运作系统。

这样……简直就像。

简直就像在说，世界是拥有自我意识的东西一样。不是人们经常比喻的什么神啊、世界的作者啊的东西……而是仿佛在说，故事本身拥有着能够让一切回归正轨的力量。

那么，想要反抗命运的人们。

会被命运从系统里排除吗？

只是为了让一切合乎逻辑。

自然淘汰。

不是看不见的神之手，而是自然淘汰。

从字面意思来看，这个词更贴切。

命运般的，贴切。

宿命般的，贴切。

"这不是什么奇谈，也不是什么荒唐的话。'原子按照固定的形态构成分子'——'分子按照固定的形态互相结合'——'分子的构成模式是有限的'——'熔点和沸点在一定条件下是固定的'……然后，'回归正轨'的力量，让这一切事物都能够保持稳固。"

"一切事物……那么，命运也是吗？"

"'一切事物……那么命运也是吗'。命运可以说是有自动恢复功能吧。或者该说是误差调整功能。不管做出什么尝试，最终都会被修正。就像账簿到最后都必须结算清楚，逻辑到最后都必须理清楚。世界绝对不会期待变革的产生。就算'因'不同，最终也会达成同样的'果'——这就是预定调和……啊，对了，换个更好懂的说法，就是所谓的宇宙意志。"

"……"

"怎么？你没看过《GS美神极乐大作战！！》[1]啊。连漫画都不看，长这么大都在干什么啊？"狐面男子一脸无语的表情，"已

---

1 《GS极乐美神大作战》，日本漫画家椎名高志的漫画作品。1991年至1999年连载于《周刊少年Sunday》，曾获日本小学馆漫画赏。连载期间被改编为电视动画《GS美神》，之后还推出了与电视动画同名的电影动画，由东映公司发行。——译者注

经不能用恶劣来形容了。那么,说《虚空录》你总该知道了吧。"

"……你很喜欢漫画吗?"

"我爱漫画。"

狐面男子毫不犹豫地说。

"如果这些作品你不熟悉的话,那'阿卡西记录'[1]呢?虽然概念上有点偏差,但应该能帮助你理解吧。总之就是,反抗命运是愚蠢的行为。更别说什么开创命运了,简直是天方夜谭。"

"这种……追根究底的思考方式我还是头一回见,不过,怎么说呢,我觉得是非常率直的……很好的见解。"

这不是奉承话,而是我的真实感言。而且就我迄今为止的人生经验来看,其中并不是没有我赞同的地方。硬要说的话,无非世上不会发生无意义的事这一点我不太赞同,但是,也不是完全无法理解。

命运是"决定"好了的。

我觉得,这不是宗教性质的概念……而是数学上的、统计学上的、概率学上的概念。说到底,人类在面对各种情况时能够选择的余地,其实相当有限。

如果真是这样的话。

---

[1] "阿卡西记录"(Akashic Records),也译作"阿卡夏记录""阿克夏记录"。在神智学和人智学中,"阿卡西记录"是指从记录了从宇宙诞生以来,世界上所有存在过的事件、思想、情感的记忆集合。它包含了世界初始以来,每一个生命的每一道存在痕迹。其中,"Akasha"一词源自梵文,意为"以太""虚空"或"空间"。——译者注

如果真是这样的话，那还真是滑稽。

如果真是这样的话，那还真是杰作。

总而言之，我这个人。

不管经历了什么，也永远只会是我这个人。

……这样的话。

这样的话，真是戏言。

"地球是以谁为中心转动的，这种问题不是显而易见吗？地球是以地球为中心转动的。那些认为世界是为了自己而存在的人，与那些认为自己的存在对世界毫无作用的人，本质上都犯了同一个错误……都是些无可救药的蠢材。"

"硬要选一边的话，我应该是那种认为自己的存在对世界毫无作用的类型。"其实不用硬选，我就是，"那么你的话，肯定正好相反，觉得自己是世界的组成部分，是被束缚在命运牢笼里的一个登场角色吧？"

"这该怎么说呢……我是，想要立足在这个故事外侧的人。这么有趣的故事……比起参与其中，我更愿意站在远处观望。"

"……这种事情做得到吗？如果你的假说是正确的，那么想要走出故事之外这件事情应该是非常困难的。"

"困难……但，并不是不可能。事实上，我，已经基本上是存在于故事之外的人了——

"因为我已是被因果放逐之身。

"——最多，也只能凭着跟你这样的小哥多聊几句参与到故事之中。就这么不完整地，暧昧地存在着。"

"呼噜呼噜。呼呼——"

理澄听睡着了。

看来我们的对话太过枯燥。

的确，旁观者听来肯定会觉得这对话相当无聊吧。毕竟那些概念太过抽象，就连作为对话另一方的本人，也会觉得狐面男子所说的话就像梦中的幻想一般，飘忽不定，难以捉摸。甚至可以说，完全听不懂他在讲什么。

可是，为什么？

为什么这个人的话语，如此打动我。

为什么我的内心感到了强烈的震撼。

为什么这样的戏言，会让我的内心感到震撼。

现在的我，就好像——

听到了什么惊世骇俗的告白——

如果真是这样的话，那我绝对不要。

绝对不要，与那么重要的部分。

与故事的核心，扯上一丝关系。

"正是因为这样，我才让这位名侦探替我跑腿工作……好好看着我吧，小哥。好好记住我的样子。这就是，妄图反抗命运的男人的末路。惨不忍睹吧？虽然我自己倒是不讨厌这副凄惨的样子……败北，也不是一件坏事。"

"你曾经反抗过故事吗？所以受到了因果的驱逐……是这个意

思吗？"

"算是吧。因为一些小失误，差点破坏了本来绝对无法被破坏的因果论。呵呵……现在回想起来那确实是没经过大脑思考的行为，虽然现在我已经老实了——但我并不认为那是年轻气盛犯下的错，如果那个时候我没那么做的话，现在恐怕也会做同样的事……这就是时间收敛。"

"差点破坏了因果论……吗？"

但是，那种事情……

苹果会从树上落下来，雨会从天上降下来，太阳是明亮的，夜晚是黑暗的，开心的话会笑，伤心的话会哭——活着的话就会有死亡。

对因果论的反叛。

为推翻对真实存在的命运所发起的革命。

面对定将来临的必然所发表的独立宣言。

不死的研究。

"这么说的话，木贺峰副教授的研究，可能也是类似的东西……"

"你说……"听觉敏锐的狐面男子又小声重复了我的话，"木贺峰副教授的研究……你刚才是这么说的吧，小哥。"

"欸？啊，是的。我是说了。"

"木贺峰……木贺峰约。"

"嗯。啊，你知道她吗？"

那个人，果然很有名啊。

哀川小姐好像也知道她。

"令人怀念的名字。说起来……那个时候,还有过这号登场人物呢。"

"……"

"小哥。那个木贺峰……嗯……副教授是吧。呵。能不能请教一下,那个木贺峰副教授的研究是怎么回事呢?"

"这个嘛。"

请教一下……

这个,能不能说啊?

"就是在高都大学的人类生物学科进行的……那个……所谓的……'不死的研究'之类的……"

"不死的研究。"

狐面男子复述的声音盖过了我的声音。

他突然站了起来。

以他的身高低头看坐在坐垫上的我,视线仿佛从天而降,充满了居高临下的气势。

身体,仿佛掉进了冰窟。

心脏,好像被鼓槌敲击。

"不死的研究……吗?"

"欸……啊……是的……"

"木贺峰……还在……做这种事情。不,难道说……难道说那个东西还留在那里吗?计算之外……不对,是忘记计算了……"

狐面男子用我几乎听不见的声音自言自语着。脸上完全换了一副神情。虽然我从刚才就觉得他是个怪人了，但现在这个样子，怎么形容呢……与其说是怪人，不如说是狂人。

"太有趣了。"

狐面男子这么说着，看起来像打从心底里觉得无聊。

甚至，有些不满意不愉快的样子。

"你和我之间的'缘分'，看来，似乎相当有趣。真是不可思议。我本来以为零崎人识才是最重要的人物……搞不好其实是你。"

"……啊？"

"呵。在那种普通的场所碰巧遇见的看似平凡毫无特征的男人居然就是……实在是有意思。不过，期望过高对你我都不是好事。想不到啊，对吧。以为最不可能的，竟然就是正确答案。"

"那……那个……狐狸先生？"

"起床了，理澄。"

狐面男子抬起脚尖踢了一下理澄的侧腹。"呀！"理澄惊叫一声，从睡梦中清醒了。

"怎……怎么了？啊，你们聊完了呀！"

"要走了。"

"欸？怎……怎么这样，太早了！人家，还想跟大哥哥再多说说话！好不容易见面了！"

"你……和你大哥现在有急事要处理了……分秒必争。我们没有多少时间了。就算有时间收敛,这件事还是要尽可能早点办了——快点。"

"呜。"

虽然看起来有所不满,但理澄也没再过多的抱怨了。大概,或者说几乎可以肯定,"大哥"对这两人来说是非常关键的词语。

"帮我穿一下斗篷。"

"好。"

高傲的狐面男子帮理澄披上斗篷的场景,稍微有点奇怪。

"穿好了。"

"好的,那么——"

回归斗篷装扮的理澄朝着还坐在原地的我,行了一个大礼。

"那么,大哥哥,下次再见喽!"

"嗯。"我回答道,"……也替我向出梦问好。"

"嗯!那就此别过了!"

理澄的笑容明亮得有点眩目。

从她的嘴角……隐约能看见一点虎牙。

尖锐的虎牙。

"……"

"喂,小哥。"

"欸……啊……在。"

"你慢慢喝茶不要客气。账我来结……虽然是我邀请你来的,但如你所见,我现在没时间送你回去了。"

狐面男子，放了两张万元大钞在桌子上。

"这是打车费。"

啊，这样。

我还得回城咲取伟士牌。

"各种方面，都让你破费了。"

"'各种方面'，不必介意。那么——缘分到了的时候，再会吧。"

理澄妹妹和狐面男子，走出了包间。

纸门关上，留下我独自一人。

桌上还放着三个茶杯。其中一个倒了，里面的茶洒出来，弄湿了半边桌面。

但是，这个场景对故事不造成任何影响。

所以命运不会阻止它的发生。

一切都会按照剧情发展。

只能按照剧情发展下去。

任由命运摆布。

"……啊啊。"

然后，我终于想明白了。

我明白了。明白了。

我会跟来这里的原因。

不是为了看狐面男子戴着面具怎么吃东西，询问关于零崎人识——这种无关紧要的事情。而是有着更加直接、更加单纯的理由。

那种粗暴的性格。

那种强硬的说话方式。

动不动就打人。

完全不考虑别人的计划安排。

还有，面具下那副凛然的素颜。

最重要的是，那充满斗志与自信的双眼——

"那个人，跟哀川小姐很像啊……"

3

半夜。

回到骨董公寓，我径直去了一楼小姬的房间。小姬坐在一张与铺着日式榻榻米的房间完全不搭调的玻璃矮桌前，面前是作业和课题堆成的大山。

为什么要学习？

因为山就在那里。

"嗨，小姬。"

"……"

被一双充满仇恨的眼睛瞪了。

我不由得退缩了。

亏我慈悲为怀特地跑来帮她做作业,居然被这样冷眼相待。呃,其实好像是我自找的。

"对不起。"我一边道歉,一边走到矮桌前,坐在小姬对面,"一个人能完成这么多已经很了不起。嗯,小姬也努力了。必须表扬你,真棒真棒。剩下来的就交给我,小姬,你去休息一会儿吧。"

"……"

"你还有什么吩咐?"

"……"

"您还有什么吩咐吗?公主殿下。"与其说是改口敬语,不如说是完全变了个角色,"尽管下令,本戏言玩家一定鞠躬尽瘁。"

"算了,没事了。"小姬无奈地叹了口气,"跟师父置气,就像一脚踩到棉花上一样。"

"您能这么说真是太感激了。"

如果她能把"一拳打在棉花上"说对,我会更加感激,不过我已经不敢抱有那么大的奢望了。

"作为补偿,就要一顿打残吧?"

"欸……"

一顿大餐倒是没问题……

这也只是口误吧。

"话说回来呀,师父,你今天到底去哪里了?"

"呃……因为是别人开车载着去的,所以具体地点我也不太清楚，反正是某个料理店。"

"料理店！"小姬惊叫，"料理店就是那个传说中的料理店吗！经常会有大人物在那里搞什么阴谋……师父！师父到底去搞什么阴谋了？"

"你这偏见也太严重了……"还有"阴谋"是名词，不可以随便乱用，"啊，对了，小姬。"

我一边帮小姬写作业（高中二年级，而且又是补习用的，所以并没有什么难度），一边试着发问。对啊，哀川小姐是个粗枝大叶的人，又不在意细节，但是小姬的话，搞不好了解得比较详细。

"小姬，你知道匂宫理澄这个女孩吗？"

"……匂宫？"

"或者出梦也行。匂宫出梦，或是匂宫理澄，哪个都行。"

"……"小姬沉默了一会儿，"匂宫，暗口，零崎，薄野，墓森，天吹，石凪……"

"嗯？"

她说什么？

我没太听清。

暗口？石凪？

崩子妹妹和萌太？

"……我知道啊,匂宫兄妹对吧？"

"啊，果然很有名。"我停下了手中的铅笔，"哀川小姐好像也知道，但总是不明说。你想，那个人就是那种性格。"

"不，并不是很有名。恰恰相反，小姬只是碰巧知道的。餍寐奇术的匂宫兄妹，'饕餮者'出梦和'汉尼拔'理澄……当然小姬自己是没有遇到过，但曾经从萩原学姐那儿听说过关于餍寐奇术集团，匂宫杂技团的事。"

"萩原……子荻妹妹啊。"

澄百合学园总代表——人称"军师"的萩原子荻。

这个名字上次出现的时间还没有久远到令人怀念。虽然不是那种容易被遗忘的角色，但也不是特别让人怀念的少女。

"萩原学姐在一年级的时候曾经跟匂宫交手过一次。我听她讲过当时的情况。如果不是这样，我也不可能知道关于匂宫的事……他们的情报几乎没有向外界泄露过。像他们那么排外的组织，不管在明面上还是暗地里，都算罕见的。"

"哦哦……"

"比如说匂宫五人组，是我听到的事情当中印象比较深刻的。匂宫五人组'断片集'。一个人的人格分裂到五具身体上，是个不得了的杀手。可怕吧？毕竟，两只手臂根本不可能抵得过十只手臂嘛。"

五具身体上寄宿着同一个人格。

这是……什么东西？

瞬间，我想到鸦濡羽岛上的千贺三姐妹。千贺明、千贺光、千贺照子……不，那好像只是照子小姐的玩笑话吧，是怎么回事来着……

"……那种事情是靠人工制造出来吗？"

"不知道。不过萩原学姐也不可能在这种事情上说谎……匂宫这个组织，本来就是追求用奇术表演一样的方式去杀人的。什么常识什么偏见，对他们来说都是没意义的。所以才被称作餍寐奇术集团——匂宫杂技团。据说他们都喜欢搞一些哗众取宠的把戏……包括它的分家。"

"哗众取宠吗？"

像是子荻妹妹会用的词。

那位掌握一切秘技，表里如一的军师。

"嗯嗯。接下来是萩原学姐通过其他渠道掌握的一些情报，听说杂技团成员里还有一个分别使用日本刀、长刀和弓箭的三人组……从近距离、中距离、远距离三个方向发起攻击，理论上倒是说得通，但这也是哗众取宠的把戏。"

"是哗众取宠呢。"

这么看来，除了"病蜘蛛"，澄百合学院的人和零崎人识，都算是正统派。

"但就算哗众取宠——他们也毫无疑问是最强的杀手组织。就连润小姐，那个好战的'人类最强承包人'哀川润，也不愿意强行与他们为敌吧。"

"这么厉害吗？"

"嗯嗯。然后，师父刚才说的'饕餮者'出梦和'汉尼拔'理澄……跟断片集的事一样，我也是从萩原学姐那儿听说的。"

"那……你知道？他们……或者说那个女孩的事？"

"嗯。是双重人格吧。"

双重人格。

又名分离性身份识别障碍。应该不需要特地说明，就是漫画、小说、电影里经常会出现的那个桥段。玖渚友会联想到《24个比利》[1]，哀川润则会联想到仙水忍吧。虽然大家会联想到什么并不是重点。

"硬要说的话，我是配角，理澄是主角吧。嘎哈哈！也可以说我是主人那家伙是傀儡呢。"

"他"——匂宫出梦之前这样对我说明过。

"理澄妹妹知道你的存在吗？"

"知道啊。只是好像不知道我就存在于她身体里。因为我稍微改编了一下她这方面的记忆。Y！E！S！我们偶尔还会电话交流哦？就好像JOJO里面的'喂喂，多比欧'[2]一样。"

"……"

唔。

我进一步追问小姬。

1　《24个比利》，英文原名 The Minds of Billy Milligan，是有心理学背景的美国作家丹尼尔·凯斯于1981年出版的一部纪实小说。该书讲述了美国历史上第一位因多重人格而获判无罪的分离性身份识别障碍患者比利·米利根的故事。——译者注

2　多比欧，日本漫画家荒木飞吕彦的漫画作品《JoJo的奇妙冒险》第五部的登场人物。一具身体钟存在着"多比欧"和"迪亚波罗"两个人格，切换人格时外貌也会随之改变。——译者注

"可是我不太懂呢。一具身体里有两个人格，具体来说有什么好处呢？刚才说的……那个五具身体由一个人格控制的好处倒是能理解。"

"这……个嘛。妹妹的人格，也就是'汉尼拔'的人格是不具备杀人能力的。而且，据说是一丁点都没有。"

匂宫理澄。

理澄妹妹。

"杀戮任务好像全部是交给身为'哥哥'的匂宫出梦，也就是'饕餮者'的人格完成。"

匂宫出梦。

出梦君。

"越来越搞不懂了……顶着餍寐奇术集团的头衔，可是只有一个人格会杀人……"

"唔……该怎么说明呢……在师父看来，可能有点摸不着头脑吧。"小姬双臂交叉在胸前，"悬梁高校为什么要将年幼的女孩子培养成狂战士，这个师父应该可以理解吧。然后，把毫无杀人能力的小女孩送到目标敌人身边，这么做的理由也可以理解吧？"

"你是说像间谍一样？"

"不止如此呢……因为本人对另一人格是毫无自觉的。所以会无意识地搜集对'饕餮者'有利的情报，制造对'饕餮者'有利的情景。在自己都不知道的情况下，有意识无意识地，探索并创作出有利于自己发挥的舞台。这就是'汉尼拔'的作用。"

"……"

"而且,我觉得哦,双重人格这一点,也能起到安定情绪的作用。'饕餮者'人格的匂宫出梦——好像在各种意义上都有点狂躁……或者说是,相当疯狂的性格。"

"原来如此。就是冷却装置嘛。"

比起仙水忍[1],更像写乐保介[2]啊。

顺便说句,我在ER3系统当吊车尾的时候,也曾涉猎过心理学,但并没有在现实中见过分离性身份识别障碍的病例。当然,会以这样的形式遇到实际病例——我也是万万没有想到。

"……这也是,人工制造的产物吗?"

"不知道……所以说,我也不了解更详细的内幕了。如果能到深入了解内幕的程度,那之后等待着你的就是死路一条。就算是萩原学姐,也没能调查得那么详细……也有可能是因为太危险了,所以瞒着小姬吧。"说到这里小姬停下来,问我,"话说回来了,师父,那对匂宫兄妹怎么了吗?"

"……"

其实半个月前春日井小姐把妹妹的人格捡回家,后来我遭遇了哥哥的人格,然后今天我又遇到了妹妹,这种事情,还是不说为

---

[1] 仙水忍,日本漫画家富坚义博的作品《幽游白书》中的登场人物,拥有多重人格。除了主人格"忍"之外,他还拥有三个负责战斗的人格,以及另外三个人格。——译者注

[2] 写乐保介,日本漫画家手冢治虫创作的《三眼神童》中的角色,拥有远超于常人的智商,还具有双重人格。——译者注

妙吧。

不能让小姬因为这种无谓的事情分心。

因为小姬跟哀川小姐不一样。

"没事,就是随便问问。作为参考我想再问一下,子荻妹妹那个时候的结果是?与匂宫杂技团交手的时候,是赢了?还是输了?"

"萩原学姐的字典里没有输赢这种概念哦。她判断胜负的单位不一样。对她来说,胜利和败北,都不过是下一步战术所需要的棋子罢了。"

"……照这么说,对子荻妹妹而言,小姬和哀川小姐,大概都不算是敌人吧。"

"没错。萩原学姐,就像一个人在下一盘永远不会结束的棋局。所以会让人觉得难以亲近吧……只有西条,不知道为什么总爱跟萩原学姐在一起。萩原学姐好像也很困扰的样子。"

不经意间,小姬流露出了一种难以言说的寂寞神情。虽然她立马低下头想隐藏那个表情,但还是被我看到了。即使看到了也无能为力。我,无法视而不见。真的,希望她不要再这样了。看到这种表情,我只会感到痛苦。

啊,真的够了。

我想要为这个女孩做点什么。

"小姬,过来一下。"

"嗯?"

"别啰唆了，快照我吩咐，绕过桌子到这边来。"

"好的，好的。"

小姬乖乖听从指令了。

"把两手举起来。"

"好。"

小姬又乖乖听从指令了。

"把眼睛闭上。"

"好。"

小姬再次乖乖听从指令了。

真希望她能对我稍微有点戒备心。

于是——

"嘿！"

我大胆地调戏了她。

"呀！"小姬的反应只能用敏捷形容，她以一个姿态标准的后蹬跑，一口气远离了我，然后发出了响彻整栋公寓的大悲鸣，"什！你……你……你突然干什么啊！在……在摸哪里啊？"

"嗯，我摸哪里了呢？"

"……呜。"

"哎呀，这可真是伤脑筋。"

"呜……呜……呜呜呜——"

啊。

把她惹哭了。

"呜呜……呜呜呜呜……咳……呜咕。"

"……"

我好像做得有点过火了。

不是的,不应该是这样的啊。我只是看到小姬沉浸在过去的回忆里,想打破那种严肃沉重的气氛。只是,只是这样而已啊。都是误会。不是你想的那样,不要用这种眼神看着我。

"呜呜……呜,师父,为什么?每次都只会欺负小姬呢?"

真的哭得很惨。

已经泪如雨下。

这……

"对不起。请原谅我。"

直接道歉。

不讲什么戏言了。

"……呜。"

"我只是看到小姬好像又回想起以前的事了……也不是什么好的回忆吧?那个悬梁高校——澄百合学园。"

"是这样没错啦。但是,也不是完全没有好事。像萩原学姐……小西条,还有……"

"……"

还有。

市井游马。

"啊,还有——"小姬擦掉眼泪,十分勉强地冲我露出了笑容,"现在的学校,也不是很好玩。你看,天天都要学习。"

"学习是学生的本分啊。"

"……唔,也对啦。再怎么说,小姬的学费都是靠师父付的呢。"

"……这倒是。"

小姬的监护人目前是哀川小姐。所以现在所需的生活费都由哀川小姐定期汇到我的银行账户里,只有学费由我承担。

六月的骚乱之后,我和哀川小姐之间发生过如下对话:

"啥——学校这种地方不去也行吧。"

"不行。小姬现在这样子,能去哪里就职啊?没有一技之长的话,至少得有个大学毕业证吧。"

"哈。真讨厌,你已经被学历社会荼毒了。那学费就你来出吧。"

"求之不得!"

最后这句台词是骗人的,但大体上就是这么回事。

于是我的存款都用光了。虽然目前通过家教的兼职在一点一点攒回来,但还是感觉当时的自己有些冲动了。

话说,我是不是很不擅长理财啊。

"那么不喜欢学校吗?"

"欸?"

"要是真的很讨厌学习,不去上学也可以。本来也是我硬要你去的。"

"啊。不,不是的。"小姬连忙摆摆手表示否定,"虽然学习很讨厌，但是能交到新朋友，很开心的。"

"那就好。"

"而且。"小姬回到了桌子的另一边，"不管怎么样，现在的小姬很开心。这栋公寓的人也都对我很好。"

小姬直直地看着我。

用她纯真的双眸。

但那并不是简单的纯真。

是经历了各种事情，克服了大风大浪。

最终才获得的——纯真。

"对现在的生活，我特别满意。人生真好。所以要感谢师父。小姬现在，超级幸福。已经被幸福包裹了。"

"这真是……太好了。"

"所以……绝大多数事情都可以原谅啦。不过……"纯真的眼神突然一变，"刚才的事情要是再发生，我就告诉润小姐。"

"你是想让我死吗？"

可怕的小姑娘。

真的有感谢我的意思吗？

"啊，对了小姬。"我拼尽全力转移话题，"说起哀川小姐我想起来了……你听哀川小姐说过，她有哥哥之类的亲戚吗？"

"哥哥？"

"嗯。"

"……意思是有血缘关系的亲人吗？"

"对。我今天遇到一个，感觉很像哀川小姐的人……戴着动物的面具，今天在料理店里，我就是跟那个人商量阴谋呢。"

我去掉理澄妹妹的部分，向小姬描述了一遍我跟那个狐面男子之间的对话。

小姬歪着头说："一点也不像啊……"

"是吗？"

"润小姐才不可能说'命运是事先决定好的'这种话。应该正好相反吧。"

"……"

命运将由自己开创之类的吧。

可能是这样吧。哀川小姐的观点，搞不好正是那种会被狐面男子嘲笑是蠢材的观点。

"什么世界是有故事性的，那种莫名其妙的假设应该会被润小姐嘲讽吧。然后说'故事是靠自己去创作的'。"

"说的也是……但是那个戴面具的人说的话，感觉还是有点不一样。怎么形容呢，就是……"

世界是有故事性的。

每一个人，都有其存在意义。

没有意义的登场人物是不存在的。

但是……

就算某人的存在意义没能实现。

最终，在某时某地，故事的剧本也会得到修正。

世界上的一切皆有意义，但也仅此而已。

成功没有意义。

失败也没有意义。

就算过程不同，也只能导向相同的结果。

"这个，不是比一般的宿命论还要残酷吗？"小姬说，"因为……他的意思不是说'人生是有意义的'……也不是说'人生是没有意义的'……而是说'人生有意义但不管那个意义实现与否，结局都不会发生一丝改变'。"

"啊——确实如此。"

就是这个意思。

没有必要顺从命运。

也没有必要反抗命运。

因为不管你做什么……

都是一样的——

你不处理的事情终有一天会有别人来处理掉。

所以随波逐流就好了——就是这样。

多么荒谬的话。

明明如此荒谬。

"……"

"再说了，我从来没听说润小姐有哥哥……从根本上来说，润小姐到底有没有亲人，小姬都不知道。"

"这样啊。"

"当然，就算是润小姐也会有生育她的父母……所以，搞不好可能也会有兄弟姐妹，但是，润小姐又是那种性格，从来不讲自己的过去。"

不讲过去。

不提及过去的自己。

"这点跟师父倒是很像呢。"

"但我和哀川小姐这么做的意义，完全不一样……对了，不是哥哥也行……其他的亲戚……好像也不太可能……"

那就只是一个神似的陌生人了。

就这样吧。

虽然有点偷懒嫌疑，但也是最妥当的结论了。

"唔……但还是怎么想怎么可疑……要说哪里可疑，基本全程都很可疑……"

"怎么了？这么在意那个戴面具的人吗？"小姬好像看透了我的想法，"那要不，小姬帮你杀了他吧？"

"……"

小姬的这句台词，实在太过……太过轻描淡写，稍不注意甚至可能会漏听。

"我的手指已经快好了，润小姐之前指出的弱点也改进了。所以只要那个戴面具的人不是特别厉害，应该能轻松简单地……"

"小姬！"我怒吼。

被我的声音吓到，小姬目瞪口呆。

"怎、怎么了？突然这么大声。"

"小姬。那种话……那种话，不好。那种话……太不谨慎……要想在这边的世界好好生活，刚才的话是绝对不可以说出口的。"

"欸……可是。"

"没有可是。"

我的事情可以先放在一边，这句话一定要说。

不得不说。

"再也不要说杀人的话了。你已经不可以再杀人了。如果不这样……就会失去现在拥有的生活。你现在很开心吧？觉得生活很幸福吧？开心的话，就要一直保持这种开心。"

"……"

"懂了吗？"

"知道了。"小姬情绪低落地点点头，"对不起。我会反省的。"

"嗯……"

会道歉证明你还有救。

一切都还来得及。

和已经来不及的我，不同。

我已经来不及了。

这也是……戏言罢了。

我自嘲地想。

我在干什么啊？说真的，到底在干什么啊？难道像我这种已经没救了的人说教，还会有什么说服力吗？我有这个资格吗？已经无可救药的我，就算说了什么——

世界，也不会产生任何变化。

命运由自己开创?

真是逗人发笑。

好笑吗?

让他们笑啊。

这不就是我的角色吗?

反正，就是个丑角。

小姬垂头丧气的，好像在等着我说下一句话。我真的……拿这个女孩没辙。真的没辙。为什么我要照顾别人啊?

责任。

义务。

是因为这些吧。

是因为这些东西吗?

我不是一个会为了这些东西而行动的老好人。我什么时候，变成了这样一个老好人。

真是的，自己都没有察觉。

还是说，我真的想让自己做一个好人呢?

想让还可以被拯救的小姬，作为自己的替身，去完成自己没能做到的事情吗?

自己的替代品。

自己的赎罪。

啊，原来是这样啊。

我拿小姬没辙的原因，其实不是因为觉得她像玖渚。其实是因为……我把她的经历，投影到了自己身上。和零崎人识不同……小姬，在另一层意义上与我相似。

所以，小姬。

至少要好好地生活下去。

我希望她能幸福。

"……小姬。"

"嗯？"

"明天的适应测试，要好好表现哦。"

"好的！交给我吧！"

小姬露出明朗的笑容，答道。

实体验

春日井春日
KASUGAI KASUGA 学者

0

我赞成你的意见。

但,我至死也不认可你陈述意见的权利。

1

我看到了这样的现实。

如今可能谁也不记得那起事件的残影,而我正与那个仅凭一己之力就给五月的京都带来巨大恐怖和混乱的杀人者面对面。不记得具体事件也不清楚具体地点,我们就那样平静地、沉静地、一边绷紧神经注意四周黑暗中的风吹草动,一边进行着对话。

杀人者问我。

你杀过人吗?

我回答杀人者。

怎么会,一个都没杀过。我怎么可能杀人?到现在为止一个人也没杀过，今后也没打算杀死任何一个人。就算有过想杀人的冲动也都忍住了，以后不管情绪再怎么激动，也一定会继续忍耐下去。

听到我的回答，杀人者苦笑了。

大骗子。

没有骗人。我不会骗人，也不会撒谎。别把我们混为一谈，我和你是不一样的。会杀人的人从精神上就已经崩坏了，属于异常心理者。

你这话真是蠢到堪称杰作。

你的想法太有问题了，光是听着都替你感到羞耻。这个世界上存在的不是只有不幸、暴力、欺骗、流血与丑恶，还有其他。还有很多其他的东西。而且远远多于你说的那些。

比如说呢？

比如说幸福。

再比如呢？

比如说正义。

再比如呢？

比如说恋爱。

再比如呢？

比如说友情。

再比如呢？

比如说梦想。

真是杰作。

杀人者像猫一样眯起双眼。

极好，极好。杰作，我发自肺腑地认为是杰作。显而易见的白痴，笑到我肚子疼。那种东西根本不存在，哪儿都找不到，再过多少年也不会存在，只是海市蜃楼，粗制滥造的赝品。我都恶心得快吐出来了。对我而言，我的工作就是一切，我只能工作。前面有工作就要处理，后面有工作的话也要处理。没有工作就要去找工作。

我不认为你这番话是认真的。你这个人到了明天又会用同样的语气说出完全不同的话吧。搞不好还会大言不惭地把正义和秩序挂在嘴上。工作是为了生活。工作没有意义。工作是一种艺术。工作是宇宙的真谛。就像七色彩虹一样，对同一种行为做出不同的解释。你就是反复无常的代言人。跟我一样都是反复无常的代言人。但也正因如此，你不受任何事物的束缚，就连自身的言语也无法束缚住你。你过于自由了。

而你，却正因如此，太不自由了。没错，这是玩笑话。就像你这个人的存在一样，是个玩笑。真是服了，你简直是奇迹般的不自由啊。

杀人者这样揶揄道。

但我也不认为你在讲真心话。你就是个大骗子，只会说除了真实以外的东西。要问为什么，因为你怎么看都不像一个喜欢人类的人，但也不是讨厌人类。你在憎恨人类。

此言差矣。我喜欢的人类还是很多的。人类拍摄的电影，人类制作的音乐，人类创作的绘画，人类烹饪的料理，人类组装的汽车和飞机，人类钻研的学问，人类编织的故事，这些都是十分优秀的东西。

你只是喜欢电影，喜欢音乐，喜欢绘画，喜欢料理，喜欢汽车和飞机，喜欢学问，喜欢故事而已。说自己喜欢电影、音乐、绘画、料理、汽车、飞机、学问、故事，恰恰表明了你根本没把人类放在眼里。在你眼里，人类不过是制造艺术和文化的粗糙机器罢了。你这种心理——才是崩坏了。

崩坏了？

你就是个缺陷品。

这话就有点过分了。你疯了吧？

那你喜欢人类吗？

……

我喜欢。

杀人者恬不知耻地说。

我冷静地问他。

那你为什么要杀人呢？

杀人者冷静地回答。

不知道，谁管那么多。完全不知道，这种事情，我既不知道也不想知道。我想杀谁想杀多少，跟我有什么关系。这都是发生在本我以外的事情。杀人这一行为无法影响我的内在。

那你为什么说自己喜欢人类？

杀人者用同样的语气回答我说。

我喜欢人类。我爱着人类。我，必须不停地对自己这样讲。不管是真实，还是虚伪，我都必须不停地这样告诉自己。如果不这样做，我一定变得讨厌人类。

变得……讨厌人类。

如果不这样做，我一定会憎恨人类。这是我唯一想要避免的情况。如果不从平时就努力练习去喜欢人类——当有一天真正喜欢的人出现时，我一定会不小心杀掉那个人。

……

你不觉得自己是可以改变的吗？

……

你不想改变吗？

伴随着这句话，我坠入睡眠，回到了梦境。

然后——

然后到了八月十五号星期一。

下午四点。

等到小姬从战场（学校）凯旋，我们坐上从美衣子小姐那儿借来的菲亚特500，出发。

"小姬，你不用换衣服也行。"

"好啊，不过为什么？"

"学生面试的时候还是穿制服会让人比较有好感。"

"原来如此。"

"从事特殊职业的时候也是。"

"闭嘴，春日井。"

我直接省略了敬称。

成员都到齐了。我、春日井春日、紫木一姬。

"话说我才不要坐后面，又小又窄的。"

"又开始耍公主脾气了……"

"没关系啦，小姬个子小可以坐后面。"

"那我就坐副驾了。"

全员上车并且关好车门之后，我系上了安全带。转动钥匙，准备出发。

目的地是——木贺峰约副教授的个人研究室。

据说从骨董公寓开车去要花几个小时。实际上，因为是第一次走这条路，所以具体情况怎样还不清楚。不过，就算要花上五小时，有这些人坐在车里，肯定也不会无聊吧。

"勾起回忆了？"

春日井小姐突然没头没脑地说了这么一句。算了，这个人的说话方式就是这样，见怪不怪。又不讲逻辑又没有节操才是她的常态，一如既往。

"什么回忆？"

"上个月的事件。是不是有种似曾相识的感觉？"

"……坐着菲亚特，前往类似于研究所的地方……目前为止的流程的确是一模一样。"我谨慎地回答，"但是，再怎么也不可能发展成上个月那样吧。木贺峰副教授又不像卿壹郎博士，在搞一些荒诞无稽的实验。"

"'不死的研究'吗？我觉得已经十分的荒诞无稽了。甚至可以说令人捧腹大笑。"

"但是这次只是单纯的打工，不是去救人。而且成员也跟上次……"

那个时候的成员是玖渚友和铃无音音。我偷偷瞟了一眼副驾，又从后视镜里瞧了一眼后排，然后缓缓地点了点头。

春日井春日是我们这边的盟友。

仅凭这点就无须多言。

"这次的成员一定没问题吧？"

"哦。"

"再说木贺峰副教授的研究室，规模好像没有那么夸张。据说，是由从前的恩师经营的诊疗所改建的……大概，也就比普通人家的住宅稍微宽敞一点吧。所以她管那里叫研究室，而不是研究所啊。虽然我也不是很懂这两者的评判标准。"

"了解了解。"

春日井小姐耸耸肩。

"也是。虽说状况有点相似，但也就相当于菲亚特500和斯巴鲁360一样吧。"

"这两者完全不一样！"我不假思索地怒吼，"还有那不叫菲亚特500！你当我是白痴吗？这是在对我下战书吗？春日井小姐？"

"……对不起。"

春日井小姐诚恳地道歉了。

我好像太较真了。

"而且，要打比方的话，也该是像南极和北极一样吧……"

也就是说，从旁观者的角度，两个表面上相似，实际上毫无关联的东西，看起来可能没有什么太大的差别。但是，从我当事人的角度来看，它们本质上完全不同。

"师父——"从后座传来了小姬的声音，"小姬，好像进入疲劳模式了，可以先晚安吗？"

"嗯？啊啊，可以啊。睡吧睡吧。"

"好的。"

"抱歉啊，明明你去了一天学校已经很累了。"

"没事没事。小姬本来就正想着差不多该去学着打工了呢，师父的邀请简直是绝渡逢鸭——"

"是绝渡逢舟吧。"

春日井小姐先我一步吐槽了。

没想到她还有这个功能……

而且还挺厉害。

"补习也结束了，刚好可以打死时间。"

"是呢。你说得没错。"

春日井小姐平静地点了点头。

不，这个用词你倒是也吐槽一下啊。

很可怕欸。

"安心啦——到那边如果发生什么的话，师父的身体就由我来保护！"说完小姬闭上了眼睛，"晚安。"

然后"扑通"一声朝着旁边的座位倒了下去。虽然有点想提醒她制服会弄皱的，不过，这样好像显得我有点过度保护了。

"是个好女孩啊。"

春日井小姐淡淡地说。

"嗯，是啊。"

"真是个好女孩啊。为什么一姬妹妹会是这样一个好女孩呢？"春日井小姐接着说，"其中有什么原因吗？"

"……"她想表达什么？这个人为什么老是故弄玄虚啊，"那个……我在开车，可以别跟我搭话吗？"

"好人——所谓善良的人的善良大多都是有意为之。基本都是在勉强自己做个好人。"我的话完全被当成耳边风，春日井小姐继续说道，"那些天生的好人——大多数情况下本性是邪恶的。就像上个月的玖渚友和兔吊木垓辅一样。"

"拜托别提兔吊木先生了……"我差点哭出来，"那个人的事情，真的已经快成我的心理阴影了。现在有时候做梦都还会梦见……真是不敢相信，玖渚以前居然统率过八个那样的家伙。"

"统率。"

"怎么了吗？"

"'统率'是个好词。可能是最好的词语了。好词语是不会消失的。"

"……所以,你想说什么?"

"没什么。"春日井小姐简短地回答了一句,然后闭上了眼睛,"我也先晚安了。"

"这样啊。"

你脑子烧到四十一度了吗?

为什么总是一副意味深长的样子啊?

副驾的人呼呼大睡,实在很难集中精神开车。不过,也比旁边的人一直叽叽喳喳个不停好。

"那,如果有什么事情我叫你。"

"不许叫我。"

被命令了。

"敢在本春日井春日睡着的时候吵醒我,后果可是不堪设想。"

"还不堪设想……"

"好困好困。"

睡着了。

就算这么说……我也不可能在你没睡着的时候吵醒你啊。又不是神仙。

我继续集中注意力开车。汽油量很足。美衣子小姐帮我加满油了吗?真的是,处处都在受她照顾啊。

"伊字诀。"美衣子小姐在交给我菲亚特钥匙的时候说过,

"不知道为什么我总有种不祥的预感。"

"不祥的预感。"

"嗯……我也知道不用我瞎操心，大部分情况你都能应对。"美衣子小姐继续说，"但就算这样，你也还是要多加小心啊。"

"好。"

"不过，'不死的研究'听起来不错啊。"美衣子小姐嘴角露出一点弧度，"从剑术的角度看，就是专注于让自己变强吧。"

"你确定没有误解吗？"

"为了活下去，什么是必要的？"

"啊？"

"为了活下去，什么是必要的？"

"这个嘛？"

"要活下去，首先必须要保住性命。"美衣子小姐平淡地说，"所以，你要努力保住性命。"

"好。"

"活下来，然后回来。"

我当时虽然点头了，但并不是因为理解了美衣子小姐说的话。只是下意识地点头了。要说下意识点头这个技能，恐怕没人能比过我。

顺便，直到今天也就是八月十五号，美衣子小姐仍然没找到新的工作，画轴的事情她好像已经打算放弃了。美衣子小姐放弃的话，我的计划也不得不跟着变动。必须考虑一下对策啊……

顺着今出川街道一直向东，开到与鸭川的交汇口，然后向北。接下来一段路，好像一直朝着北方往山上开就行了。

春日井小姐和小姬都睡得很沉。

毫无防备。

我是绝对不愿意被陌生人看见自己的睡相的，就算在熟人面前也极力避免。所以从春日井小姐闯进我家到现在，大约三周的时间，我一直是睡眠不足的状态。

虽然睡眠不足也没有大碍，但这两个人就不会有这样的心理吗？

其实，仔细想想。

我好像在很多事情上都多虑了，也不知道是自我意识过剩还是偏执症。搞不好，不想太多的话，就能够减少烦恼，轻轻松松地生活下去了。

换句话说就是，不要选择朋友，而要选择敌人。

嗯，这句话也真是绝妙。

或者说是奇妙。

可是，就算这样，如果无条件地信赖人生中遇到的每一个人，那早晚有一天会被人陷害吧。因为，如果世界上全是大好人的话，我就根本不会为了这种事情而烦恼。

我，不是那样的人。

像我这样的存在，是不存在的。

啊，还是说。

有一天会在哪里遇到呢？

如果说这就叫命运，这就叫必然，这就是因果，这就是因缘的话。

那便是绝对无法逃避的事情吗——

"……是戏言吗？"

就连这熟悉不过的台词，也显得没什么自信了。

这才是真的……戏言。

2

一小时后，我们抵达了木贺峰副教授事前告知的地点。现在是下午五点。就菲亚特的马力来说已经算破纪录了。下午五点，天空还很明亮。我开始思考从现在开始测试的话几点可以往回走。小姬明天还要去补课，太晚结束可不好。

西东诊疗所。

那边竖着这样一块小小的招牌。木贺峰副教授当时告诉我，看到这个牌子就说明找对地方了。不过这个招牌相当老旧，上面的文字都已经很难辨认了。大概，或者可以肯定地说，这是很久以前在这里营业过的那家诊疗所的遗留物。"遗留物"这种东西总是会无端刺激人的感性，让人伤感，所以我不太喜欢。靠近大门仔细看，才发现门前的邮箱上贴着一张胶带，上面印刷着一行小到几乎看不见的、含义模糊的字——高都大学研究中心。怎么看都很廉价，或者说感觉敷衍。这样的话，肯定会有人误认为这里还是医院吧。

但是，从门外望过去，里面的建筑物倒是很气派。两层楼。像一户宽敞的住宅，不是混凝土而是木结构。说起来木贺峰副教授好像还说过"改建"什么的，不过原本的建筑保存得很好。改建可能是指室内吧。

穿过大门，到了停车场。

记得说是在右边……因为两只手都能当惯用手使用，所以我其实不太擅长区分左右。日常生活中很少有需要区分左右的时候，所以这便成了左右开弓的人的一个无可避免的缺点。不知道左撇子的人怎样呢？

停车场的空间不是很大，最多只能容纳四五辆车。然而就在这个不大的停车场里，已经停放着KATANA和FAIRLADY Z[1]了。看来有客人已经先到了……哪一辆是木贺峰副教授的车呢？其中一辆是她的，那另一辆呢？KATANA和FAIRLADY Z，都是很罕见的车型呢。

算了，跟我也没什么关系。

我倒车，然后停车。

1　KATANA是日本铃木公司于1980年首次推出的摩托车系列，以日本武士刀为设计灵感，兼具流畅外形与高端性能，在当时德国科隆车展上引起了巨大反响，被称为"科隆冲击"。FAIRLADY Z是日本日产汽车于1969年首次推出的跑车系列，日本内销版称为FAIRLADY Z，所以还有"淑女"这一别称。——译者注

春日井小姐和小姬，都还在熟睡。

"……"

思来想去，我按响了喇叭。

两人同时跳了起来。

"……师父……"

一个用怨恨的眼神看着我。

"……紫之镜紫之镜紫之镜紫之镜[1]……"

另一个嘴里念起了针对将满二十岁的人的诅咒用语。

话说，这就是所谓的后果不堪设想吗？

虽然我确实明年就二十岁了。

"到了。拿好你们的包，准备下车了。"

"好……好……"

"呜——"

锁上车后，我们往正门玄关的方向走去。春日井小姐和小姬跟在我身后，一个观察着眼前的建筑，一个东张西望。

玄关是一扇横向开启的拉门。

看到墙上有对讲机按钮，我便按下了。

等了一会儿。

"来了。"

---

[1] 紫之镜，日本的都市传说之一。据说如果二十岁生日时脑海中浮现出"紫之镜"这个词，就会遭受不幸。此外还有"会被镜子碎片刺入全身而死""无法结婚"等诸多说法。但如果说出"水色之镜"一词，诅咒就会被解除。——译者注

对讲机里传来声音。

是木贺峰副教授。

"是我。"

"谁?"

"那个……我按照约好的时间,来了。"

"啊……你差不多该到了,这件事我早已预料到了。"

"……"

你刚才压根儿就没听出来我是谁吧。

那句台词,明显是随便乱说的。

"那么,请稍等一下。"

"咔嚓",对讲机挂断了。

随即而来的,是一阵毫无意义的静寂。

"虽然无关紧要,但我还是想说这个建筑真是模拟信号时期的风格啊。"身后的春日井小姐开口了,"一点都不数字化。好歹也要在环境和设备上多花点钱啊……"

"你不要见什么都跟卿壹郎博士的研究所比较啦。"我对春日井小姐说,"毕竟又不是每个地方都有玖渚机关做后盾的。"

"我不是那个意思。就是觉得……这里有点奇怪。"

"奇怪?"

"一姬妹妹没有这种感觉吗?"

春日井小姐把话题抛给小姬。小姬一副摸不着头脑的样子应了一声,做出努力思考的模样。

"我并没有觉得奇怪呀。"

"是吗？"

"本来以为跟师父在一起难免会被卷进什么奇怪的事件，现在看来要失望了。这里并没有什么机关陷阱。"

"机关陷阱……"

她之前是在警惕这些东西吗？

我还以为只是单纯的东张西望。

看来，还是没能摆脱以前的习惯。

"因为我这次是来当师父的保镖的呀。"

"明明不用这么当真的……"

唉，毕竟是哀川小姐亲自下令，她肯定会较真的……不过哀川小姐说的"不祥的预感"到底是什么意思啊？想不到，她和美衣子小姐竟然说出了同样的话……

木贺峰约。

哀川小姐对这个名字有反应。

跟那个狐面男子一样。

"……"

对了……

那个人，也该多注意一点吧？

缘分——"到了的话"。

也就是说，缘分尽了的话，那次就是最后一面了。

可是，这真的有可能吗……

这种发展，会出现在我的人生里吗？

这种故事，会存在于这个世界上吗？

我不明白。

就连我到底是不是该去弄明白这一点，也不明白。

无法预测。

就连到底是不是可以预测的这一点，都无法预测。

"嘎吱嘎吱嘎吱……"

拉门打开了。

本来以为门内站着的是木贺峰副教授，但是——

眼前出现的是一位少女。

仿佛是高中生的年纪。

黑色的直发，西装外套配以浅蓝色领带。这是哪个学校的制服呢……不知道。这个年龄段少见的下垂三白眼。比起可爱更适合用漂亮来形容，比起美少女，美人这个词更能表现她的气质。

"……欢迎。"女子开口说道。

就像没了气的碳酸水，听起来毫无干劲。

"久等了。来，里面请。"

"……啊，好的。"

不知不觉，被对方的气场镇住了。

少女一个人自顾自地回到屋里，我赶紧跟了进去。春日井小姐和小姬也同样进门，脱下鞋子。少女按照人数准备好拖鞋，然后便催促起我们："来这边。"

穿过走廊不久便来到一扇纸门前，少女拉开纸门。我们三个进去之后，她又很快地关上了门。纸门里是铺着榻榻米的日式房间。我不禁想到了昨天去的料理店，当然，这里比那里的规模小多了，而且什么装饰也没有，非常朴素。总觉得很有年代感。就这么短的工夫，少女已经动作麻利地准备好了三人份的坐垫。

"我现在去端茶过来，你们随意坐。"

少女只说了这么一句话，就离开了房间。纸门悄无声息地被关上了。我们便按照她的吩咐放下行李，各自去垫子上坐下了。

"那个女孩是谁？"春日井小姐问我。

"这……我也不知道。"

她的年纪不像是研究生吧……也不一定，高中生可以跳级到大学吗？心视老师不就是个例子……等等，那个女孩，不是非常明显地穿着高中生制服吗？

"可能是木贺峰副教授的女儿吧。"

"她有女儿吗？"

"谁知道……"

不过看木贺峰副教授的年龄，也不像会有那么大的女儿……话是这么说，但又不可能是她妹妹。两个人长得一点都不像。本来想问问小姬的意见，结果一看，小姬正为了保持正坐的姿势艰苦奋战着。我觉得这份努力的精神还是值得表扬的，便对她说："小姬，脚随便放也没关系的。"

少女很快就回来了。

本认为她一定会端来日式茶杯和绿茶,结果是我一厢情愿了,矮脚木桌上摆着的是看起来十分精致的英式茶杯,里面的红茶香气扑鼻。

"老师现在,正在接待别的客人。虽然很抱歉,但恐怕你们要在这里多等几分钟了。"

"啊,没关系。"

别的客人……

难道是停车场里的KATANA和FAIRLADY Z,其中一辆的主人吗?

原来如此,这样就合理了。

"我叫圆朽叶。"

少女报上自己的名字,微微低头致意。

"……算是这里的住客吧。"

"你住在这里吗?"

提出疑问的是春日井小姐。

"嗯……因为老师只有在做研究的时候才会到这里来。"少女朽叶妹妹答道,"嗯……该怎样说明呢?类似于管理员吧。房子如果一直没有人住,很容易老化的。"

老师,是指木贺峰副教授吧。

"那个……你和木贺峰副教授是什么……"

"你们,"朽叶妹妹近乎强制性地无视了我的话,转而向我们提问,"你们知道这里是干什么的吗?"

"……"

"知道这里在进行什么研究吗？"

"听说是'不死的研究'。"春日井小姐答道。怎么回事，这个人面对比自己年龄小的女孩子，态度就非常礼貌，"我是研究动物学的——也就是生物学者。所以对这个很感兴趣，就过来了。"

"哦，生物学者——啊。"朽叶妹妹好像在观察什么似的，扫视着春日井小姐、小姬和我，"还有……大学生和女子高中生……好奇怪的组合啊。嗯……算了，怎么都行。"

说完，朽叶妹妹用手指卷着自己长长的头发玩了起来。说实话，这个举止不太得体。简直就像，已经完全对我们失去兴趣了。

"我可以请教一下吗？"

面对这样的朽叶妹妹，春日井小姐又开口了。

仍然是彬彬有礼的口吻。

"请问。"朽叶妹妹点了点头。

"你有在上学吗？"

"这还真是拐弯抹角的提问方式呢。"

朽叶妹妹有些挑衅地笑出了声。

如果对象是我或者小姬的话倒还好，对着比自己年长的春日井小姐也是同样态度，实在是有些不礼貌。这种态度并不像是小女生特有的傲慢，该说是过于老成还是漫不经心，好像把全世界的人都当白痴一样。这就是朽叶妹妹给我的感觉。

"你脸上的表情看起来明明就是想问其他事情欸。算了，要我说的话其实问什么都无所谓……我没在上学。因为没有必要。这个回答你满意吗？"

"……好的。"即使朽叶妹妹那样的语气，春日井小姐也仍然没有改变态度，对朽叶妹妹的回答只是轻轻颔首说，"谢谢你。"

"春日井小姐？"我用朽叶妹妹听不见的音量，小声问春日井小姐，"怎么了？从刚才起，你就有点奇怪啊。"

"是有点呢。"春日井小姐的回答很暧昧，"是有点那什么呢。"

"啥？"

"虽然不知道是哪个，但是总觉得有点那个呢。"

"在别人面前说悄悄话真让人不愉快啊。"朽叶妹妹毫不客气地说，"可以麻烦你们到其他地方去说吗？"

"……对不起。"我姑且赔罪，"让你心情不好了，我道歉。"

"就是你啊。"

"什么？"

"老师感兴趣的人，就是你啊。"朽叶妹妹看我的眼神，充满了不加掩饰的责备，"其他两个人是陪衬吗？说来也的确是老师的作风。大概就是所谓的表面功夫吧。喂，我说你啊。"

"……怎么了？"

"你这双眼睛我再熟悉不过了。这是……完全不把其他人放在眼里的眼睛。令人讨厌的眼睛，真的令人讨厌。"朽叶妹妹露出嘲讽般的微笑，"其他人的事从开始就不在你的考虑范围内，你眼中的他人不过是一道自然风景。或者说是背景吧。你根本就不承认其

203

他人也配有自我意志吧。"

"喂……"

再怎么说，我都没道理要被初次见面的晚辈这样讲吧。如果不是春日井小姐和小姬还在面前看着，我一定会忍不住，说出一些攻击性的话语。

"对你来说其他人都是可以被代替的存在。所有人都是他人的替代品。比如说那里的两个人就算换成其他两个角色，你也无所谓。不是吗？"

"少自说自话了……我才不会用游戏的编辑模式来看待别人。"

"你……跟那个人很像。"朽叶妹妹继续用讥讽的语气说，"原来如此啊。所以……所以老师才会对你感兴趣。但是，就算很像……也是一种极端的形式。真是究极的误解，太过牵强附会了。或者可以说是太扭曲了。"

"我说你啊，滔滔不绝的，一副多了不起的样子……"

"闭嘴。"

朽叶妹妹严厉地制止了我。

居然被制止了。

"老师马上就要过来了。"

"欸……"

就在朽叶妹妹说完那句话后，纸门真的打开了。

纸门另一端是木贺峰副教授。

和匂宫理澄妹妹。

"久等了。"

木贺峰副教授对我们说。

"特地把你们叫来还让你们等这么久，真是不好意思。"

"啊，没事……"

当然，我早已忘记刚才的对话，目光锁定在了理澄妹妹身上。春日井小姐，也是一样。小姬……并不知道理澄妹妹的长相。黑发也好，眼镜也好，斗篷也好，斗篷下面的拘束衣也好，她都不知道。

忽然，木贺峰副教授注意到了我的视线。

"啊，这位是浪士社大学的研究生幸村冬夏。"

"啊……啊啊——"

理澄妹妹大叫。

是傻子吗？这个女孩傻了吗？

明明我和春日井小姐反应迅速地克制住了惊愕，装出一副不认识她的平静表情，她到底在干什么啊？

木贺峰副教授和小姬，甚至连朽叶妹妹，都向幸村冬夏，也就是匂宫理澄投去了诧异的目光。理澄妹妹终于反应过来了，发出"啊……啊啊……啊啊啊——"的声音，陷入混乱。

来，看她怎么圆过去。

"汉尼拔"理澄，她将如何应对这场危机。

"……A……I……U……E……O——嘿嘿，我开玩笑的！"

这是我能想到的最糟糕的应对方式。

"……"

沉默在空气中交错。

"嗯……咳",木贺峰副教授干咳了一声。

"这位是浪士社大学的研究生——幸村冬夏。"

不愧是"国立"大学的教师,能够冷静处理这种怪人的奇特行为。完美地无视了刚才那段沉滞的时间。

"跟你们一样,也是为了参加适应力测试过来的。"

"……这样啊。"我尽量用自然的语气,接着木贺峰副教授的话说,"测试员不是只有我们几个吗?我记得您是这么说的。"

"嗯。是这样的……不过,这个女孩是特例。"木贺峰副教授有点闪烁其词,"很抱歉我擅自改变了计划。因为事出突然……但是,也没什么大碍吧?我是这么觉得的。而且,结果测试员多一个人也挺好的。"

"确实,我这边也没问题,完全没问题。"

"我叫幸……幸幸村冬夏。"幸村冬夏,即匂宫理澄,仍然没能完全掩饰住内心的动摇,颤抖着说,"请……请多多关照!"

"……嗯。也请你多多关照了。"

"那就……朽叶。"

木贺峰副教授叫了一声朽叶妹妹。听到呼唤,朽叶妹妹回了一声"在",然后安静地站起身来。

"老师,有什么吩咐吗?"

"我要去做一些准备工作,你来帮忙。能劳烦各位在这里再稍微等待一会儿吗?我们要去那边准备测试了。"

"好的。"我回答道。

"幸村同学……你也在这里稍等一会儿。"

"好……好的。"

幸村冬夏即匂宫理澄点点头,走到刚才朽叶妹妹的位置,摆出上体育课一般的姿势坐下了。

"那么……准备工作大概需要十分钟。"

木贺峰副教授说完这句话,就与什么也没说的朽叶妹妹一起走出房间。纸门再次悄无声息地被关上,看不见两人的身影了。

哈……

果然,木贺峰副教授和之前见面时的印象并无差别,有点像机器人。感觉就像在复述程序里事先设定好的台词一样。当然这只是比喻,但能够让周围的人不禁产生这样的想象,也足以说明她的性格了吧。算上之前打电话,我也只跟她打过四次交道而已,但是每一次都会让这种印象更加深刻。

话说现在,留在这里的四人。

"……"(我)

"……"(春日井小姐)

"……"(理澄妹妹)

"……"(我)

"……"(春日井小姐)

207

"……"（理澄妹妹）

虽然我觉得不太可能吧，难道她打算一直装傻吗？

"幸村……冬夏同学，对吧？"

"是……是我！"幸村冬夏，即勾宫理澄……其实就是理澄妹妹答道，"我就是幸村冬夏！"

原来如此。

看来她打算一直装傻。

有骨气，这一点我还是挺佩服的。

佩服之后，马上拆台。

我这人最擅长接受别人的挑战了。

"你是研究生的话，应该比我大吧？"

"是的！那当然！"

"你多大啊？"

"二十二岁！"

"看不出来欸——"

"因为我装嫩！"

"原来如此。"

"因为我是萝莉控！"

"……"

她好像并不知道这个词的意思。

有点尴尬。

"幸村啊……"我稍微调整了一下战术，"从出生起就一直是这个姓氏的话,想必可以很轻松地就说出真田十勇士的名字吧。"

"什……什么?"

"我都能记住哦。才藏,佐助,穴山小介。三好清海入道和伊三入道,望月六郎和海野六郎,根津甚八和筧十藏。"

"呀!"

像被名侦探发现了决定性证据的犯人一样,理澄妹妹发出了惊恐的叫声。

"……咦。但是大哥哥,你刚才好像只说了九个人的名字吧?"

"欸?"

"还有一个人是谁呢?"

"……"

邪魔约那尔迪巴兹特利[1]……才怪。

我记得是一个很像横沟正史笔下的名侦探的名字。

"……笨丫头,你忘记把真田幸村[2]本人算进去了吧。"

"什……什么——好像是这样呢!怎么会,我居然掉进了这么简单的陷阱——"

这回又像从开头到结尾都被怪盗耍得团团转的警察局长一样,发出了惊讶的叫声。

---

[1] 邪魔约那尔迪巴兹特利,阿兹特克神话中的恶魔。原名为"Yohual tepoztli",在纳瓦特尔语中的意思是"夜的金属"。它出没于黑夜之中,发出令人不寒而栗的脚步声,听见那个声音的人都会患上怪病。如果不小心目睹其真容,就会被夺走灵魂。——译者注

[2] 日本"战国"名将。——译者注

话说，你不应该是个名侦探吗？

"……不好意思，我稍微出去一下。"我站起来，像拎着小猫的后颈一样抓住理澄妹妹的斗篷强行将她拽起来，对春日井小姐和小姬说，"要是木贺峰副教授回来了，麻烦让她等我一下。也算彼此彼此吧。"

"知道了，你去吧。"

"师父，你认识这个人吗？"

春日井小姐本想不着痕迹地掩饰过去，敏锐的小姬却毫不留情地发问了。果然，这个丫头并不是那么迟钝啊。我——我只好，对着小姬，这样说——

"嗯，是呢。我和幸村同学有过……一面之缘。"然后不停地对春日井小姐使眼色，"对吧，春日井小姐。"

"哦，是这样吗？"

她俨然一副局外人的样子。

"我完全不知情呢。"

"这样吗？"

"我真是集果然、自然、当然、竟然、悠然、仍然、俨然、毅然、决然、诚然、枉然、已然、显然、爽然、茫然、全然于一身的不知情啊。"

"这样啊……"

你个叛徒。

我要改叫你春日井犹大。

"总之，幸村同学，你跟我来一下好吗？"

"好，好的！"

我拖着理澄妹妹到走廊，顺着刚才朽叶妹妹带的路往回走，来到房屋外面。

然后再到停车场。

走到菲亚特前，我停下来，转身对老老实实跟在我后面的理澄妹妹说："……你在干什么？"

"呃……侦探活动？"

理澄妹妹露出可爱的笑容回答我说。

啊，真可爱啊！

"名侦探活动？"

"不用订正了。"

"呜……"理澄妹妹就像被捕食者逼入绝境的可怜的小动物一样，颤抖着仰起头看我。又这副样子，搞得我像坏人一样，"是狐狸先生拜托我来的嘛。"

"狐狸先生……"

狐面男子。

是那个人啊。

确实，他昨天听到木贺峰副教授的名字后，好像表示出了一点兴趣。原来如此。说起来，那个时候我也没说自己要来这里打工。所以理澄妹妹刚才才会那么惊讶吧。

"所以你找人的工作结束了，现在又有新任务了？"

"没错。"理澄妹妹傻笑着回答,"也就是要潜入这个研究室进行秘密搜查。"

"秘密搜查……"

为了这个目的所选择的伪装身份,就是浪士社大学的研究生吗?真是乱来。大概是找了某位浪士社大学的大人物帮忙写了介绍信吧,好歹也是自称名侦探的人,这种程度的门路还是有的吧……不过话又说回来了,昨天到今天才隔了一天而已。再怎么说,动作也太快了吧。

不对,等一下。

不是这样的。

这个丫头的"名侦探"头衔,不过是伪装,隐藏在后面的是——"饕餮者"。

我下意识地,从理澄妹妹身边后退了一步。理澄妹妹看着我的动作,只是发出"嗯"的声音,然后一脸不解地歪了歪脖子。

理澄妹妹自己并不知情。

自己的身体里潜伏着什么。

这便是"傀儡"的意义所在。

"虽然不知道为什么,但狐狸先生好像对大哥哥的话很感兴趣。刚好这里在招打工的,我就勉强混进来啦,不过好像确实很冒险呢。而且万万想不到,大哥哥也在!我和大哥哥,是不是被看不见的命运红线绑在一起了——"

"是被红外线吗……对了,你现在住在哪里?"我记得,她家并不在这附近吧，"还是酒店吗？"

"嗯！因为工作延长了，所以从昨天开始就和狐狸先生一起住了。这段时间打算先暂时麻烦狐狸先生一下。欸嘿，寄人篱下不容易呀。但是，住酒店确实很费钱呢。"

"名侦探的工作，意外地不起眼呢。"

"别这么说呀……"

理澄妹妹苦笑道。

好像被戳到痛处了。

"话说，幸村冬夏是什么东西？"

"假名啊。还不错吧？"

"嗯……冬夏这个名字还可以，有种无关紧要的路人角色的感觉，大概是当假名的最佳选择了……虽然我也说不上来为什么，但确实有那种感觉。"

"总而言之你要替我保密哦，大哥哥。"

"……"

"看在我们的交情上，好不好，好不好嘛！"

"我们什么交情啊……"

算了，就算她不提出来，我也会选择保持沉默。要是暴露了我们身边就有"匂宫"的杀手，刺激到小姬就麻烦了。那个丫头虽然还有救，但也还远远不是可以让人安心的状态。某种意义上，小姬这个保镖对我来说也是有一定威胁的存在。但是……如果理澄妹妹真的是因为"侦探"工作才来的当然最好不过。如果其中还有"内幕"的话,也不能这样一直瞒着小姬吧……木贺峰副教授,以及朽叶妹妹那边,可以先按兵不动,但接下来该怎么办呢?今晚结束后,回公寓多花点时间好好跟小姬谈一谈吧。

"嗯,要我保密也不是不可以。"

"谢谢你!最喜欢大哥哥了!"

"但是,我有一个条件。"

"违反法律、道德的事情不行哦!"

"……"

"不是什么奇怪的条件……闭上眼。"

"唔。好吧。"

理澄妹妹乖乖闭上了眼睛。

我狠狠揍了下去。

"好痛——"理澄妹妹大叫起来,"你……你干什么啊!我不是说了要温柔一点吗!闭着眼睛的时候被人打,超级恐怖的欸!"

"吵死了。"

这个月怎么总遇到这种家伙啊。

我对着理澄妹妹先说了一句"听我说",然后稍作停顿,接着说道:"条件就是——我在今天的面试结束后,从二十二号开始之后的一周,都会跟你一起在这里打工……所以,就算你想做什么,也希望你在那之后再行动。"

"欸?"

"不然,我就拿不到薪水。"

"哦……也就是说，之后就随便我呗。"

"没错。"

"真是守财奴！"

"说实话我对'不死的研究'也是有兴趣的，但对现阶段的我来说，钱最重要，OK？"

"嗯，我知道了。"理澄妹妹又笑了起来，"那，我们来拉钩约定吧！"

"……"

怎么啦？

要问吗？

现在问的话是不是就显得很自然了……

问一下"你斗篷下面的那个拘束衣到底是怎么回事"。

"……嗯？等一下啊，理澄妹妹。这么说来，停车场上其中的某一辆，"我指向KATANA和FAIRLADY Z，"是你的？"

"嗯！KATANA！我最喜欢了！"

"这样啊。"

这也是从狐面男子那儿借来的吧。理澄妹妹，看上去就不像平时会用摩托车当代步工具的样子。

"应该说，只要是摩托车我就都喜欢！"

"这样啊。"

"话说，既然摩托车叫摩托车的话，那会不会有那种靠人力发动的人托车啊？"

"……你说的那是自行车吧。"我有点没底气地回答。毕竟我完全没考虑过这种问题,"说到这个,理澄妹妹,你有驾照吗?"

"大哥哥真是的。说什么呢?我已经十六岁了哦!"

"……"

这架KATANA怎么看都是大型机车。

啊……不对,慢着慢着,别管什么驾照了!

现在该问她穿着那个拘束衣要怎么驾驶啊!

"理……理澄妹妹……"

"我们得赶紧回去了!教授该回来了吧!"

"不是教授是副教授。不,你先等等……"

我们开始一边争论着教授和副教授、警长和副警长的区别,一边往回走。穿过之前的走廊,回到了那个日式房间。木贺峰副教授和朽叶妹妹,都还没有回来。

"我回来了——"

"你回来啦!"

"欢迎回来。"

小姬和春日井小姐两人并排着,把坐垫当枕头横躺在榻榻米上。

就算没人看着,这两人也太厚脸皮了吧。

真不是一般人。

"师父——你们去聊什么了?"

"没什么。只是请教了一下幸村同学关于运动物体电磁学的知识罢了。"

"欤——"小姬发出了钦佩的声音。

"欤?"理澄发出了错愕的声音。

"这可是人家的专业领域。对吧,幸村同学。"

"是……是的!"

"下次有机会也教教小姬吧。"

"好……好啊!包在我身上!"

理澄妹妹已经濒临极限了。

我们回到座位。就在春日井小姐和小姬摆正坐姿时,木贺峰副教授回来了。朽叶妹妹却不在。

"让各位久等了。"

木贺峰副教授一本正经地说。

"准备工作已经结束,那么首先,希望各位接受一个简单的笔试……那个,幸村同学,春日井小姐,紫木同学,请跟我来这边。"

"呃……"听到木贺峰副教授的话,我不由得说,"那个,木贺峰副教授,我呢……"

"你不用参加测试。"木贺峰副教授干脆地说,"因为雇用你,已经是决定好的事情了。"

"哦……"

这也行吗?

原本就是因为今天有测试,我才被叫过来的,现在又突然说我不用参加测试,反而让人不知所措。再说,木贺峰副教授之前明明亲口说过，我也要一起参加适应测试的。木贺峰副教授啊，虽然比不上小姬，但是这样信任我真的好吗？我是不是该告诉她之前有多少人就是因为太相信我才惹祸上身的？

不过，对自己可以免试录用这件事，我也默不作声地接受了，可见我并不是多么正直的家伙。骨子里就是个垃圾。

"不好意思……关于这件事。"

突然，春日井小姐举起手说道。

其他四人的目光，一下子聚集在了春日井小姐身上。

春日井小姐的表情，还是和平时一样。

真的……和平时一模一样。

"怎么了？春日井小姐。"

"虽然说出这样的话非常抱歉，但是我决定就在这里与各位说再见了。"春日井小姐说着，便从坐垫上直起身来，"告辞。"

"欸……等等，春日井小姐？"

"抱歉啊，伊小弟。"春日井小姐看着我说，"这是我自己擅作主张，所以伊小弟不用送我的。没事。我可以自己走回去。"

"走回去……"

从这里走回去可是相当远的啊。

因为要翻山越岭，所以可能测试结束后开着菲亚特回骨董公寓的我们，都会比你先到。

"是突然想起什么要紧事吗？"木贺峰副教授一脸难以置信的表情看着春日井小姐，"如果真有什么急事的话，适应测试可以推迟几天……"

"不。并没有什么急事。"春日井小姐用十分平常的语气说道，"我只是不想在这个地方多待一秒钟而已。"

"……欸？"

木贺峰副教授露出诧异的神情，仿佛完全不能理解春日井小姐的话。我现在大概也是同样的表情吧。

"虽然知道这样很冒犯，但再表达清楚一点就是，我无法忍受继续跟您呼吸同一片空气。"

"喂……春日井小姐！"

"我要说的就这些。"春日井小姐不带一丝感情起伏地说完，行了个礼，"那么……还应该说点什么呢。打扰各位了，再见。"

然后，从木贺峰副教授旁边走过，离开了房间。我甚至来不及思考，一边叫着"等等！"一边追了上去。

跑到纸门前时，差点撞到木贺峰副教授。木贺峰副教授也没有要回避的意思。或者该说，她根本没有注意到我。那副样子，仿佛没有在看任何人，也没有在看任何东西，只是被春日井小姐的话牢牢地钉在了原地。

然而，也没工夫理会这边了。

我快速绕开木贺峰副教授，在走廊上奔跑起来。

跑出玄关后，发现春日井小姐在前面悠闲自在、不急不缓地走着，丝毫没有要等我的意思，完全按照自己平时的节奏，吹着口哨慢悠悠地走出了大门。也正因如此，我才成功地追上去一把抓住了她的手腕。

"……我就喜欢强硬的男人。"

"谁跟你强硬啊!刚才那个,究竟是怎么回事啊!"我不由得怒吼道。本来没想发火的,"那些话,也太失礼了吧……"

"失礼?失礼吗?可能吧。"

"……"

"但是,我就是这种人啊。一直都是。"

春日井小姐转过来看着我。

脸上几乎看不出任何表情。

很难揣测她现在的情绪。

或者说,根本不可能揣测到。

她在想什么呢?完全不明白。

我实在搞不懂别人的心思。

再说了,春日井小姐也没想要获得别人的理解吧。

这正是,她和我的不同之处。

别人的事怎么样都无所谓。

这个世界怎么样都无所谓。

我是这么认为的。

春日井小姐,一定也是这么认为的。

但是,春日井小姐对自己的这种想法心如明镜。

而我,混混沌沌。

自觉和自信,理解和了解。

看起来差不多，实际上却是云泥之别。

期盼着绝望降临的我。

降临于绝望之上的春日井小姐。

就像北极和南极一样，天差地远。

春日井小姐不像我这样游离不定。

她对自己，有着无比清晰的认知。

这已经不能算是等级上的差别，而是思想境界上的差别了。

"你应该很了解我吧。至少我觉得你是了解的。我这样不过就是心血来潮……你们不理会我反而会让我开心。当然这种事情可能也不需要开心或者不开心。"

"就算这样……可是……"

"虽然我喜欢强硬的男人，但是现在手腕很痛。"

"啊，对不起。"

我条件反射地道歉，然后松开了手。

春日井小姐，没有要逃跑的意思。

也没有要逃跑的理由。

说到没有逃跑的理由，不禁让我想起一件事。

对啊……差点忘了。

这个人，什么都没有啊。

是真正意义上的，什么都没有。

从所有的角度。

将所有的存在都淘汰。

将所有的存在都讨伐。

真的,什么都没有留下。

不存在。

过于粗暴的不存在。

无罪。

过于罪恶深重的……无罪。

"我就再多说一句。"见我沉默不语,春日井小姐突然凑到我面前来说,"伊小弟。这份兼职,还是回绝掉比较好哦。"

"为什么这么说?"

"虽然我也不怎么喜欢这句话,不过——总有种不祥的预感。嗯……就是这样。"

"春日井小姐。"

这句话,我从哀川小姐和美衣子小姐口中,也听到过。

可是,此时此刻。

从眼前这个人口中听到……

比起话语的意义,我觉得从本质上就有哪里不同。

"用了这种暧昧的说法真是抱歉啊。但是你跟这种暧昧不是正相衬吗?当然我自己也是。"说着,春日井小姐好像要给我加油打气一样,拍了拍我的胸口,"再见啦。"

"那……那个。如果无论如何都想回去的话,至少等我们结束之后一起回去吧……从这里走回去的话,可是要走到半夜的。又是山路,很危险——"

"你这么说真是让我既高兴又无奈,但是恕难从命。我并不是因为想回家或是不想打工才要离开的,只是因为不想待在这里。这不是借口。"

"……"

"如果到时候在半路遇到的话,还要麻烦你载我一程。当然你也可以选择无视。那么,好好加油吧。"

"加油是指什么方面?"

"人生之类的吧。"

春日井小姐放在我胸前的手忽然用力,把我推了出去。我往后退了两三步,差点失去平衡。看着我摇摇晃晃的样子,春日井小姐转身往前走去。

然后,再也没有回头。

而我——我也没有目送着春日井小姐直到她的背影消失,而是直接回到了研究室内。

就这样。

春日井春日,将自己的名字从登场人物表中删除了。

3

我回到房间后,发现大家都在。

此前不见身影的朽叶妹妹,此刻也端端正正地坐在那边。

木贺峰副教授在矮桌前。

"师父。"小姬找到一个妥当的时机,率先开口,"春日井小姐她怎么了?"

"回去啦。"我竭力避免话题变得沉重,用轻快的语调说,"真是的,那个人也太鲁莽了吧……做事不经大脑也要有个限度啊,搞不懂她在想什么,或者她根本就什么都没在想吧。还说什么要从这里走回去。穿着那种便服走山路,也太胡来了……算了,等下回去的时候顺便载上她吧。"

"……这样啊。"

小姬表露出了明显的失落。其实她和春日井小姐的关系也没有特别好,但小姬就是这样的女孩。我也无奈地看向木贺峰副教授的方向。

"那个……真是,抱歉啊。"

总之,道个歉再说吧。

"没关系。"木贺峰副教授仿佛什么都没发生过一样,冲我微微一笑,"我早已预测到,可能会发生这样的事情。"

"那真是……再好不过了。"

"不过,春日井春日啊。"木贺峰副教授的表情变得严肃起来,"她的名字,我也是有所耳闻……虽然性格方面有些问题,但对她的创造力和独特性,以及综合研究设计的成果,我是很佩服的。没想到,你居然会认识那种曾经进入七愚人候选名单的人物……说实话,还是有点遗憾的。明明对你免试录用,却让她按程序参加测试,希望不是因为这件事伤害到了春日井小姐的自尊心……不过……"

"她不是那种会介意这个的人。"

这点我可以肯定。

但是你要问我她是哪种类型的人,我也答不上来。

"这就是她平时的做事风格,再常见不过了。怎么说呢,她那个人的性格就像掷骰子一样阴晴不定……而且还神出鬼没的。"

"……这样啊。我完全无法理解刚才发生了什么,但总感觉被她讨厌了……喂,朽叶。"

副教授的目光移到了朽叶妹妹身上。

"你有什么头绪吗?"

"不知道……"朽叶妹妹不知道为什么摆出了一副刻意为之的谦虚模样,有些不自然地笑着回答说,"十分抱歉,老师。我也完全没有头绪。"

"是吗?算了没事。反正绝大多数时候,生物学者之间都是没法相互理解的。"木贺峰副教授说,"这样的话,幸村同学能来帮忙就是不幸中的万幸。至少我们能够保证最低限度的人数了。"

"是——"

这边的理澄妹妹，露出了真正的天真无邪的笑容。

话说，你不是说什么早已经预测到这种情况了吗？……

那个果然只是随便说说的啊。

"那么，需要参加测试的就是幸村同学和紫木同学两位了……"木贺峰副教授站起来说，"这一次，是真的要请各位跟我来了……也差不多了，再不开始的话，就没有时间了。"

圆朽叶
MADOKA KUCHIHA
实验体

第五章　无法愈合之伤

0

"我很后悔。"
"那,你就后悔一辈子去吧。"

1

自然(natural)。

中立(neutral)。

真正孤独的人——大概只需做到这两点,就可以称之为一个完整的人类了吧。"完整"这个形容词该如何界定呢?在现在的语境下就让我们使用它最广义的定义吧。如果能与世间的一切事物都不产生关联地活着,如果这种概念真的存在,那么不管用什么角度,什么方式去解读它,最终也只能使用"完整"一词形容。

完整的孤独。

孤独的完整。

这就是指"无须进食"。

没有阳光和水分,植物就无法生存。

没有植物,动物就无法生存。

没有动物,人类就无法生存。

人,无法独自一人生活下去。

爱人,被人爱,互相汲取生命的养分。

这便是所谓的食物链。简单说,我们的世界就是一个互相吞食的系统。而那真正的孤独,完整的孤独,就是指从这个食物链循环中脱逃的行为。

就是指从这种因果循环中脱逃的行为。

也就是说不进食。

也就是说不被吞食。

不会变成谁的食物,也不会将谁变成食物。

没有追求,也不被需要。

所以……所谓真正孤独的人,是完整的——真正意义上的完整。同时,正因如此,也是十分寂寞的存在吧。

与任何人、任何事,都没有一丝联系。

然而,这样"完整"的存在,从出生的那一瞬间就相当于已经死亡,等同于数字0一般——并且,永远不会改变。

不会被改变。

不会去改变。

宛如干涸的沙漠。

不会再有清泉。

"那个人真聪明啊。"

朽叶妹妹没头没尾地突然说了这么一句。

"名字……叫什么来着？"

"……"

我试图揣测她提问的目的，不过仔细想想她只是问个名字而已，能谈得上什么意图呢？"春日井春日。"于是，我简短地回答了。

"哦……确实是这个名字呢。"明明是自己提出的问题得到了回复，朽叶妹妹却一副觉得很无聊的表情，懒洋洋地说，"话说起来，你这家伙叫什么来着？"

"什么时候开始管我叫你这家伙了……"

原来之前的那种态度，已经算客气的了。

我已经差不多要对这位圆朽叶妹妹的行为无语了。这人怎么回事啊？这种……怎么形容呢？这种敷衍了事的态度。虽说，小姬和理澄妹妹的性格也算不上普通，但是，难道现在的高中生都是这样的吗？

咦？

高中生？

这么说来，刚才春日井小姐问她有没有在上学，我记得她回答的是没有吧。那为什么穿着学生制服呢？

"快回答我的问题。你叫什么？"

"……不好意思，不在别人面前报出本名是我的原则。"

"什么意思？傻不傻啊。"

"可能是很傻吧。不过，人活着，总得有那么一两个不能让步的原则嘛，你说对吧？"

"活着吗……你还真是会说一些有趣的话呢。很感性，感觉不错。"朽叶妹妹说着，脸上的表情却看不出觉得多有趣，"那个……啊，对了。我记得她们是叫你'师父'和'伊小弟'吧……所以，那个女孩是你的弟子？"

"我只是个代理……那个女孩的师父另有其人。因为现在姑且算是她的家庭教师，所以叫我'师父'也不能说完全没有道理，但与真正意义上的师父相比，本质上还是有差别的。实际上我根本就与'师父'这个词没有关系。就连监护人这个身份，也是暂时帮别人代理的。"

市井游马和哀川润。

对小姬来说，我就是那两人的替代品。

关于这一点，我并没有什么特别的想法。

就只是这样而已。

"我应该无论如何都不会想叫你'师父'，所以就学春日井小姐叫你'伊小弟'好了。"朽叶妹妹说，"你呢，想怎么称呼我？个人推荐的昵称是'小啾叶'。"

"……我们的关系还没亲密到可以互相叫昵称吧。我就普通地叫你朽叶妹妹就好。"

"朽叶妹妹，啊……这个称呼也是出奇的好呢。"

朽叶妹妹笑了。

那是，让人如置冰窖的笑容。

仿佛吸血鬼一般。

"……真是戏言啊。"

小姬和理澄妹妹被木贺峰副教授带去别的房间，已经过去三十分钟了。目前只有我和朽叶妹妹两人待在日式房间里。

两人进行着没营养的对话。

毫无建设性的、毫无意义的对话。

说实话，我快不行了。

这个丫头，明明一副对什么都没有兴趣的样子，但只要我一开口讲话，就会被牢牢地盯着不放。仿佛要窥视对方内心最深处的想法。

朽叶妹妹还说我的眼神让人讨厌。

要我说，她这种刨根问底的眼神才更加、更加令人不适。

"伊小弟……你啊。"朽叶妹妹用依然慵懒的语调说，"你……不想死吗？"

"完全听不懂你在说什么。我们之间的年龄差，应该还不至于产生代沟吧。"

"我看起来是那种年纪吗？"

"嗯？"

"好了，快点回答我的问题。既然能对这种装模作样、异想天开、痴人说梦、荒唐无稽的'不死的研究'感兴趣，是不是说明你相当害怕死亡呢？"

"……这个嘛，虽说我对这个研究本身多少是有点兴趣的。"我耸耸肩，"但最根本的目的还是钱啦。我现在刚好需要点小钱。"

"真俗。"

朽叶妹妹一脸嫌弃地说。

大学生在暑假期间打个工，难道是什么坏事吗？就算是，你这个站在雇主立场的人也没资格说我。

"这也没办法。想要钱，就必须出来赚啊。"

"财迷心窍。"

被文绉绉地侮辱了。

……

还咬文嚼字的。

"嗯……不过你看起来，确实也没有不想死的感觉。"

"你能这么想我很高兴。"

"你的眼睛可是想死的眼睛呢。"朽叶妹妹接着说，"是期盼着毁灭的眼睛……你期盼的是，命运本身的毁灭，是毁灭本身的毁灭哦。"

"还'哦'……"

岂止是断言，这根本就是直接给我下结论了啊。

"我这双眼睛，一会儿被说是死鱼一样的眼睛，一会儿被说是背叛者的眼睛，现在又被说成是想死的眼睛，也是不容易啊……明明只是这么两个不起眼的东西，承蒙各位关照了。"

"你……会把你周遭所有的一切，一点不留地、全部卷进麻烦中。简直就像龙卷风过境一样。你有时会在无意识中这样做……但是，大部分时候应该是有意识的吧。比起信仰犯，你的性格可能更接近愉快犯罪者。"朽叶妹妹对我故作谦虚的回击无动于衷，"至少，你活到现在一直都是这样做的……我说的不对吗？"

"我说……你这个年龄的女孩可能很喜欢这种剖析别人内心世界的感觉吧，虽然我也不是很懂。但你刚才说的那些全都不对。"

"全都不对？是吗？"

"老实说，你刚才的表现太滑稽了。比玩软式网球的时候打出个全垒打就开心得不行的小学生还滑稽。虽然不知道你从木贺峰副教授那儿听说了什么，但是那位副教授对我也有不少误解。我身边发生的那些麻烦事，基本上都是因为别人高估了我才导致的。朽叶妹妹，如果你不希望自己今天，或者未来的一周里遇到什么危险的事情，那我劝你还是不要对自己完全不了解的人喋喋不休了。像我这种小人物，不值得你在意。"

"完全不了解的人……吗？虽然我确实不怎么了解你，但是，我认识一个，跟你很像的人。"

"跟我很像的人？"

她……好像也说过类似的话？

跟谁很像，什么的。

"什么意思啊。"

"是呢。说到那个人的性格，就是——人类最恶，可以用这一个词来概括。"

"人类……最恶？"

"能理解吗？竟然跟人类最恶相似，对你来说意味着什么呢？"朽叶妹妹用恶作剧般的口吻说着，向我投来了高高在上的视线，"不过……我和他认识，还是在他成为人类最恶之前的时候了。"

"……你的意思是之前的他，跟我很像吗？"

"嗯……谁知道呢。你又不是小孩子，自己动动脑子吧。"朽叶妹妹故意装傻说，然后转过去看着墙壁上悬挂着的旧时钟，"算上面试，测试时间已经有一小时了呢。"

"呃……欸，啊。"突然转变话题了吗？由于太过唐突，导致我有点没反应过来，"小姬和……幸村……同学吗？是呢，原来测试时间这么长啊。"

"是啊。说是打工，但可不是那么轻松的事情……该做的事情一件也不能少，选结果测试员也不能糊弄了事。倒不如说，这才是最需要重视的环节。像你这样免试录用的情况，原本是绝对不可能的。你现在该明白自己的地位有多么特殊了吧？"

"……"

"都这样了，还说什么'不值得你在意'……你的任性妄为真是令人佩服。还是稍微反省一下如何自我约束吧……现实存在会对抽象概念造成什么影响，这些道理还是事先搞清楚比较好，这也算是我的一句忠告吧……刚才那位春日井小姐在这方面，似乎就是个明白人啊。"

"那你又如何呢？"实在受不了一直被单方面数落，我终于奋起反击了，"那你自己又怎样呢？一直这样说个没完，不觉得很过分吗？你有没有想过，自己说的那些话，一句一句的，会对我产生怎样的影响呢……连这都不明白的话，只能说你是单纯的缺乏想象力了。"

"我可没有对谁产生什么影响。"

朽叶妹妹十分干脆地说。

"话说……喂，你，跟我过来一下。"朽叶妹妹说完，站了起来，"因为你和他很像，所以带你去个好地方。"

"欸……朽叶妹妹？"

什么好地方？

"不用了吧，想说话的话在这里就好……"

"虽然我和你一样觉得在哪儿说话都行，但是，有的话并不想被别人听见。日本人从古至今都有种开阔、豁达的感觉，所以用这样一扇纸门就能当作隔断，以为自己做出了一个私人空间……要我说，这个世界上真的存在所谓的密室吗？不过是幻想罢了。来，我们还是去外面吧。"

"……我跟你没什么好谈的吧。"

"哎呀，是吗？"

朽叶妹妹用挑衅的口气说。

我尽力避免受她挑拨，再三考量，慎重地选择自己的措辞。

"我说啊。朽叶妹妹。你有没有觉得，从刚才起你的态度就有点高高在上呢？虽然不清楚你是这个研究室的管理员还是什么，但被那样连珠炮似的说一通，我也是会有情绪的。"

"真可怕。"

"……不是可不可怕的问题吧。"

"那我如果这么说，能不能稍微勾起一点你的兴趣呢——你，姑且算是，多多少少，对老师的不死研究有兴趣吧？"

"算是吧。"

朽叶妹妹突然悄无声息地站了起来。

"喂，伊小弟……"

她叫了我一声，然后，脸上浮现出与年龄甚不相符的妖媚的笑容。

"你知道，我为什么会在这里吗？"

"在这里，是指……"

"你不可能，不知道的吧。"

说着，她嘴角的弧度更大了。

为什么？

为什么这个女孩会露出这样的笑容呢？为什么她能有这样的表情呢？为什么她要用这样的语气说话呢？如果是十年后，她长大成人时，这样也许确实是含有某种诱惑的意思——可是现在的她，这样做有什么意义呢？

只会让人感受到一股强烈的不协调感。

非常，不相符；非常，不适合。

她……

"伊小弟，我啊——"

朽叶妹妹的语气冷静得让人恐惧。

"——是不死之身哦。"

还没等我做出反应，朽叶妹妹就转过身去，拉开纸门，走出房间，然后唰的一下关上了门。而我在那一瞬间，仿佛时间被停止了一样无法做出任何反应——不，不只是一瞬间。感觉上应该过了很长时间，我都一直僵在原地。

忽然回过神来，我赶紧站起来，跑到走廊。已经看不见朽叶妹妹的身影。她往哪边去了。好像是说过要去外面吧。那么，就是玄关的方向。这段路已经往返两次了啊，我一边这样想着，一边穿上鞋，拉开大门向建筑物外走去。

连停车场都找了一圈，也没看到朽叶妹妹的人影。

咦……难道不是这个方向吗？

啊，有"外面"的话就说明也有"里面"吧。我从停车场前面走过，路过了并排着的菲亚特、KATANA和FAIRLADY Z。不过就这么路过也太可惜了，毕竟这可是难得一见的壮观景象。等会儿再回来仔细观赏一番吧。慢慢地绕着建筑物转了一圈。在停车场正对面的地方，发现了一个小小的庭院。草坪是修剪过的，以我这个外行人的眼光来看打理得相当漂亮。

庭院里放置着观赏用岩石，朽叶妹妹盘着腿坐在上面。她完全没有注意到我，仿佛正在思索着什么，一脸孤寂地眺望着远处，那被下沉的夕阳染得鲜红鲜红的西边的天空。

看上去，就像幻影一般。

甚至让人犹豫是否能够上前搭话。

无比脆弱的光景。

"哎呀。"

朽叶妹妹发现我了。

一脸惊讶的表情。

"……没想到你会过来。"

"嗯？"

"我是说，你这人真是不可思议。看起来单纯，但实际上内心深处一片浑浊，深不可测。原本以为你其实聪明得很，不是那种愿意多管闲事的人。"

"……"

"不过涉及毁灭和破坏之类的事，你应该就愿意插手了吧……还是说你仍然不会插手，最多伸出脚去凑个热闹呢？至少你应该不是那种，会被好奇心杀死的猫。猫？原来如此，猫不错啊。喂，你知道 *If 6 Was 9* [1]这首歌吗？"

---

1 *If 6 Was 9*，由美国吉他手吉米·亨德里克斯（Jimi Hendrix）创作的歌曲，初次发行于专辑*Axis: Bold as Love*（1967）中。歌词强调了青年运动中存在主义者的声音："I'm the one that's going to die when it's time for me to die/So let me live my life/The way I want to，译文：我将在我该死亡的时候欣然赴死，所以让我按照自己的方式，过我的人生"。——译者注

"不知道。"

"我想也是。总之就是这个意思。"

"完全不懂。你在说什么啊？比起这些……"

"你对这个世界有什么看法？"朽叶妹妹用一种完全听不出在期待别人回答的语气，发问了，"要我说的话……这个世界就是垃圾场。是塞满了无法回收利用的垃圾们的大盒子，是来自地狱的妖魔鬼怪们欢聚一堂的派对现场。比起这里，潘多拉的魔盒都要可爱多了。是连邪恶都称不上的渣滓们的模范都市。是最恶与灾难聚集的巴别塔监狱。最可笑的是，这个大型垃圾场还会按照规定，认认真真对垃圾们进行分类回收呢。"

"……"

"什么命运啊、必然啊、因果啊、因缘啊……说实话，都很滑稽。但是这个空洞的世界正需要这种滑稽，才能把标准模式切换成高级模式。"朽叶妹妹说完，又回到了我刚追过来时的状态，把目光投向了远处的天空，"就算那些东西存在……假设它们真的存在吧，肯定也是什么都不知道的人比较幸福吧——不是吗？"

"不好说呢……"我想要岔开朽叶妹妹的话题，模糊地回答道，"不过，朽叶妹妹。我现在至少能够回答你最开始的问题了……我啊，并不想死。虽然跟怕死还是有一些区别的，但这就是我的答复。我觉得自己就算死掉也无所谓，但并没有主动去死的念头。"

真是的。

为什么，我要说这种话啊？

像傻子一样。

就像不断重复做同一套题集一样愚蠢。

不管对方是谁，都只会说同样的台词。

原来如此，她的话原来是这个意思。

朽叶妹妹，并没有对我产生任何影响。

"什么活下去啊、去死啊，说起来简单……但其实，死亡是一件相当耗费能量的事情吧？不，用相当来形容都不够。杀死一个人，需要压倒性的暴力和卓越的技巧。你知道吗？人类最长可以活一百二十年呢。只是一个人的死亡，就需要花费一百二十年的时间啊。这么长的时间，细菌都可以进化到第十代了。换成物品的话，要把一个耐用性能极强的东西使用到不能再用的地步，也不是件容易的事吧。反正，并不是本人希望求死就能简单通关结束的，就算嘴上不念叨着不想死不想死，不会死的人也没有那么容易死的。"

"就算本人强烈希望去死也不行吗？"

"本人强烈希望的话——那倒也不是没可能。人要是想死，方法很多……但是——能不能做到，又是另外一回事了。"

"……"

"敢于结束自己人生的人，都很厉害。"

绝大多数人——都不敢去死，只能苟延残喘。

反抗，痛苦，挣扎。

只能这样苟延残喘地活着。

"那，照你这么说的话。"朽叶妹妹的语气变了。变得稍微柔和起来，仿佛拔去了尖刺，"老师的研究是不是就没有意义了。毕竟就算不刻意追求不死，人也不会那么简单就死掉。"

"或许吧……你也不用听得太认真。你性格意外地很直爽啊？我这种人说的话可不能太当真啊。我的话从头到尾，都不过是戏言罢了。"

"戏言？"

"因为我就是戏言玩家。"

我故意装腔作势地说。朽叶妹妹好像接受了这个玩笑，发出了被呛到一样的"咳咳"的笑声。那是与之前略显疏远的冷笑完全不同的、普通平常的笑容。

朽叶妹妹很适合这种普通平常的笑容。

我这么想着。

"死亡是一件相当耗费能量的事情，啊……这么说的话。"朽叶妹妹从岩石上直起身子，向我的方向走来。不知不觉，我们的距离缩短到几近于无，甚至不容我反抗，"这么说的话，我的死亡能量一定是零吧。"

"……"

"你就是想继续这个话题才追过来的吧？"

"是这样没错……那个，是什么比喻吗？"我往后退了一步。就算比我小，但不是小姬和理澄妹妹那种，而是正常发育下的女孩突然凑得这么近，要说完全心如止水是肯定不可能的。"不死之身什么的……那个,跟木贺峰副教授的研究有什么关系吗?"

"有什么关系——我怎么可能跟你说这么低级的事情。我就是那个人的研究材料啊。"

"欸?"

"还是说,换成'实验体'这个词比较好理解?"

"实验——体?"

研究……材料?

这是个——什么比喻手法?

看着一脸困惑的我,朽叶妹妹继续说了。

"嗯……该怎么说好呢?没有我的话,老师的研究就无法进行下去……我又需要一个可以提供住处和日常生活互相照应的人,所以,我们的利害关系是一致的。"

"一致……"

我联想到了。

斜道卿壹郎博士的研究所。

那里——囚禁着一个男人。

他的名字是兔吊木垓辅。

他拥有卓越的大脑,以及可怕的双手。

然后,他也是——研究材料。

"你的表情仿佛是在说,竟然有这么不人道的事情呢。"朽叶妹妹轻轻地,戳了一下我的脸,我正惊讶于她什么时候靠得这么近了,朽叶妹妹却好像完全不在意的样子继续讲道,"怎么?难道你认识的人也有类似的经历吗？"

"不，这种事情……怎么可能会有？只是，没想到，那个木贺峰副教授竟然……"

"那个人已经算好的了。还是说，你以为那个木贺峰副教授，会是什么圣经里出现的高尚人格者吗？你要真这么想，才好笑呢。"朽叶妹妹笑了，那是，之前的那种冷笑，"难道你还对那些学者的良知有所期待吗？求知欲可以说是这个世界上最没有暴力性的暴力，也是最凶恶的暴力了。"

"……"

"不过，除了这点之外，木贺峰副教授总的来讲还是个好人的。因为她完全不会干涉我。其实我还挺喜欢的，那种性格的人。"

"是吗？"

"应该算是爱恨参半吧……毕竟我们，也是多年的交情了。而且——这里，也是个好地方。"

"好地方？"

"就是环境不错的意思。喂，伊小弟。刚才聊了很多关于死的话题……其实我还有一件事情，想听听你的意见。你觉得死不了是怎么回事？"

朽叶妹妹发问了。

希望我给她回答。

这次，她是期待着得到答案的。

我稍作思考，慎重地选择自己的措辞。再怎么不起眼好歹也是自称的戏言玩家，这种时候绝对不能出现言语上的失误。

"最起码……我觉得不死并不等同于活着吧。就像不是有意义的人生或者不算有目标的人生，也不能等同于没有意义没有目标的人生一样……生和死原本是表里一体的，即互相依存的存在。但也不能说，生的反面就是死，死的反面就是生。至少需要满足一定的条件，才能下定论。"

"真是卑鄙啊。"朽叶妹妹果然对此甚为不满，"用否定句来回答疑问句，是最恶劣而且卑鄙的做法了。你这不是等于什么都没回答吗？所谓的戏言玩家，就是指卑鄙小人吗？"

"你的话大体上没错。但，只有一半算是正确的。对我的评价过高了，真正的卑鄙小人听了可是会哭的。"

"这是什么意思？"

"站立的时候是大骗子，坐下的时候是欺诈师，走路的姿态都透露出诡辩主义——所谓的戏言玩家，说白了就是这种家伙。一直干这种勾当的话，确实会有一半身子不小心跨进了卑鄙小人的领域呢。"我稍作停顿，接着问朽叶妹妹，"然后呢？你觉得不死，到底是什么？拥有不死之身的你的意见又是什么呢？"

"不死就是——与任何人、任何东西，都不会有任何关系的意思。"

朽叶妹妹毫不犹豫地回答了，仿佛从很早以前就准备好了这句台词。

"与任何人、任何东西，都不会产生任何关系。"

245

与任何人、任何事物。

都不产生关系？

完整的孤独。

这就是……不死吗？

"一直，永远。不管遇到什么事，不管发生了什么，不管与谁相见，不管与谁分别，命运也好、必然也好、因果也好、因缘也好，这些森罗万象存在也好，不存在也罢，那些魑魅魍魉存在也好，不存在也罢，都不会与故事的发展扯上一丝关系。永远，不会变化。这就是所谓'不死'。"

"不会变化……"

"到底是为了什么才诞生于这世上？又是为了什么才活在这世间？找不到关于这两个问题的回答——这就是'不死之身'。不管什么时候，也不管时光流逝了多久，无论去向何处，也无论跟多少人交流过，都不会有丝毫改变。这就是不死……你刚才说的那句话，真的很不错。就是死亡需要消耗巨大的能量那句。"

"为什么……会这样？"

"能量，终归是要被消耗的东西吧？根据物理学的守恒原则，能量就是会随着时间变化的东西吧？如果没有麦克斯韦妖[1]捣乱，一定的能量，是不可能保持真正意义上的被固定状态的。所以——

---

1 麦克斯韦妖，英文"Maxwell's demon"，是由苏格兰数学物理学家詹姆斯·克拉克·麦克斯韦于1867年提出的一种假想的存在。它能够观测单个分子的运动，使原本违反热力学第二定律的"熵减少"成为可能。——译者注

我所拥有的能量是零。"

"不，那只是一种比喻的说法吧……"

那是比喻的话。

难道她刚才不是比喻吗？

她难道——真的拥有不死之身吗？

这也太荒唐了。

真的，太过荒唐了吧。

我也真是的，为什么要这么认真地考虑啊。

我才是太当真的那个吧。

"按你的说法，如果你的能量是零，现在不就根本不算活着吗？"

"所以，我死不了啊。只是死不了而已。我没有活着……只是死不了。"

只要活着。

就会死亡。

没有活着的话，就不会死。

还真是……好懂。

简单明了。

虽然确实很明了……但就算如此。

"我还是不懂。如果说，朽叶妹妹你真的死不了……那你又是从什么时候开始就活着了啊？"

"记不清了。"朽叶妹妹不耐烦地说道，仿佛在表达自己已经被问过太多次同样的问题，早就厌倦了回答，"大概是从我自己都没有记忆的遥远的从前吧……这个回答你满意吗？"

"堪称标准答案。"

"你看上去并不相信啊。"

"那当然了。"

"信与不信都是你的自由……不过啊，伊小弟，你知道自己为什么会被叫来这里，又为什么可以被免试录用，还能收到金额不小的报酬吗？"

朽叶妹妹轻轻笑了。

果然，还是那种冷笑。

"不觉得很可疑吗？你不是被什么结果测试员的话骗过来的吗？虽然不知道老师用什么牵强的理由说服了你，但是强行雇用一个完全不具备专业知识，还是毫不沾边的学科和专业的人，这种事情一般来说怎么可能会有？用常识思考，就知道这种事情绝对不可能发生的吧。"

"理由……木贺峰副教授好像就是不知道从哪儿听说了我的事，然后不知道从哪儿调查了一下……然后，觉得我很有意思。虽然我觉得她是高估我了。"

"高估高估……你只会说这一句话吗？就知道在同一个地方打转，你是时钟吗？"

"你吐槽得很精准啊。"

"少打马虎眼。老师对你的态度之所以那么特殊——就是因为，你和他很像。你有没有意识到这点，虽然不能说完全无关……但比起你之前的那些经历，更重要的是，你这个人本身和他很像。"

"……"

"从这层意义上来说，我们现在的对话就是适应能力测试。我在对你进行面试。或者应该说——核对你是否是正确的人。"

啊啊……这么说起来。

那一天，木贺峰副教授虽然向我说明了很多事情，但唯独没有说明一个最根本的问题——为什么她要调查关于我的事情呢？

那个问题的答案。

那个问题的答案就是这个吗？

"你说我和他很像……刚才也听你说了好几遍……就是那个，被称作最恶的家伙，但是从刚才起我就完全搞不清状况，朽叶妹妹，他到底是谁啊？"

"那儿。"

朽叶妹妹指着大门。正当我困惑于她这个动作的含义时，朽叶妹妹开口了："那边有块招牌，你看到了吗？"。

"应该不可能没看到吧。"

"啊……确实不可能没看到，因为我就是顺着那个招牌才找到这里的啊。那个，上面写着什么来着。"

"西东。"

朽叶妹妹放下手。

"西东诊疗所……西东，是一位类似于老师的恩师的人物……这里改建成研究室之前的那个诊所，就是他开的……大概就是，这么一回事。"

"你这个说明也太含糊不清了。"

"你跟那个人很像哦。"

"……"

说我跟一个不知道是谁的、什么"人类最恶"的家伙很像，不就像被说跟杀人者很像之类的一样吗？我只能感觉到自己的人格被践踏了。

"你一脸梦想成真的表情呢。"

"不，完全相反好吗？"

"话虽如此，刚才也说过了……跟你相似的他，是很久以前的他了。也就是成为人类最恶之前的他……这一点，很重要。"

"……"

"老师让你来这里的理由就是这样……很疯狂吧。难道还想重演同样的事情吗？那个人，要重复同样的事情多少次才满意呢。"

"也就是说，是出于一种感伤吗？算了，反正我也习惯被当作别人的投影了。因为我本身就是个空无一物的家伙，所以要说像的话，我可能跟谁都很像吧……这个评价是从某人那儿学来的，我自己并没有这种感觉就是了。"

我身上聚集了许多人的缺点。

好像这样一句评价。

"感伤——才不是这么轻巧、温暾的概念呢。那个人并不是这种性格……你所说的目的,是次要的。那个人的目的……现在就在逐渐实现的过程中。"

"啥?"

"我和你进行对话——这就是那个人的目的。"朽叶妹妹说,"我刚才不是说过这就是面试吗?你这人看起来应该脑子挺灵活的……那么你能想通吗,这个行为的意义?"

"……意义是指?"

讲真,我完全不明白。

"通过跟那个他相似的你进行对话,借此观测你对我会产生怎样的影响……或是想要通过你,打听出一些我的隐藏情报——这么说,是不是就很好理解了?你怎么想?"

"还问我怎么想……意思是,那个他和你……曾经关系很好吗?"

"也可以这么理解吧。"

这时,朽叶妹妹脸上浮现出了一种奇妙的、难以言喻的表情。

硬要形容的话,那是一种有些得意的神情。

有点近似于自豪。

这是为什么?

那种表情——与现在所说的故事并不相配。

与剧情的展开并不相配。

有点不对劲。

"至少——跟木贺峰老师很像吧,我也把他当作恩师。他教会我很多事情,我受益匪浅。"

"既然是这样的话,我觉得木贺峰副教授也太武断了吧。实在没法想象这是一个大学教授的作风——只要找个相似的人,事情就能够顺利进行下去的话,谁都不用努力了。这不是画饼充饥、望梅止渴吗?"

"我同意你的意见。举双手赞成。反过来想,她也是被逼到走投无路了吧……老师虽然是个出色的研究者和学者,但还是不及他……不过,老师好像很早之前就开始准备这个计划了,只是一直没找到合适人选——也是,虽说是没有成为最恶之前的他,但是与那个人相像的人,真的很少见。而且,这也未必是个完全失败的计划……实际上,我确实已经向你透露不少东西了。"

所以——

所以,又怎么样呢?你这副表情。

不要用这种表情,说出这种台词啊。

实在是,太不协调了。

简直是——颠三倒四。

"如果真是这样,那你不是不应该告诉我这些吗?如果木贺峰副教授的计划真的是这样,我……不,你也是,你不是也应该装作没有察觉到她意图的样子吗?"

"是呢。"

"你能察觉到是多亏了自己出色的洞察力……但就算我和你口

中的那个他，真的相似到一眼就能看出来的程度——这个事实，还是不让我知道会比较好吧。"

"是呢。"

朽叶妹妹爽快地点头承认了。

"但是，这种做法让我很不爽啊。虽然我是受了老师不少关照，但也没必要为她尽职尽责吧。这样子利用他的身份，不是很卑鄙吗？"

"嗯。"

结果……

她就是为了说这个，才让我来庭院的。

前面的所有，都是为了引出这个的伏笔。

一切按计划进行。

遵照安排好的方案行动。

不叛逆也不反抗。

不谋反也不犯罪。

即便如此——

也没有按照原计划发展。

既然这么想让她和我说话，那干脆就说个够。

把自己知道的事情，全部吐出来。

"这还真是，复杂的人际关系啊。"

"爱恨参半"这个形容还真是不错。听了我的话，朽叶妹妹仿佛共犯的样子说："嗯，算是吧。"

"但是你可别误会了。我并没有忘记老师一直照顾我的恩泽。刚才我也说了，那个人的那种性格，我并不讨厌。但是，想让我当受人操控的牵线木偶，那可就敬谢不敏了。"

"说白了呢？"

"背着我偷偷摸摸想让研究有所进展的行为让人很不爽，所以想稍微给她添点乱子。"

"……你简直就是小孩子闹脾气啊。"

"那当然了。"朽叶妹妹说，"我又没有活着，当然，也不会成长啊。心理和身体都不会。"

2

四月。

在陪玖渚一起前往的，那个孤零零漂浮于日本海上的孤岛——鸦濡羽岛上，我遇到一位占卜师。虽然不想用"遇到"这么轻松愉悦的表达方式，但总之，我就是遇到了。

占卜师的名字叫姬菜真姬。

别扭乖僻、骄傲自大，是个酒鬼，嬉皮笑脸却又深藏不露，性格很差还贪财，最喜欢的就是金钱和睡眠。金发，扎着马尾。

但是这些细微的特征并不重要。这些东西，不过是隔在真实与虚幻之间的屏障。最终，能概括她的，或者说能将她束缚的，只有那个独一无二的词。

异能。

没错，异常的能力。

在她的能力面前，一切问答都不再有意义，一切都会被彻彻底底、彻头彻尾地、毫不留情地驱逐。她能够看穿过去，畅谈现在，预见未来，读取人心。

ESP。

那已经……到达究极领域的制高点。

再换一种说法——就是能够解读命运走向的能力。

又或者是能够事先阅读那本《世界的剧情》的能力。

"完全派不上用场的能力"，虽然她自己曾经这样讲。

实际上，这句话到底是不是认真的，甚至就连她是不是真的拥有这种异常的能力，我都无从判断。说不定全部都是谎言，她只是在虚张声势。但如果要通过观察去辨别真相，我根本没法观测。到底要使用什么手段，才能观察到一直在观察别人的观察者呢？

而且——

她，并没有说出最关键的事情。

三缄其口。

通过表面上的饶舌调唇，死守沉默。

可是，就算这样，她的异能，如果是真实存在的。

扼杀一千种常识，默认一千种矛盾。

如果她真的，拥有能够事先阅读故事剧情的能力。

那么，她不是就在故事之外吗？

不在故事之中——

没有被赋予任何使命，只是存在。

与谁都，无法产生关联。

这难道就是所谓——孤独的灵魂吗？

"你怎么发了这……么长时间的呆啊，大哥哥。"

声音是从树上传来的。

我抬头看去，看到理澄妹妹在上面。

非也……不是理澄妹妹。

没有披着黑斗篷。让人不禁想移开目光不去看的拘束衣，以及被强行固定住的双臂。

而且，脸上的表情也完全不一样。

那是只能看出恶意的笑容。

这是……

这是谁，想都不用想。

"匂宫出梦……来也！耶耶！我就是……可爱的……职业杀手！嗨……嗨……你……好……呀！耶！嘎哈哈哈哈哈！"

"坐在那里很危险的。"

出梦君坐的那根树枝，就算想说客套话都没法夸它粗壮。何况他的两手还不能使用。更何况……精神方面暂且不提，肉体可是理澄的身体，很纤细。实在让人无法不担心。

"很危险吗？嘎哈哈，这个世界上还有比我的脑袋更危险的东西？至少这个地方，对我来说一点都算不上危险……哈哈。而且，这里的风景很不错啊。所谓天空才是我的故乡之类的？我说了句很有文采的话啊！嘎哈哈！"

"适应力测试呢？"

"已经完事了。所以我在休息中……虽然参加考试的是'妹妹'来着，表现得应该很不错吧？你也许会感到意外……不过，那家伙，不对，是这家伙，脑子意外地好使。尤其擅长理科。嘎哈哈！"

出梦君毫无理由地哈哈大笑起来。我个人是希望他不要顶着理澄妹妹的脸做这种事情……可是，肉体的所有权到底应该归属哪边，一旦开始琢磨这个问题就没完没了、晕头转向了。

"大哥哥的同伴……叫什么来着？对了，紫木一姬……对吧。那家伙还在考试。那家伙是个笨蛋啊。搞不好比我还笨。"

"大概吧。"

"不过。"

刚才还嬉皮笑脸的表情，忽然冷峻起来。

由于变化得太过迅速，让人感觉有点诡异。

"那家伙杀过的人，绝对比我多。"

"……"

想打哈哈糊弄过去……也没用了吧。

那是，完全确信的眼神。

"顺便告诉你，我目前在工作中杀的人还不到三位数……这是因为，我发过誓一天只能杀戮一小时。"然后他又哈哈地笑了，"那个紫木，肯定不止这个数吧……我这样的完全没法比，只能算在她的小数点之后吧。她是炸弹狂魔吗？不然的话，那个年龄怎么可能杀了那么多人。顺便作为参考……我十八岁，理澄十六岁。然后，这副身体的年龄大概是二十二岁。所以说，研究生并不全是假装的……所以，大哥哥。那个紫木到底多大啊？"

"十七岁。"

"欸，是吗？还以为她是初中生。不过这样也没法接受啊……害得我，一不小心就跳出来了。"

"一不小心吗？"

"对。我其实是自动型……才……怪……呢！It's automatic.[1] 嘎哈哈哈，我开玩笑呢！"

然后出梦君又发出了响彻庭院的笑声。

说到庭院——

朽叶妹妹，已经不在了。

她说完自己想说的话，也就是目的达成之后，只说了句"回见"，就一路小跑着逃离了我的视野。实际上人家也许不是那个意思，但我总有种她想赶紧远离我的感觉。

感觉有点像煮熟的鸭子飞走了。

我这样想不行啊。

---

[1] 意思为"是自动的"。——译者注

完全被事态发展牵着鼻子走。

虽然这样的事早就习以为常了，但是……今天，此时此刻，如今的情况下，像从前那样被人牵着鼻子走是不行的。

因为，太危险了。

必须要做点什么……重新启动，挂上空挡。不，不对，要开到最高挡。尽可能最大限度地做出保护罩，从当前事态中脱身。

冷静下来。

现在变成莫名其妙的情况了。

现在最优先需要处理的事情是什么？

放轻松一点也没关系。不要硬碰硬，不要去考虑意义，按照自己的喜好行动。不要去在意，停止思考，扔掉疑问，不要提问。跟我又没关系。重复三遍。跟我没关系，跟我没关系，跟我没关系。

就算有，我也……没兴趣。

OK。

调整好呼吸了。

思路也理清楚了。

接着深呼吸一下，好了，我也该回房间了……这时，树上的理澄妹妹，不对，是出梦君，突然出声叫住了我。

"那个……出梦君。能不能先从树上下来啊？坐在那里，总有种被俯视的感觉，不好说话。"

"真的要我下来吗？我今天还没有杀人呢，搞不好会被我吃掉哦。"出梦君张开大嘴，露出尖利的虎牙，"毕竟我身材这么小。

不这样的话，就没机会俯视别人啊。大哥哥你也不是大块头，应该懂这种心情吧？"

"难道……你都听到了？"

"什么？"

"刚才的对话。"

"是呢，不过安心吧。之前可能也说过，我的记忆是不会留给理澄的。那家伙会忘记所有不利的事情——当然，这里的不利指的是对我的工作不利的事情。也就是调整记忆……或者说改造记忆，算了，还是叫编纂吧。"

有关匂宫出梦的事情。

有关匂宫杂技团的事情。

有关杀手和杀戮的事情。

全都会自动忘记。

就连名为"匂宫"的自己居然在帮人寻找"零崎一贼"这种绝对矛盾的事情，都没有察觉。

上一次虽然是春日井小姐干的好事，但之前发生的"昏倒"时钱被偷走的事件，可能也只是出梦君用掉了而已。

改造，编纂，改写。

"嗯。就是这么一回事。从鸡毛蒜皮的日常小事，到大脑最深处的记忆，都会被我这个大哥编纂，万无一失！嘎哈哈！现在我们在这里的所有对话，都不会让理澄知道。她的记忆障碍和昏迷癖，都是因为这个。再说，那家伙姑且也是个名侦探。刚才的话，自己去调查就好了……那个啥，什么来着？推销小说《十诫》？里面不是说'侦探绝不可通过意外和直觉来发现真相'吗？"

"那你就可以偷懒吗？"

"我是杀手呀。"

"哦。"

算了，好像也不会坏事。

但是，杀手本身就够坏了啊。

按照一般社会道德来说的话。

不过，事到如今还有遵从社会道德的必要吗？

"啊对了，刚才我说的'推销小说《十诫》'是隆纳德·诺克斯推理小说《十诫》的冷笑话。"

"不用特地说明。"

我毫不留情地吐槽了杀手。

少瞧不起人了。

"啊……对了，你脸上的伤，怎么还没好啊？剪头发这事倒是从理澄那儿听说了……"

"你知道的事情不会告诉理澄，但是反过来理澄会跟你共享啊。这样的话，情报并没有达成双向传播啊。"

"理澄也不是百分之百什么都告诉我的。剪头发是打电话的时候说的。如果不在一定程度上保持完全的分裂，就会遭到对方吞噬。"

"也就是人为的双重人格吗？"

"哦？怎么，你还事前做过功课了？嗯，啊，情报来源是紫木一姬吧。不错，不错。"

"喂喂，怎么可能啊。"

糟糕了。

这个家伙才是有着可以跟名侦探媲美的直觉吧。

总之，目前要避免的……现在最需要避免的事态，就是不能让小姬，跟理澄妹妹的那个"饕餮者"发生冲突。虽然不觉得小姬会输，但是我不希望……那个丫头，再被卷入这样的战斗。本来，我是不想带她来的。毕竟，就算不带她来，小姬也还……没能完全摆脱过去。还没能完全摆脱以前的坏习惯。原本只是想先听从润小姐安排，根本没想到事情会发展到这个地步。

"匂宫杂技团真厉害啊。像你们这样的人，就算靠想象，都不一定能想出来呢。"

"嗯嗯，怎么说呢。'我们'——就是我和理澄，算是匂宫的制造物，或者说是副产品吧。是匂宫为了加入那个可恨的'断片集'的一个途径——啊，我好像说得太多了。还是说，'断片集'的事情，你也已经从紫木那儿听说了？"

"啊，没没——"

我语无伦次起来。

所以说真的糟了。

话题扯到小姬身上的话，就不好了。

强硬一点也可以，总之，现在必须转移话题。

"你会现身就说明……理澄妹妹的工作，果然只是伪装吗？"

本打算严肃地质问一下出梦，但是，这么问也没有意义吧。

话题根本不可能顺利进行下去。虽然他一副胡闹的样子，但毕竟是职业杀手。餍寐奇术集团——"匂宫杂技团"的一员。需要遵守的保密原则，恐怕比医生护士，甚至比名侦探还要多吧。

"木贺峰约和圆朽叶。"出梦回答，"我是被派来处理掉那两个人的。"

"……"

口风太不紧了。

这个口径！

"……哦，不对，口径不是这个意思。"

"啊？你在念叨什么呢？"

"啊，抱歉……"我也不知道自己在说什么，"比起这个，你是受谁指使？"

"喂喂喂。饶了我吧，大哥哥。就算你是理澄的恩人，也不能让我把客户的名字说出来啊。"

"明明把目标的名字都说出来了……"

"算了，就在我能说的范围内告诉你好了，是狐狸先生。你昨天也见过的吧？那个戴着让人不爽的面具的家伙。"

"……"

如果今后的人生中，出现了憎恨到想要杀掉的对象的话，我也绝对不会拜托这个家伙。我绝对会因为教唆杀人罪而被当场逮捕。

"狐……"

狐面男子。

委托理澄的……也是他。

"这么说，理澄妹妹的工作……真的只是伪装了。"我突然感到无力。刚才在停车场见到的，那么阳光开朗的理澄妹妹的样子，全都只是暂时的，想到这里，就算不是我，就算是我这种人，都会被无力感笼罩吧，"那……戴着狐狸面具的那个人，肯定也知道这个情况吧。你们不是兄妹，而是同一个人。"

"因为我们，最近基本是靠那家伙养着的嘛……那个家伙，好像有什么原因不能亲自动手。我反正不太清楚……理澄应该也不知道吧，算了，这种事情都无所谓。总之，我们就等于是那个狐狸先生的手脚，帮他办事。在这层意义上，理澄的名侦探头衔，就能提供不少有用的信息吧？所以并不是所有事情都是伪装。这次寻找'零崎一贼'末子的事情好像没什么收获……哼……零崎人识。真是让人不愉快的家伙。"

出梦嘟哝着，最后几句几乎变成了自言自语。

"但是，这次的事情正如你所说。工作本身的话，'饕餮者'是主力，'汉尼拔'是辅助……收集情报的工作自然是交给她了。首先由理澄进行实地考察，根据考察结果，出梦来进行杀戮。这就是我们平时的工作流程。啊，不过你放心。并不是说从现在开始就要展开行动了。毕竟你帮了理澄那么多次，就按照你拜托理澄的那样，打工开始到结束这段时间，我都会乖乖待机不动的。"

"那真是求之不得。"我叹了口气。

唉，真是够了。

跟我没关系，跟我没关系，跟我没关系。

我知道的，知道的。

木贺峰约，圆朽叶。

杀手的目标。

接着，我问了一个之前也问过理澄的问题。

"狐狸先生，为什么要委托你和理澄妹妹做这种事情呢？还偏偏是要杀那两个人，这种事情……理澄妹妹只告诉我说那个人对研究内容好像有点兴趣。"

"不知道呢，我反正是不懂。对我来说能干活就行，客户的想法一点也不重要。"

"真是最恶的杀手啊。"

"最恶啊……这不是零崎那边的代名词吗？不过……源头出自其他地方吧。唔？等一下啊，西东诊疗所……欸？咦……咦……咦？"

出梦使劲歪着头，差点歪成与地面平行的状态，最后干脆直接横躺在了那根绝对算不上粗壮的树枝上面。动作非常危险。

"嗯……啊……懂了懂了。是这么回事啊……狐狸先生的事，是这样的啊……啊，我完全没注意到。不过，我倒是也无所谓……跟我又没关系！这么一想，那个人也很不容易啊……"

"你在说什么啊？"

"自言自语啦。话说回来啊,大哥哥,可以拜托你一件事吗?"

"欸?"

"一直都是我被提问,好疲惫啊。我可不是为了回答你的问题,讲解那些你不明白的东西才出场的。"

"你说的也有道理……"

"所以,想请你帮个忙。"出梦说,"可以吗?"

"还直接问可以吗……到底什么事啊?"我的警戒心已经提到最高点,但还是努力虚张声势,反问卧在树上的出梦,"谁会连内容都不知道就答应一个男人的请求啊。干什么,难道要让我当你的助理吗?"

"嘎哈哈哈哈哈!怎么可能!"出梦不屑地大笑,仿佛没有什么话比这个更好笑了,"为什么我要跟一个明显比自己弱的人一起组队工作啊。你不知道亚当斯的公平理论[1](Equity theory)吗?"

"就这件事而言,我没有什么要反驳的。"

"我的请求是——"出梦说,"你啊,今后也能和理澄……虽然现在说话的是我,今后也能和不是我的那个理澄,继续做朋友吗?"

"……欸?"

---

[1] 亚当斯公平理论,由美国心理学家约翰·斯塔希·亚当斯(John Stacey Adams)在20世纪60年代提出的一种激励理论。该理论认为,人的工作积极性,不仅由自身所得而定,还由自身所得与他人所得相比较时是否能感到公平而定。人们会将自己对工作的投入及所得报酬与他人对工作的投入及所得报酬进行比较,当感受到不公平待遇时,他们可能会采取相应行动使比较结果更趋于公平状态。——译者注

"这个家伙啊，完全没有朋友。"

出梦从树枝上坐起来，恢复了原来的姿势。然后就那样保持着坐姿向后下腰，变成了蝙蝠一样仅靠双脚倒挂在树上的样子。这样一来，我和出梦的头部，就刚好在同一水平线上了。

"原因其实多半在我……这家伙的行为举止不是很奇怪嘛。虽然我也没资格讲，但理澄这个人格终归是人工制造出来的，那些奇怪的行为很容易被人侧目。"

"……"

"再加上她还是个名侦探……但是，你对这些东西好像不是很在意。跟理澄相处得很和谐的样子。"

"没，其实我也是很勉强的……"我感到有些意外，"不过，我确实已经习惯应付怪人了……就算是杀手这个职业，嗯，因为我有朋友是杀人者。所以也差不多习惯了。"

"那还真是承蒙你关照了……不过啊。"出梦保持着倒挂金钩的姿势，继续说，"杀戮的可怕之处……杀人方如果不变成被杀的一方去体会，是绝对无法理解的。一直当旁观者，以为自己习以为常的话，可是会阴沟里翻船的。从这个意义上说，你可就是一知半解，半瓶水叮当响了。"

"那还真是——谢了，承蒙你关照。"

杀人的一方。

被杀的一方。

迄今为止的人生历程中，哪一方都还没有体验过——真是，太好了。

真是，很"不凑巧"啊。

"总之，你答应还是不答应？狐狸先生好像也挺喜欢你的……真是幸运啊，你们，很有缘嘛。"

有缘……

怎么回事？

最近很流行这个词吗？

至少，在局部范围内流行着。

"……我倒是无所谓。"

"可以吗？"

"虽然不是很懂朋友的定义……但是对我来说，理澄也是个捉弄起来很有意思的女孩。如果保持现在这种相处模式就可以的话，那真是小事一桩。"

"太感谢了，我都要哭了。"

"但是我有一个条件。"我把刚才对理澄妹妹说的话，又对出梦重复了一遍，"希望你不仅是在这里的期间，从今往后，也不要在我的眼前杀人。"

"啊？为什么啊？"

"因为我不喜欢看到有人死去。"

出梦愣住了。

虽然这个比喻有点不恰当，但就相当于太岁头上动土吧。

不管这些细节，我继续说道："在跟我没关系的地方就随便了……我很不喜欢在自己相关的地方，有人死掉……心情会变得很糟糕。"

"心情会很糟吗？"

出梦不借助双手，只靠着双脚的力量一跃而起，保持着完美的平衡站在了树枝上。然后……俯视着我，笑了。

"你以为我是谁啊。我可是餍寐奇术集团——匂宫杂技团第十八号成员，第十三期实验副产物！不管目标是不是与我无关，不管目标是不是无力抵抗，不管目标有没有与我交涉，全部吞噬得一干二净，杀手中的杀手，人称'饕餮者'的出梦。不把该杀的家伙杀掉，是要我喝西北风吗？"

"……"

出梦又"嘎哈哈"地笑道："但是……算了，这种小事就答应你吧。我除了工作以外，本来也很少出来……以后也应该不会有机会在你面前办事吧。"

"为什么？"

我试着更进一步地提问。

只再深入一步就好。

冒着危险试图接近真相。

"那为什么，你现在会出现呢？"

"嗯？"

"现在……为什么会出现在我面前？如果说你的工作是在理澄妹妹的调查结束之后才开始……那么，你没道理会此时此刻出现在我面前吧。就算你自己说是因为在意小姬,但我实在无法想象,你会为了那种程度的事情冒风险。"

"……"

"你之所以在现在出现,与工作其实没有关系吧。"

岂止无关,一不小心可能就会产生反效果。

如果在这种地方被谁看到的话……如果被身为目标的木贺峰副教授或是朽叶妹妹发现的话,绝对不妙。

完全没有理由。还是说,他有什么计划?

如果有的话那又是什么。

值得冒这么大的风险吗?

能够与这种风险进行等价交换的东西到底是什么?

"也是呢。"

出梦,仿佛自己也不知道答案,一边思考一边说着。从本来就高的树上,望向更高的天空。

"大哥哥,你知道所谓的强大是什么吗?"

"强大……"

"刚才你和圆朽叶也聊了类似的话吧……不死并不等同于活着,强大同样并不等于不弱——超越一定限度的强大,无法避免的会伴随着脆弱。你这个正常人肯定不知道吧,在我们这边的世界啊,有个被称作'死色真红'的存在。"

"死色真红……"

确实是从未听过的称号。

小姬可能知道吧。

"那个家伙超乎想象地强大——但是，那家伙在工作上的成功率，却总是无法达成百分之百。在他们那个领域甚至可以说是较低水平。大概比我还差吧。你知道这是为什么吗？"

"不知道……是因为很强所以反倒会使目标的警戒心提高吗？呃……在开始工作前对方就逃走了，或者是直接在战术上选择投降了……"

"没错。那种超乎寻常的强大，已经不能算作是危险，而是纯粹的危险了。如果强大到任何人都束手无策的地步，就等于是自然灾害一样的存在了……根本不存在什么决胜负。虽然也不算是公平理论吧，但是要决定胜负，决定赢家和输家，首先必须要保证胜负是可以成立的。胜利与败北之间必须是平等的——也就是说，过于危险的存在'根本无法战胜'。"

"原来如此。"我点头说，"换成我们这边世界的例子，就约等于核武器一样吧。说起来，我之前也听过类似的话。过于强大……就意味着无法使出全力。太过强大的话，就找不到可以匹敌的对手。没有对手的话，就会失去平衡。"

"嗯？哈，哈哈！平衡，你的熟人还真是会说话啊。嘎哈哈！愉快，愉快。"

"……"

这家伙真爱笑啊。

理澄妹妹也是。

我实在不懂那些有事没事就笑的家伙的想法。

笑又没有什么意义。

"虽然我自己的情况也有点类似吧……因为我也有过于偏向强大的特性。毕竟就是冲着这个目的才被制造出来的。说实话，'死色真红'什么的我完全没有放在眼里。但是……没错，过于强大，与过于弱小是同样的。最强和最弱，是互相贯通的。"

强即为弱，弱即为强。

出梦用莎士比亚句式开起了玩笑。

"什么强韧与脆弱只隔了一层纸，这种话太肤浅了。强韧和脆弱根本就是不分彼此，表里一体的。所以，正因如此，平衡、精密到极致的平衡感是必须的。人们对弱小有一种消极的刻板印象，所以会对弱小的东西放松警惕……从而忽视了危险的存在。所以如果你知道自己弱小的地方，一定不能松懈大意。这样才能置生死于度外。没有需要保护的东西，就没有防御的必要。一无所有的话，就会产生欲望。早就放弃一切的话，就永远不会绝望。走在最后一个的话，就不要担心背后遭人偷袭——不被任何人观察到的话，就可以去观察任何人，抓住别人内心的破绽。强就是弱，弱就是强——虽说这样，但一味地弱小也是不可取的。强和弱的平衡很重要……就像太极图一样。明和暗、光和影……"

"这就是……你和理澄妹妹。"

"对对，'饕餮者'和'汉尼拔'。"出梦看起来发自内心地愉快，"总而言之，本人……不对，这具身体，就是把分离之后的强和弱统一在一起的容器。我的弱小部分，全部交给了理澄来负责。"

"……"

多重人格。

人为的分离性身份识别障碍。

人工制造的人格，并不是单指理澄妹妹一方。

不是一加一等于二。

而是一除以二等于两个二分之一。

"姑且也算是餍寐奇术集团——匄宫杂技团进行的一个实验……的副产品哦？实验庞大到谁也无法控制实验结果，这不过是其中的错误之一，虽然不知道到底成没成功，至少我确实变得超级强了——如果不穿这种衣服，凭你的力量根本制服不了我。"

"……"

终于知道穿那身拘束衣的原因了。

但是，毫无成就感。在这里……眼下这个时间，这个场所，那些事情，那些细枝末节，早就变得不重要了。

"现在的我……甚至能凌驾于'死色真红'之上。所以我无论如何都想决一胜负。但是用狐狸先生的话来说，按照我和'死色真红'的命运，想要获得这样的机会难度极大，几乎是不可能——不过，这件事先放在一边。"出梦说，"我还没有丧失人性到会对担负着弱小部分的妹妹弃之不顾……毕竟，她算是我的亲妹妹，而且，她还是我本身。"

"是妹妹——也是自己本身吗？"

"那家伙，跟你，还有那个春日井大姐姐在一起嬉笑打闹的样子，真的很难得看到……那家伙跟谁那么要好的样子，很少见的。我所看到的她，一直在被人拒绝，被人伤害，更重要的是，她本人马上就会忘记这些。那样的理澄，实在是太过弱小了。"

"忘记……"

"承担弱小部分的理澄，就连自己被伤害的事情也会遗忘。如果因为受到伤害，留下心理阴影，从此不再与人接触的话，就无法完成作为'汉尼拔'的任务了。"

"任务——"

记忆的改写，记忆的编纂。

对自己不利的事——全都忘却。

只合乎，自己的逻辑。

关闭了，自己的世界。

"那家伙不管受到怎样的伤害，她的伤口都流不出一滴血液——很滑稽是不是。滑稽啊，滑稽。弱小啊，弱小，太弱小了。"

"是呢。"

那真是——

过分，弱小了。

我并不知道——还有那样极端的弱小。

被强化了弱小部分的"汉尼拔"。

那样极端的弱者——

我并不知道,不知道原来除了我自己之外,还有这样的存在。

"狐狸先生对理澄也算不错的了,但他又不是会跟别人做好朋友的性格……"

"这样啊……可是,我觉得理澄妹妹的话——真的,真的真的,就算不是跟我,也能跟其他人相处得很好。虽然,她的奇怪行为确实不少,但只要习惯了那一点……"

"确实,她还算擅长跟人打交道。那个乐天派的笨蛋,抛去记忆被篡改这些乱七八糟的东西不说,人际关系上的小别扭小矛盾,她全都可以无视。毫不刻意就可以露出讨人喜欢的笑容。这也是弱小的特权……负责调查目标的弱小角色的特权。但是……"

出梦思考了一下措辞。

"最终,那些都只是……暂时的。"

"暂时的。"

"都是虚假的。只要我一出场——一切就结束了。"

"……啊。"

杀手。

餍寐奇术集团——匂宫杂技团。

对啊,最根本的问题是这个。

不管理澄妹妹是怎样的人格,她的本质是杀手"饕餮者",这点并无改变。

暂时的表象在那一瞬间就会停止。

一切都变成虚假。

在知晓这个前提的基础上，还能不伤害理澄妹妹，一直陪在她身边的人——这种人存在的可能性，到底有多少呢？

如果真的存在，知道所有事情，还不改变态度，能和之前一样对待她的人。

"所以……才找上我吗？"

"我是无所谓的。我本来就是杀手，不需要什么朋友。不需要讨好谁，也不需要顺从谁。只凭着自己的强大活下去。这样就好……可是，那家伙，那家伙的人格不是这样吧？但她受到的待遇跟我一样——肯定多少会觉得孤单吧，你不觉得吗？"

"嗯。"

这就是出梦现在出现的原因。

出现在我面前的原因。

确实，错过这次机会的话，我和出梦可能就不会再见了。既然出梦已经开始对小姬有所戒备，就更不可能在研究室里找我谈话了。

"对我来说，理澄是傀儡是影子也是藏身之所，或者说是远程操控的自动化机器人，但是，在这之前，她仍然是我的妹妹。只有那个家伙，我是真的没办法。对我来说，那个家伙就是我无可奈何的妹妹啊。"

"妹控。"

"这不是理所当然吗？"

276　第五章　无法愈合之伤

"嘎哈哈。"出梦又笑了起来。

"所以，我接受你的条件……我和你的契约就这么定了。除了自保，我不会在你面前进行任何杀戮行动。那一小时的杀戮时间，会选在你不在的时候。作为交换……"

"知道啦。况且，跟你说的一样，我本来也没打算改变对理澄妹妹的态度……还是跟之前一样。"

"这就够了。我期待的，就是你这一点，不论怎样都不会改变这一点。"

"不会改变吗？"

"所以啊，大哥哥，下流的事情也都不可以哦。耶！咻！"出梦嘎嘎大笑，"哟……哟……哟！要是感觉到超过忍耐限度的疼痛，或是其他危机感的话，我可是真的会自动切换出来的！"

"这个担心是多余的。"

"嘎哈哈！嘿——那大哥哥，我们就这么约好了。"

"啊……那，我差不多该回去了，你呢？"

"嗯……是呢。等你回去之后我再回去吧。一起回去的话也太可疑了。我反正也差不多要藏起来了。"

"是吗？这样也好。那……可能之后都没机会跟你再见面了吧……"

我有些犹豫，还有些不好意思，但总之先说了一句。

"有缘的话，再见吧。"

3

格林童话中有一则故事的题目是《哥哥和妹妹》。作为童话，它的剧情非常传统。从前某个地方生活着一对兄妹，按照传统的发展，他们的母亲去世了，按照传统的发展，他们被继母虐待了，无法忍受继母虐待的兄妹逃到了森林里。可谁知坏心肠的继母在森林的泉水里下了魔咒，喝下泉水的哥哥变成了一只鹿……

当然了，最后肯定是大圆满结局。

哥哥和妹妹永远在一起，快乐地生活了下去。

话说，听到这个故事，应该都会联想到弗兰兹·卡夫卡的《变形记》吧。那个故事中的主人公迎来了怎样的结局，兄妹的关系又是怎样的，说实话我连想都不愿意去想。然后将这两则故事比较一下，哪个更接近现实呢？显而易见。

事实上，我也有妹妹，不是虚构的故事里的，而是现实中的妹妹。但并没有发生过什么戏剧性的事情。面对妹妹，我从未做过一件符合哥哥身份的事情，甚至还夺走了——夺走了她的生命。

"妹妹啊……确实，是一种特殊的存在。"

跟出梦告别后，我绕着建筑物转了一周打算回到刚才的房间，走到停车场时，停住了脚步。哈，说起来，刚才打算有时间的时候过来好好欣赏一下的。菲亚特……嗯，得好好看看。

KATANA和FAIRLADY Z。

虽然我对摩托车的了解也不多，但KATANA这种档次的还是知道的。750CC排量的啊……先不说手怎么操作，理澄坐上去脚能不能够到油门都很难讲。不过说真的，穿着拘束衣到底要怎么驾驶这种东西……

"……"

废话，那肯定是先脱掉再开车啊。

这种事情，稍微想一下就知道，肯定是开车到这里之后才穿上拘束衣的吧。木贺峰副教授和朽叶妹妹那两个人，应该是愿意帮忙的。

可是，就算这次可以拜托别人，那平时又怎么办呢？不可能走到哪里都能遇到好心人吧……再说了，虽然出梦很清楚自己穿拘束衣的原因，但理澄妹妹对自己那样的打扮完全没有疑惑，太奇怪了。感觉谜团反而增加了。这也是因为那个什么记忆编纂吗？即使自己平时穿着那么不正常的衣物也不会感到疑惑——她的人格被制作得如此完美吗？

"……"

顺便再看看FAIRLADY Z。

要问我这种平民的喜好的话，我肯定会选菲亚特，但并不表示我不会欣赏跑车那酷炫时髦的造型。狐面男子的保时捷，还有哀川小姐的眼镜蛇，都是好车。不过，不管是保时捷还是FAIRLADY Z，就算是KATANA，我倾家荡产也买不起。无所谓啦，反正我也很喜欢伟士牌。况且还是巫女子给我的。爱你哦，巫女子。

"嗯。"

看了看天色，已经开始变得昏暗了。这里在山脚下倒是还好，山林深处恐怕已经一片漆黑了吧。就算有铺设道路……

果然还是很担心春日井小姐。

虽然春日井小姐个性一直很要强，但她也不是体力特别好的类型吧。山里搞不好还会有野狗……啊，动物的话，那个人应该不要紧。但是，体力果然还是个大问题。又不可能像理澄妹妹那时候一样，在大山里倒下的话，可是不会有人来救她的。

真是个让人操心的人。

对了，早点回去追上她吧。

我结束了小型名车鉴赏会，开门，脱鞋进入了室内。沿着那条已经非常熟悉的走廊来到了日式房间跟前，拉开了纸门。

"啊——是大哥哥！"

房间里只有理澄妹妹一个人。

是在我观赏车子的时候先回来了吗？是那个"饕餮者"的话，随便从哪扇窗户都可以翻进来吧。假如刚才出梦说的都是真话，那么在理澄妹妹的认知中，在理澄的记忆里，现在的情况应该是"适应力测试结束后一直一个人在房间里等着"，这样的吧。

篡改吗？

"大哥哥去哪里了？我一个人好寂寞！"

"呃……去外面的停车场看车了。"

"哦哦。大哥哥，很喜欢车子吗？"

"至少胜过喜欢人类……因为机器好懂又不会背叛人……我朋友的朋友这么说过。"

"车子才不是机器，是生物欤。"理澄妹妹抬高声音说。

"这点失言，还请谅解一下啦。"

"哼。"

看来在这个事情上还是不要跟她争论比较好。

不然可能会难以收场。

"测试怎么样？"

"完全没问题！"理澄妹妹满面春风，"大概是一百乘一百，一万分哦！"

"那真是恭喜了。"

我一边跟理澄妹妹闲聊，一边想着朽叶妹妹现在不知道在哪儿呢。这里应该有她自己的房间吧……说到这栋建筑物，我还只认识从玄关到这个房间的那段路。实验室和准备室之类的，在哪儿呢？

不过，唉，怎么说呢。

好像事态变得复杂又麻烦了。

……

现在反悔还来得及吗？

正当我这么想着时，外面的走廊上传来了脚步声。

有两个人。

"把门就这么敞开着不太好吧。"

是木贺峰副教授和小姬。

木贺峰副教授看起来和往常一样。

小姬则心力交瘁。

话说,眼神都没有一丝生气了。

"……"

"测试顺利结束了。"木贺峰副教授说,"——现在宣布结果,幸村同学和……紫木同学,两个人都合格了。"

语气跟平时一样毫无起伏,但是很难否认,她在说到"紫木同学"的时候,脸上的表情稍微有一点牵强感。

……

要是春日井小姐还在的话,小姬肯定会被筛下去吧。

事到如今,无可奈何的、微妙的人选。

"那么下周开始就拜托各位了。"

"好。"我应道,"小姬也是哦。"

"……"

没有回答。

仿佛一具尸体。

"好的!我会尽全力工作的!"

理澄妹妹倒是很有精神。

这样的她却是间谍,以及职业杀手。

"那么——你们接下来有什么计划吗?如果不着急的话,可以一起吃个晚饭……"

"啊……不了。"我拒绝了木贺峰副教授这个符合大学教授身份的邀请,"我们必须早点出发追上春日井小姐。不管怎么说,让女性一个人走山路都太危险了。"

"啊……你说得也是。"木贺峰副教授点了点头,"那么,至少让我送送你们吧。咦?朽叶去哪儿了?我应该嘱咐过,让她在这里等你们的。"

"不知道欸,大哥哥知道吗?"

"呃……"

该怎么说明呢?

照实说应该也可以吧……不如说,这样做正合朽叶妹妹的心意。算了,我也无所谓。

不过,要我就这样按照朽叶妹妹的计划行动,还是有点不爽。再说了我也没有义务和道理要帮这种忙。

"我想搭讪,结果被她逃掉了。"

"这样啊。我明白了。"

明白什么了啊?

啊……理澄妹妹对我投来了轻蔑的目光。

"你会去搭讪朽叶然后失败,这件事我早已预料到了。"

"……"

辩解也没用了。

做人啊,最重要的就是要学会放弃。

我从榻榻米上抬起像融化的冰激凌一样瘫倒的小姬,将她背在背上。小姬的身体很轻。现在灵魂也飘走了，就更轻了。

"那，我们就先告辞了。打扰了。"

"好的。"

"理……幸村同学，接下来有什么安排吗？"我问理澄妹妹。

"啊……我在这里还有点事情。"理澄妹妹说。

总觉得会变成那种情况。

"汉尼拔""饕餮者"。

算了……与我无关。

现在没有必要考虑木贺峰副教授和朽叶妹妹的人身安全，也没有必要考虑，为什么狐面男子要使用理澄妹妹和出梦来当左右手。

没有必要。

都不存在。

"那就，下周再见了，幸村同学。"

"嗯。真是短暂的分别呢。"理澄妹妹乖巧地笑了，"那就拜拜啦！"

"保重。"

于是，我们确实完成了一次短暂的分别。

五分钟左右。

停车场里。

菲亚特，KANATA，FAIRLADY Z。

总计十个轮胎，全部被毁坏了。

第六章 不一致

木贺峰约
KIGAMINE YAKU
副教授

0

败者在绝望中死亡。
胜者在期望中死亡。

1

"咦——也就是说,师父你读完《死了100万次的猫》都没有哭的吗?"
"嗯。"
"你这个魔鬼!"
小姬使劲地指着我,气势汹汹,甚至让人怀疑她的手指是不是下一秒就要戳进我的眼球。
"读了那种名作都不哭的人,根本就没有神经!小姬我当时在书店可是一边蹭书一边哇哇大哭呢!"
"你倒是买啊。"

"那……那《G弦上的咏叹调》呢？听……听了那首神曲，就算是师父也会感动到落泪的吧！"

"那是……什么来着？"

"……（无语）"

"啊啊，我想起来了。"

"想起来了吗？"

"是那首很枯燥的曲子吧。"

"喂！"

被打了。

"快……快向巴赫先生道歉！向威廉密[1]先生下跪！"

好疼。

"可是啊……就是因为事先就知道评价很高，所以那些一流的名家作品，反而才难以让人感动吧？怎么说呢，因为已经有免疫力了。"

"唔——才没有这种事！"

小姬简直像在用全身力气否定我的观点。哀川小姐对老套剧情的喜爱，已经传染给小姬了吗？

"那……那那那……师父什么时候才会流眼泪啊！"

"点眼药水的时候吧。"

---

[1] 威廉密，奥古斯特·威廉密（August Wilhelmj），19世纪德国著名小提琴家。他将巴赫的《第三号管弦组曲（BWV 1068）》第二章的咏叹调改编为钢琴伴奏的小提琴独奏曲，只以小提琴的G弦演奏，《G弦上的咏叹调》由此得名。——译者注

"那又不是眼泪!"

小姬真的生气了。

"呜……呜……呜咕……呜哇啊啊啊——"

而且还真的哭了。

别哭啊。

"呜……那电影呢?师父都看什么类型的电影呢?"

"嗯……独立电影那一类吧。不过呢,我很少去电影院啦……不太喜欢主流商业片。说起来,最近有在崩子家看过《故事中的故事》[1]的DVD。"

"哼!少装模作样了!"

"……"

性情大变啊!

难道这才是本来面目吗?

"蠢死了!师父这种人,就该去看《风之谷》剧情高潮时,王虫狂奔的场面好好感动一下!"

"师父已经听不懂你在说什么了。"

我一头扎进被窝。真是的……为什么会这样啊?由于这样那样的原因,我现在必须跟小姬进行这种仿佛会出现在毕业旅行夜晚的对话啊。我看着天花板,试图用一句"话说……"把话题拉回

---

[1] 《故事中的故事》,俄罗斯导演尤里·诺尔斯金的动画作品。其超现实主义的手法,展现了其对战争与理想的哲学思辨。虽然有人认为本作是20世纪最伟大的动画,但依然是冷门作品。——译者注

正轨。

"好像……事情变得有点奇怪了啊。"

为什么要这么说呢？因为事情确实变得有点奇怪了。虽然有时候就算事态并不奇怪，我也会说"事情变得好奇怪啊"这样的话，但是在现在的情景下，这既不是感慨也不是比喻，只是一种客观的叙述。事情变得有点奇怪了。

"请不要转移话题！萩原学姐也说过，对艺术文化活动没有兴趣的人从某种意义上来说就是没有价值的人——"

"不，现在可不是该强行继续寒暄闲聊的时候啊。"给我注意一下场合……场合啊，"小姬，好好想想，你明天不是还要去补习吗？现在等着别人来修轮胎也来不及了啊。"

"哎呀……"小姬"啪"的一声双手合十说道，"我早就把这件事抛到九霄云外去了！"

"你这家伙……"

这个时候就变机灵了吗？

"算了算了。师父，明日事明日毕嘛。"

"难得你语法没有出错，但是不好意思我还是要纠正一下，是今日事今日毕。"

八月十五号，晚上九点刚过。

我和小姬在二楼——诊疗所时代大概是作为病房使用的房间。小姬睡在床上，我在旁边打了地铺。旁边的另一间病房里，应该是理澄妹妹。木贺峰副教授和朽叶妹妹，她们都在一楼有自己的房间。

房间分配大概就是这样，我们住下来啦。

"……"

用这种可爱的说法也无济于事啊。

要是用不可爱的说法就是暴风雪山庄。

"要怎么跟美衣子小姐解释啊……"

当然，汽车爆胎不像自行车爆胎一样容易修好。就算要修——这间研究室的位置也太过偏僻。加油站肯定早就关门了，连修理厂都开始休暑假了。就算想自己动手也不行，因为就连备用轮胎都被破坏了，想得十分周到。再说，即使没被人为破坏，备用轮胎也不够十个。

木贺峰副教授认为，这可能是附近（说是附近，但徒步起码要走三十分钟）那所中学的学生搞的恶作剧。我的意见是根本不可能，要是有恶作剧能做到这个地步的初中生存在那还得了。另外三票（理澄妹妹、小姬、朽叶妹妹）是没有意见。

不过，不管做不做这种没有意义的多数表决，我们都没有其他选择了。

从这里打车回去的话，车费可能会让我倾家荡产。电车和公交也都没有。自行车倒是有一辆，但是那种东西怎么可能骑上山路。走路还要靠谱一些，但是现在出发的话要走夜路。我们并没有春日井小姐那样的毅力。

木贺峰副教授要为下周做准备，好像本来就打算从今天开始住在这里，朽叶妹妹本来就住在这里。但是，我和小姬，还有理澄妹妹，可都没有这样的立场。

于是我们就顺势接受了木贺峰副教授的好意。

以这样的方式，留下来过夜了。

吃过朽叶妹妹做的味道还不错的晚饭后，我们轮流去淋浴。这里好像没有可以泡澡的地方。顺序是小姬、理澄妹妹、朽叶妹妹、木贺峰副教授、我。

小姬已经冲完澡，换上了从朽叶妹妹那儿借来的长长的T恤。那么现在使用浴室的……按时间来算是朽叶妹妹吧。

嗯。

这就是现在的状况。

事情变得……很奇怪。

怎么说呢？人家确实是好心收留了我们。

这点说的没错。

但是，这个状况，究竟是怎么回事。

感觉有些……"奇妙"。

奇妙。

"你觉得是怎么回事啊，小姬？"

"啊？"

"总觉得……这个事情，有人在背后操纵呢。你不觉得吗？现在这样，简直就像有人不希望我们从这里离开一样。"

"是这样吗？但是，搞不好真相就是木贺峰副教授说的那样。

你可不知道，现在的初中生会干出什么事情。想当年小姬我初中的时候——"

"很抱歉，但是你的初中经历完全不能拿来当参考。"

"好过分！"

"哪儿过分了！"

我毫不留情地吐槽回去。

真是的，恶人先告状说的就是你。两个月前，就因为遇到你、你学校的那些人、哀川小姐，还有我，不知道有多惨，那时候的遭遇我可是一辈子都不会忘记的。

"再说了，师父和小姬回不了家，有人会得到好处吗？"

"对方的目标不一定是我们。我们可能只是单纯地、自然而然地，就像平时一样，被卷进来了而已。"

"那目标会是谁？"

"木贺峰副教授，或者朽叶妹妹……"或者是"汉尼拔"和"饕餮者"，"又或者是幸村同学呢。况且……从理论上来说，内部作案的可能性也是有的吧。"

"有可能呢。"

"嗯。"

至少，每个人都有作案的机会。

因为大家并没有互相监视。

而且也没有哪几个人是固定待在一起的。就算是参加测试的小姬和理澄妹妹，或是监考的木贺峰副教授，看起来都没有机会作案，但实际上独自去厕所的时间肯定有吧。况且，理澄妹妹还提前完成了试卷，变成出梦，去了建筑物外边。一直很闲的朽叶妹妹和我自己更不用说了。没错，出梦和我，以及朽叶妹妹——远比理澄妹妹和小姬，以及木贺峰副教授那三个人，有更多的时间作案。

"可是，目的是什么呢？"

"唔。要说动机的话……"

我、紫木一姬、木贺峰约、圆朽叶、匂宫理澄或者匂宫出梦。

在这六个人中……不管是谁做的，都有各自的目的。理澄妹妹的"目的"实际上就是为了实现出梦的"目的"，而且从根本上来说那两个人其实是同一个人，是画等号的关系，所以这点可以暂且不论。

但是……可是，不管怎么思考，营造出眼下的状况——简直没有任何意义。

对谁的目的都没有帮助。

因果关系，完全不成立。

"总觉得啊……不知道是我想偏了，还是忘记了什么重要的事。这种违和感，该怎么办呢？"

"师父还真是喜欢自找烦恼啊。感觉烦恼上瘾了。这不是常有的事吗？师父被卷进莫名其妙的麻烦事什么的，完全就是标准剧情嘛。你为这种理所当然的事情烦恼，也没有用啊。"

"用'反正想了也没有用'把所有事情都糊弄过去的话，不就没法打破局面了吗？我可没那么乐观。"

"猜忌心好重——听好了，师父，人们常说，所谓'信'就是要相信别人的言语。"

"那是用来记汉字写法的口诀。"

"哎呀！"我一边叹气一边舒展了一下身体。

"啊——啊……对了。要联系一下春日井小姐……话说，那个人有手机之类的吗？"

就算有，我也不知道号码。那就先联络美衣子小姐吧……那个人也没有手机，但是这个时间应该在家里。

好……就这么办。

差不多该有所觉悟了。

事情已经变成这样，也没有其他办法了。

与职业杀手同处一个屋檐下，多多少少增加了一点紧张感。但是，出梦暂时不会"出来"了。记得在最开始见面的时候，他就说过自己出现会消耗相当巨大的能量之类的话。虽然不知道是真是假，但是可以想象，为了保证平日里精神方面的平衡，肉体的负担势必会增加。理澄妹妹的"昏迷癖"，以及出梦的"每日一小时限制"都是因为这个原因吧。

所谓有得必有失，或者说有长必有短吧。

不过，现在的问题还不只是出梦与理澄妹妹。朽叶妹妹与木贺峰副教授那边，一定也还隐藏着什么我无法形容的问题。

"那个……小姬啊。"

"在。"

"想借助一下'百科全书子荻妹妹'的知识。"我从地上坐起来，用认真的口吻询问小姬，"请问大师，人究竟有没有可能，制造出拥有不死之身的人类？"

"嗯……善哉。其实，就算是那个萩原学姐，也很少会认真地跟我讲关于不老不死的话题……她只说过那是永远无法实现的浪漫主义，或者是一种逃避现实的墙头草主义这类的话。"

"哦……"

不是很懂。

子荻妹妹是诗人吗？

"不过，在那之后萩原学姐又接着说了，'如果单从理论上来讲的话，倒也不是完全没有可能'。所以，这并不是什么认真的谈话，真的只是毕业旅行的时候，晚上熄灯钻进被窝之后的闲聊内容。"

"毕业旅行，还真有啊。你们明明不在一个年级……"

"准确地说是参加强化训练营的时候啦。呃……总之，物理意义上的不老不死，说极端一点就是指新陈代谢的能力。以及相应的器官再生能力。再加上随时随地都能通过变化来适应周围环境的免疫系统。只要具备了这些，人就基本上不会衰老。或者说，就可以一直维持健康状态。不会衰老的话，自然就不会死亡。也就是所谓的不老不死。"

"原来如此。"

真像推理科幻小说里会有的设定啊。

细胞复制的完整性……完美的基因。

要说是不死之身的话，确实算是不死之身。

"但是，这样的话，脑细胞又如何呢？脑细胞增长到一定数量后，就不会再增加了。而且脑细胞也不具备再生能力……我是这么听说的。"

"这么认真地质疑我们随便说说的话，真是让人伤脑筋啊……不过，人的大脑就跟电脑磁盘差不多，把除了重要情报之外的事情全部忘掉。或者说，只记住重要的事，正常生活应该不成问题吧？"

"不记录……不，可以说是采用不记忆的办法吗？可是……那样的话，好像就没有不老不死的意义了啊。"

"也有相反的方法论。把即将死亡的人的人格部分记录在某种有机存储器上，然后移植到另一具新的、健康的肉体里之类的。简单来说就是人脑移植手术。"

"那种手术，除了怪医黑杰克[1]以外没人能做到吧……原来如此，通过半电子化的方式，也有可能实现不死之身呢。把人格程序化，刻录在类似于DVD一样的媒介上，然后再移植到机械的身体里……"

越说越离谱了。

---

[1] 怪医黑杰克，日本漫画家手冢治虫于1973年创作的医疗题材作品，全242话，简称《B·J》。主角"黑杰克"是一名没有行医执照的天才外科医生，他的医术高超无人能及，却总是向患者索取巨额手术费。——译者注

我们在聊些什么啊。

这种事情要是真能实现，谁都不用努力了。

伪科学也要有个限度。

这种事情根本就违背了现实。

不合乎理论。

简直就像超能力。

简直就像命运论。

简直就像魔法一样啊。

"也就是说，能在最大限度上接近不老不死的方法，就是获得活跃的新陈代谢能力，以及与生俱来的，远比普通人优秀的细胞再生能力——我们刚才说的，把不需要的部分全部替换掉的方法，其实根本上就是这种方法的一种假设，不过要实现这种事情，所需要的金钱肯定是天文数字吧。"我喘了口气接着说道，"所以像吸血鬼那种形式的不老不死终究是天方夜谭吗？现实意义上的不死之身，是不可能在脑袋被子弹击穿之后还存活下来的吧。"

"其实，小姬对这些没什么兴趣啦。"小姬先表明了自己的态度，然后接着说，"木贺峰副教授她，怎么研究这个问题的啊？"

"只听她目前为止的说明……我也如陷入了云里雾里。况且，她好像原本也没有打算告诉我们详情。"

"咦？"

"我的判断大概是没错的……嗯，还有件事也告诉小姬好了。关于朽叶妹妹。她啊，据说是不死之身。"

"啥？"小姬的反应很普通，就像我当初听到时的反应一样，"这是什么比喻吗？"

"不清楚——反正她本人是这么说的。"

"本人？听起来像骗人的啊。"

"嗯……不管是骗人的还是真的，听起来都像骗人的吧。凡是自称是什么通常都不能相信，这可是基本中的基本原则，不管对什么事情什么人都是适用的。荒诞无稽……啧。现在我才认识到，一开始就干脆走人的春日井小姐的判断，才是最明智的。"

"是吗？但是，小姬觉得很开心啊！"小姬傻乎乎地笑了，"跟师父一起出门，还在外面过夜，感觉……心里扑通扑通的呢！"

"啊……说起来，之前还没有跟小姬两个人单独出去旅行过呢。"

"是的！"

"这样啊。"

现在有这么悠闲吗？

这丫头，脸上看不见一丝忧虑的样子。

"那……下次我们去哪里玩一下吧。不是这种奇怪的地方，而是找家旅馆住下还能泡泡温泉什么的。"

我决定把朽叶妹妹的事情先放在一边，顺着小姬的话题说下去。只是为了减轻自己心里的不安，将这种想了也没用的事情强行推给别人，不过是建立在共同幻想基础上的自我主义。出梦好像也对朽叶妹妹的事情完全不在意。

"小姬,旅行的话你想去哪里?"

"欸……这怎么行?师父,你有女朋友的吧。既然这样,就算跟小姬出去,也不可以两个人单独去旅行。按常理来说,像现在这样睡在一个房间里,都是不可以的。"

"啊?我没有什么女朋友啊……你不会是在说春日井小姐吧?如果是的话,我可是会抱着孤注一掷的决心反驳你的,我会摧毁你的精神。"

"不是啦。真是的,隐瞒也没有用。小姬已经从美衣子姐姐那儿听说了,师父有一个蓝头发的叫呜咿的女朋友。"

"……"

咦……骗人的吧。

美衣子小姐,一直是这样看待我的吗?

"等……那是误会啊。"我条件反射似的凑到小姬面前说,"什么……你说什么?美衣子小姐是这样告诉你的吗?"

"是啊……怎么了?以前从没见过师父这么严肃的表情。就像老鼠吃了耗子屎一样的表情。"

"从某种层面上来说你这句话的攻击性也太强了。"

已经没有力气吐槽了。

"怎么会这样……"

怎么会这样啊。

被这样看待的话,不就一点希望都没有了吗?

说起来春日井小姐也说过我希望渺茫什么的……难道那个冷血动物早就知道了吗？知道了才会那样嘲笑我的吗？

"是误会吗？"

"是的啊……那个家伙只是单纯的朋友。好像之前跟你提过？她是一个跟小姬有点像的女孩子……啊……呜哇！"

天旋地转。

仿佛全身的血液都涌向了心脏。

脑浆变成了炒鸡蛋。

要问我为何如此震惊，其实除了这件事本身以外，我没想到自己会这么低落。因为我已经很久没有因被人误解而受打击了。呜哇……什么"不死之身"，什么双重人格的"饕餮者"，什么汽车爆胎，目前盘踞在我大脑的各种事情，全部都以惊人的速度退场让位了。

"师父以马赫速度低沉下去了欤……"见我这副样子，小姬也倍感惊讶，"……被美衣子姐姐误会，就这么糟糕吗？"

"嗯。"

"师父，你喜欢美衣子姐姐吗？"

"唔……"

问得这么直接，我也很为难啊。

不过，肯定不讨厌啦。现在的我，能在日本还算像样地生活下去，可以说都是托那个人的福。半强迫地退出了ER3系统之后，回到这个国家，如果没有在京都遇见美衣子小姐和铃无小姐的话——

那我除了去麻烦玖渚机关以外，找不到其他苟延残喘的途径了。

可是，这样的我，能够去喜欢别人或是讨厌别人吗？

真是让人笑不出来的笑话啊。

简直是戏言。

"美衣子小姐……美衣子小姐，对我有恩。她真的是个好人。而且是我认识的为数不多的正常人。"

"可是美衣子姐姐，有时会带着刀出门欸。不是模型刀而是真的日本刀。这不能算是正常人吧。"

"呃……你说的也没错。虽然是这样没错啦……"

"还真是不果断呢。"见我这样含糊不清的态度，小姬赌气似的说，"优柔寡断。喜欢就说喜欢不行吗？"

"唔……"

真是青春啊。

虽然我倒也不觉得羡慕。

只是觉得她还太年轻了。

"人的感情，不是那么简单的啊……喜欢或者讨厌，最喜欢或者最讨厌，爱或者恨，没有感觉或者哪种都不是，这些都不是重点。这些都不是需要考虑的事情。人的感情，本来就是由各种错过和误解交织而成的东西吧？"

"师父，你就一直这样当个只会冷嘲热讽的虚无主义者好了。"仿佛对我彻底失望一般，小姬露出了一副看破红尘的表情，叹了口气说，"师父，你绝对是喜欢美衣子姐姐的。"

"唔……"

这次不是疑问句。

那个瞬间，我说不出话来了。

瞬间之后，也说不出话来了。

是因为太过唐突……不，不是的。

但是，也不是因为被说中了。

既然这样，又是为什么？

为什么？我回答不上来。

像她说的那样，但又不是那样。

哪样都无所谓，只要能做出回应，哪样都无所谓了。

"你在……说什么呢？"我终于发出声音回应小姬了，应该……听不出我在动摇吧，"从刚才起，就一直说些莫名其妙的话。你冷静一下想想，就知道不可能吧。你以为我是谁啊。"

"这种事情，当事人自己意外地察觉不到呢。"

与我相反，小姬仍然是看透一切的样子。除了看破红尘的感觉之外，好像还有点冷淡。

"这种事情不经别人点拨是不会发现的。自己喜欢谁，自己是不会知道的。小姬我也是啊，奈波姐姐告诉我之前，我都完全没有察觉到——原来自己还抱有那种感情。"

"那种……感情？"

"喜欢某人的感情呀。"小姬笑了，毫不犹豫又十分平静地回答了我，"虽然奈波姐姐也告诫过我这份喜欢可能很快就会转变成厌烦。但是，这种事情也不是可以用道理解释通的吧。喜欢一个人本来就是不讲道理的，既然喜欢上了，也不可能轻易地就讨厌对方。这一点就像师父说的那样……人的感情很不简单——谁都不知道会变成什么样。"

"嗯……欸，那小姬是有喜欢的人了？"

我有点惊讶。虽然并没有什么依据，但我总是以为，小姬跟这种事情没什么缘分。倒不是与她过去的经历有关，只是觉得小姬似乎不是这样的性格。

"是啊，有的。"

小姬充满自信地点点头，似乎还有几分开心。听到这样的回答，我不禁感到欣慰。虽然看上去有点奇怪，但小姬也有可爱的地方啊。

我想，这个女孩……

还没有变成不可挽回的样子。

"这样啊，那个家伙还真是赚大了。"我故意逗小姬说，"能被小姬喜欢上，肯定是个一表人才、聪明能干、温柔善良、无可挑剔的男人吧。"

"不。"小姬轻轻地摇了摇头，"他长得不帅，脑子也不好使，完全没有男子气概，一点也不温柔，不会替别人着想，是个毫无可取之处的人。"

"那他一定很重视小姬吧。"

"对那个人来说，小姬大概跟路边的小石子没什么区别吧。"

"那种人哪里好了？"

要让作为同性的我直言不讳地评价的话，那个人听起来基本上就是最差劲的人渣啊。我也算见识过不少性格恶劣的人了，但这样的人还是头一回听说。虽然不愿意和七七见那家伙意见一致，但我多少能理解她的言下之意了。

人心很难懂，女人心更难懂，少女的心思就更加复杂了。

如果再碰上个美少女，那直接就是不可理喻的境界了。

"那个人还很迟钝，所以大概一辈子都不会察觉到，小姬喜欢他这件事吧。"

"不准备表白吗？"

"我都能猜到结局了。小姬我也打算，一辈子都不把这份心意说出口。"

"一辈子吗？"

"一辈子，绝对。不管发生什么，我的决心都不会动摇。因为，我不想破坏……现在我和那个人之间的那种来之不易的关系。"

"唔……听起来有点悲伤啊。"

"是啊，很悲伤的。"小姬点头说，"但是，不可思议的是，这种悲伤让我很安心，并不是那种不好的悲伤。以前的我，从来没想过自己会有这种心情……"

以前……现在。

过去与现在——差异。

小姬，正在一点点地……改变吧。

和我不一样，她有在一步一步慢慢地改变着。

"……"

嫉妒是不可能的，我只有仰视的份。

甚至可以说，我内心希望小姬去实现成长。

去完成我没能完成的事情。

去完成我仍做不到的事情。

"嗯——"小姬突然歪了歪脖子说，"我……好像说得有点太多了。"

"是吗？"

"毕竟，师父对这类事情很敏感嘛。感觉不喜欢去干涉别人或是被人干涉。所以，才会被善于把握距离感的美衣子姐姐吸引，不是吗？"

"嗯……你这么一说，好像确实是这样。"虽然是题外话，不过跟智惠交谈的时候，也有这种感觉，"美衣子小姐，很擅长把握与人相处的距离感。可能因为她是练剑道的吧。"

"我觉得这两者没什么关系。"小姬笑了，"九州挺好的。"

"嗯？"

"去九州吧，一起去旅行的话。嗯嗯……师父既然没有女朋友的话，伦理上就没有问题。"

"啊……好啊。"

话题怎么突然回到那里了。

因为太过突然,所以我还有点没反应过来。

"但是,九州很大的。你想去哪里?"

"博多。嗯……那里是游马前辈的出生地。"

"……"

病蜘蛛——市井游马。

我有一瞬间语塞了,不过很快就回答说:"好的。等打工的钱拿到了,我们就去吧。"

然后,普通地……非常普通地点了一下头。

应该没有表现出不自然的地方。

"谢谢师父。"小姬说。

她笑着,至少在我面前展现的是笑容。

然而看到这样笑容的我,却没有笑。

根本不知道该怎么笑,已经,不记得这种东西。

不知怎么,变成了两人互相凝视的场景。

有点尴尬。

真奇怪啊。面对小姬应该不可能会尴尬的啊!

迄今为止,都没有过这种感觉——

这时。

"——伊小弟。"

房间外传来了敲门的声音。几秒钟后房门就被打开,门口站着的是朽叶妹妹。穿着奇特的猫耳睡衣(这里禁止吐槽吗?)。头发微微湿润,怎么看都是刚洗完澡的样子。

朽叶妹妹跨进门内说："浴室，现在空着呢。"

"欸……木贺峰副教授呢？"

"早就洗完了。那个人是夜猫子……所以现在可能已经去工作了吧。话说那个人真是的，把我当成跑腿的吗……浴室可以用了这种事情就不能自己来通知吗？总之，浴室，你可以去了。还是说，男生的话，一天不洗也无所谓？"

"啊……不……没有的事。"

很难交流。

虽然晚饭的时候姑且打了照面，但自从在中庭交谈完之后，这还是第一次正式对话。虽然很感谢她及时出现打破了我和小姬之间尴尬的气氛，但是，朽叶妹妹，也不是一个能轻松应对的对象啊。

"……"朽叶妹妹虽然不清楚具体情况，但还是露出了有点疑惑的表情，"那好吧……反正你是最后一个，什么时候去都行。浴室在一楼……你知道地方吧？"

"啊……嗯。"

"不好意思啊，没有男生可以穿的换洗衣物……虽然你的体型也不是不能穿，但是要把自己的衣服借给你，我还是有点抗拒。不过，你看起来也粗枝大叶的，就这么穿着衣服睡应该也没事吧。"

"嗯，没关系。"

但是希望你不要说我看起来粗枝大叶的啊。

"朽叶妹妹，谢谢你专程过来告诉我。"

"没事没事，拜拜。"

307

朽叶妹妹轻轻地挥了挥手，将房门关上就走了。

那个态度就好像……

中庭里的事情，从来没有发生过一样。

不知该说她是想得开，还是大大咧咧……总之，是个难以捉摸的女孩。

我回头看向小姬。

小姬也在看着我。

尴尬的气氛，好像又回来了。

"那……我……去冲个澡哦。"

"好。小姬可以先睡了吗？"

"嗯。快睡吧，不用管我。"

小姬的声音有点生硬。

虽然看起来和平时没什么区别，平时的笑容也还在。但就是很生硬，感觉神情恍惚。

"啊。"

突然，我发现了。

她的眼神，看起来十分……十分的寂寞。

不要再露出那样的表情了。

你和我不一样啊。

你还有救，还可以努力啊！

之前的你，是因为周围环境的缘故……跟我这种，被自身原因所折磨着的人，完全不一样啊。

所以，想对她说点什么。

真的……真的，只有这个女孩，我想为她做点什么。

"喂，小姬。"

"嗯？"

"我真的……很喜欢小姬哦。"

"嗯……"

"那个，虽然平时一直在欺负你的人这么说可能没有什么说服力吧，但这是我的真心话。说实话，有时候我不太擅长应付你。但即使撇开哀川小姐的关系不讲，我也觉得小姬有很多很多优点。之前帮了我好多忙，这次的事情也是，还陪我来了这里。像我这样的缺陷品都这么说了，所以，小姬喜欢的那个家伙，总有一天也一定会明白小姬的心意的。所以，不要说那种还没开始就想放弃的丧气话了。"

"说得也是。"

小姬低下头，那双眼睛里，已经看不到寂寞了。

可是，取而代之的是浅浅的悲伤。

"小姬也……我也喜欢师父。真的……真的……真的很喜欢师父。"

"嗯。谢谢啦。"

"那我睡了，师父晚安。"

小姬钻进被窝。

我走出了房间。

2

　　晚饭之后，为了熟悉下周的工作环境，木贺峰副教授带着我们简单参观了一下研究室内部。不过，由于原本是诊疗所改建而成，所以在专业研究设备上，跟上个月去过的斜道卿研究机构相差甚远，器材和药品都只有最基本的，硬要说的话更像是一个资料库。

　　会议室，或者叫商谈室。图书室、和室、测量器材室、实验室、实验准备室、会客室（我们最开始去的房间）、教授办公室、副教授办公室、助手室、研讨会室（名字是叫这个，基本就是个储物间）、简易厨房、卫生间。旁边是更衣室，再往里走是浴室。然后一楼的最里面，好像是朽叶妹妹的房间（当然，这里并没有带我们去参观）。二楼是提供给我们这样的访客的休息室（曾经是病房，有两间）。目前还没有去所有房间内参观，所以也不敢断言，但是——这个研究室实在有些简单，简单到让人觉得没有必要设置在离大学这么远的地方。感觉上更像是木贺峰副教授的私人别墅（顺便一提，她的公寓好像在四条乌丸那边），或者该说是朽叶妹妹的隐居之地。

　　不过……曾经是诊疗所吗？

　　搞不好这才是重点。既然有朽叶妹妹这个"实验体"，那么比起生物研究，可能更接近人体医学的领域……哎呀，要是被某些变态杀人狂听见了，可能会喜极而泣吧。

"说到这个，心视老师现在不知道在干什么呢。"等下次有机会了，让玫渚帮我查查看吧，"好了。"

冲完澡，用毛巾擦干身体。然后穿上了刚才脱在更衣室的衣服。头发才让小姬帮我剪过，不用吹风机应该也会干得很快。

小姬啊，为什么会跟我说那些话呢？为什么会问我那些事情呢？

她这么一问，我不就必须去思考了吗？

一旦开始思考，如果得出了结论，又该怎么办呢？

"不过是戏言罢了。"

没错，戏言。

喜欢上某人，这种事情也太蠢了。

原本就是一件很愚蠢的事情。

迄今为止，我从来没有喜欢过谁或者讨厌过谁，没有爱过谁也没有恨过谁。我对任何人都没有感情，我跟任何人都没有关系。

我是这么认为的。

我是这么相信的。

就算是错觉也无所谓，我有这样的觉悟。

"回去睡吧。"

我将擦过头发的毛巾放进筐里，伸个懒腰。

刚走出更衣室，就碰到——

"啊——"

"哦。"

木贺峰副教授出现在走廊上。

整齐的服装，没有穿睡衣，让人一看便知她接下来要投入工作了。不过也是，她穿着睡衣的样子，我完全想象不出来。甚至连她睡觉的样子，都超出了我能想象的范围。

"……你好。"

"嗯。在这个地点遇见你，这件事我早已预料到了。"木贺峰副教授说。

少来了，刚才明明一脸惊讶。

"哦？你剪头发了吗？"

"欸？"

现在才发现吗？

"还有你脸上的伤是怎么了？"

"不……没什么。"

这个人，完全对其他人没有兴趣啊。

"话说回来，轮胎的事情，还真是灾难啊。"

"呃，彼此彼此吧。"

"明天的第一件事，就是找到备用轮胎把车修好。还要麻烦你帮忙了。"

"嗯，毕竟也是我自己的事。这方面我也有经验，就交给我吧。这个也算在打工的薪水里哦。"

"你接下来是准备去睡了吗？"

"嗯……虽然也不是非睡不可，但是我的同伴因为消耗过大已经进入疲惫模式。只有我自己醒着,也没什么意思。"

"这样啊……同伴是指紫木同学吗?"

"是的。"

"那个女孩,真的是笨蛋啊。"

一针见血。

仿佛高手过招时使出的一击必杀。

大概,之前,一直想说这句话又不能跟别人说,就强忍着发泄的冲动,憋到现在才终于一吐为快吧。

"不过也是,世界上也是存在那种人的,是我自己的认识不足。"

"呃……"

不过,木贺峰副教授毕竟是大学教师,又是做研究的,此前的人生中,肯定很少有机会跟那种学习成绩糟糕的笨孩子打交道吧。搞不好,小姬是第一个。这就是代沟吧。

"但是,小姬是个好孩子。"

"我承认她心地善良……可是善良又有什么意义呢?话说回来。"木贺峰副教授说,"我能稍微跟你聊几句吗?"

"啊……可以是可以,有什么事吗?"

"你从朽叶那儿,听说什么了吗?"

哦哟。

突然问了个相当深刻的问题啊。那么,该怎么回答呢……这个情境下,应该是在认真询问我,所以故意说些混淆视听的谎话好像也不太合适。经过一秒钟的揣摩之后,我选择了实话实说。

"她跟我说了自己是不死之身,还有我和你们两人的恩师很相似——大概就是这样。"

"这样吗?那就好说了。"木贺峰副教授压低声音说道,"那么,以后也麻烦你继续待在她身边,观察她的行动。明白了吗?"

"可是,朽叶妹妹都已经知道了啊。"

"本来也没打算藏着掖着。反正,她只要跟你聊几句,就能察觉到的吧……毕竟,我的企图,从来瞒不过朽叶。"

"是吗?"

"嗯。她总能看破,事先就预料到一切。"木贺峰副教授用冰冷、毫无起伏的口吻——至少就我能观察到的范围来说是这样的。接着又说,"可是没办法……老实说,我现在遇到了瓶颈。前方可以说是一片黑暗。所以,你这个人,对我、对我们来说,都是一个重要的突破口。"

"那个不死之身……"总觉得并不是应该发生在走廊上的对话,但我仍然接着问下去,"具体来说是什么意思呢?"

"她本人的解释,我大致可以想象……要我来说的话,其实就是那个意思,与字面上的意思一模一样。不会死。不会死,就是不……会……死。肉体能永远保持在最健康的状态。再说直白一点,某种意义上就是永远不会衰老。"

"不会衰老……"

"外表看起来大约十八岁吧……但是,她的实际年龄,至少是这个数字的三倍。"

"三倍？"十八乘以三等于……"五十四岁吗？这怎么可能……五十四？"

"这只是保守估计。从计算公式上来看，她活着的时间可能是这个数字再乘以三。"

还要再三倍……一百……六十二岁。

这算什么啊。

认真地去反驳，或是否定，都显得很愚蠢。

"三倍——三倍的数据是怎么得出的？所谓'保守估计'的标准在哪里，理论依据又是什么？"

"因为她的记忆最远只能追溯到那段时间……按照脑细胞类似于ROM[1]而不是RAM[2]这一理论，人类是不会浪费脑细胞去记忆不必要的事情……这也许就是她那种懒散性格的根源吧。呵呵，当然这部分只是没有根据的假设。顺便告诉你——在我之前负责她的人就是我的恩师，据他推测朽叶起码已经八百岁了。"

"八百……那不是八百比丘尼[3]吗。"

"你觉得这可能吗？"

1　ROM的完整形式代表"只读存储器"。这是永久存储器，信息输入一次并永久存储。——译者注

2　RAM的完整形式是"随机存取存储器"。——译者注

3　八百比丘尼，日本民间传说中的人物。传说若狭国的渔家少女，在偶然吃下人鱼肉后获得了不老不死的能力。随着时光流逝，亲人朋友相继离世，背负着看不见尽头的永生枷锁的少女最终选择出家为尼，云游四海，在日本各地留下了传说。——译者注

"什么？"

"你相信吗？活了将近十个世纪的人——你觉得有可能吗？"

"唔。我虽然觉得不太可能——"

尽管我觉得这种事情是绝对不可能的，但还是把刚才跟小姬聊天的内容，又跟木贺峰副教授讲了一遍。拥有完美的再生能力和复制能力的细胞。永不中断的新陈代谢。当然，我没有忘记事先提示一下这只是"外行人的见解"。木贺峰副教授听完后，只是耸了耸肩表示"你的想法很有意思"。

然后她接着说："但是，你说的那种'拥有完美的再生能力和复制能力的细胞'这个前提本身就是矛盾的。因为，人类的细胞和基因，从一开始就设定好了'死亡'程序。"

"……"

"Apoptosis（细胞凋亡）加上细胞分裂……不管用什么方式保持健康，以及延长寿命，到头来都不过是在增加遗传因子中自带的癌症基因的活性化概率罢了。细胞凋亡并不是单纯的复制失败，而是每一个细胞在完成自己的任务之后，自然走向死亡的过程。只要活着就会死亡说的就是这个意思。生命得以存在的必要条件里，原本就包含了死亡。"

"……"

永远无法实现的浪漫主义，或者是一种逃避现实的墙头草主义。子荻妹妹在"被窝闲聊"说的这两句话，原来是这个意思啊。所谓永生，是盲目无视了常理的绝对矛盾产物。

"说白了，就是成长和进化到底哪一个在前的矛盾吗？矛盾啊……呵呵。"说到"矛盾"这个词，木贺峰副教授轻轻笑了，"不过，最尖锐的矛和最坚硬的盾嘛，想都不用想只能是矛胜利。"

"为什么呢？"

"盾是用来防御矛的道具，但矛是用来刺穿敌人的道具。矛原本就不是为了刺穿盾才被制造出来的……虽然人们经常会说'以子之矛攻子之盾'。话又说回来了，虽然每个细胞都带有事先设置好的凋亡程序，但那种死亡的实质其实是通往生的必经之路，只是必经之路而已……那么所谓的不死之身，不就等同于没有活着吗？"

"……"

"反过来说，如果存在那种神话故事中的真正意义上的不老不死，也很糟糕。因为如果细胞一直维持着不会衰老的状态，那么人类不就会一直成长下去吗？细胞不停地运转，然后无限地永远地增殖——那不就变成癌细胞了吗？人的身体也会永无止境地巨大化……最终变成像黑洞那么大的巨人——不，不会有最终，永远持续成长的巨人，将会诞生。因为，细胞无法主动或是被动地灭亡。如果诞生了能够自由调节细胞的生死的能力，则另当别论了。但，那已经是上帝才能做到的事情了。"

"嗯，的确如此。"

成长和进化是矛盾的。

"还有，从哪里摄取能够维持这种永无止境的成长的能量呢，这也是个问题——能量，从广泛的意义上来看，能量基本上跟生命是一个意思。"

"是……是呢。"

不知道该说什么，我根本发不出声音。

就连正在研究不死之身，将朽叶妹妹作为实验对象的木贺峰副教授本人都对自己研究的课题，提出了如此致命的否定观点，我已经不知道自己该站在什么立场才好了。本来，现在的我，立场就相当不坚定了。

仿佛完全没有发现我已经陷入混乱，仿佛完全没有注意到我的反应，木贺峰副教授一如既往地，用自言自语的口气继续说道："不过……呵呵，不过啊——你可能会觉得我一介生物学者问出这样的话有些幼稚可笑，但我觉得这是非常基础的观点。嗯，是最基础的，就像二进制一样——你觉得死亡究竟是什么呢？"

"死亡就是……"

没有生命。

无法跟任何人相遇，无法跟任何人交流，无法感知任何东西，无法思考任何事物。

用一句话来说。

"就是一无所有吧。"

"唔……"

我回想起了朽叶妹妹之前问我的问题。

你觉得"不死之身"究竟是什么？

朽叶妹妹对我暧昧的回答很不满，便自己回答道——所谓"不死之身"，就是永远无法改变。

那么，"死亡"又是什么？

"死亡是永远……永远永远都一无所有。硬要说的话就是一片黑暗吧。在看不见一丝光亮的黑暗中，找不到任何支撑和依赖，只是孤独地存在着。"

"真像诗人啊。"

"是戏言玩家啦。"

"你那种诗一样的想法固然很好，但是……我的想法就没什么情趣了……是呢，比方说，一般人会觉得，心脏停止跳动就等于死。但其实，心脏是不随意肌，跟人类的意识没有一点儿关系。"

"是小酒井不木[1]的作品吧。"

"什么？"木贺峰副教授反问道。

看来她并不知道这个。

"有这种题材的小说来着。是推理类的。"

"你看书的口味还真奇特。"

木贺峰副教授看我的眼神有点微妙。

这也难怪。

"毕竟从前的人们一直认为，意识存在于心脏里。你知道吗？古代的人，还以为人类是用心脏思考的呢。当然这是大脑被发现之前的事情了。"

---

[1] 小酒井不木（1890—1929），本名小酒井光次，日本医学家、推理小说作家、犯罪研究家，作品有《人工心脏》《恋爱曲线》《死亡接吻》等。——译者注

"会误会也是可以理解的。向大脑输送血液的也是心脏,而且,心脏还不受大脑控制。"

会怦怦直跳的,是心脏。

会感到寒冷的,也是心脏。

会接受考验的,还是心脏。

"没错,然而心脏的跳动,和死亡一点关系都没有。'死亡'这个名词并不是用来表示大脑或五脏六腑的异常状态——不如说那些异常才是正常。只要正常地活着,就会正常地死亡。因为,如果不死的话,就等于没有活过。既然如此,那么朽叶究竟算什么呢?"

不正常的话——就是异常。

不正确的话——就是异类。

"她自己非常清楚。你是这么认为的吧。"我接着说,"所以才会叫我过来。"

"没错。"

"不过,恕我冒昧地反驳一句,有时候自己反而不了解自己。我觉得朽叶妹妹看起来并不知道,自己的身体究竟是怎么回事。"

"嗯……有道理,可能确实是这样吧。但是……"木贺峰副教授说,"至少西东教授像掌握了朽叶身上的什么。"

"西东。"

那个跟我很像的人——她们两个人的恩师。

不过按她们的话说,是我跟那个人很像吧。

"这是对因果论的反叛,是为推翻对真实存在的命运所发起的革命，是面对定将来临的必然所发表的独立宣言。"木贺峰副教授仿佛朗诵一般，接着说道，"这句话……原本就是，那个人……西东教授说的。那时候，我只是跟着他学习的普通的高中生……对了，差不多就是紫木同学那个年纪吧。"

"哦哦，高中的时候吗？"

"虽然现在我在继续他的研究——在那个人之后，由我继承了一切——但说实话，我觉得自己肩上的担子太过沉重了。朽叶根本不对我敞开心扉——找你这样的人过来跟她交流，实行类似计划，其实也不是第一次了。"

"……"

"但是，每次都以失败告终。"

"人手不足，朽叶妹妹是这么说的。"

"嗯，想必在朽叶看来，我的那些企图，甚至我这个人本身，都很滑稽可笑吧……可是……可是啊……这一次……这一次总会……总会成功的吧。"

"为什么这么肯定呢？"

"因为之前的朽叶，即使发现了我的企图，也不过是采取无视的态度。"木贺峰副教授用有些自嘲的语气说，"这一次，看见了一线希望。"

"只是一线吗？"

"是的……虽然我一直继续着西东教授的研究到现在，但也差不多开始觉得有些力不从心了。明明知道那是我的策略——朽叶明明知道那是陷阱，还主动往里跳了啊——这还是头一回。适应力测试好像也有成效了。不枉我选在这个地点进行测试。"

"……"

是头一回吗？

可是朽叶妹妹自己明明是那样说的。

说她和木贺峰副教授的利害关系是一致的。

但现在看来，至少从木贺峰副教授的角度来看——朽叶妹妹，对研究其实一点也不配合。包括跟我说的那些话，其中又掺杂了多少谎言和算计呢，我根本无从得知真相。但是，即便如此——朽叶妹妹这次的反应，也已经算是相当难得的了。

"我——木贺峰约，将用尽一切手段，追求一切希望……只为了打破命运。只为了——开创命运。"

开创命运，破坏因果。

让故事——崩坏。

"毕竟是工作，我肯定会听从指挥的。"我继续说，"虽然……我其实不太擅长带有目的性地去欺骗别人。"

"没有必要骗人。"

"这样啊。看来我们的谈话也差不多要结束了，我可以回房间了吗？"

"什么？"

"我大概有点懂了，春日井小姐对你出言不逊，并且想要逃离这里的原因。硬要说的话……原因大概在朽叶妹妹身上吧。"

"这又是什么意思?"

"谁知道呢?可能,没有什么特别的含义吧。就算有什么含义,那个含义本身,也不一定是有意义的。如果一定要追究意义中的意义,那就超出人的智力水平的极限了。"

"如果是介意我把朽叶当作实验对象这件事的话,那就是偏见了。"木贺峰副教授平静地说,"她所拥有的不死之身,在社会上可是属于弱势群体。如果被人发现,还不知会遭到怎样的对待呢。必须有人来保护她。"

强即为弱,弱即为强。

"不死之身"。

被人戒备,被视作危险。

甚至可能……会被杀掉。

在各种层面上,都会被抹杀掉。

"她没有能够保护自己人身安全的自卫能力。"

我不会对任何人产生影响。

我需要有人提供住处并照料我的日常起居。

不会死的身体。

死。

"我并不觉得有什么道德问题。况且,回想一下我自己的人生,这种事情根本算不了什么……只是可能——"

"可能什么?"

"没事,是我失言了。"

没错，我才是说得有点多了，我哪有这种资格。

因为——原本就是跟我无关的事情。

"晚安，木贺峰副教授。"

"嗯。晚安，明天见。"

木贺峰副教授没有给我继续说话的机会，也不打算继续跟我说些什么，她径直往走廊深处走去。那个方向。大概是实验室或者图书室吧。看来，她是打算通宵搞研究了。虽然朽叶妹妹说她是夜猫子，但我觉得这个人根本就是一天二十四小时都在工作吧。唉，真是让我这种懒人敬佩的人啊。

令人敬佩。

不过……不过，春日井小姐，大概……绝对不会用这种词来评价木贺峰副教授吧。

上个月，在那个被玖渚友和兔吊木垓辅联手破坏得体无完肤的斜道卿壹郎研究机构里，春日井小姐从事的研究也是非常厉害的，只不过，同时也是不能被宣扬表彰的东西。

但是，如果去问当时的春日井小姐："你为什么要进行这种研究？"她一定会这么回答吧："因为这是我的工作。"

从这层意义上来看——木贺峰副教授并不值得敬佩。

因为那个人并没有把研究当成工作，而是把研究当成了自己的使命。

但要说是因为这点，才让春日井小姐感到不适，也不太可能。无论怎么想，凭春日井小姐的气量，是绝对不会因为这种事情就心怀芥蒂的。那个人——对人根本没有感情，她才更像是那个世界的人，不算活着也没有死去。

只是，从卿壹郎博士那儿离开之后——

现在，没有人对她发号施令了。现在，没有人对她下达命令了。

在这层意义上，现在的春日井小姐是不安定的。谁也无法预测她的下一步行动。她的一切，都变得无法揣测了。

任性，仿佛掷骰子一般难以捉摸的性格。

真的是，好像在说自己一样。

"光小姐，最近不知道过得怎么样呢。"

我将思绪转换到无伤大雅的事情上，准备走回房间。

"对了，打工结束之后，要不要找小友一起，再去一次那个岛呢……虽然之前觉得肯定不会再去第二次了。"

只要那个占卜师不在，一切都好说。

我随手拨弄着刚才在跟木贺峰副教授谈话的过程中已经完全风干的头发，一边散漫地穿过走廊。正当我准备上楼梯的时候，理澄妹妹忽然从上面下来。这里的楼梯很窄，只能容得下一个人通行。于是我停住脚步，准备让理澄妹妹先下来。

"嗨，理……"

"……"

"理……理澄妹妹？"

不对。

她现在和小姬一样，穿着从朽叶妹妹那儿借来的长T恤……两臂，是露在外面的。袖口里伸出的是——两条细长的手臂。T恤的下摆露出了双腿。

没有穿斗篷，也没有穿拘束衣，脸上没有表情。

没有理澄妹妹那种天真无邪的笑容，也没有出梦那种无法无天的笑容。

脸上没有任何表情，沉默无言。

她什么也不说。

不说话的她究竟是谁，我无法分辨。

他什么也不说。

不说话的他究竟是谁，我无法分辨。

是哪边？

现在这具身体里，"活着"的是谁。

现在这具身体里，"死去"的是谁。

完全不知道。

不一致。

不管是哪一边，都对不上号。

"你是……出梦吗？"

不知道该称为"他"还是"她"的她，走下台阶，与我擦身而过。

不一会儿，她的身影就消失在了黑暗的走廊中。

她要去的地方是……会客室。或者是，会客室对面的玄关吗？心血来潮的夜间散步——看起来不太可能。那她到底要去哪里呢？

洗手间在完全相反的方向。难道是睡迷糊了？没有表情可能是因为还没清醒，不跟我搭话，可能也只是单纯地没有注意到我吧。

但是，感觉上并不是这么简单，仿佛就像梦游症。

究竟是怎么回事……难道还存在第三个人格吗？

不可能吧，完全没听说过。

而且……那个样子，已经不是什么人格转换的问题了，简直就像是完全换了一个人。

仿佛是人格被抽离之后的状态。

空洞。

给人的感觉就是空洞，仿佛明亮的黑暗一般，空荡荡的。

"……"

我犹豫了一下要不要追上去，但是随即又觉得这样太过深入了好像不太好，便又收回了迈出去的腿。

也不是没有想过，最糟糕的可能。

那是出梦的人格，现在可能正要去"目标"木贺峰副教授和朽叶妹妹那边，开始杀戮。毕竟，现在在一楼的，只有那两个人。

但是，就算这是最糟糕的结果，也与我无关，我没有理由去保护她们。

如果我出手阻挠，出梦一定会毫不留情地连我一起杀掉吧。因为那是"杀手"的职责。基于自己的理由，他也一定会杀了我。

我已经不想再被卷进麻烦事里了。

而且，我跟出梦有约在先，他不会在与我相关的地方杀人。

仔细想想，这已经是相当破格的约定了。毕竟我只需要继续跟理澄妹妹那么可爱的女孩做朋友就好。虽然理澄妹妹那边也有堆得像大山一样的问题存在，但只是做朋友的话，应该是可以巧妙避开那座大山的。再说了，就算山在那里，我也可以选择不登啊。没错，这就是——能够将自己想不明白的事情置之不理的才能。

我爬上了楼梯。

走到房间前，打开门。灯已经关掉了。往床的方向看了一眼，小姬将被子裹得严严实实地睡着了。时间正好。就算对方是小姬，我也不想让她看见我入睡的样子。虽然两人共处一室本来也没法睡得安稳了，但是总要轻松一些。

我爬进了自己的被窝。

总觉得今天一天发生了好多不得了的事情……啊，本来还想联系一下美衣子小姐，告诉她春日井小姐可能会先回去，结果也忘记了。算了算了，好麻烦啊。就算不管她，那个人也能够自己走回骨董公寓的吧。喜欢一个人活着的人，一个人活下去就好。无法一个人活着的人，想要一个人活下去的话一定会很痛苦。即便如此，如果有一天不得不自己一个人活下去的话，也只能咬着牙关硬着头皮前行。

"睡了。"

我闭上了眼。

再睁开眼时，我看到了地狱。

第七章

战场吊

紫木一姫 女高中生
YUKARIKI ICHIHIME

0

没有面包就饿死吧。

1

有时会想,如果时间可以倒流的话就好了。

倘若将这个想法说出口,紧接着的一定是如下问题。

"如果人生真的可以重来,那么你希望,从哪个时间点开始重新来过呢?"

这个问题的标准答案简单明了——不想重来,想早点死。

我的回答也是一样。

假设——时间真的能倒流。

比如说,回到与那个蓝发少年相遇之前,我也仍会像遇到那个蓝发少年之后一样,重复同样的事。不管时间倒转多少次,同样的悲剧依然会再次上演。宛如刻录在劣质光盘上的影像,又仿佛中了病毒的电脑，不停重复同样的程序。

就算回到妹妹死去之前，就算回到自己出生之前，我一定，也会一直让同样的事情重演。

仿佛一切都是被写好的命运的故事。

仿佛一切都受某种未知存在的操控。

起因不同，结果却一样。

即使这样，我也还是会想。

就算被说是幼稚也好，就算被说是滑稽也好。

就算被说是戏言也好，就算被说是杰作也好。

我也还是会想，如果时间可以倒流就好了。

倒流到我产生这样的想法之前。

那个时候，一定比现在要好多了。

因为，没有比未来更残酷的时刻了。

如果有掌握因果的神明，就向他祈祷吧。

拜托，请不要再发生什么意外了。

您就在那里静观其变吧。

"啊……好像……做了奇怪的梦。"

阳光从窗帘缝隙间穿过，唤醒了我。

做了奇怪的梦，但是记不清梦的内容。唯独这一件事不能怪我的记性不好，绝大多数人都会忘记自己的梦。据说梦境这种东西，即便你刻意想去记住，最终也还是会忘掉大半内容。

那为什么我会记得自己做了奇怪的梦？

理应全都忘记了啊。

"也许实际上还记得一点点吧……我也搞不懂了。"

搞不懂自己刚睡醒时的脑回路。

为什么我在思考这种事情啊？

偷偷瞟了一眼床上。

小姬好像还在睡梦中。明明今天要去学校补习，她还真是悠闲啊。不过，菲亚特的修理也需要一段时间，今天上午是去不成了。况且，她在今天之前一直没有缺席，这本身就是个奇迹了。

嘴上再怎么抱怨，心里还是喜欢学校的吧。

为了不吵醒小姬，我万分小心地、不出声响地走出房间。可以的话，想去洗把脸清醒一下……用更衣室里的那个洗漱台就行吧。虽然我记得正前方的走廊深处也有一个带洗漱台的卫生间，但是既然可以选择的话，就不用非得去那边吧。

到一楼了，直接前往更衣室。

好像还有点没睡醒。感觉视野，或者是思维，都有点模模糊糊的。我没有低血压，甚至该算是起床状态好的类型。以前挺好，不过最近可能因为春日井小姐的缘故吧，一直睡眠不足。要想想办法找个能睡安稳觉的地方了……要不，去玖渚那儿借住一周左右吧。那家伙的话，就算被她看见我睡着的样子，我也完全不会介意。

敲了敲更衣室的门，里面没有回应，我便开门进去了。就在我迈进门的瞬间——明明在门外的时候还没有感觉，就像平时一样正常，可就在脚迈进门的那一瞬间——奇妙的第六感开始作祟。

"咦？"

怎么回事？

怎么有种预感，进去之后，必须要去看一眼最里面的浴室呢？为什么呢？好奇怪啊。奇妙的第六感，真的，感觉不对劲。不是具体到有形态的东西，而是暧昧而又脆弱的直觉。

空气中，弥漫着死寂。

空气中，弥漫着灭亡。

第六感？

或者叫经验之谈。

我不太清楚。

虽然不太清楚……

是因为还没睡醒吗？

虽然不太清楚……

我不清楚。

或者叫经验之谈。

第六感？

空气中，弥漫着死寂。

空气中，弥漫着灭亡。

"……"

自己想要去看，自己的意志驱使着自己去看，没有必要强行违抗的感觉。接受了这一点之后，我决定洗把脸让昏昏沉沉的头脑清醒过来,然后终于,打开了通往浴室隔间的小门。

里面是——死去的"不死的少女"。

无法比这更加彻底地死在里面。

无法让人鼓起勇气去正视的她,死在里面。

身体已不能称之为完整,朽叶妹妹像一节断裂的枯木,已经完全失去了生命力。

缓缓地,浴室的花洒还在出水,声音很轻,更衣室那侧几乎听不见……也许正是这缓慢的水流冲洗掉了本该倾洒在地板上的大量血液,所以空气中血的气味很淡。

唤起我奇妙的第六感的,正是浴室传来的轻微水流声,以及空气中弥漫的淡淡的血腥味。

原来是这样,真正意义上的死寂,真正意义上的灭亡。

这里——已经终结了。

"啊……啊……"

我捂住嘴,拼命地,压制住想要迸发而出的悲鸣。

是现实?还是梦?

现在……到底是哪边?

看上去已经不完整的身体……其实,还勉强连接着。

眼前闪过走马灯似的画面。

至今为止见过的所有尸体,都在我脑海中回放了一遍。

然而,即使与那么多尸体相比,眼前这个也算是非常残忍的类型。

实在是惨不忍睹。

简直就像……

成为猛兽盘中餐的食草动物一样。

表情。

朽叶妹妹的表情。

从我现在站的位置，隐约可以看见她的脸……怎么说呢，没法形容。那并不是因为痛苦而扭曲的样子……当然，也不是非常安详的样子。硬要说的话，就是面无表情吧。

脸色苍白、冰冷，双眼紧闭。

双手双脚是舒展开来的。

身上的衣服，是昨晚我见到的那件奇特的猫耳睡衣。

猫耳已经被染成黑色。

因为上面的血已经氧化凝固，所以变成了黑色。

"喂……"我向着不存在的对象发言，"这是什么？这……这种事情，会让我很困扰啊。"

我往后退了一步。

太突然了。

又退了一步。

理解力跟不上了。

再退一步。

冷静下来。

后退第四步，我已经到了浴室之外。

把门关上。

什么都看不见了。

这样就什么都看不见了。

我……什么都不知道。

"……唔！"

我飞奔到洗漱台前，使出全身力气，拧开水龙头。不顾一切地将水流放到最大。用手接住，浇到脸上。对啊，我本来就是来洗脸的啊。咦？刚才已经洗过一次了？没关系吧，多洗一次也不会停水吧。洗脸洗脸洗脸，我爱干净，我爱清洁，要注意形象。我有洁癖，就爱洗脸。

冷静下来。冷酷起来。

"哈……哈……哈……哈……哈……"

喘不过气了。

呼吸困难了。

是呛到水了吗？

不是，是我忘记呼吸了。

我是傻吗？这样可是会丧命的。

"呜……"

我没有关水龙头，逃一般地跑出了更衣室，就地蹲下，蜷缩在走廊。然后忽然回过神来，转身关上了更衣室的门。

"呜……呜……"

为什么……事情会变成这样？

这个剧情发展是什么意思？

为什么朽叶妹妹死了？

啊啊，对了。说不定这是一场为了吓唬我而精心设置的表演。毕竟朽叶妹妹可是拥有"不死之身"的。就算被破坏得乱七八糟也不会死的啦。过一会儿她就会打开这扇门，冲出来对我说："吓你一跳！哈哈哈，你是不是当真了？"

带着没有表情的扑克脸，出现在我面前。

"啊！"

我想起来了。

昨晚，碰到理澄妹妹……还是出梦来着，不知道是哪边，但看上去跟他们两人性格都不一样，仿佛是我从未见过的第三人格。

杀手。

职业就是杀人。

如果上前搭话，一定会得到这样的回答："因为是工作"。

工作，必须要完成。

工作，并不是执行就好了。

工作，必须要上交成果。

我艰难地，抬起浑浑噩噩的头。

再艰难地，支起摇摇晃晃的身子。

"木贺峰……副教授。"

在哪里？

那个人，还好吗？

夜猫子作息……听说她接下来还要去工作。那么……实验室或是图书室，她应该是往这两个方向去了。如果我的记忆没错。如果我的记忆是对的就好了。如果我的记忆是正确的，那么我就会记得，我的记忆从来就没有正确过。

记忆？

那种东西，我只想赶快忘得一干二净。

记忆里都是些讨厌的事情。

记忆里都是些讨厌的人。

我只记得那些讨厌的事情。

我只记得那些讨厌的人。

"还没死……还没死……"

穿过走廊，前方就是实验室。

敲门。敲门很重要，因为，这是礼节。不遵守礼节的话，就会很失礼，无礼，非礼。总之就会惹人生气。我讨厌惹人生气。而且，敲门的话很方便，马上就能知道里面有没有人了。敲门这一行为，就是有这么多好处哦，怎么可以不敲门呢？

然而，门内没有回应。

转动门把手，门是锁住的。

没有回应，门又上锁了。

说明里面没有人。

"……"

说明，里面没有活着的人？

来不及思考，我马上用肩膀使劲地撞门。用尽全力地，毫不留情地撞了上去。对门也好，对自己也好，都不留一丝情面。

撞到第五次的时候，门板吱吱作响，开始倾斜，露出一条小小的缝隙。这时，我才终于感受到了身体传来的疼痛。没关系，反正我随时都在感受痛苦，我一直在疼痛着。好痛，好痛，好痛，好痛。

里面一定——

"……"

里面，真的没有人在。

这也是理所当然的。

要是里面有人，而那个人死掉了，房间的门却还是锁着的话，不就成密室状态了吗？那种事情，在现实生活中是不可能的。不可能的事情，是不会发生的。

这是肯定的。

摸了摸肩膀。

骨头貌似没事，没有骨折。

不可思议，怎么会没有骨折呢？

我有些疑惑地歪着头，继续往走廊深处前进。

图书室到了。

敲门。敲门很重要，因为，这是礼节。不遵守礼节的话，就会很失礼，无礼，非礼。总之就会惹人生气。我讨厌惹人生气。而且，敲门的话，很方便，马上就能知道里面有没有人了。敲门这一行为，就是有这么多好处哦，怎么可以不敲门呢？

然而，门内没有回应。

转动门把手，门没有锁。

里面——是死去的"木贺峰副教授"。

她坐在椅子上，面朝书桌趴着。眼睛正对着我，眼球一片浑浊。那是死人的眼睛。没有一丝生气。的的确确已经没救了，我百分之一百地肯定。

已经死了。

正常人的脖子，不可能扭曲到那个角度。

而且还有一点，她右肩以下全都被扯掉了。

地上，全是鲜血汩汩涌出的痕迹，现在已经凝固了。

还是说——身体中的血液已经流尽了呢？

这股气味，刚才完全没注意到。

是因为房门紧闭着吗？

血的气味，死亡的气味，全被封闭住了。

现在，紧闭的门被打开了。

死亡——也被释放出来了。

"……"

我想靠近一点，却又犹豫了。

靠近的话——会不会就这样被困在这里。

这种感觉不是恐惧。

这种感觉不是惊愕。

这种感情——不妙。

我现在被蛊惑了。

圆朽叶的尸体。

木贺峰约的尸体。

我被这两具尸体，蛊惑了。

无法抗拒，无法停止。我仿佛，被远处存在的某个巨大并膨胀着物体的质量的牵引力吸引，在物理意义上被蛊惑了。

这是——憧憬之情。

我憧憬着。

"呜、呜呜呜呜。"

这回我没有一步一步地后退，而是一口气退后了四步，飞快地关上了门。

血腥味消失了。

这里曾经是诊疗所。原来如此，所以是这种构造啊。

密闭效果堪称完美。

死亡，再一次被封锁了。

"为什么……为什么事情会变成这样？"

木贺峰副教授和朽叶妹妹都死了，那打工不就泡汤了吗？明明说好下周开始工作的。美衣子小姐的画轴不就买不到了吗？问题的关键不在这种事情上吧？我知道啊，这种事情，我当然知道啊。这种事情，我知道的。

难道你真的以为我连这种常识都没有吗？

是的，我没有。

"出……出梦——"

已经想不出其他可能性。

是他干的。

杀手。

搞什么啊，那个大骗子。

明明说好不会在我面前杀人。

笑死人了，太滑稽了。

一个职业杀手说的话，能信吗？

事到如今，就别再说这种好像被人背叛了的话了，别再说什么"明明很相信你"这种话了。你其实早就有这种预感了吧？明天一觉醒来，那两个人可能就已经被杀掉了。即便如此，也跟你无关。

你心里不是这么想的吗？

事情的发展在意料之中，有什么好惊讶的。

应该感到高兴才对啊，你的预感实现了。

"吵死了！"

我在走廊上飞奔起来。

明明想要直线前进的，却不停地撞到两旁的东西。一会儿撞到墙上，一会儿撞到拐角处，一会儿撞到各处的门把手，甚至还在什么都没有的平地上摔倒了。

真狼狈。

"烦死了烦死了烦死了……闭嘴！我很正常！"

来到楼梯前了，上去。

这时候，要放慢速度。

一步一个台阶，一步一个台阶。

仿佛要将足迹烙印在楼梯上一般。

"我什么都没预想过，我什么都没考虑过，我什么都没感觉到，我什么都没思考过，我没有在焦虑，我没有在后悔，我没有我没有……"

台阶走完了。

再次，奔跑。

在理澄妹妹的房间前停住脚步。

这次，不敲门了。

"……出梦！"

床上——是死去的"匂宫兄妹"。

"啥？"

"噼啪"，头顶仿佛传来什么东西龟裂的声音。

"噼里啪啦……噼里啪啦……噼里啪啦……"

"啪嗒"。

脑容量已经到达极限了，大脑开始准备出逃了。还是说，已经逃走了？

不行啊，这样下去。会逃走的，追不回来了。

"咦……咦……欸？"

床上的——她的身体上——布满鲜血。

343

被斩首的尸体……

已经够了,明明做到这个程度……

可是,胸前还有一处伤口。

从朽叶妹妹那儿借来的T恤破了,破洞下方,有一个很深的——伤口。

头被斩断了,胸口被贯穿了,被杀了两次。

这也可以理解。因为是双重人格嘛。

两次,不杀两次的话,是不会死的吧。

"最喜欢了!"

我回想起理澄妹妹的笑容。

"嘎哈哈哈!"

我回想起出梦的狂笑。

快给我停下。

我不要,回想起这些事情。

快停下,快停下,快停下。

"理澄妹妹、出梦、理澄妹妹、出梦、理澄妹妹、出梦、理澄妹妹、出梦、理澄妹妹、出梦……"

叫名字有什么用吗?

明明知道不可能有人回应。

不,我不知道。谁知道啊!

我不想去理解,不想崩溃。

快回答我一声。

你可是……你们可是令人闻风丧胆的职业杀手啊？

"汉尼拔"理澄和"饕餮者"出梦。

餍寐奇术的匂宫兄妹。

不就是头被斩断一下，胸口被贯穿一下嘛，这种程度是不会死的。

不该死的。不可能死的。

凭这就想吓唬到我吗？行不通的。

因为我早就习惯有人死去了。

事到如今……事到如今，这种事情已经吓不到我了。

房间的一角，那件斗篷和拘束衣，都被叠整齐放好了。欸……原来拘束衣是要这么叠的。那种衣服的构造看上去就好难叠放啊。

真是的。

"喂，理澄妹妹……"

没有回应。

"喂，出梦……"

没有回应。

冷静下来。

我这个人很冷淡的。

首先，做选择题。选择接下来的行动。是先梳理一下现在的状况，还是在混乱状态下继续行动。后者显然要轻松得多，后者才是明智的选择。但是我偏要选前者。我一定已经神志不清了吧。

圆朽叶死了。

木贺峰副教授死了。

匂宫兄妹死了。

这三者应该是有关联的。

对啊，关联就是大家都死了，大家都被杀了。

共通点。

这样一切就都联系起来了。

"然后……"

第二点，也有头绪。朽叶妹妹和木贺峰副教授的事情是有头绪的。她们二人是"杀手"的目标。

目标是会被杀掉的。这是法则，这是常识，这是最基本的规矩。

"但是……为什么，出梦会……"

或者说，为什么理澄妹妹……会死。

我不知道，也没有必要知道。

"……得赶紧逃离这里。"

要赶紧叫小姬起来，逃离这里。

菲亚特没法开的话，就用那辆自行车。

没有必要翻过整座山。

总而言之……先离开这个地方。

这里已经——不行了。

这里已经——完蛋了。

我将视线从匂宫兄妹身体上抽离，走出房间。打开了隔壁病房的门。我没有敲门，已经没有考虑那种事情的余力了。敲门是什么？

"一姬！快起来！"我一个箭步冲到床边，摇晃小姬还包裹在被子里的身体，"我们要逃了……外面发生不得了的……事……情……了……"

我察觉到——异样。

摇晃小姬的手，陷下去了。

这——不是人类的身体的弹性。

"……"

掀开被子。

里面是一床被子，被子包裹着被子。

"……"

是被子，不管从哪个角度看，都是被子。清清楚楚、明明白白的被子。认为这个东西不是被子的人肯定脑子有问题。如果我脑子还正常，就说明是眼睛出问题了。如果我眼睛还正常，就说明是脑子出问题了。总之，一定是哪儿出问题了。

不。

我——本来就有问题啊。

我是异常的。

我现在没有一处是正常的。

"……咦？"

我疑惑地歪着头说："小姬呢？"

小姬在哪里？

2

小姬躺在中庭。

双手已不见踪影。
然后，头部被拧到正常状态下绝无可能的方向。
在一片血泊中，她一动不动。
那里看不见一丝笑容，看不见一丝希望。
"……"
空气被腥味搅得浑浊，现场就像红色染缸被打翻般凌乱。
那副娇小的身躯中怎么会有如此多血液。
娇小的身躯仿佛漂浮在血海中。
手腕在哪里？小姬消失不见的手在哪里？
失去神采、不再清澈的双眼，瞳孔大张，仿佛看到了邪恶本身。表情没有因为恐惧而扭曲，也没有因为悲壮而凝固，只有一片虚无。
头上的蝴蝶结缎带松开了，长发乱糟糟地披散着。
残暴，残忍，残酷。
制服——原本崭新的制服如今残破不堪，仿佛被某种野兽袭击之后的惨状，又好像被神话中才会出现的怪物蹂躏过一般。

蹂躏。

征服、亵渎。

活祭、饵料、暴食。

凌辱、破坏。

杀人、杀戮。

血……肉……骨……

……

紫木一姬。

紫木一姬的一生，其实很平凡。很普通，又有一点儿不普通。只是一段不怎么特别的，平平凡凡的故事。

很遗憾，那并不是可以满足某些恶趣味或是险恶好奇心的故事。那不是值得特意跟谁讲述的故事，也不是值得谁来倾听的故事。

故事本身，只是个随处可见的故事。不新颖，也没有什么意外的展开。只有一些适度的不幸，只有一些适度的悲惨，只有一些适度的残酷。

然而，紫木一姬本身，不是一个适度的女孩。

所以，她非常的不幸。

所以，她非常的悲惨。

所以，她的结局非常的残酷。

被哀川润所救，受市井游马熏陶。即便如此，她仍然是不幸的、悲惨的、残酷的。

毫无改变。

本质上的东西毫无改变。

六月发生的那起事件，归根到底也是因为她不懂得适度，才引起的骚乱。如果她自己能够再稍微注意一下，就不会发生那样的惨剧了。啊，这点必须得承认。承认吧，只能承认了啊。

紫木一姬，绝对不是被害者，甚至可以说是加害者。

可能是某种异常的、异样的、异形的存在。

那些开朗的笑容都是欺骗，那些开朗的言语都是伪善，那些开朗的姿态都是伪装，那些开朗的氛围都是演技，全部都是假的，都是无可救药的赝品。

她可能是异常的、异样的、异形的，可能还是加害者。

"就算如此——现在这样又算什么呢？"

身体仿佛被撕咬吞噬。

失去了赖以生存的双手，失去了所有的憧憬和期望，那双空荡荡的⋯⋯一片虚无的眼睛⋯⋯

那个表情——

那副样子——

难道，还不算是被害者吗？

我远远地望着小姬。

然后从口袋中掏出手机。

按下烂熟于心的号码。

"啊……是我。"

电话接通后,我开口道:"人……都死了。"

"所以呢?"电话那边传来回应。

"人,都死了。"

"所以呢?"

"包括我在内一共五个人……早上醒来发现,其他四个都死了。"

"所以呢?"

"除我以外,都死了。"

"所以呢?"

"想逃,但这儿是深山里……车辆,全被破坏了……"

"所以呢?"

"救我。"

"好的,在那儿等着。什么都不要做。不要联系任何人,全部,都交给人家来搞定吧。"

"嗯……那我先挂了。"

挂断电话,关闭了电源。

然后,一步一步地向小姬的方向走去。

已经——不记得,任何人的事情了。

木贺峰副教授的事也好,朽叶妹妹的事情也好。

匂宫理澄的事情也好，匂宫出梦的事情也好。

全都消失了。

全都丢掉了。

"对不起啊，小姬。"

我一脚踏进血泊之中。血液还没有完全干透，发出了"啪嗒"的声音。鞋子被弄脏了。被弄脏了？沾上人的血液，能说是被弄脏了吗？这可是血啊，是人类的一部分啊。这是亵渎。

这种事情无所谓了。

我抱起小姬。

保护现场是什么意思，我不知道。

"啊、啊……"

小姬，已经死了。已经，死掉了。

"总是在给你添麻烦……老把你卷进麻烦的事件当中，我一直都觉得非常抱歉……这次也是。我说的都是真的。真的、真的，没有骗你。"

感觉喃喃低语的自己真恶心。

这个家伙，在说什么啊！

但是，我没有停止说话。无法控制自己。

"小姬的人生，明明才刚开始……"

"师父。"

记不清是什么时候了，小姬曾这样问我："师父在什么时候会感到幸福呢？"

"……"面对这个突如其来的问题,我一时愣住了,歪着头说,"啊……不好意思,师父不太明白这个问题的意思。"

"就……是……说——师父在什么时候会产生'啊,活着真好啊'这样的想法呢?"

"与三位比我年长,但看上去还是小萝莉的女仆姐姐住在每个人的房间有七八平方米大的公寓里一起生活的时候最幸福了。"

"那是会被判死刑的。"

"不至于死刑吧。"

"这叫思想犯罪。"

"有那么严重吗……不过,幸福啊……我想都没想过。因为我不觉得自己会幸福,同时,也并不是很想变得幸福。"

"完全不想的吗?"

"我维持现在这样就好。普普通通地生活,普普通通地去大学,普普通通地和骨董公寓住民搞好关系,偶尔去打工、旅游,这种普通的、理所应当的生活是最适合我的。这就足够了。我没有什么奢求,也没有什么愿望。"

"唔——师父的回答真是没有欲望啊。感觉……个人色彩太强了。听到这种问题,有的人可是会回答说世界和平就是幸福的哦。"

"我现在只考虑眼下的事情,有什么不好吗?什么彩票会不会中奖啊,经济上会不会有一大笔收入啊,小时候的梦想会不会实现啊,没必要特地去考虑这些麻烦的事情吧。只要今天明天后天,自己和身边的人,都能马马虎虎地活下去,不就行了吗?"

"嗯——噢,这样啊。"

小姬笑了,浅浅地笑了。

"对师父来说,这就是幸福呢。"

幸福。所谓的幸福,到底是什么?这个词语的意思是什么?

你在说什么啊?

我哪有这种东西。

从常识上考虑就跟我不相称。

我早就没资格拥有了。

但是,和我不一样,小姬她……

小姬她,和我不一样,她的幸福现在才要开始。好不容易,才获得了新的人生。好不容易,才看见了所谓的未来。小姬她好不容易,才终于感觉到,原来活着也不是一件很糟的事情。

难道从现在开始挽救,也已经太迟了吗?

现在开始,已经不行了吗?

迟到一会儿,也不行了吗?

我也好,小姬也好。

我们,从一开始就注定会失败吗?

现在,明明已经过得很幸福了。

她明明说过自己很幸福了。

她明明说过现在的每一天都过得很开心。

明明说过的。

为什么，连这么简单的东西都不能给予她呢？

有这么难吗？

不幸的人，就不可以获得幸福吗？

仅仅是因为不幸，就无法再次获得幸福吗？

可是，并不是在奢求要比别人过得更幸福啊。

只要，有别人的一半就好。

就算，只有十分之一也可以。

只要不再变得不幸，怎样都可以。

并没有，在奢求什么名贵的东西。

并没有，在奢望任何东西。

"小……姬……"

好重。

小姬的身体，好重。

明明应该很轻的。原本该像羽毛一样轻盈的小姬，此时，却仿佛比地球还要沉重。沉甸甸的，充满破坏力的重量，好像在责备我一般。紧紧地、紧紧地几乎要令人窒息一般缠绕着我。让我痛苦，让我痛楚，让我苦楚，让我苦涩。

我被困在这里了，要被杀死了。

可怕，好可怕。

快看看天空。

真蓝。

天气真好。

甚至有徐徐凉风。

跟这个日式庭院很相称。

是个好地方啊。

这里,是个好地方啊。

在这种地方生活,也不赖。

朽叶妹妹,不是也很喜欢这里吗?她之前说过的,这里环境很好。是啊,很适合人居住,这里,环境真的不错。

可是——这里已经没有人了。

哪里都没有人了。

这里只剩下……我了。和任何人……都没有交集……

没有声音,也没有光亮。

我仿佛与世界隔绝,孤独无助。

这里,一片黑暗。

漆黑。

黑暗中的孤独。

好暗。

黑暗中,好暗。

没有一丝希望,只有一片绝望。

我讨厌这里,我讨厌这个地方。

这是拷问,是命运的牢狱,命运的断头台。

我不想待在这里了。

我讨厌孤身一人。

不要把我一个人丢在这儿。

已经受够了，让我一个人待着。

我不想再感受这种心情。

我不想再感受现在这种心情。

我到底是为了什么才出生在这个世界上，又是为了什么活到现在？

至少——不是为了体会此时此刻的心情吧。

早知道要经历这种事情，还不如一开始就不要被生下来。早知道要体会这么惨痛的、生不如死的心情，那么从一开始就不出生的话，该多好啊。总之，早知道现在要活生生地体验这种身陷黑暗无处可逃的无力感，那么，我想在这之前被杀掉。我这种人，从一开始就不该存在。

所有的一切都是错误的。

"对不起啊……小姬。对不起，对不起，对不起……"我嘴里不停地像个疯子一样念着，"我是个……即使在这种状况下，都流不出一滴眼泪的烂人啊……"

小姬没有回答。

虽然没有听到回答但我还是继续说着，说着毫无用处的戏言。

"早知道会变成这样，我宁愿那个时候没去救你。如果是那个时候的你，一定还不会这么害怕死亡吧。"

很害怕吧？

毕竟你现在的生活是那么开心。能够与美衣子小姐聊天，与萌太和崩子一起玩闹，被七七见那个笨蛋捉弄，跟荒唐丸爷爷互相打趣。然后，在学校也交到新朋友了吧？还给我介绍过呢。

还找到，自己喜欢的人了吧？

看上去，真的很开心啊。

如果从来没体验过这些事情反而还好受一点。

你是怀着我现在的这种心情死去的吗？

"唔。呜……呜……呜呜呜呜……"

已经，说不出话来了。

已经，无计可施了。

我不要再承受比现在更痛苦的事情了。

我不会说什么希望时间倒流的鬼话。

我不会奢求这种事情。

所以拜托了，不要再让我的时间继续向前了。

就让它在这里停止吧。

BAD ENDING也无所谓，让它结束吧！

我不要继续。

不要用惯性让它前进了！

"死了算了……"

脑海中竟然很直接地蹦出了这个念头。

命运必然因果、因缘都可以不结束，只要我自己结束就好了。

现在的我，根本不惧怕死亡。

就在这里结束吧！

终点。

终端。

终焉。

"……"

结识小姬也是阴差阳错。如果不是哀川小姐的话，别说是相识了，可能根本都不会知道对方的存在吧，原本就是两个世界的人。小姬和子荻妹妹还有玉藻妹妹她们才是同一个世界的人。就算平时一直嘻嘻哈哈傻笑，就算平时说起话来天真无邪，她和我之间终究是天差地别的。

因为天差地别，所以我们不会有交集。

和我没关系，与我无关啊。

再说了，我本来就不擅长应付小姬。

自来熟，跟玖渚很像，跟我也很像。

我不擅长应付她。

我又不是那种人。

我不是那种老好人。

我是残次品，会因为这种事情而感伤的脑神经已经断掉了。

我不会有那种想法。

我什么都感觉不到。

我什么感觉都没有。

完全没有。

我，一点也不觉得悲伤。

"小姬死了……又怎么样。"

我松手,离开了小姬的身体。娇小的身躯,"啪嗒"一声又掉回地上。我站起身,用沾满血的手触碰了一下自己的脸颊。濡湿的触感。好恶心,好恶心……

靠近闻了一下手指上附着的血液。味道真糟。

当然了,接触空气氧化了的血,不过只是普通的铁罢了。

这种东西,不算是人类的一部分。

"干脆去喝杯茶,等待救援吧……"

去厨房的话,应该可以烧壶热水吧。就算是玖渚,也需要先做一些手续上的准备工作,所以救援起码还要再等一小时左右吧。

去浴室把身上的血冲洗掉。再去图书室借本书。然后边喝茶,边等待吧。

正当我这样想着,并准备挪动脚步回到玄关时,"啊,对了。"

我忽然回头,差点忘了,真是的。怎么能忘记这么重要的事情呢。

我回头说:"小姬,辛苦你了。"

拜拜。

再见了。

好好休息,晚安。

第八章
偏执狂

玖渚友
KUNAGISA TOMO
工程师

0

不受信任，自然也不会背叛。

1

听到玖渚友这个名字脑海中会联想到很多。

蓝发，蓝眼睛；朋友；天真烂漫，纯真无瑕；技术专家；年龄相同，一直在笑；蓝色学者，玖渚机关，玖渚直，霞丘道儿；"集团"；死线之蓝；"凶兽""害恶细菌""二重世界""罪恶夜行""永久立体""狂喜乱舞""街""尸"；网络世界的恐怖分子；蓝色的妖精；Geocide；无法独自下台阶，无法独自上台阶；充电中；任性；迷你身形，虚弱，夜猫子；专心致志；说话大舌头，自称是"人家"；摸起来软软的很舒服；讨厌洗澡；俄罗斯蓝猫；身体停止成长，永远停止；绝对停滞；权贵者；家人一般的存在，妹妹一般的存在；记忆力超群，只要记住就不会忘记；有钱人，和家族断绝关系中；城咲的高级公寓；电脑主机；势力遍布全世界；装置；异于常人；异形；对我来说很重要，对我来说是不可替代的；曾经喜欢过；在我还没有崩坏之前，曾经喜欢过她；是将我破坏到体无完肤的存在，是被我破坏到体无完肤的存在。

"……"

那之后……那之后发生了什么我已经不知道了。

不过，应该都已经被处理好了。

因为不是发生在与世隔绝的孤岛上的事件，所以不可能完全掩盖过去，但是，这次事件的规模也没有大到无法掩人耳目的程度。充其量，不过是死了四个人罢了。比起战争中一发导弹落下来带走的生命，实在算不了什么。四个人也就是八个人的二分之一，四十个人的十分之一。不过就是这种程度的数字而已。

啊啊……

回想起来，真是丢人啊！

我是给玖渚打完电话，才走到小姬身边去的。第一反应是自保，在无意识的情况下，做出了自保的行为。

啊，我真是个烂人，真的太差劲了。

"阿——伊——"

敲门声之后，门被打开了。

门口突然出现一头蓝色的长发——是玖渚。

"阿伊，你醒啦？"

"嗯……醒了是指……"

咦，我刚才睡着了吗？

都没有做梦，睡得那么沉吗？

像死了一样，像往常一样。

"现在几点了？"

"晚上十点。正是人家准备开始活动的时间哦。"

"啊……这样。那……现在是几号？"

"呜咿？"

"今天是几月几号？"

"阿伊在装什么傻呀。今天是八月十七号啊。"

"呃……"

啊——

也就是说，那是昨天才发生的事情。

什么嘛，我还以为已经过了一个世纪了。

"阿伊。起床了起床了起床了——"玖渚凑了过来，"啪啪啪啪"地，向我发起了十六连环掌攻击，"人家醒着的时候，阿伊一直在睡觉，这样好无聊啊！"

"还真是抱歉了。"

"人家肚子饿了。阿伊去做点什么吃的吧。"

"OK。"

我站起来。咦，原来我坐着就睡着了吗？

没想到，我还挺厉害的。

"咦?"已经走到房间门口时,我才突然想起什么,偏着头问道,"小友……这里是哪儿?"

"是人家的公寓啊。你在说什么呢?"

"为什么,我会在这里?"

"玖渚拳攻击!"

挨了一记漂亮的直拳。

她看起来好像有点不高兴。

"阿伊真是的。人家特地帮你逃离了险境欤,居然还说出这种话真是欠揍!"

"唔——冷静冷静。我想起来了。"

对了,我从那个研究室出来,坐上不认识的人的车,然后没有回骨董公寓,也没和任何人联系,就直接被送到了玖渚这里。

然后,在这里吐了个痛快,再之后就睡着了。

仿佛死掉了一般,沉沉地睡着了。

"阿伊最近都没好好休息过吧?睡了超……久呢。简直是熟睡,或者说是爆睡?"

"嗯……"

"所以趁机在阿伊身上恶作剧了一番。"

"什么?"

"嗯哼哼。"玖渚坏笑着说,"阿伊睡着的时候还蛮大胆的呢。"

"什……"

"哼哼。"玖渚又换了一种令人不爽的、充满挑衅意味的笑法，"不管嘴上怎么说，身体果然还是最诚实的呢。"

"喂，你这家伙！对我做了什么？给我站住！"

"啊哈哈！哇——耶——"

果然在自己的地盘就是有底气，玖渚哈哈大笑着，一溜烟地跑掉了。房子这么大，一旦被她逃走就再也没可能抓到了。什么人啊……居然趁我睡觉的时候搞偷袭。我都没干过这么难堪的事情呢。所以，才会感觉那么疲惫吗？

话说这其实是在开玩笑对吧？

应该是开玩笑的吧，玖渚小姐？

哎呀，不好意思让你费心了。

"……"

我决定放弃思考，往厨房走去。同时还要小心避开脚底下铺得像陷阱一样的电缆线。不只是地上有，天花板上也有，甚至墙面上都固定着几把电缆线。好像比上次来的时候更夸张了……机械仿佛有生命一般，侵蚀着这里的空间。

我来到厨房后，打开冰箱。

为什么我上个月做的吃的还保持着原样呢？真是个谜。话说，冷藏层里几乎全军覆没啊。那个家伙，这半个月都是靠垃圾食品过活的吗？怪物。没办法，我只好放弃冷藏层，将目标转移到冷冻层。那边还留有一线希望。虽然冷冻食品的味道很一般……不过，我的厨艺也没精湛到能做出什么高级料理。调料呢，啊，果然还原样放在我上次用完之后的地方。我做了一些能勉强填饱肚子的速食菜，又趁着做菜的间隙煮好米饭，当然是用电饭煲。玖渚属于那种，能吃的时候很能吃，不吃的时候又完全不吃的类型。说起来，鸦濡羽岛上的那个大厨，那个……名字叫什么来着，她负责烹饪的时候，玖渚的饮食倒是非常规律，一天三餐吃得津津有味。也就是说，只要厨艺到达那种境界，就连别人的生活习惯都能改变吗？

大约一小时后，我呼唤玖渚："喂——小友，饭做好了快来帮忙端一下——"然而没有回应。是没有听见吗，还是听见了却装作没听见呢？这里并没有托盘之类的便利工具。没办法了，我只能一次端上来一盘，依次将食物摆到餐桌上（看得出平时没有使用过，上面堆积着薄薄的灰尘。借朽叶妹妹的说法就是，如果东西放着不使用果然就很容易积灰，人类也是同理）在把食物放上桌之前，还是先打扫一下吧。于是我又开始寻找抹布，结果等我完成所有准备工作再去叫玖渚吃饭的时候，已经是三十分钟以后了。不过也没关系，我做的那些菜就算凉了也不会影响食用。

"我开动喽。"

"请慢用。"

玖渚手拿着一次性筷子，开始向盘子发起进攻。这个状态下的她已经听不见周围的声音了。吃饭时不说话这个习惯虽然跟之前的那位狐面男子不谋而合，但是这个家伙不说话的原因只是因为忙于狼吞虎咽而已。毕竟如果这种时候不多吃一点维持身体机能，什么时候在家突然衰竭而死都不知道。去体检之前如果也是这副德行，直先生肯定会很担心吧……那个人很在乎妹妹的。

妹妹——理澄妹妹。

不好，又想起来了。

"我吃好了——"

"粗茶淡饭不成敬意。"

两个人都吃完后，我开始收拾餐具准备去洗碗了。这时，"啊，阿伊。阿伊阿伊阿伊。"玖渚忽然叫住了我。

"'阿伊'叫一次就够了。"

"是是。"

"'是'也讲一次就够了。"

"我有一件需要向阿伊汇报的事情。"

"嗯？"

玖渚脸上还是一副吊儿郎当、轻松散漫的神情，跟平时一样。但是这家伙的价值观念完全脱离常轨，绝对不能轻易相信从她表情上解读出的情绪。

"是关于阿伊昨天被卷入的那个事件的。"

"嗯。"

"可能有点瞒不住欸。"

"嗯？"我将手里收拾好的一堆餐具暂时搁在一边，回到餐桌前坐下，"瞒不住，是什么意思？"

"怎么说呢。稍微有点超出玖渚机关的管辖范围了，变得有些棘手。不过，人家现在只是个外人了，都是从别人那儿打听来的消息。"玖渚一边说着，一边目不转睛地盯着空盘子，好像正在用大脑的另一部分思考着要不要把盘子舔干净，又担心这样做会被我骂，"那个叫木贺峰的副教授倒还好。那个研究室的管理人圆朽叶，嗯，也还好。那两个人，可以想想办法。总之，可以处理好。等过一阵子，就踏雪无痕了。"

木贺峰副教授、朽叶妹妹。

"但是，问题在于剩下的两个人。"

"剩下的两个人是……"

"一个是阿伊现在居住的骨董公寓里的房客紫木一姬，另一个是——匂宫理澄。不过，她同时也是匂宫出梦，所以确切地说是三个人吧。"

小姬、理澄妹妹、出梦。

"这三个人，在玖渚机关的管辖范围之外。"

"那里——玖渚机关还有管辖范围的吗？那个一手遮天的组织。"

"与其说是管辖范围之外，不如说从根本上讲就是别人的管辖范围，或者说别人的地盘呢。怎么说明呢？画图的话会不会比较好懂……嗯，算啦。人家就用最简略的方式随便说一下，听好了哦。"

"这个话题让人完全没有想听的欲望啊……"

"现实世界其实是有四种力量彼此平衡的。每个世界之间又多多少少有重叠的部分。"

"你是什么宗教学家吗……"我有点怕了追问道，"能不能用更普通的方式说明啊。"

"了解——总之就是四个世界。首先是，普通的世界。就是现在，我们所处的这个地方。能够过着平凡的生活，相对和平，同时也存在着一些战争的世界。这是基础，相当于标准模式吧。要说划分标准的话，嗯——对了，阿伊留学的时候参加的ER3系统，那里勉强还能算是'普通世界'呢。"

"……那里还能叫普通吗？"

"所以说是勉强嘛，那里已经是极限了。"玖渚满不在乎地，像在背九九乘法口诀一样继续向我说明，"然后就是，剩下的另外三个世界。阿伊生活的普通世界是'表面世界'的话，其他的就相当于'暗幕世界'。首先说人家家里，也就是以玖渚机关为核心的世界。换言之就是——政治力量的世界。壹外、弍栞、叁榊、肆尸、伍砦、陆枷、跳过柒的姓氏，接着是捌限，然后就是统领这些势力的玖渚机关。类似于一种秘密结社，所以虽然知名度不高——但其横向势力范围，可以说是相当广泛。阿伊应该还记得……伊利亚吧。那个鸦濡羽岛上的伊利亚。伊利亚所属的，就是包含了她们赤神家，以四神一镜为核心的第二个世界，这个算是财力的世界。赤神、谓神、氏神、绘镜和槛神，这五大财阀——可能就是最接近表面世界的上层势力了。你看，不是经常有人说神理乐就相当于日本的ER3系统吗？实际也就隔了一层窗户纸——而且本质上的恶劣程度，也都半斤八两。"

"嗯——可能是这样吧。"

"然后还剩下最后一个世界——从数量上和概念上来说，都是最后的世界。阿伊五月份的时候遇到了杀人者吧？前一段跟我提过的……那个叫零崎什么的家伙。那种类型的魍魅魍魉，就是那个世界的核心——也就是战斗能力的世界。说白了，那个世界的人都是怪物。

"那个世界也是个普通人想都不敢想的，根本不适宜人类生存的魔境。各种各样的异类聚集在一起。与玖渚机关或是四神一镜不同，那里的人并不遵循什么宗旨，从不会为了某种具体目的行动，但他们的战斗力，又是压倒性的强大。就像是一个既有秩序又没有秩序的混乱世界。'一骑当千'这个成语简直就是为他们而造的……只凭着这样超强的战斗能力，他们就能与其他两个暗幕世界三足鼎立，真是一群终极的怪物。三个暗幕世界在各种方面相互勾结，但相互勾结的同时又相互对立，关系很是复杂。"

"也就是，类似于三权分立？虽然记不太清了，但三足鼎立之前好像也有听说过……毕竟我又不是小孩子。不过，六年前的我对这些事情还迷迷糊糊的没什么概念。"

"嗯——那话就好说了。"玖渚看着我说。看来她好像放弃舔盘子了，"阿伊应该也知道吧，那个叫紫木的女孩子，跟四神一镜中排在最末的槛神家有一些渊源。好像曾经是槛神家私人佣兵中的一员……这些事情想必阿伊都知道吧。另外，那个匂宫——"

"那个我也知道，是职业杀手对吧。"

"没错。餍寐奇术组织——匂宫杂技团。人家以前当网络恐怖分子的时候，都要万分小心，尽量不跟这些家伙扯上关系呢。之前提到的零崎也一样，那些家伙的作风，实在与时代太脱节了……所以才更加可怕。"

"可怕吗？"

"嗯。所以——是管辖范围之外。"

"就算你这么说……"

"事实就是这样。因为……所以……然后就结束了，就是这样了。一点也不拖泥带水，完全通顺的因果关系。理论就这样成立了。不过，虽然我的话听起来很吓人，但阿伊昨天被卷进的事件倒不是什么严重的事情啦。并不会因为这件事情，影响到三个世界之间的势力平衡。仅凭一两个人的性命，是无法影响到那种异常稳固的平衡状态的。但是——也正因为如此，隐蔽工作才反而变得棘手了。"

"我没太懂欸……为什么这么说？"

"你想啊，那三个世界不是相互制约又相互勾结着吗？所以，这边的任何风吹草动，都有可能被人传到那边的世界去啊。既然已经交给玖渚机关去处理，情报就不可能完全被封锁住了。"

"啊，是这个意思啊……"

毕竟人的嘴巴是无法上锁的。

虽然肯定不只是这么简单的事情，但极端一点来说就是三人成虎吧。

"可是，这么说来隐蔽工作也不是完全无法进行吧……因为对我来说重要的是'表面世界',只要能瞒住普通世界就行了。"

"但是,人家说得有点瞒不住——"玖渚突然伸出自己两手的食指,将眼角往上吊。虽然模仿得一点都不像,但我还是马上猜出了她想表达什么,"是指……瞒不住小润那一关欤。"

"……"

哀川润——人类最强的承包人。

"那个叫紫木的女孩子,跟小润有关系吧?好像跟小润关系还很好吧?所以,对阿伊来说,才稍微有点棘手了呀。"玖渚没有停顿,继续说道,"因为那个叫紫木的女孩子,好像是因为阿伊才死掉的呢。"

瞬间,反驳的话差点脱口而出。

不是这样的,我想说,那都是误会。

但是,说不出口。因为——玖渚说的是对的。她说的是对的。

"唔,小润肯定不会责备阿伊啦,但心里难免会有疙瘩嘛。所以人家想着既然隐蔽的话,就干脆隐蔽得彻底一点,结果消息已经传到那边的世界去了,来不及了。既然事情没法在玖渚机关的范围内压下来,那么小润迟早会从某一边得知。毕竟,小润跟刚才我讲的那个三个世界全都有来往。而且,人家前段时间才把小豹介绍给小润认识了,所以现在小润只要想知道什么就绝对不可能查不到。哎呀,真是失策了——本来还说好绝对不介绍给她呢。总之,就是这样,人家已经把能想到的手段都用尽了,但是这件事情,也最多只能再瞒小润三天了。"

"我原本就没打算跟哀川小姐隐瞒什么啊。"

"嗯？"

"向你求救的原因是因为五个人里死了四个，我很有可能会被当成犯罪嫌疑人。那样的话我会很难办。只要能伪造出我当时并不在场的假象就好，并不需要帮我隐瞒事件本身。"

"哦——"

"所以，就算被哀川小姐知道也没关系。不如说我反而是希望她能知道的。虽然我也不清楚究竟是什么原因导致了那种状况的发生……不过，不知道就不知道吧。反正哀川小姐也会像往常一样，潇洒地登场然后解决事件的。"

"是什么原因导致了那种状况的发生呢？"玖渚别有深意地重复我的话，"人家先确认一下哦，阿伊，这次的事件，阿伊不是犯人吧？"

"为什么会这么想？"

"理由跟阿伊说的一样。五个人中死了四个人，一般都会觉得剩下的那个就是凶手的吧。"

"你是在怀疑我吗？"

"人家是相信你的啊。只是再确认一下。要是阿伊没有如实向我汇报真实情况，就没法帮你做隐蔽工作了呀。如果人真是阿伊杀的要跟我讲哦？之后再坦白的话，会很麻烦的。毕竟玖渚机关的权力，也不是万能的。"

"不是我杀的。"

"真的？"

"真的。绝对，不骗人。"

没错，我没有杀人。我没有杀任何人，至少没有杀那四个人。

其实我有双重人格，那天夜里入睡后，在无意识的状态下将那四个人杀掉了。只要现实中没有类似推理小说一样的桥段，我应该就没有杀人。

"嗯哼。"玖渚点头道，"那……就相信你了。昨天看你很疲惫的样子所以没有多问，现在，能跟人家详细讲一下了吗？阿伊这次，又在人家不知道的地方做了些什么呢？"

"这个嘛……该怎么跟你讲呢。"

该从哪里开始讲呢？

我思索片刻，决定从八月一号，我和木贺峰副教授第一次单独见面的那天开始讲起。凭我的记忆力本来也不可能记住很多细节，所以就把那些无关紧要的，比如美衣子小姐想买画轴的事情啊，狐面男子的事情啊，这些与主线无关的细节统统省略了。顺便，虽然没有什么特殊或是必要的原因，但我仍然将春日井小姐赖在我房间这件事改成了她寄住在小姬房间里。

大致经过讲完，花费了三十分钟。

只是这样而已吗？我不由得想。

明明发生了那么多事情——却只用三十分钟就概括完了。

忽然感觉好不真实。

"嗯——"

"小友，你怎么看？"

"唔……我倒是有一种假设。"

"什么假设？"

"一般来说，这种情况很有可能是'多米诺骨牌式'杀人。"

"那又是什么？"

"A被B杀掉，B又被C杀掉，最后C被A生前布置下的陷阱杀掉。于是全员死亡。就是这样一种模式。推理小说里也会有这种桥段。"

"哦哦……写小说的人还真是什么奇怪的想法都有呢，可是——"

木贺峰副教授是普通人，暂且不论。

拥有不死之身的圆朽叶。

人称"汉尼拔"的匂宫理澄。

人称"饕餮者"的匂宫出梦。

然后，"病蜘蛛"的弟子紫木一姬。

"坦白说——真的，我想象不出这个世界上还有能跟小姬一对一单挑的人——当然，这也并不代表人多就能打赢。因为小姬所使用的琴弦，原本就是适用于一对多情况下的超强防御招式，能够像蜘蛛网一样层层包围敌人。"

"嗯……'汉尼拔'那个人格姑且不谈，'饕餮者'人格下的那个匂宫出梦，也是同样厉害的。但是相应的，只要瞄准'汉尼拔'人格出现的时候下手，很容易应付吧。这个办法明明不难想到，却没有人顺利存活下来呢……看来，那个双重人格，能够在某种程度上，自由控制和调节两种人格的出场时机吧。"

"疼痛或者危机感，都可能成为触发人格切换的开关——出梦好像说过类似的话。他还说，木贺峰副教授和圆朽叶是他这回的目标，所以两人的死可能跟他有很大关系……但是，作为杀手一方的出梦也被杀了，然后跟这些事情毫无关联的小姬也被杀了——这就叫人很费解了。仔细想想，根本就是天方夜谭啊。"

"同类相残的可能性呢？"

"嗯？"

"同类相残——即强者之间的厮杀。"

同类相残，是指小姬与出梦吗？

"可是，如果是这样的话，尸体应该在同一个地方才对。一个在中庭，一个在二楼的房间里，完全不一样啊。"

"也对，我只是问问看而已。"玖渚像在消化我的情报似的，缓缓地点了点头，继续说道，"自杀呢？像大逃杀一样的生存游戏，最后只有一个人活下来，然后那个人自杀了。"

"不可能。不管是什么人，都不可能用那种方式自杀。"

像一分为二的朽木的她。

脖颈折断，右肩被扯断的她。

身首异处的她。

失去双手，在庭院停止呼吸的她。

那种自杀方式，绝不可能。

那种意外事故，也不可能。

那完全就是——被残忍杀害弃尸的样子。

"那就只剩下外部人员作案的可能了？"

"用排除法来思考的话，这种想法可能很自然，但是，那个场所并不具备外部人员出现的必要条件。根本没有外部人员入侵的余地。从这层意义上来说，倒是跟之前被困的鸦濡羽岛，以及跟孤岛差不多的斜道卿壹郎研究所的情况很相似。"

"唔。那先你们一步离开的春日井小姐呢？"玖渚说，"春日井小姐的话，也不是不可以不说她不是外部人员？"

"……我已经听不懂你这个疑问句到底是疑问还是反问了，但是——这种可能性也是不存在的。因为，那个人可是春日井小姐。"

"也是。"玖渚友认可了。

看来这个回答很有说服力。

那可是春日井春日哦。

任何缜密的推理都比不过这一句强有力的话语。

"而且，就算有外人入侵……或者说，那个研究室里除了朽叶妹妹以外还有别人，躲在秘密的地下室里之类的——问题依然存在。那个人，不可能打赢小姬或是出梦。想要杀掉那两个人几乎是不可能的。除非——"

除非对方是哀川润，使出最强王牌。

"是啊。这么一想，身为内部人员的阿伊，居然能一个人平平安安地熟睡到天亮，真是不可思议啊。嗯，听完你的话大致明白了,那么,还剩下最后一种可能性。"

"什么可能性?"

"你想知道吗?"

"啊……不……"我吞吞吐吐地说,"算了,反正这件事跟我也没关系。"

"哦……也好,毕竟跟'杀之名'扯上关系的事情,完全不是人家的兴趣范畴……"玖渚说,"不过哦,如果这次事件的凶手另有其人的话,那他还真是个合理主义者。你想想啊,虽然不知道为什么,但推理小说中的凶手不是经常会一次只杀一个人吗?一个一个地,按一定顺序杀掉。但是,放到现实中考虑的话,还是一次性把目标都解决掉比较有效率吧。一击必杀,一击搞定。在战场上,这才是基本原则吧。"

"合理主义者吗?"

也就是说,不偏离常轨,均等地分配。简单来说就是这么一回事吧。但是——从真正意义上来说,那真的是"这么回事"吗?那个状况,那个现场——实在跟这个词语表达的概念相差甚远。

那是……偏离常轨的。过分偏离常轨的。

我一边思考着到底什么才是"合理",一边下意识地看向玖渚,结果发现玖渚正目不转睛地盯着我,然后忽然又像想到什么事情似的望着天花板。

"那个,阿伊呀。"玖渚说,"难道说,阿伊现在心情很低落?感觉从刚才起就无精打采的。"

"低落……"突然被这么一说，我反倒有些语塞，"啊，是有一点。"

"为什么呀？"

"那当然是因为……熟人突然死了啊，而且，还一下子死了四个人。换谁都会心情不好的吧。"

"是吗？"玖渚一脸不可思议的表情歪着头说，"真是的。你也不想想到目前为止阿伊和人家身边已经死过多少人了。现在再增加四个人根本不算什么呀，不要在意，没事的没事的。"说完，玖渚发出了天真无邪的笑声，"再说了这种状态本来就很奇怪。死掉的是那四个人，不是阿伊，也不是人家啊？所以根本没什么大不了的嘛。"

"没什么……大不了的吗？"

是啊，或许真的是这样吧。

玖渚还活着，玖渚友还活着。就在我眼前，像这样跟我说着话。

那么，这不就足够了吗？

我的世界，没有改变。

一切都顺其自然，任其发展。

一切都——交由命运来安排。

"要来人家这里吗？"

"欸？"

"我是说，要不要搬来人家这里住呀？反正，这里房间多得都快发霉了。搬过来陪人家一起生活嘛。"

"……"

"反正，阿伊也已经回不去了吧？那个骨董公寓，就算掩盖了事件本身，也无法掩盖事实。那个叫紫木的女孩子已经回不去了，这个事实是无法掩盖的。所以，就算阿伊自己回到骨董公寓，也不知道该怎么面对那里的人们吧？"

对啊……

问题，不只是哀川小姐，还有七七见还有崩子妹妹还有萌太还有荒唐丸爷爷……还有……美衣子小姐。大家、大家都很喜欢小姬啊！

而这一切，都被我毁了。

还有什么脸面回去呢？

"菲亚特等轮胎修好之后会直接送到停车场。当然了，这段时间也必须跟音音断绝联系哦，不过，这也是没办法的事。还是说，阿伊还有留恋？"

"留恋……"

"实话实说也无妨。人家对这些事情，完全不介意。不管阿伊是软弱还是愚蠢，人家都会用大大的爱意来包容一切的。"玖渚直起身子，几乎快要爬上餐桌一样，靠近我的脸颊说，"难道说，阿伊还在担心同居的春日井小姐的事情吗？"

"您都知道了啊？"

"阿伊的事情，人家基本都知道。"玖渚露出狡黠的笑容，大

381

大的眼睛，眯成了一条缝。

"所以，人家一点都不介意。不管阿伊喜欢上谁，不管阿伊爱上谁，不管阿伊为谁着迷，不管阿伊跟谁拥抱，不管阿伊跟谁接吻，这些事情人家统统不介意，反倒想支持阿伊呢。只要阿伊自己喜欢，那就够了。只要阿伊保持自我，就算必须要扭曲什么也无所谓。只要阿伊能过上普通人的生活，人家就很开心了。而且，人家也很期待阿伊今后的成长呢。阿伊的幸福，就是人家的幸福。所以，阿伊想做什么、想要什么，都是自由的——不过，只有一点。"

玖渚的双眸，突然由天蓝色变成了——深蓝。

更加清澈，更加纯粹。

"一旦阿伊不再属于我，我可不知道会做出什么事情哦。如果阿伊再一次从我面前消失的话，那个时候，说什么都不管用了。"

"小友……"

"开玩笑的啦，欸嘿嘿，这种事情不用说也知道的吧？阿伊，可是个聪明人呢。"

玖渚又笑了。

她的笑容，是那么纯真、无瑕，仿佛一张白纸。但同时，笑容中也覆盖着一层傲慢和妖娆。

我除了点头之外别无选择。

自己，自己这个人，究竟掌握在谁的手里——我已经深切地认识到了。

"嗯，我知道。这不是理所当然的嘛。"

"是呀——阿伊，真厉害真厉害。哈哈哈，什么都不用做，阿伊就已经是救世主了，是英雄了。阿伊是以现在进行时展开地球拯救工作的伟人哦。这是不是超级幸运啊？托阿伊的福，今天的地球也是一派祥和呢！"

"……是呢。"

"欸嘿嘿。阿伊、阿伊、阿伊。"见我点头了，玖渚"咚"的一声扑上来，用手紧紧环抱住我。玖渚的体重一下子全压到了我身上，"最喜欢阿伊了！"

"啊……嗯。"

已经够了——

连思考这件事都变得麻烦。

连活着这件事都变得麻烦。

既然这样，还不如，溺死在这里算了。

脑子有毛病的人干脆就别走正常人的轨道了。做好觉悟之后再安安静静地去堕落算什么洒脱。既不顺从命运也不反抗命运，只是放任自流——这不正是，最适合失败者的生活方式吗？

"喂，小友。安慰我一下吧。"

"嗯？"

玖渚缓缓地上下移动起她原本靠在我肩膀上的下巴，用她的脸轻轻蹭我的脸颊。此时此刻她脸上是怎样的表情，真是想都不用想。

"可以吗?"

"可以啊。"

已经,怎么都行了。

已经,无所谓了。

既然如此,停滞吧,沉沦吧。

把我的身心都变成你的所有物吧。

"那人家就开动了哦……啊,今天不行。"

"……为什么?"

"明天要去复诊。"

"怎么了?上次体检有什么问题吗?"

"嗯。"玖渚暂时性地松开了我。只是暂时的,"好像啊——身体这里那里,全都是病危状态了哦?不过,这也是没办法的嘛,毕竟,人家还能勉强活着这件事就已经是个意外了。"

"还剩……多少时间?"

"啊……倒没有这么危险啦,我觉得两三年应该是没问题的,一切就看明天的复诊结果了。"

"这样啊……那这次就先保留着吧。"我从椅子上站起来,"我回去收拾一下行李。"

"呜咻?"

"不是要一起生活吗?在这里,就我们两个。"

"啊,也行啦。"

"这个语气是怎么回事?不是你主动邀请我的吗?"

"哎呀，人家以为阿伊还有留恋嘛。虽然知道阿伊最终一定会得出这个结论，但是，比想象中来得稍微早了一点，有点惊讶。"

"大学那边我也不去了……就在这里，跟你悠闲散漫地过一辈子，不是挺好吗？太早了吗？没有吧。我在经历了这次的事件之后，才终于认清了。"

自己一直在自不量力地追求着多么奢侈的东西。

自己到底是多么糟糕的一个人。

其实，这些事情我本该在五月的时候，就看清楚的。

差不多，可以停手了吧。

不要再把无辜的人，牵扯进来了。

不要再把这个世界，牵扯进来了。

"嗯，那不就可以一整天都腻腻歪歪，每天都过着平静的生活。人家和阿伊，就像亚当和夏娃一样？"

"那不正是你向往的生活吗？"

"不过，行李的话派人去帮你拿不就好了？阿伊没必要特地回去啊，要是不小心遇到谁了反而很麻烦哦？这种时候，还是悄无声息地消失掉比较好吧？"

"没关系。已经这么晚了，大家都睡了。而且，我有些东西也不想让别人乱动。"

"阿伊——"

"嗯？"

"说实话，人家现在很安心。"玖渚微笑着，对我说出了真心话，"因为跟小润那样的人来往的话，不管是谁，多多少少都会受到影响发生点改变的吧。人家一直以为，阿伊也不例外，一定会发生什么变化的。毕竟，小润是一个不寻常的人。领袖气场超级强的——很特别，嗯……总之就是很特别。阿伊原本又是被动型的性格，其实很容易受别人影响。之前去美国待了五年，在那边也发生了很多事情，总感觉阿伊可能会有很大的转变。实际上，阿伊好像也有一点变化了。但是——"

玖渚接着说："阿伊其实完全没有变呢。"

玖渚说："阿伊真的完全没有变呢。"

玖渚说："阿伊不可以变哦，永远都不可以。"

玖渚这么说。

2

几乎从不外出的玖渚友自然没有任何具有机动力的代步工具，比如汽车或是摩托，因此我决定徒步走回骨董公寓。虽然玖渚提议叫出租车，但被我婉拒了。并不是因为什么"现在正是想散步的心情"这种乱七八糟的理由。只是因为我需要一段做好心理准备的时间罢了。

做好思想准备。

我对玖渚撒谎了。其实我房间里根本没有什么不想被人乱动的重要东西。我从来就不曾拥有过什么重要东西。这个世界上没有，我身边也没有。这个世界对我来说不重要，我对这个世界来说也不重要。

所以说，这只是一种留恋。

用玖渚友的话来说，就是一种留恋罢了。

想再一次回到那栋骨董公寓，想回去，再见见大家。

"好像，也不是这么回事。"对，不是这样的。我不想见任何人，没打算见任何人。

万一见到的话，我又能说些什么呢？

"但是，果然还有留恋啊！"

想要被安慰吗？

想要被责备吗？

想要演出伪善的戏吗？

太愚蠢了。

愚蠢也要有个限度。

"真是戏言中的戏言……"

我到达千本中立卖[1]附近的时候，已经是凌晨三点半左右了。因为没戴手表，加之手机在那个时候关闭电源后也没有再开启，所以这只是我大致推测的时间。

在骨董公寓入口处，突然，遇到了春日井小姐。

---

[1] 千本中立卖，日文为"千本中立壳"，日本京都府的地名，昭和时期是京都传统织布公业"西阵织"的中心地带。——译者注

太意外了。这个人,还真是神出鬼没。

大半夜的,你在干什么啊?

"啊。哎呀哎呀——"

"……"

"欢迎回来。"

"春日井小姐。你平安无事啊?"

"回来得还真迟呀。顺便,你看上去好像不是'平安无事'呢。"

"嗯……"

"菲亚特呢?"

"放在那儿了。"

"一姬妹妹呢?"

"死了。"

"这样啊。嗯——"春日井小姐仿佛什么事都没发生一样,面无表情地点了点头。想必在她眼中,死亡这件事,不管是发生在别人身上还是自己身上,都没什么大不了吧。这个人在很早之前,就达到这样的境界了。"那我就搬到楼下的那个房间去喽。两个人住七平方米的空间果然还是太挤了。什么知足常乐都是骗人的呢。"

"……"

"你这是什么表情?什么意思啦,讨厌,真是的,快省省吧。"春日井小姐双手交叉在胸前,仿佛在跟我对峙一般说道,"不要因为自己伤心不起来就想让别人替你伤心好吗?我又没有那种感性。要求别人做到自己做不到的事情是虚伪,要求别人做到别人本来就做不到的事情更是虚伪。"

"是呢。"

"不会为别人的死而感到悲伤，本来不是一件坏事，但是也别把过错都推到我身上来。而且我当初也警告过你了。希望你不要现在才跑来埋怨我呢。"

"你说的我都懂……"我把绝大部分想说的话都咽了回去。其实我根本不想听懂春日井小姐在说什么，也听不懂她在说什么，跟这个人争论，本质上就没有意义，"但是，请允许我确认一件事情……你当初说的不祥的预感，是指朽叶妹妹的事情吧？"

"回答正确。"

回答正确。

不愧是生物学者，而且还是主攻动物方向的生物学者。

"春日井小姐没必要特地搬去小姬的房间。因为我要走了。"

"欸？真的假的？"

春日井小姐好像真的很惊讶。

"嗯。所以，现在是回来收拾行李的……我决定搬去玖渚那里。反正也没脸见公寓里的各位了，而且之前就一直在考虑这个事情了。"

"哦——"

春日井小姐没有发表任何感想。

她就是这种人，对什么事情都没有感想。

"真是一段短暂的相遇呢。"

"我倒觉得已经很漫长了。"

"我会觉得有些寂寞呢。"

"真的吗？"

"嗯……真的假的呢。那我先去一趟便利店，麻烦你在我回来之前收拾好哦。拜拜。"

春日井小姐的表情没有丝毫变化，留下这么一句话就从我身旁走过，渐行渐远。真的好像，明天还会理所当然地见面一样，只留下这么一句轻描淡写的告别，就从我身旁走过，渐行渐远。

我没有回答。

面对那个人，再见也好，后会有期也好；抱歉也好，请多保重也好，似乎都不适合在这种情景下说出口。

或许，我刚才应该这样说吧？

有缘的话，再见吧。

"……为什么呢？"

为什么事情会变成这样？本不应该是这样的。

但是，变成这样的原因其实根本不需要问。很显然，就像我之前无数次思考过的那样，无数次的回答都是同样的，都是我的错。

因果的因在于我。

还是不要跟我有缘比较好。

我说的没错吧？

抬头看着骨董公寓。总感觉……只是两天没有回来而已……看上去，却已然是一座完全陌生的楼房。

无根浮萍。

讨厌这个词。真的，好讨厌这个词。

虽然心底还有些许犹豫，但我仍然踏进了入口。踏进去的一瞬间，当然了，什么事也没发生。跟刚才走在外面的柏油路上的时候一样，什么都没发生。发生了才奇怪吧。

我是不会变的。

根本不用玖渚特地说出来。

这又有什么不好呢？

我已经放弃了，已经死心了。

弱者的大声叫嚣，只会让自己难堪吧？

败者的垂死挣扎，只会让人看不下去吧？

有点自知之明吧。黄毛小子少得意忘形了。

没能力的家伙就老老实实躲到幕后去，别出来了。

明明就是一具行尸走肉，少假装自己有血有肉了。

输了就是输了。承认吧。

我很久以前就已经输了。

不要只是口头说说，从心底里承认吧。坦然面对现实吧。

"我不行了，我不行了，我不行了……"

已经没救了。

登上楼梯，向自己的房间走去。

呃……要拿换洗的衣服、银行存折，还有健康保险证。书之类的……就留在这儿吧。凭我这一点阅读量，光看玖渚那儿囤积的书就绰绰有余了。看来，全部行李加起来，只需要一个运动背包就够了。

打开门锁，进屋。

好黑。

打开电灯。

"……"

"……"

美衣子小姐在里面。

身着黑色甚平[1]，与黑暗融为一体。

这时，她发现我回来了。

"……欢迎回家？"

"……"

"招呼都不打吗？"

"……请不要用这种好像看透一切的语气说话。"我无视了美衣子小姐，径直走向壁橱。唔，之前好像是把存折放在这里了。"还有，请不要随便进别人房间好吗？"

"我是担心你才在这里等着的。"

"担心？多管闲事……"

"是吗……小姬呢？她怎么了？"

吵死了。

烦死了。

1　一种日本传统服装。——译者注

为什么一定要我来说明这种事情啊?

跟我有什么关系啊?

小姬也好,你也好。

明明都是些不相干的人就不能少说两句吗?

"死了。"

"哦。"

美衣子小姐神色如常地点了点头。

从腰间抽出一把铁扇,"啪"的一声打开来,说道:"然后呢?"

"还有什么事吗?"

"小姬都死了,为什么你还在这里?"

"是小姬死了,又不是我死了。所以,跟我又没有关系——"

话音还没落地。

没有声响地,没有间隙地,铁扇一下子打到了我脸上。

闪电一般的冲击力瞬间从脸颊传至全身,我整个人都从壁橱前面飞了出去。肩膀狠狠地撞上墙壁。由于惯性,头也受到猛烈撞击。相当疼,脸也火辣辣地疼。看来,之前被出梦咬伤的地方又裂开了。真是的,好不容易快要痊愈了……很疼的啊。

你干什么啊?

"虽然光看你的表情就知道肯定发生什么了,但我不知道到底发生了什么。"美衣子小姐平静地说,"也没有兴趣知道。但是,你必须回答我的问题。为什么你现在在这里,还有,你接下来准备去哪里?"

"……准备去逃命啊,因为我害怕啊。"

原来我是要去逃命啊。

我在害怕吗?没错。

因为害怕,所以我选择了逃跑。这不是理所应当的吗?

我只不过是理所应当地做了理所应当的决定而已。

我没有错。不要冲我发火,不要责备我。

"哦,这样。"

"不想给别人添麻烦……所以我决定了,缺陷品就该和缺陷品在一起,异类就该和异类在一起。"

"嗯——异类吗?"美衣子小姐蹲下来,与跌坐在墙边的我视线相对,"伊字诀,人在悲伤的时候会哭泣,遇到讨厌的事情的时候会生气,开心的时候会笑,喜欢上一个人的时候会感到幸福,看不惯一个人的时候会吵架,独处的时候会寂寞,和其他人相处的时候会安心。但是,我并不认为,只有这样才叫作有人性。"

"……"

"你说自己是残次品,但是我并不这么——"

"吵死了——"我突然——没有理由地发出了怒吼,"不要以一副自以为很了解别人的样子说教了!少瞧不起人了!干吗自作多情地可怜我啊,我有那么悲惨吗?你知道我什么啊?本来不应该是这样的,简直莫名其妙!本来不应该变成这样的,我都搞不清是怎么回事了!到底为什么会变成这样啊,鬼知道啊,但是既然已经这样了我还能有什么办法!已经够了,无所谓了!反正这也不是第一次了，反正活了这么久，已经有不知道多少人，几十几百几千人，因为我死掉了。事到如今，再多一个两个三个四个的有什么区别吗？你以为我还会有感觉吗？"

盛怒之下，我揪住了美衣子小姐的衣领。

啊，受不了了。

好想就这样撕裂，想把一切都撕得粉碎，想把一切都破坏殆尽。

我完全被愤怒支配了。

是对美衣子小姐的话愤怒吗？

是的。一定是的。

绝对不是因为小姬死了。

绝对不是因为小姬死了。

"再说，我老早就觉得小姬很烦了，一天到晚只会缠着我不放。偶尔心情好的时候对她友善一点就蹬鼻子上脸一副很亲密的样子，我也很困扰啊！说白了不就是个任性自大又狂妄的小丫头吗？她不在了才好呢，轻松多了，反正对我来说很重要的人从一开始就不存在！"

"……"

"美衣子小姐，你也是一样的。你还不是一天到晚，只会说那些模棱两可的话，你要是真的明白我的心情，还会说出那种没心没肺的话吗？装作很信任我的样子，说实话每次听你那些貌似很豁达的说教，我都只会觉得火大！干吗一副知心大姐姐的样子，难道还想要我感谢你不成？摆出一张温柔的面孔，你以为自己为我做了多少事情吗？别对着已经陷入绝望的家伙扯什么希望了！随随便便给别人希望，这个责任你担得起吗？这种行为很恶心欸！恶心死了，就像穿着袜子踩在纸箱上一样恶心！只要没有希望就不会再遭受绝望了，你不懂吗？你为什么就不能放弃我呢？已经够了吧！"

我一吐为快。

把一直积压在心里的东西，全部吐出来了。

"我，最讨厌你这种人了！"

不知道为什么，有一种想笑的冲动。

人和人的羁绊，不过如此。

什么心灵相通。

体贴，温柔，慈悲。

想帮助谁。想保护谁。

可以信赖。可以托付。

真滑稽，追求这种东西，真是滑稽。

太扫兴了，没有比这更扫兴的了。

人最终还是只能依靠自己活下去。

背叛吧。

既然这样，那就背叛吧。

相信别人，相信自己。

我曾经，也很想做到，但是失败了。

我做不到，别强人所难了。

我已经努力到现在了啊!

一直都在努力啊!

让我放弃吧。

倒不如,表扬一下我吧。

因为已经不会再那么努力了。

永远都不会了。

就算表扬我一下也无妨吧。

已经,足够了吧?

我,只是这种程度的家伙而已。

厌恶我吧,蔑视我吧,嘲笑我吧。

随便怎么说,随便怎么痛骂,我都接受。一切诽谤和中伤都是罪有应得,我就是这样一个丢人现眼的男人。没法珍视任何人。我珍视的东西,全都被破坏得一干二净。不管什么时候,我身边的人都无法得到幸福。

我的身边容不下任何人。

"已经够了,让我自生自灭吧,被人关心只会让我烦躁!像我这种无关紧要只会给人添麻烦的家伙,美衣子小姐心里肯定也觉得很烦吧?能趁机跟我这种烦人的白痴断绝关系,美衣子小姐也觉得很爽快吧!其实美衣子小姐早就讨厌我了吧,打从心底看不起我吧?既然这样,就别管我——"

"伊字诀。"

我的脸,突然被一把捂住。

然后顺势被狠狠摁到了墙上。

力道之大，仿佛要贯穿墙壁，推倒整栋公寓楼。

肺部的空气全被挤了出来，我无法呼吸了。

发不出声音，什么都说不出来了。

"我的想法，不需要你来决定。"

"唔……"

"你要怎么说都随你，你要怎么想我也随你，但是少用你那些想法来指挥我。你到底在因为什么愤怒？"

"唔……唔唔唔……"

"不是因为我吧？"

脸被牢牢固定住，无法躲开视线。

美衣子小姐的脸庞猛然向我逼近，眼神锐利。

快停止吧！

我讨厌被人用这样的眼神盯着。

我真的不想再跟人产生联系。

为什么大家都不愿意理解我呢？

"烦死了……真的。快……停下吧，求你了。放过我吧……我会道歉的……所以放过我吧……"我上气不接下气，勉强挤出几句话，"我……自己提过什么吗？有拜托你，同情我吗？有拜托过你跟我做朋友吗？已经够了。我已经无药可救了。所有的一切……都已经来不及了。"

"哦……是吗？"

美衣子小姐——松开了手。

啊，那个瞬间。

后悔涌上心头。

她对我失望了。

她要放弃我了。

不要，我……不要这样。

我讨厌被轻视，但更讨厌被抛弃。

唯独不想被这个人，这样看待——

唯独不想被美衣子小姐这样看待。

"那……你确实是无药可救了。"

美衣子小姐又"啪"的一声，收起铁扇。

"你已经无药可救了。"

"啊……"

这种事情，我清楚得很。但是，不想被人说破，更不想从你口中听到。

"连一个女孩子都保护不了，甚至都没想过要去保护，还只会在这儿啰啰唆唆找借口的家伙，没有活着的价值。一脸想通了的样子，逃避自己的无能，你这种家伙，已经失去活下去的资格了。"

然后，美衣子小姐从铁扇中抽出了一把——事先收纳在机关里的小刀。

长短接近于匕首。形状有点像手里剑。

"怎么？又不想死了吗？"

"……"

"刚才不是讲了一大通吗？既然这样，那就——让我来给你个痛快吧。"

"怎么……这样……"

不，好像确实是这样?

或许，确实应该是这样的?

对啊，我继续这样苟延残喘地活着又有什么意义?

没有必要啊！

没有必要，再这样一事无成地活下去了。

我不是想要安慰，也不是想被责骂。

"现在就来跟你清算一下——随便给人希望需要担负的责任。嗯，怎么说呢？难得跟伊字诀相处得这么好，要杀掉你确实很让我很痛苦，不过，你现在的痛苦和我的痛苦应该也是一样的，这里就算彼此彼此了吧。"

啊——身体动不了，无法逃脱。

但是，意外地没有感到恐惧。

这样是最好的。

咦?

这样真的好吗?

我——是不是误会什么了?

等一下。

等一下啊，等——

"一次。"

咻——美衣子小姐的右手行动了。

小刀一闪而过。

啊……要死了，我这样想。

然后……然后，正当我这样想。

正在我这样想，想法才刚掠过脑海的时候——

"两次。"

美衣子小姐手上的动作，却没有就此停止。

刀光一次，又一次，再一次地往返着。

"三次，四次，五次，六次。"

刀刃每掠过一次——我的右脸，就会被划破一次。

美衣子小姐停止手上的动作后，将小刀往榻榻米上一扔，然后仿佛想要为我止血一般，用自己的手掌，轻轻地、温柔地按压住我的脸颊。

"好了。这样，你就已经死了六次了。"

"……"

脸颊的剧痛，令我说不出话来。

紧闭着的口中，竟然尝到了一丝血腥味。看来有几道伤口，已经穿透脸部的皮肤了。自己的血的味道，果然，一点也不好，很恶心。第一次尝到味道这么糟糕的血——铁的味道。但是，眼前那浸透美衣子小姐手掌的血液，不是绿色也不是紫色，而是鲜红的。

不是蓝色，是鲜亮到刺眼的红色。

"你已经脱胎换骨六次了——如果都这样了,还要说那些愚蠢的混账话,你就是真的没救了。那时候,我会真的杀了你。"

"……"

"现在,你打算怎么做?"

"就算你问我打算怎么做……"我强忍着脸上的疼痛,强忍着胸口的疼痛说,"难道我……我这样的家伙,还能做到些什么吗?"

"起码,你能做到的事情比我多。"美衣子小姐坚定地说,"我才是无能的。除了舞刀弄剑以外什么都不会。但是你就不一样了吧?你能做的事情不是还有很多吗?你能够做到,只是没有去做而已吧?"

"只是,没有去做吗?"

"你现在很难过吧?"美衣子小姐温和地说,"小姬不在了……你很难过吧?那直接说出来就好了啊。为什么非要责备自己,冲我发火呢?你现在最应该做的……并不是这种事情吧?"

很难过,是吗?

我——因为小姬的死,而感到悲伤了吗?

真的吗?

"你说的……没错。"

我说话了。

那是,忏悔的话语。

近似遗言一样的话语。

"问题就出在这里啊,美衣子小姐。我……迄今为止,已经伤害了太多的人。给许多人带去了不幸和痛苦的回忆,我一直在忽视别人的感受。小姬,也约等于其中的一个牺牲品。所以,事到如今,我……我这种人,还有资格悼念别人吗?我已经记不清,自己伤害过多少人,陷害了多少人,欺骗了多少人,算计了多少人。我也从来没数过,自己背叛了多少人,利用了多少人,出卖了多少人。面对好意我只会回报以恶意,面对爱慕我只会回报以憎恶。从来不相信任何人,反过来就算有人愿意相信我,我也只会觉得他们是大骗子。不管被人在背后怎么议论,不管被人当面怎么说教,我都当成耳旁风。我从不相信,世界上会存在能够无条件喜欢我的人。我就是这样一个糟糕至极的缺陷品,在很早以前就无法挽救了,所以事到如今,我还有什么脸面,说自己在为小姬难过——"

"你有完没完啊!"

美衣子小姐大喝一声,以双眼无法捕捉的速度抓住我脖子,我整个人被悬在了半空中。脚尖离开地面,衣服领口被完全勒紧,这次真的没法呼吸了。

"我是不懂你说的那个什么戏言不戏言的,你以为这套跟小孩子一样幼稚的托词对我管用吗?一个从来没与人坦诚相待过的家伙说的话,谁会理解啊!像这样一开始就认定自己无能为力什么都做不到,然后尽情沉浸在自怨自艾之中,是不是很轻松很愉快啊!但是,能不能稍微站在你身边人的角度想一想!这样下去是不行的,为什么你还不懂啊?"

"美衣子小姐——"

"再难堪也好再垂死挣扎也好，总之先做点什么啊！就算被人看不起，也远比你坐以待毙要强得多吧！反抗过，挣扎过，这就够了！大家都是这样，一边与艰难险阻做斗争，一边努力活下去！别以为只有自己活得最辛苦，就跑去选择那种苟且偷生的人生态度！"

美衣子小姐强有力的目光，注视着我。

那双眼睛中，甚至隐隐浮现出了泪光。

刚才还怒吼着的声音也开始哽咽。

"你给我听好了！不管你曾经伤害过多少人，陷害过多少人，欺骗过多少人，算计过多少人，不管你背叛过多少人利用过多少人出卖过多少人！不管你给别人带去了多大的伤害，多大的不幸！就算再滑稽再狼狈！就算无可救药，就算到了今天这个地步！就算你是个从不相信别人的残次品，甚至就算你是个不配为人的杀人者！——这些事情又有什么资格剥夺你悲伤的权利呢？"

"……"

忽然——

仿佛有什么东西落在地上了。

忽然，身体变得轻盈了起来。就在前一秒钟我还坚信不疑的东西，就在前一秒钟还束缚着我的东西，突然变得渺小又脆弱，仿佛一间不堪一击的牢笼。

我到底是被什么束缚住了。

"你其实很喜欢一姬吧？"

"是的。"

"有那个丫头在的时候,你过得很开心吧?"

"是的。"

"托那个丫头的福,你过得很幸福吧?"

"是的!"

我这次——十分确信地点头了。

小姬,总是那么的阳光,任性,爱哭鬼,容易被骗,但是也会说谎。经常用错语法,不擅长学习,但是又非常努力,是个好孩子。我总是拿她没辙。

啊,没错。

这两个月,因为有小姬在,所以我过得很开心。

为什么都没有察觉呢?

明明我之前过得那么幸福。

拥有过那么多的幸福。

我想起来了,全部想起来了。

小姬的一言一行,小姬的模样,甚至连小姬的每一根头发都——

就算想忘也忘不掉啊。明明很清楚地知道,只要忘记了就会轻松许多,可还是忘不掉。因为,之前明明那么开心那么快乐,怎么可能忘记呢?

想大声喊出来,想现在就飞奔到她身边告诉她,想带着真心和诚意去告诉她。小姬,你曾经让这样一个无可救药的人,让这样一个认为活着就没有一件好事的人，在那段短暂的时间里，切实地感受到了何为幸福。

一定不只是我，有这种感觉吧。

美衣子小姐也是，骨董公寓的其他人也是。

就连哀川小姐，一定也是这么觉得的。

我到底是为了什么才出生在这个世界上，又是为了什么活到现在。

早知道要经历这种事情，还不如一开始就不要被生下来。早知道要体会这么悲痛、生不如死的心情，那么从一开始就不要出生的话，该多好啊。

我之前确实是这么想的。

这一点我并不打算订正，也无法订正。

所有的一切都是错误的。

就连我活着这件事情本身都是错误的。

所有的一切都是失败的。

就连我没死这件事情本身都是失败的。

明明都这样想了，为什么？

到底，为什么？

我竟然，从来都没想过，如果当初没有遇到小姬就好了——

"我——"感受着嘴里血的腥味，我开口说，"小姬死了……我很难受。"

"嗯。"

"小姬死了……我很悲伤。"

"嗯……我知道。"

美衣子小姐,松开了手。

我向下一坠,双脚着地。

平静下来了。

地面,感觉是那么安稳。

"我也……很悲伤。"

"美衣子小姐。"

我触碰了一下自己的脸颊。

黏黏的,沾满鲜血。

"我知道……自己能做些什么了。"

"是吗?"美衣子小姐简短地点头应道,"做完之后,你一定会回来吧?"

"嗯……虽然不知道具体会是什么时候。"

"那没关系。随时都行,你想回来的时候回来就好。"美衣子小姐豪迈地说,"因为,这里是你家啊。"

"说得也是。"

我用力地想要擦干脸上的血。

但是再怎么擦也没用,因为血迹已经布满衣服了。

感觉,这样也蛮适合我的。

我不就是一具行尸走肉吗?

活着就像死了一样,没什么区别。

既然如此，那就反抗吧。

那就垂死挣扎吧。

前进是地狱，后退也是地狱。

那就让时间倒流吧。

不管别人怎么看我。

那些事情一点都不重要。

"那，我出发了。"

"嗯，路上小心。"

临走前的最后一刻，我回头看去。

美衣子小姐双臂交叉在胸前，目送着我的背影。

脸上浮现着浅浅的微笑。

没错——

我就是……喜欢她……这个笑容。

"美衣子小姐。"

"怎么了？"

"等我回来的时候，可能会对你表白，所以，你先想一下怎么回复我吧。"

"表白？怎么，难道你喜欢我吗？"

"嗯……大概就跟，美衣子小姐喜欢我的程度差不多。"

"有意思。这还真是有意思啊，伊字诀。"美衣子小姐毫无胆怯，对我说道，"既然如此，我就在这儿等着你回来了。"

"嗯……那我走了。"

希望我们即使无缘，也能再见一面。

我故作潇洒地挥挥手，走出房间，下了楼梯之后，离开了骨董公寓。夜晚的空气冷却了脸上的伤口。这种凉意正适合缓解京都夏日的暑气。

但是伤口，还在不停地流血，很红、很红。

头脑清醒了，以至于明明身处这样的黑夜中，视线却格外清晰，就连空中飞过的蝙蝠的叫声都听得一清二楚。神经也变得敏锐起来，甚至能分辨出晚风吹在肌肤时的细微触感。

我整个人都变得开放了。

我的全身心都被解放了。

真是爽快，真是舒畅。

真是——杰作。

"那么，就让我全力以赴地——去将你杀掉、分解、排出、对齐、陈列吧。"

然后，我出发了。

沿着鸭川一直向前。

翻过山路，走到深处。

前往木贺峰副教授的研究室。

第九章 无意识下

西东天
SAITO TAKASHI
游者

0

他拥有一切她没有的东西，而她拥有的东西他却一样都没有。

1

才踏出公寓大门三米我就晕倒了。

因为贫血，出血过多。

被顺道路过的春日井小姐（从便利店回来，两手都提着装满啤酒的塑料袋，真是颓废的大人。）所救，然后她和崩子妹妹（在睡梦中被春日井小姐叫醒了，干得好。）两人合力为我处理了伤口。

"你是白痴吗？"

刚起床的崩子妹妹讲话相当泼辣。

"把公寓门口弄得跟凶杀案现场一样。楼梯上，走廊上到处都是血。这样看起来更像鬼屋了好吗？"

"抱歉……"

"这是道歉就能解决的事情吗？总之，麻烦你要出门也等到天亮以后再说。伤口很细不需要缝合，那个时候你的体力应该也恢复得差不多了。"

"好……谢谢啊，崩子妹妹。"

"哪里哪里，不客气。"

"伊小弟，道谢的话应该对我说哦。"

"……"

这个时候吐槽太耗费精力了，所以，我姑且对春日井小姐也说了声谢谢。

于是，等到天亮，脸颊右半边上上下下，全被绷带包裹住只勉强露出一只眼睛的我，开始对自己的房间展开搜索。当然，这次不是为了找银行存折和健康保险证。唔，在哪里呢？一个月之前收拾起来的，已经不太记得放在哪里了……啊，对了，在天花板的夹层里。

"春日井小姐，麻烦你当一下人肉椅子好吗？"

"……什么？"

"不是……"

"你不觉得不太合适吗？"

"快点过来帮我。"

不过，就算春日井小姐个子比我高，但仔细想想，让女性站在下面当人肉椅子，好像确实有点违背社会常识。我也没有闲工夫用什么男女雇佣平等法来说服她。于是，只好让春日井小姐骑在我肩上（虽然这个画面，也挺别扭的。）帮我从天花板夹层里拿一下东西。

"哎呀，这是……"

"嗯。"

那是两把小刀和一把手枪。

其中一把小刀是开锁用的，杀伤力很低。与其说是刀具不如说是"开锁专用工具"。另一把则是哀川润直接授予的匕首，异常坚韧，却又出奇的轻巧，形状有点接近医疗中使用的手术刀。最后是手枪——杰里科941。这个，就不用多做说明了。子弹是41AE，还剩三发。

"真是怀念啊！"春日井小姐看着这些东西说道。

对了，回想起来，这个人在上个月的事件中，还曾只身一人与配备了这三件武器的我对峙过呢。

"这不是我们二人齐心合力打败那个邪恶的卿壹郎博士时使用的武器吗？"

"不要捏造记忆。"

确认过能否正常使用以及子弹的数量后，我将手枪放进背包里。匕首型小刀收进了挂在上半身的专用皮套里，另一把开锁工具，思来想去，决定跟手枪一起放在背包里。虽然已经休息得差不多了，但还是有贫血的可能性，插在腰间的话，要是到时候又晕倒就麻烦了。

"那我准备出发了。"

"嗯。话说你不去跟浅野小姐打声招呼吗？"

"不了……"

美衣子小姐，似乎从发现春日井小姐一个人从研究室走回来的时候，就开始不眠不休地等我。所以在跟我说完话之后，就回到自己的房间里呼呼大睡了。

"现在去见她，稍微有点狼狈啊……比起这个，春日井小姐，我有事想拜托你。"

"什么？"

"你第一次把理澄妹妹带回来的时候，从她钱包里拿出过一张名片吧？那个还在吗？"

"扔掉了。"

"……"

这个人真的太差劲了。

"但是内容我都还记得，要给你写下来吗？"

"不愧是理科生……真是帮大忙了。"

"那要不我陪你一起去吧？"

"不用，我一个人更好行动。"

"这样。"春日井小姐还是像往常一样面无表情地说，"不过啊，伊小弟，怎么说呢……你这副打扮直接过去会不会有点不妥啊？"

"怎么说？"

"虽然我觉得像你这么平庸没特色的男人应该不会有人记得，

但是万一那附近刚好有个记忆力超群的人，不就麻烦了吗？"

"说得也是。"虽然有种莫名被羞辱了的感觉，但是她说得确实有道理，"那，我姑且乔装打扮一下再去吧。乔装啊……怎么办。头发剪掉了，现在想要扮女装的话就必须戴假发了……"

"脸上的绷带应该就足够掩饰了吧，不过反倒有可能引人注目。那至少换身衣服再戴顶帽子去吧。那伊小弟，我就不管你了，自己一路上多加小心哦。"

"知道啦。"

"记得带土特产回来。"

"没有那种东西。"

随后，我背起运动背包，走出公寓来到停车场，戴上安全帽，发动伟士牌——

两小时后。

抵达了木贺峰副教授的研究室。

曾经的西东诊疗所。

"咦？"

把伟士牌开到停车场时，我才发现菲亚特、FAIRLADY Z和KATANA都不见了。去哪里了呢？难道进行隐蔽工作的时候，被当作"证据"销毁了吗？不会真的是这样吧，我顿时心寒。FAIRLADY Z先不提，KATANA和菲亚特都是相当古老的车型，很有可能直接被当作废弃车辆处理了。KATANA本来也不是我的车倒无所谓，但是菲亚特如果没了我会很伤脑筋。

"唔……"

我一边考虑着车子的事情,一边绕着建筑物外围,往中庭走去。

处理得真干净啊!

血迹全都消失了。小姬的身体也消失了。

"……"

本来是做好觉悟过来的,亲眼见到这样的场景,情绪却还是有点低落。

看来"善后"工作已经结束了。我给玖渚打电话的时间是……呃,时间感有点混乱……前天的早上吧。所以已经过去了四十八小时,以玖渚机关的能力,从开始行动到结束这段时间已经绰绰有余了。

可是,没想到竟然会清理得如此彻底。

真的没有留下,一丁点儿痕迹。

"这样简直就像……"

我将后半句话,咽了回去。怎么可能说出口。这样简直就像,小姬这个人从一开始就没有存在过啊——这种话,打死我也说不出口啊。

空气中已经没有一丝血腥味了。

即便如此——

"真是戏言啊。"

绕建筑物一周之后,我回到了正面的玄关。

那扇横向开启的大门,已经上了锁。

417

"真是的。"

我从背包中掏出开锁用的小刀，开始操作。只花了五秒钟，门锁就被打开了。拉开门，进屋。摆着一双鞋子，是朽叶妹妹的，只有这个。

"打扰了。"毫无意义地打了声招呼，"那我就进屋了。"

首先……从哪儿开始呢？图书室吧。

我姑且怀着一点警戒心快速穿过走廊——然而，这里已经完全没有人的气息了。全部被销毁了。当然，这里之前也只有朽叶妹妹一个人住，所以生活气息原本就不浓厚——不过，多半还是因为"善后"工作吧。途中路过了那扇被我撞坏的实验室的门，已经被修复得完好如初。然后，终于到了图书室——果然，这里也上锁了。继续使用小刀打开了门。

里面没有人。

没有坐着正在看书的木贺峰副教授。

也没有右肩被扯掉的木贺峰副教授。

"……好像，来这里没有什么意义啊。"

被清理得这么干净，证据也好，当时的现场情况也好，都不可能残留下来了。虽说来这里看一下，也是一种有效刺激大脑，帮助灵感出现的仪式，但是……善后到如此程度也夸张了吧。

唉，算了，毕竟拜托人家进行隐蔽工作的就是我自己。

不过……朽叶妹妹还好，木贺峰副教授好歹是巫女子口中的"名人"，到底是用什么方式隐瞒情报的呢？我没有看报纸或是电视新闻所以不太清楚。难道说，这个事件对外已经算是完结了？

即便已经结束了，也没关系，我能够让它无数次重演。

接下来想去看看浴室，于是我往更衣室的方向走去。这里没有设置门锁。所以，直接开门就能进去，走到最里面那扇门前——这里装有简易的门闩，不过是那种只能从里面上锁的类型。所以不用费劲撬锁了。

手触碰到门的一瞬间，我迟疑了。

不死的少女。

拥有不死之身的少女。

所谓的不死之身，到底是怎样的呢？

不死之身，不老不死。

那个时候的她——真的已经死了吗？

有没有这种可能性。

如果，那个时候她其实还没死——

那个时候的她其实还活着的话。

"事态也不会有什么改变吧。"

我停止脑中愚蠢的妄想，打开门。

朽叶妹妹的尸体——不在里面，不在任何地方。

"肯定，已经死了啊。"

关于她的事情，我毫无保留地全部告诉了玖渚——所以，被玖渚机关回收的她的身体，接下来一定会受人摆弄，被人拿去做各种研究吧。

太可悲了。

不，这算可悲吗？

为了这种事情——人死了以后才发生的事情，死亡一段时间之后才发生的事情唏嘘，说到底，不过是活着的人在自作多情罢了。会这么想是不是说明，我和朽叶妹妹的关系其实并没有那么要好呢？

可是。

若要问除此之外我对朽叶妹妹还有什么感想，我只能说，我们之间的言语交流，还是太少了。或许，我当时该跟朽叶妹妹再多说一点话。

我们相处的时间，实在是太短了。

我只能这么说。

"……"

我关上门，离开了更衣室。

接下来，去二楼。

回到走廊，爬楼梯到达。

离楼梯较近的这间病房。

匂宫理澄、匂宫出梦——匂宫兄妹。

开门，看向房间里面。

当然了——里面同样也是一尘不染。

"真是服了……"

这下不是白跑一趟了吗？

走出房间，前往它旁边的病房。也就是我和小姬那晚留宿的房间。这个房间里没有死人，所以其实不看也可以。

我走进去，果然里面还是原来的样子。

也不知道这里有没有被清扫过……啊，不，看来这里已经被打扫过了。床上用品都归置到了原位。被子被整整齐齐地叠好，那个被子里包裹着小姬的伪装形态，已经不见了。洁白的床单平坦地铺在床上，连一丝褶皱都没有。

"嗯？"

说起来……那个时候的那个，到底是什么呢？

我早上起来的时候看到那个，以为小姬还在睡觉。但是后来的事情表明，那个时间点，小姬其实已经不在被子里了。但是……但是我前一天晚上洗完澡回到房间的时候，情况又如何呢？那个时候，我见到的是小姬吗？因为她把被子裹得严严实实，所以我也没办法确定。但是，就算我没有亲眼见到小姬在被子里，也不敢保证小姬当时就不在被子里。

"保证……"

我面朝下，一头栽到床上。然后闭上眼睛，开始思考。

说是思考，其实更像是在回忆。

"为什么呢——那是小姬自己放的吗？如果不是小姬……就是其他人，为了不让我察觉到小姬不在了……才那样做的吗？"

可是，为什么呢？

那么大费周章地……不管是谁，使用那么兜圈子的障眼法，搞了半天结果只是为了骗过我一个人……与其说是不明所以，倒不如说是相当诡异。

我一直耿耿于怀的事情，这是其一。

然后，还有其二。比起其他事情，这件事情的违和感是最强烈的。

不自然……异常……

"那个时候我见到的饕餮者……究竟是哪一个人格？"

那天夜里，我洗完澡在走廊和木贺峰副教授说了一会儿话，然后想回房间时，在楼梯处，与我擦身而过的那个身影。那究竟是出梦，还是理澄妹妹呢……还是说两个都不是呢？

宛如一具空壳。

仿佛一切归零。

"可是……不管是理澄妹妹，还是出梦，都没有说过——还有第三人格……"

不对，等一下。

会不会存在着，那两个人都不知道的，也感觉不到的第三个人格呢？理澄妹妹，不是也一直把"自己"的另一人格出梦，当作是"另一个人"吗？如果按照这个逻辑，第三人格的存在也不是完全不可能……就算真的存在出梦和理澄妹妹都不认识的第三个人，就算真的存在出梦和理澄妹妹都不知道的第三种人格，或许也不奇怪。

"嗯……"

虽然只是我的突发奇想，但是这个方向性也不坏吧？原本以为只是双重人格，但实际上还有第三人格。谁也不知道的第三个人格，听起来可能并没有什么威慑力——对"名侦探"的工作来说也没有什么帮助，可是，对"杀手"工作来说——不是正好可以用来制造一个绝妙的诡计吗？

可是……如果是这样的话，子荻妹妹应该会搜集到相关的情报才对。那个子荻妹妹，那个能够以千变万化应对千军万马的子荻妹妹，不可能察觉不到这种层次的伎俩。但是，也有一种可能是，子荻妹妹当初并没有把自己掌握的所有事情全部告诉小姬……正所谓想要欺骗敌人就要先欺骗自己人，这种战术在那个女孩面前根本就是班门弄斧、布鼓雷门吧。

话又说回来了，假设真的有第三人格，比如说就叫歪无弟弟吧，那又怎么样呢？多一个人格，事态也不会发生什么改变吧。不管有多少个人格，肉体终归就一个，肉体能做到的事情也就那些，又不是长着三头六臂。多重人格的数量增殖的诡计，对"杀手"的工作来说或许有些帮助，但是在这次的事件中，好像并没有什么存在的必要。

这样的话，又要伤脑筋了……

突然，陷入僵局了。

"距离哀川小姐知道这件事……还有三天……呃……话说该从哪一天开始算的三天呢，算了，就当是后天吧。"

可能的话，想在那之前尽快解决掉。

423

说实话，从情理上来讲原本应该是由我主动联系哀川小姐的……可是，我真的没有脸去见她。但是我不想联系哀川小姐的原因，并非只是因为想自保。假如哀川小姐亲自出马，一定会雷厉风行地将整个事件从头到尾，从里到外，寸草不留地解决完毕吧。

我就是不想那样。

我——想靠自己做些什么。

可能，这只是我的一种自我满足吧。

小姬到底想要什么，我无从得知。随便揣测死去的人的想法，那才是真的自私。更别说，拿死去的人来当作借口，更是人渣。总是以自我为中心是不对的。

虽然知道这样是不对的。

"还是想为小姬做一点力所能及的事情。呵，我还真是会给自己找一些冠冕堂皇的借口啊……"

这时。

忽然某处传来声响。

虽然没有马上从床上爬起来——但警惕的信号还是在一瞬间传遍了全身。刚才那是……什么声音？好像是玄关的门被拉开了？由于警戒而变得敏感起来的感官开始全力运转。声音，声音，集中精神，捕捉声音。

"嘎吱……嘎吱……嘎吱……"

有谁在走廊上行走。声音停了。正当我这么觉得时，又传来了纸门被拉开的声响。没有听到门关上的声音，隔间被拉开了，紧接着某处的窗户也被打开了。

在检查房间？

是玖渚机关的人？不可能，不管怎么看，清理工作都已经彻底结束了。而且来这里之前，我也知会了玖渚。如果玖渚机关的人有什么行动，玖渚应该会提前通知我才对。

"嘎吱——"

这时，我听见了有人踏上楼梯台阶的声音。"嘎吱嘎吱嘎吱嘎吱"，声音持续着。上二楼了。情况到了这一步，我终于翻身下床，抽出了皮套里的小刀。

隔壁病房的门被打开了。

是按顺序在查看吗？

关门的声音。

接下来……就该到这儿来了。

我握紧小刀摆好架势。已经来不及把包里的手枪取出来了。

"……"

屏住呼吸，等待门开启，然后——

"嗯？"

门开了。

门外站着的是狐面男子。

熟悉的狐狸假面，纯白的衣服。

"你是……好像在哪儿……"狐面男子偏着头，有些暧昧不清地说，"唔，不是。啊，对了。外面停的伟士牌……我就觉得好像在哪儿见过,仔细一想车牌号确实也一样。"

"怎么会是你?"

"'怎么会是你'。呵呵。"

狐面男子摘下面具,将素颜展现出来。然后用那双和我认识的某人极为相似的脸和眼睛俯视着我说:"缘分原来就在这里啊……真是耐人寻味。你不这么觉得吗?"

"呃……不……我只是……"

"总之把那个危险的东西放下再说吧。"

"啊,好……"

"呵呵呵。"

狐面男子十分诡异地笑了。

2

我和狐面男子从病房移动到了会客室,两人隔着矮桌面对面而坐。在此之前,我先去厨房泡好茶,端了过来。狐面男子摘下面具,喝了一口。

"理澄和出梦没有回来。"

"啊……对了,好像听理澄说过……现在暂时借住在你那儿。"

"我也不是京都本地人。这里只是我的活动据点之一……是我委托理澄,让她潜入这里,调查一下有关木贺峰……副教授的研究……之类的事，嗯。"

"……"

"然后，她一直没回去。所以我推测可能是在这里发生了什么，于是决定亲自过来看看。"

"开着上次那辆保时捷吗？"

"嗯。我对车没什么研究，只是从以前起就很喜欢那款车型。"

"那个……狐狸先生，你知道出梦的事情吗？就是匀宫理澄和匀宫出梦……两人实际上是表里一体的关系……"

"表里一体的关系。呵，这个表达方式不错，很有你的风格。"狐面男子说，"嗯——那个，我大致是知道的。知道是知道的，要不然，也不会专门养着那种家伙啊。"

"……"

"我本来是不想到这种荒无人烟的地方来，但是——不知道为什么，好像有人进行了隐蔽工作。理澄来过这里的痕迹，全部被清除了。事情变成这样，我也不能再隔岸观火了。所以才专门过来一趟探个究竟——刚才你说了'好像听理澄说过'吧。"

"……"

"看来，你知道的还不少啊。"狐面男子用确信的口吻说道，"都告诉我。"

"也不算什么……事情吧……"

不对劲。玖渚机关明明已经彻底进行过隐蔽工作了——就算隐蔽工作还在进行的途中。这个男人……以如此形式堂而皇之地出现在事件现场，未免也太蹊跷了。从刚才开始，我就一直在思考这个问题。再说了，隐蔽工作不就是为了不让人察觉而进行的工作吗？那么，为何这个狐面男子，能察觉到这里的异常呢？

为什么呢？

好奇怪。这不正常，这不可能。

如果存在这样的可能性……除非……这个男人……属于玖渚机关政治力量的管辖范围之外。只有这种可能——

这个推测，顿时让我紧张起来。

小心行事，绝对不能放松警惕。

同时，我还有另一个想法——

绝对不能错过这个机会。

这个人——雇用了匂宫兄妹的这个人身上可能隐藏着什么线索。

"你派理澄妹妹和出梦潜入这里的时候，我正好也在。我是来参加打工的面试……"

"哦，原来如此。然后呢？"

"继续这个话题之前，我还有一件事情想问……"面对狐面男子的催促，我慎重地选择了一下用词说道，"虽然只是我个人毫无根据的猜测，可以吗？"

"但说无妨。"

"你跟……前诊疗所时期的所有者——西东先生，有什么关系吗？"

"哦。"狐面男子将面具拿起来，重新戴好，"是那两个人告诉你的吧。不过，你为什么会这样想，可以告诉我理由吗？"

"只是胡乱猜测的啦……听了木贺峰副教授和朽叶妹妹，以及出梦的话，稍加推理得出的。还有，上回我提到木贺峰副教授的名字时，你的反应……结果就是你给理澄妹妹和出梦下达的指令。'潜入这间研究室进行调查'，以及隐藏在这个指令背后的真实用意'杀掉木贺峰约和圆朽叶'。把这些线索串在一起，我就推测出了这样的结论。"

"净是些多嘴的家伙……"狐面男子看上去一脸无奈，"尤其是那对匂宫兄妹。虽然他们确实能派上用场，但是，不管是哥哥还是妹妹，都有点过于活泼了。话虽如此，太过冷淡的性格也不是很好……特别是那种外面看上去如冰山一般冷酷，实际上内心却藏着一把烈火的人……现在回想起来，纯哉不正是这种性格的典范吗？"

"纯哉？"

"嗯。啊，不好意思，是我一位故友的名字。看上去阴沉性子却莫名的刚烈，真是拿他没办法啊……你最好也注意一点。毕竟，天真烂漫的家伙才比较好利用。当然，前提条件是脑子要聪明一点儿。单纯的笨蛋是肯定派不上用场的。"

"……"

"让我们把话题回到你刚才的问题上吧……关于这件事情，你的猜想只对了一半。要说错呢，也只能说是错了一半。因为——我正是那位'西东先生'本人。"

"欸……"

"很惊讶吧。"

狐面男子像唱戏一般，十分夸张地耸了耸肩。

然后，缓缓地环顾四周说道："没怎么变啊……就好像时间在这里停止了一样。跟二十年前一样，什么都没有改变。"

"二十年……"

没有变的原因——大概是朽叶妹妹的一片心意吧。

她一直……这二十年来一直……在管理着这里。细心照料着这个地方……以及自己的身体……保持着时间停滞的状态。

为什么呢？

一定是为了——

"当时的我才二十岁左右吧。在高都大学当教授……这种充满噱头的职务，自己都觉得好笑。简直就像一只招揽客人的大熊猫。"

"……"

我认识小学阶段就取得博士学位的人，所以倒不会被二十岁的大学教授震惊到。不过，这个男人居然就是"西东"本人……既是那个木贺峰副教授的恩师，同时也是朽叶妹妹当作"恩师"敬重的人，这件事我是完全没有想到，实属意料之外。

我一时间不知道该说些什么。

狐面男子却滔滔不绝地继续说道："其实要我自己来说的话，大学那边反而像副业，这里的诊疗所才是主业——所以社会评价什么的都不用当真。不管怎么做，都无可避免地会被误会曲解。好了言归正传，木贺峰……约，还有圆朽叶，真令人怀念啊……不过，其实上回从你口中听到木贺峰的名字之前，我早就忘得一干二净了。没想到那两个人，竟然还待在这种地方，继续着我的研究。"

"那两个人一直在等你啊。"

虽然我没有听到她们亲口这样说过。

但是，还是能够知道，那两个人一直在等待着。

等待着某件事或是某个人。

疯狂地，着迷地等待着。

"那也没办法，忘了就是忘了。"狐面男子干脆地说，"不过也怪我疏忽了——听到京都这个地名的时候就应该马上想起来的。仔细想想，此地可以算是我的起源之地了，我的一切就是从那个不死的少女开始的——人啊，意外地容易忘记初心呢。我都震惊了。"

"忘没忘记先不提。如果你是西东先生的话那就更奇怪了，为什么你要杀掉那两个人？为什么要委托出梦做这么残忍的事情？"

"这是误会，或者说是语言导致的歧义吧。我并没有打算杀了她们……对我来说，那两个人早在二十年前，就已经跟死了没什么两样了。如果她们还没能死掉的话，就替我做个了结……我应该是这样吩咐出梦的……之前也提到过吧？这里就是我还年轻不懂事的时候想要与命运抗争，所留下的后患。随随便便施与别人希望的责任之后，我不得不担负起责任结束一切。不过，现在想来，这种话跟出梦讲了也没用吧。毕竟那个家伙，对别人说的话最多只能听进去一半的一半的一半。"

"……出梦。"

"正因如此，那个家伙才需要理澄的协助。出梦，与其说是暴力不如说是一种兵器了，已经不是以一当千能形容的。使用方法稍有不慎，甚至会变成仅凭一人就能发动战争的狂战士。你知道他为什么要把双手束缚起来吗？"

"呃，那个，好像听他说过，不那样的话，自己都无法控制自己的力量……"

"匂宫出梦，'饕餮者'的传家宝，也是一击必杀的绝招——'一口吞食'（Eating One）……那是，他同时使用平时被封印起来的左右手的一种连续进攻的招式。坦白说，我第一次亲眼见识到那个招式的时候都被震撼了。那个家伙，一定可以成为匂宫集团史上的最强杰作……不过，这也是几年以后的事情了。毕竟想要被承认是最强杰作，现阶段他的资历和名气都还不够……当然，为了达成这个目标，理澄的辅助是必不可少的。"

"理澄妹妹……那边的人身安全……这个说法可能有点奇怪，总之就是，如果有那么一天的话，理澄妹妹的处境不是很危险吗？虽说她是重要的辅助力量，但是理澄妹妹那边，完全没有战斗能力的啊？"

"看来你还是没懂啊。我反而觉得理澄比出梦更加可怕呢。要下手杀死那样一个纯洁得宛如婴儿一般的小女孩，要杀死那样一个弱不禁风、惹人爱怜的小女孩。你能想象出世上有比这更残忍的行为吗？你应该能想象吧，击溃手无寸铁的弱者，杀死活生生的人时，产生的罪恶感。事实上，你不也是吗？恐怕在不知不觉中，就对晕倒在路边的理澄伸出了援手。"

"……"

"因为柔弱反而刚强……强即是弱，弱即是强。这个道理，出梦没跟你讲过吗？虽然作为侦探来说，理澄并非毫无能力……但是她最大的作用，其实是作为出梦的防御机制。无论是在肉体层面，还是精神层面。"

"可是，这样的话，理澄妹妹不是……太可怜了吗？不，我知道面对原本就是被人工制造出来的人格，感慨可怜什么的可能无济于事，可是——"

"可怜吗？你看起来挺聪明的，但总是反应不过来最关键的部分啊……"狐面男子的语气，完全是把我当成了没有理解能力的笨蛋，"你觉得，匂宫兄妹，那对餍寐奇术之匂宫兄妹中，出梦和理澄，谁是'外层人格'，换句话说，你觉得谁才是'主体人格'？"

"那肯定是出梦吧。"

"蠢材。"

痛快地挨了一句骂。

狐面男子又"呵呵呵"地嘲笑起我来。

"虽说，出梦和理澄都是人为制造出来的，刻意被分割成强与

433

弱两种极端的人格，但是从整体来看，那家伙化身为杀手的时间，可谓是少之又少。那家伙是职业杀手，又不是杀人狂魔，不可能一天从早到晚，二十四小时杀个不停吧。也就是说——'饕餮者'出现在'表面'——即日常生活中的时间，只占极少的一部分。所以影子——即隐藏在背后的'内部人格'，反倒是出梦那边。"

"……"

"匂宫兄妹二人中，'汉尼拔'出现的时长才是压倒性的。话虽如此，控制肉体的时长也不代表一切，要说起来，那两个家伙其实是互为表里的。"

"……两人等于一人。"

"一人即为两人，这就是匂宫兄妹。"

原本以为两者是互相扶持的——

但实际上，两者的关系又过于紧密。

话虽如此，但又好像不只是这样。

对出梦来说，理澄妹妹的存在方式。

对理澄妹妹来说，出梦的存在方式。

这已经不是思考方面的问题了。

这已经不能用一般论来衡量了。

我不禁再次陷入沉思。

这时，狐面男子轻轻"哼"了一声，打破了沉默。

"话题扯远了，回到正题吧。"

"啊……是呢。那么，我有一个疑问——你刚才说如果木贺峰副教授和朽叶妹妹没能死掉的话,这是什么意思?"

"就是字面意思。这个事情不太方便向局外人说明……嗯,不过,你也不完全算是局外人。只由我来问自己想知道的事情,未免有些不公平。"狐面男子先做了一下铺垫,又接着说,"那两个人,已经在二十年被我杀掉了——不,不对。用一般人的话来说,应该是抛弃,或是舍弃。对,是这个词……这么说才是正确的。我将那两个人舍弃了。"

"我还是……没太懂。"

"'不死的研究'原本是我的研究课题……你听朽叶说过了吧,当时我在研究那个课题。说来不怕你笑话……那时候我才二十岁左右,也就跟你现在的年纪差不多吧?"

"我已经满十九岁,半年了。"

"'我已经满十九岁,半年了'。呵呵,那年龄正好一致……当时的我,非常非常不想死,说极端点就是想长生不老。"

"哦……"

这种想法大概每个人都有过,但是仔细想想,二十岁就能对这件事情有如此大的执念,可能的确罕见。年轻人,或者说那些还不成熟的人,大多是虚无主义者。想要追求长身不老,应该是在更晚一点,更老成一点的时候才会去考虑吧。

"我曾经计算过。如果想要了解我感兴趣的全部东西,所有领域,总共需要花费多少时间——计算出的结果是个天文数字。起码以人类寿命极限的区区一百二十年,完全不够用。就算凭我的思考速度和演算能力，也远远不够用。我以前也真是的，居然会去算这么愚蠢的东西。"

"哦。"

"我并不怕死，只是害怕活着的时间不够用。害怕自己在还没弄清楚所有想知道的事情时，人生就结束了。不知道的事情还留着，人却已经死了，这种事情，当时的我是完全无法接受的。"

"所以你……才开始了'不死的研究'吗？"

"遇见朽叶，也只是一个单纯的偶然……真的只是偶然。简单来说，就是我从朽叶的前任饲主那儿，将她接手过来的。"

"也是其他的研究机关吗？"

"不是的。以前的朽叶，更像是被暴发户饲养的宠物。话说，你见过朽叶了吧——朽叶她现在怎么样了？看起来像是几岁呢？"

"十七……十七十八左右吧，看起来也就那么大。"

"那跟我认识她的时候一样。"狐面男子说，"我与朽叶初次见面的时候，她的外表年龄和肉体年龄，也差不多是这样。你要是不相信的话，可以去那边的诊疗室……现在好像变成实验室了吧，去那里看一下就知道了。那里多半还留有二十年前的照片。"

"那……被当作宠物饲养是指？"

"就是你理解的那个意思。就是你想象的那种如同地狱般黑暗的意思。拥有不死之身的人啊，不管怎样都会被当作珍禽异兽看待的。只要不被当作怪物看待，就已经算是人道的了……四肢健全地活到现在，已经是奇迹了。所以当时为了买下她，花了我不少钱。

之前那个饲主好像很喜爱朽叶……不管以哪种形式，被人爱着的感觉总是不坏的。但也正是因为这个原因，成交价格高得离谱。害得我不得不掏出了积攒的全部财产。"

"……"

什么人权，什么伦理，都不在考虑范围内了。

毕竟问题本身就违背了常理，这也是无可奈何的吧。

"之后……我跟朽叶，相处了大约半年的时间……期间木贺峰等志同道合的人也有来协助……呵呵，木贺峰啊。不知道为什么跟她还挺合得来……如果她再稍微有才能一点，当时也就能一起继续往前走了吧……没想到，在那之后她竟然一个人坚持到了现在。无能还真是人间悲剧啊。"

"为什么……你要放弃对朽叶妹妹的研究呢？"

"因为我发现了那是无用功。"狐面男子直截了当地说，"那是一种，绝无仅有的基因突变。虽然她本人只有约六十年的记忆——毕竟，脑容量是有极限的。与其说是容量，不如说是记忆吧。你对十年前自己还是小鬼头时候的记忆，也是模糊的吧。这也同理，根据催眠疗法的结果我推算出，朽叶起码已经八百岁了，这一现象本身是值得高度评价的，但是……呵呵呵……你一定觉得她明明活了八百年，性格怎么还是那么小家子气吧。这个其实与活得长短没有什么关系。当然，她的外表也容易让人产生先入为主的想法……呵呵，八百年。这现象本身是值得高度评价的，但是，朽叶的那种变异，根本无法延续到下一代。作为人类，朽叶虽然具备了堪称完美的机能……身体健康，免疫力极强，自愈能力和再生能力都非比寻常，却唯独没有生育能力。说白了，就是无法留下子孙后代。如果能做出朽叶的克隆人当然另当别论，但是这又需要一种能完美复制她的变异细胞的高精密技术。简而言之，她的不死之身，根本不能在其他地方派上用场。"

"所以你就舍弃了。"

"不过，我并没有对她们两人明说。或许在她们心里，还没有觉得自己被舍弃了吧……呵呵。但这并不代表我放弃了自己的追求……我只是转移到了下一个舞台。可惜在那个舞台上，我也失败了……岂止是失败，简直是彻彻底底的大失败。好像之前也提起过。然后又进展到下一个……的下一个的下一个，便是我之前委托理澄去寻找零崎人识的那个任务……看样子仍然是失败告终。再加上这次的任务，原本只是想让出梦顺便来善后一下，结果不知道为什么理澄和出梦都没回来，真是奇怪极了。"

"……"

零崎人识。那家伙……被放在了那样的舞台上？

"我的这些事情就留着我自己慢慢想吧，先不说这些了……那两个人居然一直坚持到现在，其实也蛮可怜的。别看我这样，其实我也多多少少会念旧情的。这种心情怎么描述呢……就像见到一台电脑在按照设置的程序永无止境地计算圆周率……或者是怎么努力也喝不到瓶底水的那只乌鸦，抑或是用破洞的勺子不停舀水喝的妖怪，又或者是机能已经停止却仍然只能永远围绕着地球旋转的人工卫星……看着她们就好像看到了这类东西一样，感到悲哀。其实，不管我有没有委托出梦来善后，结局都不会改变。遵循故事安排的她们，在其他的地方死去，或是像行尸走肉一样度过余下的人生。对那些虽生犹死的人来说，只有这么两条路——去死，以及没能去死。既然这样，不如死了更好啊。我是这么认为的，要我说呢，这反而是一种慈悲。我就相当于帮切腹者早日脱离痛苦的介错人[1]。同时我也承认，另一方面也是为了抹杀自己的过去。"

"遵循故事的发展——你就因为这种东西，这种理由，就决定杀掉两个人吗？"

"那你觉得，基于什么理由才可以杀掉两个人呢？如果是两亿人的话，是不是就必须打着正义或是和平的旗号，才能够杀掉他们呢？道理是一样的。对我来说，这个理由已经足够充分了。"狐面男子仿佛完全不觉得自己做错了什么，"更何况，其中的一个根本就不算是人。"

"……也是。"

"哦。本来我都做好心理准备，以为这句话也会被你从道德角度批判两句，结果你意外地冷静啊。"

"因为我知道跟你讲这些也是浪费口舌。而且……"

"而且，事情并没有按照我的计划顺利发展。"

狐面男子指着我说："我的讲述差不多可以到此为止了吧。如

---

[1] 日本古时的切腹自尽仪式中，为减轻切腹者痛苦，在切腹者剖开自己腹部后会由身后的"介错人"挥刀斩下切腹者的头颅，使其更快死亡。——译者注

439

果再深入讲太多的细节，会侵犯到那两人的隐私……况且，这都是陈年旧事。二十年以前的事情，我的记忆早就模糊了，没有什么话题比讲得含糊不清的个人私事更无聊的了。所以，现在该轮到你来告诉我你知道的事情了。出梦和理澄究竟出什么事了，快从实招来。"

"知道了……不过，我也一样……不想夹杂太多个人私事，所以只能简略地说明一下大致情况，这样可以吗？"

"无所谓，正好我也不想听太啰唆的话。"

"那，我就开始讲了。"

我把从十五号傍晚到十六号早晨发生的全部事情，简明扼要地向狐面男子说了一遍。就算狐面男子真的是超出玖渚机关控制范围之外的人，想知道事件的真实情况，除非去拜托小豹，否则是绝对不可能查到的……在我讲述的过程中，狐面男子一直认真听着，只是偶尔会穿插一两句对话。我无从得知面具下他的表情，但感觉从始至终，都是一副意味深长的样子。不过，我并没有义务要告诉他所有细节，所以关于隐蔽工作其实是我（确切地说是玖渚机关）做的这部分，就适当地编造了一些谎言糊弄过去了。

"哦。"听完全部经过之后，狐面男子开口了，"原来如此——被杀了两次的匂宫兄妹吗？"

狐面男子自言自语着，和平时的状态一样。没有任何哀悼的感觉，仿佛只是在确认一个事实。

"能占用你一点时间，回答我几个疑问吗？你刚才的讲述中，有几个部分的线索实在少得可怜。"

"只是几个的话,可以。"

"那个紫木一姬的名字……我好像有听说过。在我的印象中,有一个被称作'危险信号'的人,好像就叫这个名字。"

"呃,这个嘛,我不太清楚她有没有被这样称呼过……毕竟,我们的交情还没有深到那种程度。"

"'交情还没有深到那种程度'。那我换一种说法吧……那个紫木一姬,是不是以前曾跟市井游马——被称作'病蜘蛛'的异类是一对搭档?"

"这你都知道吗?"

一个驯养着"匂宫"的杀手的人,知道澄百合学园倒也不奇怪。但是,就连"饕餮者"出梦,对于紫木一姬这个名字都没有了解得这么详细——

"果然是这样。那么,那个叫紫木一姬的女孩,就是'琴弦师'了吧……而且还有着与'病蜘蛛'媲美的实力……"

"……是又怎么样呢?"

"没什么,只是惊讶于你交际圈的广泛。不仅跟木贺峰和朽叶有来往,甚至还跟'病蜘蛛'的弟子是好朋友。"

我仿佛能感觉到狐面男子藏在面具下的严肃目光。

"这未免也——太过偶然了吧。"

"本来就是偶然啊,这些事情。"

"呵,是吗?你可能觉得紫木一姬的死是自己的责任吧,但这是不对的。她会死是因为她命中注定迟早会死在某个地方……既然顶着'危险信号'这样的名号，就算这次没死在这里，总有一天，也会有如同死亡形式的离别在等待你们。你该为之悲哀的，不是紫木一姬的死，而是被她的死牵扯进去的自己啊。"

"这……"

能否认吗？

刚才狐面男子说的那些话，不就跟我之前拜托出梦的事情——如果一定要杀木贺峰副教授和朽叶妹妹，请在我看不见的、与我无关的地方下手——只要别在我面前杀人就好，几乎是一个意思吗？

假如小姬是因为交通事故，或是因为疾病去世的——我就不会管这么多了，不是吗？

然而，这种假设，这种后悔，又有什么意义呢？

"没有意义……怎么可能有意义。只有能导向最终结果的过程，才是有意义的。换句话说，就是story——故事。木贺峰副教授和朽叶也是同样的，她们的死不过是故事中的一个小篇章，死了也好，活着也罢，都跟死了一样，没有区别，因为属于她们的故事就是这样的。"

"故事……故事吗？你刚才……包括之前见面的时候，也说过同样的话……"

"看来你对故事还是抱有轻视的态度。算了，不相信也无妨……但是，我举个例子吧。根据你刚才的讲述，你和出梦第一次见面并不是在这里，而是别的什么地方……啊，这也是我的第二个疑问。那么，你最初见到出梦是在哪里呢？"

"呃……就是前一阵子，某天晚上，他昏倒在路旁……正好，被我撞见了。"

"原来如此。没错，就是这种情况。喂，小哥，如果非说这也是偶然——你不觉得有点太凑巧了吗？在遇见昏倒在路旁的出梦之前，你才刚帮助过同样昏倒在路旁的理澄。"

"不……不是这样的。当时出手帮助理澄的，是那个中途提前离开的生物学者。"

"啊，春日井春日吗？这也是位名人啊……有名的'怪人'。但是这都无关紧要。即便那个春日井春日没有把理澄捡回去，你也会把她捡回去。即便你没有把理澄捡回去，你的其他朋友也会把她捡回去，安置在你会去的地方。如果不这样的话——故事，就无法进展下去。"狐面男子笃定地说。

"……"

"啊，还有……理澄是昏倒在路边了，但是出梦那个，准确来说不是昏倒，那家伙是在狩猎。"

"狩猎？"

"因为身为杀手的职业病已经病入膏肓了。那个拘束衣，就是为了防止他狩猎时出手过重才戴上的枷锁。对那个世界的人来言，其实也不算什么稀奇的事情……尤其是那家伙，几乎将自己的弱小全部交给理澄承担。如果平日里不进行狩猎，找人互相厮杀撕咬的话，人格就会出现不安定的症状。"

443

"……"

每天一小时的杀戮时间。

这句话原来从头到尾都不是在开玩笑吗？

"把全部精力都投入杀戮工作，结果不小心变成了杀戮爱好者（Worker Holic），现在甚至已经演变为杀戮中毒症（Killing Junkie）了。连餍寐奇术集团——匂宫杂技团都对他感到棘手，所以由我来收留他反而正合适。"

"欸……"

好像，又变成了另一个世界的话题。

这个狐面男子究竟是——哪个世界的人。

"而那次狩猎的猎物，就偏偏选中了你，这件事……你又如何解释呢？我认为那是故事的一环，你一定不这么认为吧。还不懂吗？这根本不是概率的问题啊。"

"不是概率的问题吗？"

"跟概率毫无关联。之前也说过吧，时间收敛和替代可能的概念。你会在此，在这个地点，再次遇到我，只是单纯的偶然——你一定是这么觉得的吧，但其实不然。现阶段的你已经和木贺峰约以及圆朽叶产生了交集——而木贺峰约对你感兴趣的原因又跟我有关系。将我与你之间，通过匂宫理澄、匂宫出梦、木贺峰约及圆朽叶等人构成的流程图（Flow Chart）联系起来——所以，我和你如果没有再次相遇，反而奇怪。无论过程中发生了什么，结果，我们二人的轨迹都将被连接到一起。"

"轨迹吗？"

"硬要解释的话，就是不确定性原理吧。这世界上不存在所谓的标准答案……所有解答都是正确的。把世界和人类分解到量子单位，进行积分微分，然后加以解释，最后完成证明。现阶段我的目的用这种方式来表达是最为贴切的——言语表现的方式，这已经是极限了。没错，无论过程中发生了什么，最终，一切都将朝着既定的一点逐渐收敛。即使流程图可以有无限条分支，最终也还是会朝着那唯一的一点收束。而那个最终焦点（Point），我将它称之为——终章（Epilogue）。"

"……"

"我就是想见证那个终章。"

狐面男子的语气绝不是痴人说梦的语气，而是无比认真，无比严肃，无比坚定，甚至容不得一点反对意见的语气。

"对我来说，感觉是很遥远的话题……"思索片刻之后，我坦白地说出自己的真实感想，"即便事实如此——你的设想都是正确的，那个故事里也不会有我出场的余地啊。"

"'不会有我出场的余地'。呵呵。这一点不用你说，我早就察觉到这会是个难题了……毕竟，即使在量子世界里想要成为一个纯粹的观测者，本来就是矛盾的。"

"你想问的就这些吗？"

"嗯……啊，没错。我在意的只有以上两点。"狐面男子轻轻颔首，"其实，第二个问题纯属好奇，对于揭开事件的真相来说，第一个问题更为关键,即有关紫木一姬的问题——呵呵。原来如此……罢了……也不是不能理解。笼中的小鸟,如果永远只能在那种小天地里活动的话,也受不了的吧。呵,这种心情嘛——嗯,也不是不能理解。"

"……啥?"

"没事。我得感谢你,多谢多谢。知道这些,我心里畅快多了。差不多可以打道回府了……你也赶紧回去吧。待在这种地方,也起不了什么作用的。毕竟这里——已经是终结之地了。早就跟故事没有关系了。"

"可是……"

"再说,你刚才也确认过了吧。不知是哪里的谁进行了隐蔽工作,这里已经没有一丝跟事件有关的痕迹了。"

"可是……你就一点都不在意吗?自己委托的暗杀任务,最后居然以这样乱七八糟的形式结束了。撇开这点不说,跟你那么亲近的理澄妹妹和出梦还被……"

"确实,直到刚才我都还耿耿于怀。所以才特地跑到这种地方来。"

狐面男子继续说:"但是,那种耿耿于怀,已经没有了。我困惑的事情,已经彻底地烟消云散了。"

"……欸?"

"坦白说我也很痛心——毕竟在'十三阶梯'中,出梦和理澄对我算是特别忠诚的两个人。这种心情该怎么描述呢?执念,对,是执念吗？留恋，对，是留恋吧。从这层意义上来说我还是有点不舍的，但是对已经落幕的篇章，除了放手别无他法。我能做的最多就是尽可能地大声鼓掌，然后沉默地离开观众席罢了。沉默……呵呵呵……没错，正是沉默。理澄和出梦，好像也希望我继续保持沉默呢，好歹也相处这么长时间了，这点小事就当作我给他们的饯别礼吧。"

"这、这意思是……狐狸先生你……"

"嗯……事先声明啊，我跟理澄可不一样，不是什么名侦探也不是什么变态异类。并不能通过推理得出正确结论。只不过……"狐面男子停顿了一下，似乎在措辞，然后接着说，"把我自己之前掌握的情报，以及你刚才的话结合起来，大致能想象出这里发生过什么了。"

"大致是指……"

"就是大致……虽然还不清楚隐蔽工作到底是什么人，又是为了什么动的手脚。呵呵。大致能想象出——完全只能凭想象呢。毕竟这里被清理得一干二净，证据也好依据也罢都没有了。何况你说的话不见得全是真话，我自己之前掌握的情报是真是假，也无从确认——当然，最后这个假设只是我在自谦而已。世界上还是有很多蠢人听不懂别人在谦虚，不过你看上去不是那种人。总而言之，一切都是我自己不负责任地猜测。但我想应该八九不离十吧。"说到这里，狐面男子从坐垫上站了起来，"话虽如此，但我不能把我的结论告诉你。世界上有的事情，即便被人请求也不能松口，即便被人追问也不能回答。再怎么说,都不能把别人的秘密,轻率地挂在嘴上——这点道理你还是懂的吧。我跟那群家伙不一样,口风可是很紧的。"

"……"

这点道理,我当然懂。

明白得不能再明白了。

"但是,这并不是那种怎么想都想不出答案的谜题。所以啊,小哥,比起坐在这种地方思考,还不如回家慢慢想呢。待在这种终结之地,只会让你的情绪越来越低落罢了。要是我没有来这儿的话,你接下来原本是什么打算?"

"你问我……是什么打算啊。"我看着自己的背包说,"第一次遇见理澄的时候从她那儿收到过一张名片,总之想去名片上写的那个住址看看——"

如果运气好的话……

如果运气好的话,希望能在那里遇见你。希望能在那里发现一些……住址也好其他的什么也好,就算不是具体的有形的东西也好。总之,希望能在那里找到任何有关你的线索。

但是,后面的这半段话我是绝对不会说出口的。

如果说出来的话,就等于我认可了。

就等于我认可了——即使没有在这里与狐面男子偶遇,最终,我们也会在此刻以外的其他时刻,此处以外的其他地点,进行与现在发生的对话相同的对话。

"没用的。"狐面男子干脆地说,"那个住址虽然不是瞎编的,但也只能算是临时据点。不过是匀宫兄妹众多藏身之处中的一个。就算打电话过去,也只能听到二十四小时全年无休还毫无愧疚感的电话留言罢了。"

"这样啊。"我叹了口气。

没想到这么快就陷入瓶颈了……如此一来,只剩下一条路了,就是去拜托玖渚或者直先生,直接向那些进行善后工作的人打听情况。虽然这次的事件跟玖渚并无关系,我也不愿意借助玖渚机关的力量,但是如果除此之外真的没有其他办法的话——只是这样真的好吗?如果狐面男子的话是正确的。那么这次的事件,并不是光靠花费精力和劳力就能解决的,不是吗?

需要灵感。

需要跳跃性思维。

需要心理分析。

最有必要的是在脑海中还原场景。

超越理论的方法论。

违背理论的魔法论。

看不清本质的魔法,才是必要的。

"不过,这种,类似于灵光一现的戏言,不是我自吹自擂,可是我最擅长的领域哦。"

"是吗?那你得出结论,也只是时间早晚的问题了。如果你注定是能找到答案的人,那么不管通过什么途径最终都一定能找到的。"

"呃……可是，虽然你说我最终一定能找到，但距离我给自己设定的期限，只剩下两天了。"

"既然自己决定了，就好好努力吧。我解决了心里的一个疙瘩，已经准备放心地前往下一个舞台了……虽然还没决定好新的立足点。虽然不觉得现在选择的这个方向有什么问题，不过没有钥匙的话，是无论如何也打不开门的嘛。考虑到实际情况，与其说是钥匙，不如说现在缺少的是门把手吧。"

"……"

下一个舞台。

舞台。

脚垫。

问还是不问呢？

我迟疑片刻，但想到错过这次可能就再也没有机会了，最终还是决定开口。

"关于……你让理澄妹妹去调查的那个叫零崎人识的男人，听你刚才的意思，好像并不只是因为兴趣才去寻找他的。应该是有什么更具体的目的吧……虽然之前你说只是想和他产生联系……"

"你对这件事很执着呢。"

狐面男子看起来有点不解。确实，我对零崎人识的执着，虽然还算不上是异常，但狐面男子多少会觉得有点不自然吧。

"算了，无所谓的。我所说的都是真的，没有骗人，原因就是那样。我只是想试着跟那个叫零崎人识的男人，产生一点联系而已。我也是前不久，才听说这个零崎人识的。呵呵。然后就十分感兴趣……算了，再稍微跟你说明一下吧。"狐面男子又坐了回来说，"匂宫理澄和匂宫出梦所属的餍寐奇术集团，即匂宫杂技团，旗下还有几个类似于亲族组织的分支……其中一个叫作早蕨。"

"哦……"

早蕨，这里应该不是指和服的花色吧。

《源氏物语》中，宇治十帖之一……描写中君上京的那一卷，卷名好像就是《早蕨》。说实话，我也记不太清了。

"我从出梦口中得知，那个早蕨和刚才提到的零崎发生了正面冲突。然后其中出现了令我深感兴趣的部分——就是超越了'紫血浑浊'和'自杀志愿'的零崎人识。然后理澄又提到，零崎人识在京都大开杀戒——正好，跟正面冲突的时间线能连起来。随后，我就委托理澄展开了各种详细调查，发现这个人的命运实在是有趣。与其说是有趣——不如说是充满破坏性吧。"

"关于这点，你上次有跟我提到过。"

零崎人识是零崎与零崎之间——近亲乱伦所诞下的恶魔之子。

纯粹到不能再纯粹的杀人者。

"嗯。于是我想到了，或许这个零崎人识——可以在不参与故事的情况下以一个旁观者的身份观测整个故事的发展。或许他是我实现目的的第一个突破口。"

"……"

"这个灵感，起初是从朽叶身上获得的。她跟你说过吧。如果木贺峰是怀着那种意图雇用你的话……那她肯定说过'我不会对任何人产生影响'之类的话。这原本其实是我的台词。"

"而你……你说这句话本来是为了解释她的不死之身吧。"

"没错。不过，说不会对任何人产生影响可能有点夸大其词了……就算是你，应该也曾考虑过，生物究竟为什么要死亡吧。"

"……为了维持生物的多样性之类的吧？也就是说，个体的死亡，并不代表物种的灭亡……我大致上是这么想的。"

人们几乎每年都会说"今年的流感来势汹汹啊"这种话，从生物学的角度来看，这是正确的。无论是病毒也好细菌也好，都会随着时间的推移不断进化，最终进化成人类的免疫力无法抵抗的状态。如果不把人类当作一个一个单独的个体，而是视为整体的话……"死亡"这种概念也就不存在了。

人类——将会永远生存下去。

"用植物当例子可能更好理解吧。植物这种东西，与其一片叶子一片叶子地数，不如一整片一整片地归类比较正确。所以，将朽叶排除到人类以外才是最稳妥的。"

"你的意思是朽叶根本不是人类吗？"

"没错。不是人，不是动物，不是生物，只是一种死不了的存在。如果这个存在有死亡的一天，那便只会是它灭绝的那一天。"

灭绝。

那么，现在已经灭绝了。

因为朽叶妹妹死了。

"不死之身的说法有点夸张,实际上并不是怎么都不会死……被人杀害的话,还是会丧命啊。归根到底,把她当作跟人类不同的物种就好了。"狐面男子用冷漠的语气说,"某种成长与进化的矛盾。搞不好其实是外星生物呢。"

"这真的可能吗?"

"可能性,不能说是完全没有。不过,我的解释还要更天马行空一些……朽叶也许是处于故事之外。也就是说,她原本就不是该出现的角色。演员不小心跑错了片场之类的。呵呵。要打比方的话,就像推理小说中突然混进来一个科幻小说的角色。这样说是不是比较好懂。换句话说,朽叶就是这个名为'故事'的大程序中出现的一个不可避免的漏洞(BUG),是小说情节设计中混入的一个无法回避的失误(MISS)。"

"……"

"那家伙的名字,恐怕——不会被记录在所谓'阿卡西记录'上吧。所以,等于从一开始就不存在。只是从故事外侧不小心混进内侧了。不是特殊,而只是一个缺陷。"

是一个矛盾的——错误。

造物主的失败作品。

因为没有被赋予"死"的机能,所以无法死去。

并非能够永生。

只是缺失了死亡。

这样的话——这样的朽叶妹妹，不就是真正意义上的，求生不能求死不得吗？她那些格外漫不经心又过于自嘲的话语，如今一句一句地，如同利剑一般，刺到了我心里。刚才狐面男子所说的"外星人"猜想，莫名地有了说服力。

原来如此，我们身处的世界不一样。

并不是种族或种类的区别。

也不是表里、正反、对称的关系。

从一开始，就不是同一个世界的住民啊。

这样的话——当然无法解释了。

朽叶妹妹，更接近于那位占卜师。

所以只能放弃去理解。

但是放弃理解并不代表一无所获。那位占卜师说过——偶然也会出现无法被读心，无法被预知未来的人。对于那位占卜师而言，玖渚友就是那样的人。我一直以为是因为玖渚的内心太过深不可测。然而事实并非如此，假如原因其实是，玖渚的名字根本就没有被记载在"故事"中的话——

"不过，从统计学的角度来说，无漏洞无瑕疵的故事是不可能存在的……所以也可以认为，朽叶的存在是某种必然，是故事中不可欠缺的东西。除了朽叶之外，这样的存在恐怕还有另外几人吧……虽然可能不是不死之身这种类型的错误了。总之，那种不必要的存在，作为一种必不可少的要素来说是必须存在的。这种状况自然会导致永远无法解决的矛盾产生……当然了，这些都只是概念性的想法。我并没有认为，靠这种歪理就能解释清楚朽叶的不死之身。那个嘛，只能说已经超出我能理解的范畴了。可能，是在哪儿吃了人鱼肉吧……"

八百比丘尼。

八百岁。

"高桥留美子[1]的漫画你总该看过吧？"

"……"

看来狐面男子似乎很喜欢小学馆。

"看来，你有能将自己想不明白的事情置之不理的才能啊。"

"好吧。这点很重要的，看来小哥也是明白人啊。即使明确了不死的方法，想要实施也是不可能的。所以在这种情况下我选择前往新的舞台，也就是改用别的方法来实现我的目标。我放弃不老不死了。因为就算没有不死之身，我也有其他办法，了解一切我想知道的事情。那个极其简单明了的办法，就是——

"直接阅读故事本身。

"我通过朽叶确信了故事的存在。既然有漏洞，就说明背后一定存在设定好的故事。这是理所当然的，极其理所当然，太过理所当然甚至不需要我多做解释。"

"直接阅读故事本身吗？"

1　高桥留美子，日本著名漫画家。1957年生。擅长以恋爱喜剧要素为主的明快风格，代表作品有《福星小子》《相聚一刻》《乱马1/2》《犬夜叉》等。——译者注

那就是——旁观者。

究极意义上的旁观者。

"既然已经确信了故事的存在，既然已经确定了故事的存在，那么想去阅读它的后续不是人之常情吗？我不觉得这有什么不对。所以，实现这个目标就是我的夙愿。想要掌握此方与彼方的分界线。强者和弱者，弱肉强食，尽管放马过来，去修建巴别塔一样的金字塔吧。我只要在旁边观察这座巨塔……足矣。"

"呵呵呵。"狐面男子轻笑几声，继续说，"虽然说了一堆这样那样的大话，但其实到目前为止，为了寻找成功的方法论，我已经有过许多次惨不忍睹的错误尝试了……然后，试图与零崎人识产生联系，已经是我的第四次尝试，但如今也变成了第四次失败。失去理澄，现在的我，想要再次寻找与零崎人识之间的交点实在是太难了。没办法，只能转移到下一个舞台了。"

"现在的我是什么意思？"

"我应该说过吧。现在的我是被因果放逐之人，因此无法在明面上活动。理澄和出梦都不在了，还得去寻找新的'十三阶梯'成员……原本人数就有空缺的'阶梯'如今又少了两个。真是麻烦，真是奇怪呀。呵呵。也罢，关于零崎人识的话题就到这里结束吧。你还满意吗？"

"嗯……受益匪浅。"

说实话，我还是一句都没听懂。

但是——至少有一点我明白了。

绝对不能让眼前这个人见到零崎人识。否则，后果不堪设想。

我实在难以想象，那个不配为人的家伙竟然能被赋予如此积极的意义，那个只将杀人当作生存意义的杀人者竟然能被赋予如此的意义。但即便如此——也绝不能让他跟这个男人见面。

只有这一点是肯定的。

不过平心而论，也用不着这样杞人忧天。人与人并不是那么容易就能相遇的。电影和小说中，倒是经常出现这样的情节，比如没有任何目的性地在街上走着走着，然后偶遇到了认识的人或是思念的对象——但是要想将这种现象搬到现实中来，行动范围就会受到严格的限制，估计只能在高中校园里发生吧。稍微走远一点进入市区就不可能了。在电车上偶然碰到，在路上偶然发现谁和谁走在一起，这种事情都是幻想。世界上根本不存在什么偶然的相遇，更别说什么命中注定的相遇了，绝对不可能。

何况，零崎人识已经死了。

这是理澄妹妹的调查结果。

跟已经不在世上的人，还谈什么相遇什么离别。

然而，我遇见了理澄妹妹，我遇见了出梦，我遇见了狐面男子。

偶然，只是偶然。

但其概率只能用必然来形容，仿佛事先设定好的故事情节。

"木贺峰为了打破自己的命运似乎也做了不少努力，包括跟你建立联系——但这都是没有必要的。一个不是漏洞也不是失误的普通人，居然还想要对抗命运，真是愚蠢得令人发笑。那家伙根本就没有撼动命运分毫。其实很久以前木贺峰就在物色像你这样的家伙了——你不也是吗？接受木贺峰的邀请之前，在她联系你之前，就已经从——那个什么来着……对了，从你那个叫葵井巫女子的同学的口中听说过木贺峰的事情了。呵呵。你还能记住她的名字，不就说明，你在某种程度上也对木贺峰抱有一定的兴趣吗？不管木贺峰有没有强行扭转预定剧情，推波助澜，想方设法搭建舞台与你取得联系……不管你有没有接受参加打工的邀请，不管时间是早是晚，不管怎么做，你们最终都会相遇……然后，你就会认识朽叶，一切都只是时间早晚的问题罢了。"

我与木贺峰副教授相识。

我与朽叶妹妹相识。

六月，与小姬相识。

七月，与春日井小姐相识。

四月，与哀川小姐相识。

五月，与零崎相识。

与玖渚呢？还有，与真心呢？

难道这些都只是单纯的偶然吗？

这种情况反而更不可能吧。

"'这是对因果论的反叛，是为推翻对真实存在的命运所发起的革命，是面对定将来临的必然所发表的独立宣言——'，这些不过是我年轻不懂事时说的大话罢了，我早就告别那个鼓吹浪漫主义的时期了。因果论是用来观测的，命运是用来远眺的，必然是值得期待的。革命这种事情交给手下的奴隶去做就好。虽然走到现在，我已经改变了自己的许多立场和主张，但唯有一点是不会改变的。想知道我从出生到现在一直坚信的座右铭是什么吗？'让无趣的世界变得有趣'，并为此，赌上一切。"

"变得有趣吗？"

"没错。从这个意义上来说，木贺峰没有看错……你真的很有趣。经过这几次交流，我越来越发现你这个人是多么有趣。你自己也不是完全没想过吧——五个人中，四个人都死了，只有自己活下来了，其中的理由到底是什么？是因为你就是凶手吗？"

"咦……这是……"

"不对吧！是因为你根本不是会死在这种鬼地方的龙套角色……没错吧。"

"你太抬举我了。"我仍然用平时那种语气回答道，"如你所见，我只是个什么都不懂的毛头小子罢了。"

"呵。你这点倒是不太像过去的我……确实，木贺峰和朽叶说得没错，你和过去的我很相似——不是性格或外表之类的，而是灵魂。"

"灵魂……"

"没错。都有着人类最恶的灵魂。"

"……"

无法反驳。说不出反对的意见。

甚至可以说是认可的。

啊啊，原来如此，是这样啊。

千钧一发之际，我恢复了理智。

"别拿我玩笑了。我这种人，只能算是最弱。人类最弱的戏言玩家而已。"

"强即是弱，弱即是强——你的弱已经达到了强者的境界。既然我都这么说了就一定错不了。不过，属于你的故事，还充满着各种各样的机缘巧合。今后会发生什么，现阶段的我也无法预测。唯一能给出的建议就是，开心快活地享受每一天，让自己的人生变得有趣，仅此而已。"

"这正是我，最不擅长的事情。"

"这是当然。越简单的事情，往往越难做到。越难做到的事情才越有趣。去参加那种即使失败了也不会懊悔的游戏，有什么意思呢。参与的过程并不重要，重要的是成功之后的喜悦，以及失败之后的屈辱，这些才是有意义的。"

胜利也好失败也罢——都是迈出"下一步"的垫脚石。

狐面男子潇洒地，从坐垫上站了起来。

这次好像真的打算回去了。

"……啊。"

就这样结束了，真的好吗？

我有点焦躁。

就这样让狐面男子走了，真的可以吗？

结果，好像一直在说外面的事情，关于这次事件的真相一句都没打听到。不是还有必须要问的事情吗？既然他说自己都推测出了事情的真相，那是不是该多请求几下拜托他告诉我呢。可惜，这种事情如果不靠自己想出来，不就没有意义了吗？不能走捷径，指望别人来告诉我。

可是，即便如此，至少也要先捕捉到一点线索才行，否则，我一定会距离真相越来越远——

什么都行。

有什么线索吗？

"你看上去一脸有所求的表情啊。"

狐面男子像是看透一切地说："虽然那些不管怎么问都不能回答的事情，我是肯定不会告诉你的，但除此以外的事情还是可以的。我就再回答你最后一个问题吧。"

"只能再回答一个问题吗？"

我犹豫了。问什么呢？这个时候应该问什么问题呢？命运、必然、因果、因缘、木贺峰约、不死的研究、圆朽叶、不死之身、匂宫理澄、"汉尼拔"、匂宫出梦、"饕餮者"、紫木一姬、"病蜘蛛"的弟子、春日井春日、食客、西东诊疗所、狐面男子、戏言玩家。可恶，可恶！再怎么想都想不出正确答案。我无法像刚才的狐面男子那样，想出在这种情况下最该问的事情。脑子里只能浮现出一堆暧昧不清又无关紧要的事情。

其实，我自己心里也不是完全没有一个设想。

461

并不是完全想不到能够说明那些现象的假设。

玖渚也说过存在一种可能性。至少从刚才狐面男子的反应来看，确实有一个正确的答案。既有可能性，也有正确答案。问题就在于光靠目前的线索来论证，还是太薄弱。

太弱了。

为了突破这种薄弱的论点——无论如何，都必须推翻其中一项前提条件。然而那项前提条件，又太过坚固强大，几乎可以说是绝对不可能攻陷的铜墙铁壁。想要推翻那项前提条件，简直就相当于去篡改历史，或是逃避现实。我所推断出的就是这样一个假设。

啊……可恶，真希望自己能再聪明一点。不用像哀川小姐或是玖渚那样，不需要那么过量的脑容量。我需要的，只是以最小的能力获取最大的结果的头脑，宛如"军师"——

"萩原子荻。"

我开口了。

"萩原子荻——你知道这个人吗？"

"萩原……"

"因为你知道市井游马和紫木一姬……所以我在想，你会不会也听说过这个名字……"

"还问什么知道不知道的——"

狐面男子似乎对我这个没头脑的问题相当无奈，一副傻眼的样子。

"那个小丫头，可是唯一能跟餍寐奇术集团——匂宫杂技团，以及零崎一贼势均力敌，甚至周旋到底的难缠人物啊。你该不会还认识那种家伙吧？"

"嗯……算是认识吧。"

"据说，当时零崎一贼这边的'自杀志愿'和'愚神礼赞'都参战了……被大剪刀和狼牙棒两面夹击，那该是怎样的地狱啊。就算那个喜欢夸大其词的出梦，转述里只有一半是真实的，那个'军师'萩原子荻仍然是超乎我想象的，可怕至极的怪物。"

"……"

子荻妹妹，居然那么厉害吗？

我之前还真是不知天高地厚啊。

不过——子荻妹妹要是没那么厉害的话，反而很伤脑筋。

"然后呢，那个萩原子荻怎么了？"

"呃……我听说萩原子荻，以前曾经跟匂宫交手过……那个时候，'饕餮者'匂宫兄妹，跟子荻妹妹有过正面冲突吗？"

"当然没有。"狐面男子迅速回答，"假如萩原子荻真如传言中那么厉害，那么出梦那个单细胞动物根本不足为敌。肯定会被耍得团团转。理澄能打入敌人内部的弱小对'军师'肯定也不起作用。事先声明啊，这可不是因为匂宫兄妹太弱了。毕竟连'断片集'都被那个萩原子荻玩弄于股掌之间。喂，你既然认识萩原子荻的话，何不给我介绍一下。搞不好那个萩原子荻，才是我要找的答案。四神一镜的王牌。'军师'——萩原子荻。她的演算能力少说也有我的五倍吧，原以为这种怪物跟我不会有任何缘分，但既然是你的熟人，或许能产生一点缘分也说不定。就算不是我要找的答案，也能让她加入'十三阶梯'，填补一下出梦理澄留出的空位也好啊。待在四神一镜那种地方太浪费了，萩原子荻的演算能力只有在我手下才能发挥出真正的作用。"

狐面男子过于热情地滔滔不绝。

"怎么样，小哥？拜托帮忙引荐一下啊。要是你答应的话，刚才说的那些无论如何都不能回答的事情，全都可以告诉你。包括这次事件的那个极其简单的真相，也都可以告诉你哦。"

"呃——很诱人的条件。但是，我跟子荻妹妹，在她所属的组织被摧毁的那一场战斗之后就断绝了来往，现在已经联系不上了。"

"是吗……太遗憾了。"狐面男子的语气中流露出明显的失望，听起来比之前从理澄口中听到零崎人识死了的时候还失落。这个人，原来还有这么丰富的情绪外露吗？我有点惊讶，"没办法……时间收敛也适用于逆向量。注定不会发生的事情就是不会发生。即使发生了，也不会有任何意义。算了……如果有缘，早晚会见到的，姑且就抱着这种期望好了。如果她真的是传闻中那种怪物，只要不被自己人偷袭，应该不会那么容易丧命的。话说回来，你这个问题是怎么回事。我现在还是没搞懂你提问的意图，这样下去，你还是什么都不知道啊。反正我还有一点时间，就再给你一次提问的机会吧。"

"不用——这样就足够了。"我回答道。

很好——我全明白了。

终于找到了。

想象力完成飞跃。

魔术演绎完毕。

方程式解开了。

既然没有和子荻妹妹正面冲突过——既然匂宫兄妹,没有跟子荻妹妹直接交过手,那么,答案就出来了。

仔细想来,确实只有那一点是限制条件。

如此一来,那项前提条件就被推翻了。

答案,非常简单。

答案,非常明了。

正确答案——只有那一个。

"非常感谢你,狐狸先生。"

"啊……虽然不清楚怎么回事,不过,只要你觉得可以那就可以吧。看你的样子也不像是在逞能。那我就先告辞了,有缘的话——"

这时。

正当狐面男子准备说出他的招牌台词时,我裤子的口袋里突然响起了警铃一样的声音。是前一阵子春日井小姐擅自给我设定的来电铃声。这个,宛如从地狱传来的重金属旋律,是谁呢——

想都不用想。

真是的——偏偏是这个人。

"……不接没关系吗？"

"啊。不，我失陪一下。"

"好。那，我先告辞了。"

在狐面男子转过身去的同时，我从口袋里掏出了手机。液晶屏幕上，显示着我记忆中的那个号码。

可恶……

明明应该，还有三天的。

"喂，你小子——"冷不丁地被大吼一声，"为什么要瞒着我啊，你个混蛋！"

"……"

我把手机稍微拿远了一点。

震得我脑袋嗡嗡作响。

"好久不见，润……小姐……"

实在不敢。

在这种情况下，实在不敢直呼她的姓氏。

"好久不见个头啊！一姬死了，为什么不马上跟我联系啊，白痴！不但没联系，你还偷偷摸摸搞什么隐蔽工作！虽然不知道到底发生了什么，但是你以为我会因为这件事就责怪你吗？我是那么没气量的人吗，蠢材！让一姬跟着你的人是我，你这家伙，为什么要抢走我该负的责任啊！那是我的东西，给我还回来！"

"……"

"不管你搞砸了什么事情，我都会原谅你的，所以快点给我从实招来！磨磨唧唧的，烦死了，事情怎么样都无所谓，起码要信任我啊！我有多优秀多出色难道还需要说明吗？你不是都知道吗？我是最强的，难道你蠢得连这点都看不出来吗？我现在马上赶过去，你给我待在那儿不许乱跑！"

"……"

真是的……

这个人，真的太爽快了。

为什么，会有这么爽快的人呢？

想向她道谢。

想要表达感激之情。

感谢能和你相遇。

能在这场故事中，与你相遇。

但是，"不劳烦你费心"。

已经，可以结束了。

每次都要劳烦你出手摆平的时代——可以在这里落幕了。

其实，我也想永远活在你的庇护之下。并非过去式，即使在此时此刻，我都是打从心底里这样想的。我甚至希望能够永远在你的影子中，当个用一生去传颂你的故事的旁白角色。想要做一个旁观者，站在外侧欣赏你的事迹。对现在的我来说，能够与你相识，就是我最大的自豪，最大的荣耀，最大的骄傲。

但是，不行。

已经——不能容许自己那样了。

因为这不是可以让步的事情。

这个责任是我的东西。

"这件事,不用劳烦你费心了。"

"啊?"

"已经……解决一大部分了。剩下的就是收尾工作了……真的很抱歉,但是,这次的事情归我管了。"我言语中充满决意,清清楚楚地说道,"到时候,还务必请润小姐,助我一臂之力,不知道你愿意帮忙吗?接下来,我要开始制定策略了。可以允许我,把你当作计划的一部分吗?"

"……"哀川润沉默了一会儿,"突然……变得这么积极啊。你怎么了?"

"不……没怎么。"

"哦,算了算了。等见面再问你吧……那我现在应该到哪儿去?"

"你答应我的请求了吗?"

"这是什么蠢问题。承包人岂有拒绝别人请求的道理……虽然不清楚到底怎么回事,不过感觉还挺有意思的!"

"那当然了。既然把润小姐都请来了,就绝对不会让你感到无聊的。"

"哈,既然要做的话,就给我轰轰烈烈地大闹一场——这是一姬的悼念之战。既然都牵扯到匂宫杂技团了,那我可就要久违的、毫不留情地大开杀戒了。"

"那就说定了……总之，我们先在京都御所碰头吧。我现在也动身往那边去。刚才稍微出了趟门——大概三小时之后可以赶到。"

"了解。"

"那待会儿见，哀川小姐……"

"该死，都说了不准叫我的姓——"

我抢先挂断了电话。

有点愉快。

好……准备完毕。

想做的事情……现在就去做吧。

这种事情——以前从来没有做过，所以说实话，我完全不知道会如何发展。不过，想不明白的事情，置之不理就好了。

反正，总会看到结果的。不管是什么样的结果。

会是哪一种结果呢？

不，结果早已注定，只有一个。

我从坐垫上站起身来。

"……"

"咦？"

狐面男子，还是保持着背对我的姿势。

他……还在这里。

"你不是回去了吗？"

"哀川……润……"狐面男子，喃喃低语道。

然后，忽然以惊人的气势回过身来。

我甚至能感觉到，面具下面传来的强大的压迫感。

"刚才，你说了哀川润这个名字，对吧。"

"是……是的……"我不由自主地点头。

狐面男子的身体，开始不停地颤抖……他整个人都明显地振动起来，持续痉挛，然后弓下腰来，我差点以为是什么病症发作了。这是比刚才听到子荻妹妹的名字时，还要激烈的反应。

"哀川润——赤色征裁——死色真红——仙人杀手——沙漠之鹰——"

"什么……"死色真红？"呃，狐狸先生——"

"呵呵呵。"

然后，"啊……哈哈哈哈哈！"狐面男子，仿佛使出全身力气，纵声大笑。

"原来你才是正确答案啊？之前见面的时候虽然也怀疑过会不会是。可是，没想到竟如此超出想象啊！没有比这更绝妙的了！简直无与伦比！这究竟是怎样的安排！原来不是零崎人识，而是你啊！在那种无关紧要的地方偶然遇见的平凡的不起眼的男人，居然就是——啊哈哈哈哈哈哈哈！木贺峰，你还是真是非常非常有眼光啊！不惜扭曲命运也要继续坚持我的事业终于有了回报啊！干得好，我要向你致以最后的敬意！我要在你面前下跪！"

"等等……那个？"

"原来是你！啊哈哈，你这家伙，你这家伙究竟是何方神圣！

明明只是个毫无特点平凡无奇的小鬼头——却能将周围所有的一切都卷入旋涡之中,那个强大的黑洞究竟是什么力量!简直就像异端和异形的熔炉,你才是地狱本身!啊哈哈哈哈哈哈啊哈哈哈哈!哈哈哈哈哈哈哈哈!愉快愉快!有趣有趣!好久没有这么有趣了!为什么这个世界会如此有趣,不可思议!这个宇宙,简直疯狂得要人命啊!"

"咦?"

压抑住几乎要脱口而出的悲鸣。

出于本能地后退了。

啊啊——好可怕。

我有生以来第一次,感受到真正的恐怖。

迄今为止感受到的一切恐怖——跟现在相比起来都变得不值一提。如果这才是真正的恐怖,我从前根本就不知道恐怖究竟是什么东西。我浑身上下都在战栗。心脏急速跳动,几乎快要破裂。

恐怖。

恐怖恐怖。

这才是——恐怖。

绝不是戏言。

这个人——

好可怕。

我直冒冷汗。心脏几乎要跳出来。

不敢相信,就在刚才,就在前一秒钟,我都还在跟这个人进行对话。不敢想象……自己刚才竟然在悬崖上走过了那么纤细的一根钢丝。

"救……救……救命——"

"精彩！实在精彩！原来是这样。就算见不到零崎人识，我也……命中注定会与你相见啊。了不起的替代可能。照理来说，零崎中的零崎，由究极的杀人者和绝对的杀人者结合所诞下的产物，怎么可能会有替代品？为什么，究竟是为什么呢？但是，我的假设并没有错！"

"咔"的一声，我的肩膀被狠狠抓住。

"啊哈哈哈！哈哈哈哈哈，呵呵呵！幸会啊，我的敌人。终于见到你了，把我的样子牢牢刻在脑海里吧，今后还请多多关照了，因为我们接下来，可能会永无止境地纠缠下去呢！啊哈哈哈哈哈哈哈哈哈哈哈！"

然后，狐面男子猛地一把推开了我。我一屁股跌坐在榻榻米上。狐面男子终于收敛起笑声，轻声嗤笑起来，然后转身背对着我说："这场大戏就此拉开序幕。这个死气沉沉的诊疗所不适合当你我相遇的舞台。就连当个序章都不配，最多只能算一个伏笔。好了，接下来有的忙了。不得了喽，让我们哈哈大笑、手舞足蹈、热闹欢腾一番吧！太开心了，太开心了，让我们手牵手愉快地跳起舞来！疯狂起来，崩坏起来，发作起来吧！歌颂吧！升华吧！沉溺在欢乐之中吧！这是终结也是开始，是安息也是胎动！快行动起来吧，我必须去做我自己的准备。'十三阶梯'的人数才只凑齐了一半,毕竟我也没料到事情的进展会如此仓促。你也是啊,总之快把手头上的这个……这个与匀宫兄妹之间的故事画上句号。这种无关紧要的东西,之后留下祸根就不好了。不管你去借助谁的力量,总之快点给我处理干净。我可不想看见一丁点儿扫兴的东西。听见了吗?给我记好了。怀着彻彻底底的确信做好觉悟吧。现在……你的其他命运,已经全都被封锁起来了。"

"封锁……"

"你已经只剩下与我之间的因果了。不,原本就该是这样的。这是无从避免的必然,这就是故事的主线。我和你,从一开始就去不了其他地方——在迈进永劫不复的终章之前绝对不可以走上任何其他的道路。"

"这是什么意思?"

"什么意思都一样。那么——既然有缘,不管愿不愿意,我们都还会再见的。在那之前,千万不要松懈好好锻炼自己哦。探求自我才是你拥有的唯一义务,好好体会去吧。"

"……"

狐面男子迈出房门,沿着走廊远去。

我——

"你……究竟是谁?"

我近乎冲动地问出这个问题。即使从心底希望今后不要再跟这个人有任何瓜葛,我还是问了。因为不能不问,不问清楚就无法释怀。

473

"你……你究竟是哀川小姐的什么人？"

"嗯……我吗？"

狐面男子，只将头转了回来。

摘下面具以素颜面对我。

用那张与她十分相似的面孔，用那种与她十分相似的微笑对我说："我，就是我。现在还不是报上名号的时候。正式的自我介绍，还是改日再说吧。如果现在一定要我报上一个用以识别的名称……有了。目前，人类最恶的游人——就是我的代号。"

然后，狐面男子继续说道——

"哀川润，是我的女儿。"

第十章

崩坏的『最恶』

匂宫出梦
NIOUNOMIYA IZUMU
杀手

0

再见。

不会再见了。

1

死。

来思考一下关于"死"的话题吧。

这个世界，或是更宽泛地来说，这个世界中存在的一切事物，都不可能不"死"。生物也好，非生物也好，所有的分子结构，都将在不知不觉间走向死亡。无论什么人，什么事物，皆无法从这个法则中脱逃。"死"的不可避免，甚至会让人觉得，是不是一切都是为了"死"而存在的。使我们不再有这样想法的是"死"绝不等同于"虚无"这一理念。至少人，人类正是凭借着这种理念开始直面死亡本身。

但，人总有一死。

这便是规则。

不死之身什么的……是违反规则的。

在名为世界的这场游戏中是犯规的。

不过，那又是怎样一种心境呢？

永远地存活下去。

如果不在哪里告一段落，迟早会无法承受吧？如果不在哪里设定一个完结的终点……人，终归会累吧？正因为是百米冲刺，所以才能够拼尽全力向着目标奔跑——既没有目的地也没有终点的话，怎么可能去奋力向前。虽然俗话说，有起始才有结束，但不是正因为有终点在，人们才能下定某种决心，迈出第一步的吗？

说实话。

大家真的不想死吗？

真的如此享受人生吗？

我从前不是这样。倒也不觉得什么时候死掉都无所谓——曾经的我，根本就不明白，活着与死去的区别。那时的我还没有与"赤色制裁""橙色之种""蓝色少年"以及妹妹相遇，我不知道什么是生，也不知道什么是死。

我曾经一无所知。

那时什么也不知道的自己，很强。

对于死亡一无所知的自己，很强。

因为很强……所以也很弱。

不死之躯。

如果被赋予了那样的身体，又如何呢？

当终点消失——

当只剩永远——

人会变成什么样子呢？

痛觉变得迟钝，战争也会停止。除此之外，还会放弃很多很多东西吧。甚至面对生命终结时的那些重要情感，也可以面不改色地舍弃——

像行尸走肉一样，度过漫长的人生吧。

千真万确，不是戏言。

没错，正是如此。

曾经觉得"死掉无所谓""生命算什么"的本人，的确就像那样，经历了一段行尸走肉的时间。那个不懂得生死之别的我。对死亡无所畏惧，就相当于死亡本不存在。也就没有必要去考虑生与死的区别。

曾经的我，不属于这个有生有死的世界。

所以——无论做什么都是一样的。

既是最弱的，也是最强的。

既是最强的，也是最弱的。

另外，可以再补上一点。

我还是最恶的。

而这一点，至今没有改变。

仿佛活着一般死去。

仿佛死去一般活着。

想要忘记自己还活着。

忘记了自己还活着。

总的来说，就是这么回事。

因为如此，所以必须遵守规则。

去认识死亡吧！去获得死亡吧！去驾驭死亡吧。

与死亡对峙吧！与死亡争锋吧！与死亡对决吧。

害怕死亡吗？

即便如此，也要去面对它。

把死亡吞噬吧！

这就是本次的故事。

只有对死亡有所觉悟，才能在活着的时候不被死亡打倒。

"差不多了吧。"

我看了一眼手机确认时间。

屏幕上的日历显示着：八月十九日，星期五。晚上，十点五十五分。

墙上挂着的旧时钟，也指向了同样的时间。

我关掉手机的电源，把它放到矮桌上。哀川小姐让我随时保持联系，其实不用她说，我也知道那是最稳妥的做法。但是，果然还是不想受到无谓的打搅。不希望混入什么不确定因素。万一出了什么意外，准备好的舞台就全白费了。

"……"

我现在就跟昨天一样，待在木贺峰副教授的研究室——曾经的西东诊疗所的接待室里。

独自一人，灯也没开，就这样端坐在坐垫上。

我没有回公寓。

昨天从研究室出来之后，我前往京都御所，与哀川小姐商量了一整晚——包括小姬的事情，今后的计划，等等。然后，直接回到了这里。

如果回公寓的话，决心可能会动摇。

是啊——我太弱了。

再小不过的事情，都可能让我的决心动摇。

就算已经决定好解决方案，要是发现了另一种解答，又会马上回到原点。我的意志力就是如此动荡、脆弱、卑微、浅薄。

真是的——实在是太丢人现眼了。

窝囊也要有个限度。

这样的我，真的能完成计划吗？

心底开始不断涌上对自己的质疑。

你当真明白自己该做什么吗？明白的话，怎么可能还能像现在这样轻松自在地摆着架势。不是吗？你其实只是想耍帅出风头而已吧？

总是，含糊其词。

态度，摇摆不定。

甚至连自己是活着还是死了都不清楚。

这样的你，能去战斗吗？

"……"

可笑。

我才不会去战斗。

我才不想分胜负。

胜利也好败北也罢——都不过是垫脚石。

胜败乃兵家常事，这不是理所当然的吗？没有永远是赢家的人生，也不会有永远是输家的人生。以为自己百战百胜的人，只不过是没有察觉到自己一直在失败，同理以为自己一败涂地的人也只不过是没有察觉到自己一直以来的成功。强者只是一直没能察觉到自己的弱小，弱者只是一直没能察觉到自己的强大。

我很弱，弱得不行。

但是，只要我对自己的"弱小"有所自觉——"就算达不到将棋选手那种境界也没关系。"

说起来，以前好像听谁说过类似的话。在现代社会中，没有比将棋和围棋的棋手更怀才不遇的人了。因为他们只能将自己举世无双的头脑，用在小小的方格棋盘上。如果身处在其他舞台，那种"军师"般的能力——甚至能轻轻松松地撼动整个世界。

然而，这一点，其实每个人都一样。

无论是只能继续别人研究的木贺峰副教授，还是拥有不死之身的朽叶。

无论是小姬,还是理澄妹妹,还是出梦。

要说不走运的话,大家都不走运。

要说怀才不遇的话,大家都怀才不遇。

至少与我不相上下吧。

"即便如此,他们也绝对不会期望……从我这种人身上获得怜悯吧。"

他们,并未死去。

他们,仍然活着。

为了让无趣的世界,变得有趣——

"叮咚——"

门铃响了。

我准备确认一下时间,才想起手机的电源已经关闭了。于是,看向墙上挂着的旧时钟。现在是十一点整。

"嗯……"

嗯。

意外地很准时啊!

没有听见开门的声音。

也没有听见脱鞋的声音,以及穿过走廊的声音。

这种程度的声音,大概都能消除吧。

没过多久,只听见"唰"的一声,纸门被拉开了。

"嗨……"

我抢先打了声招呼。

倒不是想要先发制人。

因为，那种策略根本派不上用场。

"咦？"

拉开纸门的"他"——

匂宫出梦，一脸不可思议的表情歪着头说："为什么你会在这里？"

2

出梦，没有穿着以往的那件拘束衣。

皮革质地的紧身裤配上短款皮夹克，夹克里面什么都没穿，能够看见皮包骨头般纤细的身体，肋骨的形状和雪白的肌肤。没有穿袜子，光着脚。这样看来，穿着这种正好合身的衣服的时候，才能明显感觉到，出梦平时被拘束衣捆绑起来的手臂真的相当修长，与娇小身躯完全不相匹配。

那个双臂，那个双手，那个指尖———

"唔——这还真是奇怪——我明明是被'死色真红'叫到这里来的啊。"出梦像走错片场一样，用很困惑的语气说，"因为那个紫木一姬好像是'死色'的眷属，所以为她报仇——"

"哀川小姐是我朋友啦。"

我从坐垫上站起身来，面向出梦，"你也真是想得太美了吧。难道真以为过来就能跟她直接厮杀吗？不管是游戏还是小说——在挑战最终BOSS之前，都得先打倒中级BOSS哦。"

"……"

出梦上下打量我，好像在发愁该怎么回应我。

"呃，所以你就是中级BOSS？"

"没错。"

"嘎哈哈！"出梦放声大笑，"我还是头一回见到，这么弱的中级BOSS。就连小库巴[1]都比你强吧！"

"这一点我不否认。"

"哈……哈哈哈。啊——对了，你也是为了那件事吧。因为我杀了那个叫紫木的女孩。所以生气了。哎呀，其实我也觉得很抱歉——毕竟，破坏了和你之间的约定。"

破坏了约定。

我的意思是感到抱歉的只有破坏约定这一件事而已。

对自己杀了小姬这件事——没有任何感觉。

"说实话，其实我松了口气。"我决定无视笑个不停的出梦，继续把话题进行下去，"虽然我觉得不太可能，但也还是想过——搞不好，会是理澄妹妹那边过来这里。那种可能性也不完全为零吧。"

1　小库巴，又叫库巴七子。日本游戏公司任天堂的游戏"超级马里奥"的登场角色。设定是最终BOSS库巴的孩子和手下，所以通常被当作小BOSS看待。——译者注

484　第十章　崩坏的"最恶"

"嗯，你说得有道理……啊，也就是说……"出梦说，"不仅是'死色'，你也看穿我们兄妹的'诡计'了。"

"嗯。"我点头道，"察觉到这点并告知哀川小姐的人其实是我。话说回来，如果哀川小姐从一开始就参与进来的话，这次很可能谁都不会死，甚至就连事件都不会发生吧。"

"丑话说在前头啊。"出梦似乎毫无愧疚感，理所当然地说道："你根本没有理由怨恨我吧？寻仇也要搞清楚对象啊，'死色'不清楚具体情况也就算了，你不应该啊。委托我杀掉木贺峰和圆的人是狐狸先生。杀手奉命杀人，有什么不对吗？你用枪杀了人之后，难道会怪罪枪吗？小刀捅伤了人，是小刀的错吗？没有这种道理吧。"

"但是，小姬。"

"啊啊——那个小鬼，的确不是我作为杀手的工作目标。但是——"出梦说，"即便如此，当生命受到威胁的时候，保护自己不是动物的本能吗？"

"……"

"我记得跟你的约定中，并不包括自卫这一项吧？我在这种事情上，可是很严谨的。"

"……也对。"

果然是这么一回事。

原来是这么一回事啊。

关于这点，其实昨晚我和哀川小姐商量的时候，也得出了同样的结论。虽然不能百分百断言没有其他可能性，但是，如果是这样的话，破坏菲亚特、**KATANA**和**FAIRLADY Z**的轮胎的人，果然都是小姬。

小姬这个笨蛋。

然而，在那种情况下，小姬其实不是笨蛋。哀川小姐最初就不该选小姬做我的保镖——我也不该点头答应。管它是轮胎坏了还是怎么，那个时候，我就算徒步翻山越岭都该带着小姬动身返回公寓。

小姬，曾经是狂战士。她的天性使她不可能对眼前的敌人置之不顾——因为她就是被这样训练长大的。这种事情，我和哀川小姐分明都很清楚的。只是没能真正理解罢了。小姬是绝对不可能对眼前出现的"饕餮者匂宫"置之不理的——我们明明应该想到的。

小姬的使命感太强了。

还没能改掉以前的习惯，过去的陋习，战斗的本能。

"可是——小姬是怎么发现你们是匂宫的？明明用了假名，理澄在小姬面前的表演也没有露馅啊。"

"气味吧。"出梦解释说道，"你不知道吗？杀过人的人，身上都会沾染血的颜色和腐臭的气味，我当时不就发现紫木一姬是杀人者了吗？既然如此，为什么反过来你就觉得不可能了呢？"

"原来如此，我懂了。"

"虽然我想这么跟你解释，但是……"出梦接着说道，"可别忘了，我是为了不被他人看穿杀人者的身份，才需要理澄的配合。

只要有理澄在，我们兄妹是职业杀手的事，就不会暴露才对。"

"……"

"简单来说，只是因为我跟你都太不谨慎了。不是理澄的错，也不是紫木的错。而是因为我跟你太多嘴了。我那个时候就不该到中庭，你也不该跟紫木透露一个字的。"

我吗？

不对，我完全瞒过小姬了啊。我根本没有告诉小姬，自己在现实中已经跟出梦和理澄妹妹有过接触了。

但是……

这并不代表我在小姬面前，完全没有表现出过不自然的样子。也许对于小姬来说，我会向她询问匂宫，就已经很蹊跷了。

"这么说来——果然还是我的责任吗？"

"谁知道呢？总之，这本来就不是用两句俏皮话就能敷衍过去的事情。也不是靠几句谎言就能蒙混过去的事情。哎呀，不过真没想到，紫木竟然不是个单纯的笨蛋，洞察力居然那么强。"

"……"

没错——我还忘记了这一点。

小姬可能确实很笨，但有着卓越的战斗天赋，再加上小姬还十分擅长说谎。不是擅长，就像我的戏言一样，说谎对小姬来说就是处世之道。这一点，我在六月的时候，就已经充分领教过了。明明已经察觉却制造出自己并未察觉的假象，对她来说简直是轻而易举——

"不过,她真的是一个强敌。我也没能全身而退。虽然之前确实没有过跟'琴弦师'战斗的经验,但是那个小鬼——作为战士的能力,真的非同寻常。跟职业级的相比也毫不逊色,甚至已经可以算是一流水平了。她到底是什么人物?搞不好是狐狸先生知道的名人欤。没想到我还会碰上琴弦师,当时差点乱了阵脚呢。"

"能告诉我详细经过吗?"

"什么禁果?哦哦,经过啊。很遗憾,并没有什么详细经过,只不过是那家伙和理澄单独相处的时候,约好了半夜到中庭单挑而已。既然受到了挑衅,我们就没有拒绝的理由。"

"……"

"那家伙触发了关键词。所以,我出来了——然后战斗就开始了。"

"……原来是这样。"

也就是说,是我被朽叶妹妹叫去洗澡的不久之后发生的。假如是这样的话,那么我在楼梯与那个"她"擦身而过的时间也对得上了。当我跟木贺峰副教授交谈过后,回到房间,小姬已经不在被子里了。

小姬。

那个时候的小姬,在想些什么呢?觉得自己一定还会再回来吗?还是说……算了,现在考虑这种事情又有什么用呢。再想下去,要是真的如我所想,未免也太残酷了。

"那家伙赢了的话,我们就要从你面前消失,这是约定的条件。当然我会好好解释。说我们原本就没打算对你们出手,但是那家伙根本不听。"

"嗯,她确实是个顽固的丫头。"

"没错。那家伙就是完全听不进敌人建议的性格,那种人绝对活不长。话说,人好像就是我杀的。嘎哈哈!"

"……"

"笑死人了。"出梦毫不掩饰自己的烦躁,咂咂嘴接着说道,"总之就是,那个紫木为了生存,已经杀掉太多的人了。到了那种地步,早就已经无法挽救了。杀了那么多人还想活下去,还想做一个普通的高中生,未免太厚颜无耻了吧。你心里其实也清楚吧?紫木一姬,为了生存已经杀掉太多的人了。紫木实在太强——也太弱了。"

为了生存杀掉了太多人。

也许是这样吧。

小姬一直就是这样被训练过来的。

杀死敌对的人。

狩猎碍事的人。

绝不放跑任何危险因子。

不要犹豫,先斩下敌方的首级。

不要错过机会,不要相信别人,不然就会被杀。

她一直受着这样的训练长大。

几乎深入骨髓。

已经无法剔除。

已经无法衡量自己的死亡和一切死亡。

只要面前有敌人——就不容许犹豫。

那小姬不是早就没救了吗？

小姬的一切都为时已晚了吗？

她感受过的幸福也好，快乐也好——

全都为时已晚了吗？

"……"

没有这种事情。

这种事情不曾有过。

我……可以断言。

不管别人怎么说，我都可以断言。

"在你杀了小姬之后，又发生了什么？"

"我实话实说吧——刚开始决斗的时候，我根本没打算杀了她。毕竟跟你有约在先嘛。"出梦看上去一脸不情愿地坦白道，"但是，实在没办法了，只能杀了她。原本以为咬掉两只手臂就会老老实实听话了，结果根本没有。这可不是开玩笑的啊。那个小鬼，简直不可理喻。"

"……"

没错。玉藻妹妹和那个子荻妹妹都觉得她很棘手。绝不是半吊子，也不会半途而废。不是随便应付一下就能战胜的对手。她太强了，强到"饕餮者"都无法掉以轻心。

"没办法,我只能把计划提前了。既然已经杀了一个人,计划就不得不改变……因为与你的约定已经被我打破了。再说,约定其实已经约等于不存在了——从我杀了紫木的那一刻起,约定就基本无效了。因为契约已经被破坏了。"

"……嗯,确实是这样。"

"当然,理澄的调查才刚开始一天,不可能马上得出结果。但是,关于那两个人的推测,似乎已经可以被证实了。然而不管怎么说,情报还是不够。所以,我决定直接摊牌。"

"直接摊牌?"

"就是直接去问那两个人。木贺峰当时在工作,圆是睡着了又被我叫醒了。我直接问她们说:'我是被狐狸先生,大概也就是你的恩师西东派来杀掉你们的人,现在你准备怎么办呢?'"

出梦伸出长长的双臂向我展示。

仿佛在邀请我,仿佛在蛊惑我,仿佛在召唤我。

"然后那两个人都点头说:'这样啊,那就请动手吧。'那么说的话,我这边反而不知道该怎么办了啊。"

"请动手吧……她们是这么说的?"

我实在无法掩饰内心的震惊。

声音都颤抖了。

这真是……这真是……完全没想到。

哀川小姐都没能预测中这样的话。

"那个圆朽叶甚至还说,因为不想让血弄脏床单,所以希望能死在浴室——其实，那两个人也已经累了吧。"

继承狐面男子的研究，延续到现在的副教授。

无法死去，只能永远徘徊在通往死亡道路上的少女。

累了。

仿佛身心都已经腐坏一般的，累了。

所以——平静地接受了死亡？

太荒唐了，这种胡诌般的事情。她们只不过是，面对出现在眼前的杀手，选择放弃抵抗罢了。面对曾经的恩师亲自派来的杀手，彻底绝望罢了。只不过是这样而已。谁会仅仅因为累了这种理由，就乖乖赴死啊。如果真是这样的话——

如果，真的因为这么自大又自私的理由就选择去死——

那么死，还有什么意义。

坦然接受死亡的话，死亡就不存在了。

死亡不存在了的话，生命也不存在了。

那才叫，真正意义上的——

不死之身。

"我也累了。"出梦说道，他的声音听起来很疲惫，"我也累了。对于杀人厌倦了，对于工作厌倦了。杀了那些家伙，杀了那两个人之后，跟那些家伙交谈之后，我忽然就这么觉得了。不对，其实我从很早以前就已经疲惫不堪了。"

"这样啊……"我继续说，"这就是你在那之后销声匿迹……的原因吗？"

"狐狸之前曾经用'杀戮工作''杀戮爱好者''杀戮中毒症'来形容我。我不得不承认这些词很恰当。但是，中毒症之后接踵而至的，只有单纯的厌倦感而已。"

"……厌倦感？"

"嗯。不是压倒性，也不是究极性，不是绝对性，也不是致命性，只是单纯的厌倦而已。你知道吗？据说有种哺乳类动物的基因里有这样的机制，只要对活着感到厌倦，就会自然死亡哦。我是听狐狸先生说的。你不觉得，这个机制太棒了吗？那两个人，大概也是对活着感到厌倦了吧？"

"这种事情——"

朽叶妹妹的话，还能理解，因为她活得太久了。

但是，木贺峰副教授呢？

还没有活到对人生感到厌倦的地步吧。

她之前的人生根本不算活着吧？

明明还没有真正活过啊。

"你感到疲惫的原因……其实还是与小姬的那场对决吧？"

"可能是这样吧……"

出梦只是姑且点了下头。

没有否认。

真正的原因，我也不清楚。但是，果然如此，杀掉小姬、朽叶以及木贺峰副教授这三个人。对于出梦而言，与其说是原因，不如说是契机吧。不是子弹本身，而是扣下的扳机。

笼中的小鸟。

出梦他对于自己作为匂宫的杀手这件事——

对于，一直被狐面男子驯养这件事——

对于，一直作为理澄的"内部人格"这件事——

对于，一直作为理澄的"表面人格"这件事——

都感到厌倦了。

"嘎哈哈哈！"突然，出梦大笑起来，"总之，就是这个缘故！好不容易逮着机会，我正准备就此隐居起来呢。没想到这时候，'死色'居然联系我了。这是什么情况？这都是什么跟什么啊？怎么回事，怎么回事？莫非这一切都是你设下的圈套吗？"

"嗯。"我站了起来，"因为我无论如何都想见你一面。"

想要再见你一面。

见面之后，好好谈一谈。

出梦在事件之后想要销声匿迹，隐居起来。这件事情，我已经从狐面男子的话里推测出来了。笼中小鸟，这本身没什么问题，毕竟是出梦的任性。问题在于，我的任性要怎么实现。怎么才能抓住这个想要消失的出梦的行踪。

总而言之，无论什么，仅凭我自己的力量是绝对不可能成功的。就算拜托玖渚也不行，因为出梦属于玖渚机关管辖范围之外的世界。虽说也不是完全无法调查，但多多少少会有危险。这种事情，我是绝对不会让玖渚去做的。那么，唯一的办法就是去请，所有世界都有门道的人类最强承包人——人称"赤色制裁"的哀川润登场了。

"但是，想要引出已经躲藏起来的匂宫，就必须要用强力诱饵。那些家伙在这种事情上，可是很严谨的。联络方式稍有不慎，就会被对方逃走。这么称心如意的诱饵，我们有吗？"

面对哀川小姐的疑问，我回答了"不用担心"。没错，我听出梦说起过他的愿望。听他说起过他一直想要完成的那件事情。当然那个时候我并不知道，"死色真红"原来就是哀川小姐。

这还真是称心如意了。

说是称心如意，不如说是有缘吧。

"哼——"出梦一脸不耐烦的样子，眯起眼睛说，"我还真是受欢迎啊，但是很抱歉，我一点也不想见到你。嘎哈，我是不是个罪恶深重的男人？哈哈，开个玩笑啦。不过，说真的，我也不想留下太难堪的回忆。别看我这样，其实我心里也很介意的。因为我破坏了我们之间的约定。"

"不要说这么冷漠的话嘛，我很缠人的。像我这种人如果去当'跟踪狂'的话，一定是世界第一恐怖的'跟踪狂'。你可要温柔一点，小心轻放哦。"

"嘎哈哈……这点我确实是领教到了。"

"而且，我还帮你安排好了，跟'死色真红'的对决。这不是出梦多年以来的愿望吗？"

"说是愿望，倒不如说是未完成的遗憾吧。"

出梦的双臂像孔雀开屏一样展开了。

修长的手臂，这双实在是过于修长的手臂，摆出充满威胁性的姿势。

"我……想试试，自己究竟到达了什么境界。从这层意思上来讲，你确实是一场及时雨。所以……呃……现在是什么游戏规则？打倒你，'死色'就会出场吗？"

"哀川小姐不在这里哦。只有我知道她在哪里。直到规定的时间为止，哀川小姐都会在某个地方等着你。能让我供出那个地点就是你的胜利。相反的，如果没能让我招供，就是你输了。"

"不是我赢就是我输吗？呵呵。赢或是输——"出梦反复咀嚼这句话，"难道就没有属于你的胜利条件吗？"

"决胜负的只有你一个人而已。不是你赢，就是你输，结果只有这二选一。至于我并没有要决胜负的打算。"尽管自己都觉得自己的话愚蠢可笑又荒诞无稽，但我还是毫不难为情地，一字一句地说道，"我只不过是想……体会一下而已。"

"体会一下？体会什么？"

"嗯，这个嘛——"

我从皮套中迅速抽出短刀。按照之前来这里的路上，坐在这里的时候，脑海中无数次排演过的那样，将刀刃刺向位于我正对面的出梦。我左脚一步蹬上桌子，瞄准那纤细的脖子，目标锁定喉管——

"真没劲。"

骨碌一下,我的视野天旋地转。

来不及反应刚才发生什么,也来不及捕捉到刚才踩在矮桌上的左脚是怎么被绊倒的,我的右肩,就重重地摔在了桌面上。虽然紧急用右手护住了身体,但还没等我做出下一个举动,出梦的腿就嗖地朝这边扫来,脚尖仿佛要搅乱我的内脏一般,狠狠踹中我的肋骨。

"呜……啊!"

从未体验过的奇异疼痛从腹部袭来,我滚下了矮桌。虽然刚才坐着的垫子稍微起了一点缓冲作用,但仅凭这种东西并不能中和全部的冲击力。

肋骨,发出"咯吱咯吱"的响声。

被绊到的脚踝,现在也开始隐隐作痛。

"咳……呜……"

"放心吧,没有断——只是稍微松动了两根肋骨而已。但是,我劝你还是别太勉强。对柔软的内脏来说,错位的肋骨已经不是铠甲了,而是凶器。"

"……"

"踢出去的脚我也没法控制轻重了,所以可能会造成几道裂痕吧。不过这点小伤就忍耐一下吧,你可是男人。"出梦语调轻松,一边笑一边说道,"好了,'死色'在哪里?要去哪儿才能见到'死色'呢?"

"哎呀真是的。"我强忍住腹部传来的阵阵剧痛,支撑起自己的身体,斜睨着出梦说,"你们那个世界的'饕餮者',原来就是用脚尖给人按摩肚子的变态吗?这种低级的变态,我可不能介绍给哀川小姐。能介绍给哀川小姐认识的,必须是更劲爆一点的变态才行。"

"你好像还没理解呢。"出梦根本不理会我拙劣的挑衅,用仿佛在跟小孩子讲道理一样的语气说道,"你和我之间的战力差距,可不是光凭意志力和虚张声势,还有那些卖弄三寸不烂之舌的戏言就能缩小的。起码,单从正面战斗方面来说,这是肯定的。看你的样子,不难发现全身上下都有受过一定程度的训练,运动神经也不错。只可惜,我是职业玩家。在我眼中,你那些动作都是定格画面。不管你是想出其不意还是趁其不备,就算确认完你的行动再开始反应,都绰绰有余。"

"……"

"拷问是'墓森'的领域,所以不是我的强项欤。话虽如此,但并不表示我对此就一窍不通。喂,这可是为你好。在我用可爱的外表干出可怕的事情之前,快招了吧。"

"可爱的外表吗?"我重复了一遍出梦的话,"既然如此,那有没有比拷问更好的办法呢?比如色诱之类的,我搞不好就会很干脆地自投罗网哦。从刚才起就注意到了,你若隐若现的胸部呢。

啊啊，不过…………这样有点那个啊，太那个了，嗯，实在太那个了。"

"……啥？"

"我不能接受比自己年龄小的——因为总是下意识地想起妹妹。"

"你真是莫名其妙。"这一次，出梦的语气中夹杂着明显的烦躁。是因为对我无法理解的行为感到火大吗？好像不是。"莫名其妙的家伙，真的是莫名其妙。只能说你疯了。脑子没问题吗？啊啊啊——知道了！那就由亲切善良的出梦教授，用连猪都能看懂的方式来为你简单说明一下吧，用比语言更容易理解的视觉表现来告诉你吧。这双手，即将对你的双眼宣告死刑。"

出梦抬起两边的手肘，掌心向内，向我展示他的手臂。背对着我的双手，手指微微弯曲，摆出了熊掌一样的姿势。

"你已经知道了吗？还是不知道呢？这就是我的称号'饕餮者'的由来。这双手本身就是我最得意的武器。给我睁大眼睛仔细瞧好了。"

出梦缓缓地转动手腕，接着那双熊掌从左右两边一起，猛地集中了全身力量向下挥动——两条手臂朝着矮桌的方向一口气砸了下去！

"——就像这样子啊！"

破坏声。

确切地说，应该是爆炸声。

我睁开因刚才的冲击力而闭上的眼睛——出梦的两只手臂，手腕以下的部位都深深刺进了榻榻米之中，而那张矮桌仿佛被真正的灰熊一掌击中，又像被撕咬啃食过一般，彻彻底底地裂成了两半。

那张厚度足有五厘米的木质矮桌。

被那样一双女孩子的纤细的手。

"THE HAND轰炸空间[1]……才怪。这就是我，匂宫出梦的传家宝刀——'一口吞食'（Eating One）。"出梦微微扬起嘴角，露出了邪恶的微笑，"将人类的身体进行不计后果的训练，就能达到这样的效果，我就是活生生的例子。当然，不只是'一口吞食'。脚也是一样，只要轻轻一踢，就能将普通人的脖子折断。所以刚才对你肋骨的那一下有多么脚下留情，你现在总该清楚了吧。"

"'一口吞食'。"

在浴缸里失去气息的朽叶妹妹。

命丧图书室的木贺峰副教授。

躺在庭院血海中的小姬。

"原来如此……我还在想要用什么凶器才能做到那么夸张的事情，原来根本不用什么凶器，你居然还藏着这种绝技啊。"

---

[1] 轰炸空间，英文"The Hand"。出自日本漫画家荒木飞吕彦的作品《JoJo的奇妙冒险》，是第四部《不灭钻石》中登场人物虹村亿泰的替身。其能力是消去右手触碰到的一切物质，截断面会瞬间恢复原貌，仿佛被消除的部分原本就不存在一般。——译者注

能够在这种爆炸声中睡得那么死，我也真是个了不起的人物啊。虽然已经从狐面男子口中听说过"一口吞食"，但是没想到会是这样一击必杀的招数。原来是这样啊，跟玖渚形容的一样——是究极的异形。将究极千锤百炼到更加究极的非人的绝技。

"让亲切的出梦教授再大发慈悲地告诉大哥哥一件好事吧。这个招式的弱点，或者说是缺点吧，就是完全无法手下留情哦。"出梦将维持着熊掌姿势的双手从榻榻米中拔出来，掌心对着我，然后又将手背转过来说，"就是因为怕这个力量失控，才不得不用那件拘束衣封印起来……嘎哈哈。事实上也确实需要，因为每次都毫无例外地会使出这种等级的威力，这是系统默认的数值，已经没法调整了。连铁板都能轻易破坏的威力就是普通状态。不过，只能算是缺点而不是弱点吧。你可以想象一下。这种东西一旦咬到，啊不对，被这种东西咬到，真的会很惨欸。面对'一口吞食'根本无法作出防御，任何防御都是徒劳。用手接招的话，整只手都会被撕碎，用脚接招的话整只脚都会被扯断。受到这样的攻击之后，伤口也会惨不忍睹，简直就像被炸弹炸过一样，就算是自己的武器，我也不太喜欢这种感觉呢。被撕裂的伤口甚至连缝合都做不到,是无法修复的致命伤。"

出梦捡起一块飞散出去的矮桌碎片，往我这边轻轻扔了过来。碎片掉在我旁边。

下一次碎的或许就是其他的东西了。

"虽然没有尝试过，但如果对象是幼儿园小朋友，只要左右手

501

各用一次，就能让他从这个世界上完全消失。"出梦再一次正面朝向我，调整姿势站好说道，"但是，我在杀人的时候都会使用这个招式。因为，不会感觉到疼痛。在痛感传递到神经之前，抢先一步破坏掉神经，所以完全不会感到疼痛，听起来好像是一种慈悲，但其实主要是因为我不想听见哀号声，为此，将痛苦最小化是最好的办法。对于你的哀号声，你的痛苦，也是同理。所以……真要动手的话，我会毫不犹豫。即使对手是像你这样弱到极致的家伙，要动手的时候我也会毫不留情地使用这个招式。"

"你还真是善良呢。"

对我的讥讽，出梦完全不予理会。

反而用怜悯的眼神看着我。

我和出梦之间，存在压倒性的实力差距。出梦一定也是这么想的吧。比起在低处抬头仰望的人，站在高处的人往往更能看清彼此之间的悬殊差距。想必在出梦眼中，我现在所做的事情到底有何意义，根本就无法理解。

意义。

这种东西有没有都无所谓。

"我再警告你一次啊——"

"不用说了。"

随即，我——

立刻从地板上半支起身子，保持着这个姿势从皮带后侧掏出事先准备好的杰里科手枪，然后，将枪口对准出梦。

"嘭！"

扣下扳机。

冲击力，传到了刚才被踢中的侧腹。

"喊！"

出梦向左跳开，避开子弹——其实，在我掏出手枪的那一瞬间，出梦就已经摆好回避的姿势了。他明明没有发现我身上带着手枪的——为了不被察觉，我一开始还使用短刀声东击西，了不起的反射神经啊。不过，倒也没有出乎预料。世界上也是存在着那种即使面对正面枪击也能毫发无伤的人，这一点我早就领教过了。

于是，我冲了过去。

没有接着攻击出梦，而是朝着纸门的方向，冲到了走廊上。

"开什么玩笑……谁允许你逃了，混蛋！"

背后传来了出梦的怒吼。

果然，是个直性子。

果然，很容易激动。

即便表现得再怎么游刃有余，即便刚才的态度再怎么冷静，一旦眼前出现可能会对自己造成威胁的危机，那层伪装就会立刻剥落。你的从容，你的冷静，都只是浮在表面上的薄薄一层。你的沸点比冰点还要更低。没错，这就是由于太强，而产生的弱点。由于过于强化坚韧部分，而出现的脆弱面。

此外，还有一点。

刚才的那一回合，出梦他躲开了子弹。主动避开的意思就是……假如被子弹击中，就算是"饕餮者"，也不可避免地会受伤。

他并不是无敌的。

也不是最强的。

甚至也称不上是最恶的。

不是幽灵也不是妖怪。

而是具有人格的——人类。

跑出走廊之后，继续向前冲。没有回头。就算不回头我也知道，出梦已经追上来了。从那毫无隐藏意图的脚步声，以及不断逼近的惊人气势，就能够清楚地感觉到。

"唔噢噢噢！"

楼梯。

正当我跑过拐角处准备登上楼梯时，眼角的余光捕捉到了，出梦大幅度挥舞起右手的身影。

——是"一口吞食"。

"呜哇！"

千钧一发之际……我一步踏上楼梯，侥幸躲开了那只手。出梦的右手完全扑了个空。所以整个人瞬间失去平衡。对了，因为一直以来都是以全力进攻为前提，遭受这样一招非人的绝技之后，对方绝对是死路一条。所以从来没考虑到，攻击失手之后该如何快速调整自己的平衡。这或许跟出梦缺乏理智有关系，但是要说弱点的话，这也可以算是一个弱点。

很好，还有希望。

"来追啊！"

趁出梦找回平衡的瞬间，真的只有一瞬间的空档，我迅速爬上楼梯。侧腹开始发热并隐隐刺痛，再这样剧烈运动可能会更严重。最糟糕的情况，可能就像出梦说的那样，错位的肋骨会刺伤内脏。

但是——

现在，没时间管这么多了。

"不要夹着尾巴到处逃了，你这孬种！"

出梦怒吼道，然后在这样伸手不见五指的黑暗中，毫不犹豫地登上楼梯，朝我背后追了过来。凭着气息警惕他的行动的我，已经到达通往二楼的拐角处。

"这么狭窄的地方，看你能逃到哪儿去！白痴弱智蠢货！喂喂喂你是在散步吗？给我滚回来啊！"

爬到二楼拐角处的那个瞬间。

我猛地转身回头，朝着正在上楼的出梦飞扑过去。

"什么？"

出梦一脸错愕。

可惜已经迟了。

已经来不及了。

我只需要把身体交给重力。

然后——在这间研究室……这段仅容得下一个人通过的狭窄楼梯上，脚下空间很小，两侧的墙壁和扶手又形成阻碍——"一口吞食"无法施展。

Flying Bodyattack（飞身撞击）.

尽管实际操作起来并没有那么潇洒，但我举起来的肘关节和肩膀，分别对准了出梦的脸部和喉咙，成功完成了肉体撞击。就算……就算是杀手也好职业玩家也好，就算是人称"饕餮者"或者"汉尼拔"这种听起来很吓人的名头也好，肉体本身终究只是一个身型娇小的女孩子而已。

虽然试图想接下这一招，但出梦还是不由得向后倒去，摔下了台阶。

我和出梦滚成一团跌回了楼梯下面的走廊里——出梦被夹在坚硬的木地板和我之间，变成了三明治。

"呜……"

出梦发出呜咽般的呻吟声。毕竟身体受到了完全出乎意料的强力撞击，再怎么都不可能毫发无伤。然而这还不是结束。这种攻击还不足以击败"饕餮者"。

正因如此，才必须牢牢抓住这次机会。这已经是我能想到的，最后一次机会了。

我挣脱开纠缠成一团的状态，以骑马的姿势跨在他身上。正面对着四脚朝天倒在地上的出梦，然后——将右手的杰里科手枪，直接抵上他的额头。

在如此近距离下，在这种姿势下，无论怎么挣扎都不可能躲开。

"你……你这……混蛋！"

紧要关头，出梦举起双手握住枪管，在我扣下扳机之前，抢先将枪口从自己脑袋上移开。我判定光靠一只手难以抗衡，便把左手也搭上扳机，想要用蛮力将枪口的位置重新掰回去。

"呜噢噢噢——"

"呜唔唔唔——"

在如此近的距离下，在这种姿势下。

况且还是这么纤细的少女的手腕。

可是任凭我使出浑身力气，出梦的手都纹丝不动。别说掰动，我甚至感觉到枪口正在一寸一寸、一点一点地被推到旁边。究竟是哪里来的这样大的力气。不，不是力气大的问题。这并不是用加减法就能简单计算出谁力气大谁力气小的问题。这时，出梦被压在下面的身体，也开始了进一步抵抗。明明已经被我用两腿牢牢箍住，他的身体却开始激烈地晃动，感觉只要稍微有一点儿松懈，就会被他挣脱。

在这种情况下，紧握枪把的两只手也变得有机可乘。

可恶，这样下去我根本坚持不了多久。

情况不妙。非常不妙。

现在，应该怎么办——"嘭！"

管它的。

就在这样的僵持状态下，我扣动了扳机。

子弹发射声，火药爆炸声——当然，枪口的方向现在已经完全偏离出梦的头部了，子弹向着未知的方向飞去，没有击穿任何东西，然后就这样命中了走廊的地板。

但是。

"唔！"

一瞬间，出梦的力道放缓了。

因为紧握着枪管——所以子弹通过时产生的热量，毫不留情地传到掌心。

不仅如此，加上耳边近距离响起枪声，子弹从耳边近距离飞过，冲击波对大脑造成了直接影响。无论受过怎样的训练，人类本身的身体构造并不会改变，对脑神经直接进行攻击，不可能没有效果。

趁着出梦力道放松的空隙，我使出浑身解数，将枪口再次对准他的眉心位置。就算现在出梦马上又握住枪管，短时间内也无法恢复到先前的力道。毕竟才刚发射过，枪身还没有完全冷却下来。

"唔……可恶……"

下一个瞬间，出梦的手完全离开了枪管。

放弃了是不可能的。但是，以这种仰面朝天的姿势应该无法施展"一口吞食"才对……不——难道是可以的？难道说，他没有打算用全身力气做出攻击，而只准备发动双手吗？事实上，出梦正在将左手慢慢地贴向地面，下一秒……那只手臂划出漂亮的弧线，猛然挥了过来。

朝着我的脸部。

毫不留情。

"唔哇——"

可是，只要能躲过这一下。

只要能躲过这招"一口吞食"就胜券在握了。扑空之后的出梦，到处都是破绽。这一点已经通过刚才的一击，以及最开始他给我展示的那一击，得到了证明。

这一下，就是真正的分水岭。

"唔……噢……噢噢噢噢……"

我迅速翻身往后，躲开出梦的手掌。至少试图躲开了。然而，"一口吞食"的速度，完全凌驾于我的反应速度，乃至我的反射神经之上——

假如，假如出梦现在没有摔倒在地，我早就被吃掉了。

已经被咬到了。

右脸的绷带被扯断，纱布几乎碎成了粉末，但我的右眼仍然清晰地确认到，真的是千钧一发之际，我从"一口吞食"嘴下逃生了。

很好——

还来不及感受成功的喜悦。

"啊……"

我就发现了，出梦真正的目的。

划出一道漂亮弧线的左手发动的"一口吞食"，直接冲着其弧形轨迹的前方去了，那个方向是出梦右侧的地板，恐怕这才是他的目标——正中红心。

震耳欲聋的爆炸声，让刚才的枪声都相形见绌。

被啃食掉的地板的碎片朝四面八方飞散，化身为凶器的尖锐碎片向我袭来。与意志力无关，保护眼球的本能使我闭上了双眼——

"嘭！"

情急之下，我强行发力扣动了扳机。子弹发射的后坐力完全返回到自己身上。我一边感受着脸颊被木片刺中的疼痛，一边睁开眼睛确认成果——

"……嘎哈哈！"

出梦——浑身上下一处伤口都没有。

用"一口吞食"打穿走廊的地板不是为了移动枪口，而是为了移动自己被固定住的头部的位置。比起制造碎片攻击——这个目的才是主要的。不，应该说，两者都是策略的一部分。

匂宫出梦——不妙，他不是四肢发达头脑简单的笨蛋。

"看你没有继续射击，说明子弹已经用完了吧——看招！"出梦用腹肌将我的身体上顶，然后迅速将两腿弯曲，从我大腿的空隙间穿过，顺势架到了我胸前，"想一直保持这个姿势到什么时候啊，征服欲就这么强吗？你这个蠢货！"

刹那间，我的身体仿佛突然被不知哪里来的钢丝吊起一般，飞到了半空中。背后，就是刚才我和出梦上演了新选组武打戏的那段楼梯拐角处的边缘。我被一脚踹到了拐角处下面的台阶上，台阶的突起狠狠撞到背部，然后由于冲击力的作用，直接摔到了拐角平台上。

没有时间倒在这儿了。

后背，不，比起后背，腹部传来了更剧烈的疼痛。不是刚才移位的肋骨，而是内脏。感觉内脏像奶昔一样，被搅得一团糟。虽然还不至于破裂，但是相当难受。没有想呕吐的感觉，受伤的不是消化器官，大概是循环器官吧，那情况就更严峻了。我拼命想要从地上爬起来，然而，全身上下每一次都如同痉挛一般剧烈颤抖，根本无法调整姿势。

"唔……呜……呜呜呜——"

"嘎哈哈——你错失了第一次也是最后一次机会呢。"

抬头看去——

出梦毫发无伤，双脚着地，稳稳地站在地板被开了个大洞的走廊上。那么大音量的破坏声在耳边接连不断地响起。普通人的话，短时间内别说站着了，就连思考都做不到。这家伙究竟长着怎样的三半规管啊。耳边爆发了那么大的噪音，为什么不会失去平衡感？难道，身体构造本来就和常人不一样吗？要真是这样的话，也太荒唐了吧。

"不过，作为一个门外汉来说，你已经做得不错了。"

已经恢复了吗？从容和冷静。

哎呀……

还真是……错失良机。对我来说，出梦情绪化时露出的破绽是唯一能够乘虚而入的机会。

子弹用完了。

战术也用完了。

不过战术什么的，本来也跟没有差不多。

"跟我当对手还能拼死坚持到现在——与'饕餮者'为敌，能孤军奋战到这个地步，紫木泉下有知，一定也不会责怪你的。所以，快点告诉我'死色'在哪里吧。"

"……"

"还是说，你其实根本就什么都不知道？什么'死色'的所在地，根本就是胡诌的？"出梦一脸惊异地说，"这……不可能吧。如果你真做了这种蠢事……我可是会毫不留情地杀了你哦。如果'死色真红'真是如传闻中那么可怕的人物，应该不会耍这种小伎俩的。"

"……"

快思考。

还有没有什么计策。

能打破现在这种糟糕透顶的局面的手段，能挽回这种一败涂地的局面的手段，能扭转这种一边倒的局面的手段。

要是有这样的好办法。

就不会演变成眼下的局面了吧。

人生无法重来。无论如何都绝对无法重新来过。如果人生在任何时间段都可以选择重来，或许会是一件非常幸福的事，但对这种事情抱有天真的期望，未免也太过傲慢和随意了。

就算重新来过，结果也是一样的。

"再说了，你根本就不是那种会专程来报仇或者寻仇的人吧？

看上去，就是一副不知道悲喜，没有感情的样子。"

"什……"

"就是因为你这点，就是因为你这样，理澄才喜欢你吧。你对自己现在的行为难道没有丝毫的疑问吗？不觉得整个人都很浮躁吗？完全没有心安理得的感觉吧？反而焦躁不安，觉得身体好像都不属于自己了吧？"

匂宫出梦用笃定的语气说道："前两次交谈的时候，还有今天来这里的时候，我都感觉到了你这家伙，你啊，根本就没有感情。从你的身上，我根本感觉不到任何东西。不管是对于我的恨意，还是对紫木被杀一事的愤怒……什么都感觉不到。但是，你也不像我这样是个战斗狂，看上去完全不好战，反倒一副没精打采，妄想不战而胜的样子。跟我打架的时候也是一脸的不情不愿。真是搞不懂，搞不懂啊，我完全搞不懂。你究竟是为了什么才跟我战斗的？"

"……"

"你刚才说是想要'体会一下'，你到底想体会什么？莫名其妙。我可不想因为这种莫名其妙的理由，就跟你这样的小喽啰互相厮杀。"

"你说得对……"

没错。我对出梦并没有恨意。

打从心底里，我就没有过怨恨或是愤怒。

毕竟，那样就太不讲道理了。

513

出梦不过是恪尽职守罢了——小姬，也只不过是在完成自己的使命。感到悲伤或是后悔都还算合情合理，但是愤怒和怨恨是完全不存在的。

本来。

人的死亡，就只是属于死去的那个人。旁人擅自代入自己的情绪，口无遮拦，只会让事情恶化。

不能将悲伤与愤怒混为一谈。

不能将悲伤与恨意混为一谈。

这样做很危险。

后患无穷的危险。

"也许，就像你说的那样。"

"……"

"早知如此，老老实实当个推理小说的旁白就好了……侦探的角色，交给玖渚那种人才对啊。"

"啊？你说什么？"

"说你的这些废话真是太无聊了！"

我突然开始狂奔。冲向楼梯，向着二楼继续往上跑。

"搞什么鬼啊！莫名其妙的混账东西！别再做无谓的挣扎了，只会一个劲地跑跑跑！你是兔子啊！"

出梦大声怒吼着，从我身后追了上来。其速度之快，令人难以想象他才刚吃了一记飞扑撞击。相比之下，浑身伤痕累累的我，眼看就快要被追上，无处可逃了。

然而，只差一点点就够了。

只要这一点点距离就够了——

"……唔。"

我拖着最初被踢到的脚踝（疼痛感仿佛正按照等比数列逐渐升级，扩散开来——），步履蹒跚地来到二楼。没有犹豫没有停顿，拐弯，后方来势汹汹很快就会追上来，第一个房间是肯定不行的，径直来到我跟小姬借住了一晚的，准确地说是我这个呆子一个人傻傻地睡到天亮的病房隔壁的那个房间，迅速飞身躲入。

关门，直接以滑垒的动作扑向床铺，将床上铺得平平整整的床单一把抓起，随即朝着门口的方向，撒网般地使劲抛了出去——

开门声。

"欸？"

"唔噢噢噢！"

收进皮套的短刀，再次拔出。伴随着我的咆哮，朝半空中的床单全力冲刺。瞄准床单另一侧正要跨进门内的出梦——

刀尖，狠狠扎进了床单。

"……"

然而，没有刺中东西的触感。

张开的床单垂了下来。

床单的另一侧，不见出梦的身影。

仔细一看——

出梦他，正倒挂在天花板上。

用双脚倒吊在天花板上，冲着我微笑。

脚的力量也不可小觑，这一点刚才好像有说过。

打开房门的那一瞬间，他就向天花板跃起，使出了正好能够避开床单的三角跳跃。

"——哈呀哈啊啊啊！"

出梦在空中回转一圈，猛地伸出左脚，冲着我心脏的位置踢了过来。千钧一发之际，我迅速松开刺进床单的短刀，双臂呈十字交叉在胸前。才刚做出防御动作，就只听见骨头发出了清脆的悲鸣声。与其说是骨折，不如说更像是骨头粉碎的声音。由于承受不住这巨大的冲击力，我整个人都飞了出去，撞上背后的床板。

手臂已经什么都感觉不到了。

而被双臂挡在下面的肋骨才开始感觉到疼痛。看来这次受创的几根肋骨，似乎不是错位，而是真的折断了。自己勉强能够感觉出来。

"哈……啊啊……唔呜……"

即便如此，对出梦而言，都还不是使出全力的状态，刚才那一踢，不过是威吓，只是为了在自己落地之前牵制我一下，用来拉开距离的一击。然而就是这样轻轻一踢……我的双手就彻底报废了。

啊……牵制吗？

牵制。

那么跳跃之后，不用说。

接下来就是直接攻击。

"嘎哈哈哈哈哈！呀——嚯！"

仰面倒在床上，双手无力地摊开，动弹不得的我，只能看着出梦高高举起双臂，回头朝这边猛扑过来——

紧接着，那双手臂——

"暴饮暴食！"

左右手同时发动"一口吞食"。

双手落下。

头部两侧，受到了核弹爆炸的冲击。

至少我是这样感受到的。

大脑两侧受到剧烈震荡，完全无法思考。左右两边的非凡冲击力互相抵消，反而有相乘效果，感觉脑细胞都被溶解掉了。病床以这两点为中心，被彻底破坏成了一艘沉船，我的背沉入碎片的深海，坠落到病房的地板上。

"啊，好险好险。"

然后，出梦开口说道："一不小心认真起来了，要是真把你杀死，就麻烦了。"

"……"

脑子里嗡嗡作响，冲击波还留在身体里面，一直出不去。全身上下所有的水分，好像都还在被余波震荡着。波浪不停地拍打在伤痕累累的骨头上。

"嘿——"

出梦将刺入地板的双手拔出来，从刚才被瞬间解体的病床碎片上，跳到一旁。双手看起来完全没有受到损伤的模样，完全就像家常便饭。

"那就从这里开始吧。"

右脚传来已经非常熟悉的最高级别的疼痛。稍后，才"啪嗒"一声传来橡皮筋断裂般的声音。已经分不清，痛觉和听觉究竟哪一方抢先。即使在全身上下都被疼痛侵蚀的此刻，再增加任何一点伤痛，也仍然是难以言喻的痛楚。

"总之先把阿基里斯腱弄断了……想要尽快康复的话，劝你还是别乱动比较好哦。"出梦认真地向我说明，"双手和双脚都报废啦，嗯，接下来怎么办呢？"

"还接下来怎么办呢？喂喂，'饕餮者'。已经让你这么多招了还不够吗？"

出梦完全无视了我的虚张声势。

没用的……他已经不会再暴走了。

他的强大部分已经不会再动摇了。

"已经可以了吧，大哥哥。都到这个地步了，差不多也该告诉我了吧？去哪里才能见到'死色真红'呀？"

"……"

"啊啊啊……说到这里啊。你知道人类总共有多少根肋骨吗？"出梦一步一步地慢慢向我走来，"正确答案是左右各十二根，合计二十四根。嘎哈，数量还挺多的噢？你现在是错位两根，刚才又断掉三根，所以还剩十九根。"

"……"

"你想留下几根？"

话还没说完，出梦的脚就行动了。我连伸手抵挡的能力都没有，被他的脚尖结结实实踢中。

"呜！呜……"

过程很安静。几乎没有发出什么声音。

与那招"一口吞食"相对应的脚。一根接着一根，无声无息地，攻击着我的肋骨。

已经连悲鸣或哀号都发不出来了。全身上下都在剧烈疼痛，已经无法思考。自己究竟为什么要遭到如此待遇，我自己都无法理解了。

究竟，是为了什么？

究竟，是为了谁？

为什么，事情会变成这样？

"要继续？还是要结束？选择权交给你。"

"……"

"啊啊……算我求你了！已经够了吧！再继续下去真的会有生命危险哦！我最讨厌不能杀的家伙了！折磨人这种事情，我完全提不起兴趣啊！"

"……"

"OK！那就继续。"

出梦再度发起他的拷问。

啊啊……

突然觉得。

好羡慕啊，像他这种人，有目标，为了达成目标，积极行动。

为了达成目的，能够杀了我。

能够杀人。

"你这种行为，到底有什么意义啊？"出梦继续攻击我的肋骨说道，"你啊，就算再继续坚持下去，也绝对杀不了我的。"

"杀不了。"

"当然，不是因为你两只手和两只脚都没法使用了。刚才，我们滚到楼梯下面的时候，你本来是有机会杀掉我的。但是你没有动手杀了我，不就是这么回事吗？你根本就没有胆量杀掉我，不是吗？"

"……"

杀不了人。

我没有办法杀人。

因为我认为杀人是不对的。

杀人是一种罪恶。

所以才一直忍耐着。

明明曾经对很多人都起过杀意，但一直忍了下来。

实际上，相当于被我杀死了吧。已经死了好多人。凡是我曾经希望他们去死的人，大多都死掉了。然而我不希望他们死去的人，大多也都死了。这一点让人很烦恼。

可是，那些人都不是我直接杀死的。

这是一直支撑着我的……唯一的理论。

既是仅存的希望，也是我坚信的原则。

然而我又想到，难道没有亲手下手，就不算杀人了吗？那遭到反击的时候再反击回去，算杀人吗？

对方再反杀回来的时候呢？反杀再乘以反杀的时候呢？就像永无止境无限循环的莫比乌斯带。

杀人是不可以的，是绝对的禁忌。

一旦打破，就会发现这其实相当地不堪一击。

一定会非常不堪一击。

但只要不去打破，就是铜墙铁壁。

用枪杀人比用刀杀人容易。用毒药的话，又会比用枪更容易。使用魔法的话，或许会比用毒药杀人还更容易。而用言语的话，一定比用魔法还要轻而易举——

我就是这样，一直不断地在杀人。

将各种各样的人吞噬掉。

将别人当作果腹的食物存活至今。

同类相残。

从前我一直以为，这个成语是写作"同伴相残"。现在心里仍然有一半是这么认为的。

唉……真是的。

打从心底里觉得，这场搞错对象的闹剧，差不多也该结束了——

"清水寺的——清水舞台。"我开口说,"清水寺的……清水舞台。"

"啥?"

"哀川小姐就在那里。直到早晨的太阳升起之前,都会在那里等你。"

"是吗?"

出梦收回了脚。

肋骨,不知道还剩下几根呢?

我突然很好奇。

各种疼痛混杂在一起。已经分不清楚是哪些部位在痛了。好了,能不能快点麻痹啊。痛到让我什么都感觉不到的程度就好,快点麻痹吧。

这样的痛楚。

我已经充分体会到了——

"那我这就过去了……要帮你叫救护车吗?"出梦俯下身观察我的表情,"看你这样,没法自己打电话吧。"

"谢了,有一家经常去的医院,可以帮我联系一下吗?"

"啊好,电话号码是?"

我流畅地报出一串数字。

这个号码是来这里之前记下来的。

因为感觉会派上用场。

出梦用自己的手机替我叫了救护车，"售后服务"真周到。最近的职业杀手，服务意识这么到位，这对杀人者和被杀者来说，都是好事呢。啊，不过，出梦已经从杀手界隐退了吧。至少他本人是打算去过隐居生活的。就算觉得有些可惜，或是别的什么的，也没用了。

"虽然……可能……是无关紧要的事情……虽然我也已经问过很多遍了，不过……你啊……"出梦收起手机之后对我说，"你啊，到底是来干什么的？把自己搞成这副惨样，到底，想体会什么啊？"

"嗯……我也不知道。"

"这样啊……"出梦一副放弃理解的样子，这才是聪明人的做法，"那好，我就先走了。"

"走，要去哪里？"

"当然是去那个清水寺了。"

"我劝你还是别去……"

犹豫片刻，我还是决定提出忠告。虽然接下来的剧情发展，已经与我无关了，但我还是觉得，事先说一声比没说要好。

"哀川小姐……绝对，不会手下留情的。毕竟小姬对哀川小姐而言，是非常重要的朋友……"

"重要的朋友啊。"

"我都知道……其实我都知道。大概就是那个人杀掉零崎人识的。如果理澄的调查结果无误，零崎人识已经被杀的话，那么杀了零崎人识的就是哀川润。"我喃喃低语，好像在念什么咒语一样说道，"我很清楚，因为我是那个家伙的替代品，所以很清楚……虽然不知道为什么，但是哀川小姐……对于你们那个世界的人是绝对不会手下留情的……即使没有小姬的事情也一样。"

"哦，是吗？这样才好，正合我意。"

"出梦你为什么，要对哀川小姐如此执着呢？"

"因为这是我存在的意义。虽然这个词是从狐狸先生那儿现学现卖的。对于以强者为唯一目标饱受各种特训的我来说，与人类最强的决斗是必不可少的。"

存在的意义。

存在的证明。

就为了这种东西。

就为了这么无聊的事情。

这样，不就简直像我一样了吗？

"好不容易得到了自由，却要去送死吗？"

"无所谓啊。自由对我而言，并不是什么'好不容易'的东西，没什么可执着的。况且，要这么说的话，理澄对我而言，也是非常重要的妹妹啊。"出梦看起来很愉快的样子，"理澄说过，她很喜欢你呢。"

"那还真是谢谢了。"

"没什么，那丫头很容易喜欢上别人，不要在意。"

出梦笑了。

算了，原本就觉得忠告无效。反正也不可能阻止。匂宫出梦与哀川润之间的决战，已经不可能被阻止了。哀川小姐一定会找杀死小姬的出梦做个了断，不然是不会罢休的。可以说是绝对，一定，必然会发生的事实，也是命运注定的安排。

这是无法避免的故事。

Story.

我只不过是在中途强行闯了进来。

闯进来，强行把故事拉长的配角罢了。

"……"

一种难以形容的感觉涌了上来。

大脑一片空白，无法思考。

出梦的声音也听不清了。

意识逐渐朦胧。

陷入了朦胧又暧昧的状态。

"出梦，你接下来有什么打算？"

"嗯……我也不知道。"出梦模仿我的语气说道，"开玩笑的。总之，慢慢开始，把之前推给理澄的，我的弱小部分……全部收回来吧。"

"啊……"

"强即是弱，弱即是强——就是这个道理。首先，要从'死色真红'那里经历压倒性的败北……所谓'在逆境中求生存'吧。这个其实意外地很难做到呢。"

"那……出梦——"我望着天花板。已经连抬起脖子看一眼出

525

梦的力气都没有了，"我们有缘再……"

"算了吧。理澄是怎么想的我不知道……但是像你这种……"

出梦笑了，像理澄一样笑了。

"——不能吃的家伙，我最讨厌了。"

然后，悄无声息地，离开病房走远了。

我甚至无法起身目送他的背影。

只能继续这样，茫然地望着头顶的天花板。

然后，深深地叹了口气。

"本来想从你口中再听一次那句台词的啊。"

在我自嘲地喃喃低语时，痛觉，终于开始麻痹了。

虽说出血性创伤并不多，但在楼梯下被踢的那一脚，可能有点严重。自己的肉体现在究竟处于什么情况，自己都不敢想。说实话，就算回顾至今为止的人生，遭到这么严重的创伤，可能还是头一回。

"啊……"

搞不好，会就这样死掉。

会死，可能真的会死。

这时，我脑海中开始浮现出许多事情。

从过去到现在。

妹妹的事情，家人的事情，朋友的事情，朋友的家人的事情，六年前的事情，在休斯敦那五年的事情，那边的朋友，刚回日本时的事情。崩子妹妹的事情，萌太的事情，美衣子小姐的事情，铃无小姐的事情，浮云的事情，荒唐丸老爷爷的事情，七七见的事情，还有，小姬的事情。此外，还有回到日本之后重逢，或是新认识的那些人们。有些是敌人，有些讨厌我，有些跟我相处得不错。

鸦濡羽岛上的人们。

鹿鸣馆大学的同学。

澄百合学园的女孩。

斜道卿壹郎研究机构的研究人员。

以及——

木贺峰副教授与圆朽叶。

她们不是真的一心求死吧。

其实她们一直在等待着，一直在等待着。

仅此而已，真的是仅此而已，除此之外没有考虑过任何事情。只基于这一个理由，木贺峰副教授才会坚持下来，朽叶妹妹也才继续一直活着。

她们大概已经有了永远等待下去的觉悟。

疯狂。

直到极限。

直到自己萌生了想死的念头。

"……话说，那个啊。"

我闭上眼睛。

身体的疼痛随着麻痹逐渐消散，反倒是眼睛开始痛了起来。天花板一片模糊，渐渐看不清了。周围一切都朦朦胧胧。是因为大脑已经神志不清了吗？眼球有一股灼烧感。眼睛很痛，很痛。明明眼睛没有遭到直接攻击啊，大概是最后那两股冲击力的后遗症吧，一定是的。

于是，我闭上了眼睛。

感觉有点困了——

干脆，就这样睡过去吧。

虽然不知道明天还能不能醒过来。

那也取决于之后的故事发展吧。

期望也好愿望也罢，我都没有。

所以，这些事情都无所谓，怎样都行。

随它高兴就好。

反正一直都是这样活过来的。

自己都不知道，自己是活着还是死了。

一直过着暧昧不清、含含糊糊、半途而废、随随便便、见风使舵、优柔寡断、犹豫不决的人生。然而，正是这样的我——

"还是，不想死啊……"

然后——

我终于体会到了，自己还活着。

我终于知道了，自己在什么时候会流下眼泪。

终章 仲夏夜之梦

我（旁白）
主人公

身高一百三十八厘米，体重三十二公斤（推测）。三围，由于刚开始迎接第二性征，所以遵从良知不予公布。发型是娃娃头，肌肤苍白似雪。嘴唇却异常红润，好像人偶一般，令人不禁联想到隐居山间的道童。血型是O型Rh阴性，生日是四月十六日，现在十三岁。十岁以前生活在北海道，目前由于私人原因离家出走，与大她两岁的同父异母哥哥一起搬来了京都。不吃肉的素食主义者。讨厌香烟的烟雾胜于一切。兴趣是残杀低等生物。喜欢的景点是鸭川公园（当然，目标是鸭子和鸽子）。由于是离家出走之身，所以不能去上学，但似乎还是有着与年龄相符的求知欲与好奇心，每天都会去图书馆。

　　——以上，是暗口崩子的个人简介。

　　"我有时候会想，戏言大哥哥其实住在医院里，偶尔才会来骨董公寓来玩呢。"

　　崩子妹妹用熟练的手法握着瑞士刀，动作流畅地削着苹果皮，随口这么对我说。削下来的果皮落进了她放在自己白皙大腿上的金属小碗里。崩子妹妹穿着质地轻薄的红色连衣裙和低跟凉鞋，十分有夏天的感觉。身上没有佩戴任何饰品，总体来说是相当简单朴素的造型，但并不是因为她缺乏时尚品位，而是因为崩子有一个对她保护过度的哥哥。不过，看着端坐在病床边铁椅上的崩子妹妹，又不难理解萌太的心情，果然比起华丽的奇装异服，还是这样简单清爽的风格更适合她。

"说大哥哥半辈子都是在病床上度过的，也不为过。"

"太夸张了。不要把别人说得像体弱多病一样。"

"可是，戏言大哥哥自从来京都以后，这已经是第五次住院了。"

"六个月里才五次啊，这算少的吧。"

"算多的。"

"算多吗？"

"已经是第二故乡了。"

就在我们闲谈的时候，崩子妹妹已经削掉了苹果皮。刚才盯着她的手我才发现，她几乎不移动刀子，而是让苹果贴着刀锋慢慢旋转，大概是一种能快速削好皮的小技巧吧。本以为她会把削好的苹果直接递给我，结果崩子妹妹却拿着苹果继续进行旋转削皮的动作。

八月，二十二号——

原本今天是打工开始的日子，现在却在京都市内的医院，住院中。

其实直到昨天，我都还处于昏迷不醒的状态。据医生说，几乎去鬼门关转了一圈。今天才终于恢复了意识，解除了谢绝探望的状态。然后，第一个来探病的，就是崩子妹妹。

"所以呢，你这次要住院多久？"

"彻底康复需要两个月……不过，一个月之后就能出院了。"

"也就是说暑假的一半都要在医院度过了。"崩子妹妹窃笑着说道。

平时明明是相当率真的好孩子，为什么有的时候，说话又莫名地狂妄无礼，让人火大呢。

"嗯，是呢。"我无奈地接受了这个事实，"不过，据说不会留下什么后遗症。骨折，也基本上只有剥离性骨折和破裂骨折而已。所以吃东西也不用忌口。"

"是吗？"

崩子从头到脚，仔仔细细地观察了一遍病床上的我。

"可是，实在太滑稽了。"

"不要说得这么直接……"

"实在不能称得上是优美。"

"不要说得这么委婉……"

双手和双脚都打着石膏。

身体缠成了木乃伊。

脸上贴着纱布。

这就是我现在的样子。

不用想都知道，一定非常惨烈。

话说回来……受到这种甚至危及生命的重创，还能不留下任何后遗症，哎呀，不得不佩服现在的职业杀手，"服务"实在太周到了。即使毫不留情地造成那么多处骨折，也完全没有伤到神经。阿基里斯腱也顺利缝合完毕，现在的问题就只剩下受损的内脏了。然而这部分也没严重到需要动手术的程度。即便如此，曾经在生死线上徘徊了一遭的事实仍然没有改变，所以除了说是运气好，也找不到其他更贴切地表达了。

顺便提一下，肋骨，最后还剩下五根。

"上次因为很困，所以没有追问具体情况，大哥哥这个月又遇到了什么事情？"

"啊……"只是因为很困就不管了吗？"呃……怎么说呢，发生了很多事……很多。小姬的事，你已经听说了吧？嗯，不过在我进医院之前，算是全部解决，告一段落了。"

"是吗？那就好。"

崩子妹妹跟我搭着话，麻利地转着手里的苹果。苹果跟萝卜不一样，水分很多，需要相当娴熟的技巧吧。但是崩子妹妹甚至看都不看一眼手上的动作。

"公寓里的各位都还好吗？"

"大家都像平常一样。小姬姐姐的事暂且不论，至少大哥哥住院已经是家常便饭了，对我们的生活完全没有造成一丝一毫的，哪怕灰尘那么大一点儿的影响。"

"这样啊……"

"唔……要说最近的新鲜事，好消息和坏消息各有一个。"

533

"那就先从好消息开始吧。"

"美衣子小姐看上的那幅画轴,已经到手了。"

"欸?"我忍不住接连发问。对了,现在回想起来,这可以说是故事的开端啊。"怎么买到的?找到什么好工作了吗?不对,怎么可能在这么短的时间内,找到薪酬那么高的打工——"

"因为彩票中奖了。"

崩子妹妹不带任何感情色彩地说:"中了三等奖,五十万。"

"真的假的?"

"真的。"

"……"

说起来,她好像确实有提过彩票的事情。

这算怎么回事啊。该说她是乐天派呢,还是幸运呢。怎么说呢,其实根本不用我去做什么。不,不对。事情不是这么简单的。换句话说……无论发生什么事,美衣子小姐都注定会得到那幅画轴。结果是早就在故事中设定好的。不管过程有多曲折,不管我这样的配角有多手忙脚乱,最终都会循着既定的轨道到达目的地。

这就是,故事。

这就是,属于美衣子小姐的故事吗?

的确,那个人很适合这样的剧情。

"怎么了?戏言大哥哥。一脸若有所思的表情。"

"不,没事。然后呢,坏消息是什么?"

"啊。是春日井小姐,春日井小姐她,昨天晚上离开骨董公寓了。"

"啊？"我有点震惊，"那个人，不是说要搬到小姬的房间去吗？"

"不知道……看那个样子好像阻止也没用，大哥哥又处于昏迷状态没办法通知你，所以只好随她去了……是不是阻止一下比较好啊？"

"不……"我摇摇头，"那个人，就是那种人。虽然没能好好道别有点遗憾，但也没办法嘛。毕竟一切自有天数，就随缘吧。"

"春日井小姐还有话要我转达给你。"

"嗯？"

"'我一定不会忘记我们二人共度的那个甜蜜夜晚。'"

"……"

最后的最后，还要使坏一下吗？

"'甜蜜夜晚'是什么意思？春日井小姐和大哥哥之间有过什么吗？"

"这个嘛……"

跟小孩子乱说些什么啊，那个吃白饭的。

再也别回来了。

"那个人到底是来干什么的……跑到别人家蹭了一个月饭，结果什么也没做啊。"

"不用想得太过复杂啊。春日井小姐，可能只是单纯地想来找大哥哥玩吧？"

535

"她恐怕是'想玩大哥哥'吧。"

对我的反驳好像完全没有看法，崩子妹妹又接着说："因为大哥哥很容易吸引异常者嘛。"这一点我实在难以否认，只好回应"也许是吧，她可能真的只是想找我玩"，敷衍过去。

"这么一想，春日井小姐不是很可爱吗？选在大哥哥住院的时候潇洒离开。从这层意思上来说，小姬姐姐也是同样的吧。毕竟小姬姐姐对大哥哥的感情，也是非同一般的呢。"

"嗯？啊……不不不……你误会了。小姬自己说过，她另外有喜欢的人。"

"……啊……是吗？"

"怎么了？为什么出现了奇怪的停顿。"

"没……没什么。总之呢，戏言大哥哥，现在，又有一个房间空出来了。"

"啊啊……小姬的房间，之前是浮云在住吧？还是七七见来着？"

"小姬姐姐之前是浮云小姐。"

"这样啊……不知道接下来，谁会搬进来呢。"

"暂时都会空着吧。我和萌太会好好利用起来的。"

苹果的果实部分已经被削到极限，只剩下一段细细的果核，崩子妹妹这才停了下来。她将瑞士刀"啪"的一声合起来，骨碌骨碌转了两圈，收进了连衣裙的口袋里。然后伸手捏起碗中带状的苹果薄片，送入自己口中。

搞半天是给自己吃的啊。

"总之请放心，公寓的事情就交给我吧，戏言大哥哥可以趁这个机会好好休养一下。"

崩子妹妹"吸溜吸溜"地吃着带状苹果，脸上浮现诡异的笑容，"有空我会再来探望你的。"

"那就有劳你了……"

"说起来啊……戏言大哥哥。我听美衣子小姐说你这个发型，是让小姬姐姐帮你剪的吧？"

"嗯？啊……抱歉，没能事先告诉你一声就剪掉了。"

"这不是一句抱歉，就可以解决的事情。"

"……"

没能得到原谅。

毫不留情。

"没事啦。反正很快又会长起来的……下次一定拜托崩子妹妹帮我剪。我头发长得很快的。从小就这样。跟崩子妹妹差不多大的时候，都留到腰那儿了，还扎过粗粗的麻花辫呢。"

"是吗？"

一脸不感兴趣的样子。

她好像不喜欢吹嘘自己过去的男人。

"谢谢款待。"

将碗里的苹果连皮带肉吃得一干二净之后，崩子妹妹从金属椅子上站了起来。

"那么，戏言大哥哥。我回去的时候还想顺便去一下图书馆，就先告辞了。"

"啊，好的。回去的路上注意安全。"

"我明天，或者后天还会再来的。到时候再给戏言大哥哥带几本你喜欢的书吧。啊……对了。"

崩子妹妹说着，卸下肩膀上的背包，放到铁椅上。然后翻找了一会儿里面，拿出一个手掌大小的纸袋。

"这是魔女姐姐让我带给戏言大哥哥的探病礼物，刚才完全忘记还有这回事了。"

"哦……"

七七见那家伙怎么了，突然做这种不符合她作风的事情。

我歪着头，一边警惕着里面会不会有什么机关，一边小心翼翼地打开纸袋。里面装的是什么呢？从未见过的机器——黑色外壳，看起来并不坚固，甚至有点廉价。中间有显示屏，周围有几颗按钮。唔，从大小和外观来看，可能是掌上游戏机之类的东西，但又没有发现可以插卡的地方。不，再仔细一看，显示屏上方有一个读卡器模样插槽。大概就是从这里插入什么卡片，然后读取数据吧。

"这是什么？GBA（GAMEBOY ADVANCE）……好像不是呢。"

"据说叫Barcode Battler，是现在最受小朋友喜爱的人气商品。那个……这台主机，好像是第二代的。"

"Barcode……"

"简单地说就是,把游戏卡上面的条码放进那个插槽里扫描之后,条码上的数字就会转换成战斗能力,然后就可以用来互相对战。"

"噢。最近在流行这种奇怪的东西啊……我还真是孤陋寡闻了。"

"其实我也不知道,不过,魔女姐姐一向对流行很敏感。"

"也对。虽然不想夸奖那个家伙,但唯有这点我不得不承认。"我将手中的游戏机翻来覆去,仔细观察,"不过,既然是对战的话就说明这是双人游戏喽?看这个外观设计好像也是那种感觉,我住在单人病房没办法玩啊,又不可能找医生来陪我打游戏。"

"她说一个人也可以玩。喏,还有说明书。"崩子妹妹又从背包里取出一叠纸来。上面的字是手写的,怎么看都不是正规的说明书。大概是七七见自己做的吧(那个上瘾的家伙),"魔女姐姐还说,这是现在最热门最抢手的东西,相当难入手,你可要心存感激哦。"

"那家伙还真是一如既往啊……就算世界毁灭,就算故事再怎么反转,也只有那家伙会发自内心地说'关我屁事'吧。尽管我真的……真的……真的一点都不想变成那种人,但还是忍不住会敬佩啊。"

不过,用来打发时间好像不错。本来打算这一个月就靠看书度过了,现在有了这么一个东西,也不失为一个好的消遣方式。总之读读说明书，了解一下到底是什么类型的游戏吧。

应该不会爆炸吧。

"魔女姐姐本来还准备了另一款叫作VB（VIRTUAL BOY）的游戏机，不过她说'这对伊字诀来说太高级了，肯定玩不来'，所以就没拿来。"

"哼，把别人讲得好像原始人一样。"

"好了，这次我真的要走了。"

崩子妹妹说完之后，再次背上她的小包准备出发。这时——

"嗨……呀……"

从我的位置看过去，位于正前方的病房拉门被猛地打开，护士小姐像动作熟练的服务生一样，单手举着放满食物的餐盘，走进病房。

"伊伊，好久不见，吃饲料的时间到了！"

"……"

"……"

"是伊伊最喜欢的病号饭哦！"

"……"

"……"

不，我又不是因为喜欢病号饭才天天都吃病号饭的。

话说，为什么连你都出场了啊？

太意外了。

护士小姐穿着明显违反职业规范的超短迷你裙，腿上包裹着白色长袜,向着病床走来,然后以流畅的动作将食物和餐具摆放在桌面上。这个人无论外表还是内在都不是个正经护士,但是对待工作倒是向来滴水不漏。性格虽然很有问题,但是果然,戴眼镜的人就是不一样啊。

"哎呀,话说回来好久不见呀。你都已经快两个月没来医院了,大姐姐我还以为伊伊出了什么意外,好担心的呢!"

"让您费心了。"

真是太感动了。

竟然因为我没来医院就这么担心。

"嗯?哎呀呀,伊伊你还真有两下嘛,啧啧啧——"护士小姐果然眼睛很尖,马上就把目光锁定在了由于突然闯入外来者而瞬间僵在原地的崩子身上(确切说应该是,已经把手伸到连衣裙口袋里进入备战状态的崩子),"居然有这么可爱的小姑娘来探病!唔哇——好可爱啊!是谁家的小姑娘呀!伊伊,太狡猾了!竟然跟可爱的小萝莉!在这种几乎什么都没有的病房里单独相处!两个人在这样一个完全处于密室状态的房间里究竟干了什么!啊啊真是够了,你这个恋童癖亨伯特[1]!"

"你到底是来干什么的?"

---

[1] 亨伯特,俄罗斯裔美国作家弗拉基米尔·弗拉基米罗维奇·纳博科夫的代表作品《洛丽塔》的男主人公。书中,对9~14岁年龄段的女孩有着异样情结的中年男子亨伯特·亨伯特(Humbert Humbert)与12岁少女多洛蕾丝相遇后,陷入了对其的疯狂爱恋之中。——译者注

为什么我连住院都会遇到这种情绪激动的变态啊！

我努力伸长两只打着石膏行动不便的胳膊去够餐具。脚上的伤比较脆弱不能随便乱动，不过手部的骨折主要集中在前臂尺骨附近，虽然也会有一定程度上的行动不便，但至少日常生活起居是没有问题的。

"呀……真的好漂亮！长得好精致！小妹妹，你叫什么名字？可以告诉大姐姐吗？Tell me please！"

"我叫暗口崩子。"崩子妹妹说完低下了头。从她把手收回的动作来看，应该已经解除警戒心了，"谢谢你的夸奖。"

"暗口？"护士小姐歪着头想了想，"唔……怎么说呢，很有个性，奇特的姓氏呢。会不会是关口，你念错啦？不过这么可爱就原谅你吧。好萌！对了我问你啊，崩子妹妹，你和这个板着脸的大哥哥是什么关系呀？"

"我们是'那种关系'。"

我刚喝进嘴里的味噌汤一口喷了出来。

就连那个不正经护士的表情都凝固了。

时间仿佛在这间病房中被冻结了。

等……等一下……冷静，总之先冷静下来。这个现象……搞不好是哪里的敌人发起了替身攻击[1]！

---

1 替身攻击，出自日本漫画家荒木飞吕彦的作品《JOJO的奇妙冒险》。"替身"可以看作是人体内生命能量的具象化影像，通常像守护灵一般出现在拥有替身能力的人身旁，能够使用超能力发动攻击，保护本体。替身的英语为"Stand"，取"stand by me"之意，汉字写作"幽波纹"。——译者注

"你们怎么了？"只有崩子妹妹还不明就里，一脸疑惑的样子偏着头说。

"崩子妹妹……请恕小的冒昧提一个问题，那个词汇，你是从何处得知的呢？"

"魔女姐姐教我的。她说如果有人问起我和大哥哥的关系，这样回答就对了。"

"……"

果然是那个女人吗？

总有一天我要跟她做个了断。

"这个词语很不妥吗？"

"嗯……非常不妥。"我无力地摇摇头说，"毕竟，我姑且还是有一种叫人生的东西需要去度过的……"

"啊，不过放心吧。"崩子妹妹笑着说，"我目前只跟十个人讲过。"

我的人生……

我的人生该何去何从？

"崩子妹妹啊。不了解的词汇，以后还是不要乱用比较好哦，这也是为你着想。"

"嗯。可是，如果以后再被问到类似的问题，我该怎样回答才好呢？"

"这还用说吗？我们又没做什么见不得人的事情，当然是普通地回答说'我们是朋友'就好啦。"

543

"那我先回去了。如果有需要帮忙的事，随时都可以叫我过来。"

说完，崩子妹妹从我和护士小姐（还处于呆滞状态）旁边穿过，朝门口走去。然后再推开房门时，忽然停下回头看着我："啊，还有一件事。"

然后崩子妹妹接着说道："我……还是知道'那种关系'是什么意思的。虽然还没有经验，但我毕竟也是少女了。"

"呃……"

"那么，祝你早日康复，下次见面。"

随后崩子妹妹走出病房，拉门自动关闭，病房再度被沉默的空气笼罩。过了一会儿，护士小姐将快要滑落的护士帽和眼镜扶正，耸耸肩说："原来是明知故犯呢。"然后冲我扯了扯嘴角："那个小姑娘，好可爱啊。"

"……嗯，是很可爱啦。"

"可惜好像活不过下个月的样子。"

"这是什么话？"

这句话感觉真实得有点过分了。

护士小姐"咻"一下，坐到了刚才崩子妹妹坐过的椅子上。

"不过伊伊啊，好久不见。你好像变得更有男子气概了呢。"

"这是对半张脸都包在纱布里的我的嘲讽吗？"

"不，不是那个意思。是说你的行为举止变成熟了。"

"说得也是。嗯……"我半开玩笑地回答，"毕竟经历了同伴的死亡,性格方面总会有点成长吧。"

"哦——"

一副满不在乎的样子。

看来刚才的话只是随便说说的。

"……"

"嗯?怎么了?为什么突然又沉默了?"

"……没事。"

"难道这是求爱信号?"

"当然不是。"

唉,真没办法。

虽然有点难以启齿,虽然觉得很麻烦,但也没办法。

这也是一种仪式。

正所谓心诚则灵。

"护士小姐,要不要来玩惯例的猜谜游戏?"

"嗯?啊啊,好呀。谜题是什么?"

兴致勃勃的样子。

没错,讨厌的事交给别人去做就好了。

"我们现在假设,在某个夜晚某个地方,有五个人因为某件事情聚集在了一起——"

我向护士小姐简单说明了一下,这次事件的大致经过。穿着斗篷加拘束衣,拥有双重人格的职业杀手与名侦探,一人等于两人、两人等于一人的同体兄妹。作为保镖随行的琴弦师。不死的少女。

以及继承恩师研究的副教授。再加上，一名毫无用处的戏言玩家。早上一觉醒来，发现其他四个人都死了——只有他一个人活了下来。

狼狈不堪地活了下来。

然后继续活在世上。

"嗯……这次的谜题不是密室啊。唉，真没劲。"

"很没劲吗？"

"嗯。我最近正沉迷于密室杀人呢。"

"这样……"

"我可是人称能记住读过作品中所有密室的女人。算了，嗯……让我想想……"护士小姐抱着脑袋，做出拼命思考的样子。这次的谜题稍微有点难度，"所以，那个侥幸活下来的狼狈窝囊的蠢男人，并不是凶手喽？"

"对。"

有必要用这么过分的形容词吗？

"嗯……嗯……那也没有外部入侵者吧？"

"没有。"

"那答案不就只有一个了嘛。"护士小姐轻描淡写地说，"那对兄妹并不是双重人格，而是双胞胎吧？"

"漂亮……"

"双胞胎，就意味着拥有外表完全相同的身体，扮演双重人格也是轻而易举吧？只要演技够娴熟，就不会被人看穿。两个人拥有完全相同的身体，无论当侦探还是当杀手，都没有比这更便利的事情了。那个斗篷和拘束衣，一个人肯定穿不了，但两个人的话就能够自由穿脱了。同理，骑摩托车也不成问题。还有，和《魔界都市Blues》里的秋节罗一样的琴弦师女孩对决的时候也是一样，虽然一对一没有把握，但是二对一的话，总能增加一点胜算吧。这么想就很简单了。"

"嗯……正如你所说。"

这就是匂宫兄妹的餍寐奇术。

匂宫兄妹——"汉尼拔"理澄与"饕餮者"出梦。

这个命名方式也是诡计的一部分。

同卵双胞胎的性别不可能相异，因此只要她们以相同的面孔出现，别人就会轻易相信双重人格的说法。然而，出梦即使自称是"哥哥"，身体却跟理澄一样，是个不折不扣的少女。

双重人格的说辞，才是虚构的假象。

两人共饰一角，扮演双重人格，这种事情我从未考虑过。但是简单设想一下就会发现，除了刚才护士小姐所说的几点之外，还有很多好处。首先最重要的，就是能够拥有一个替身。让理澄妹妹出来扮演表面人格，出梦便可以隐藏在其后，肆无忌惮地暗中活动。而且，还不止这点。假设理澄只负责扮演弱者角色，那么其中就更带有某种无法否认的恶趣味了。

出梦曾经说理澄妹妹是傀儡。

傀儡。替代品。影武者。

"双重人格其实是双胞胎，除了这一点没有暴露，其他大概就如出梦说明的差不多吧。"跟哀川小姐在商讨对策时也说过，"此外……就像一姬提到的'断片集'那伙人一样，出梦大概能在某种程度上，远距离操控理澄。如此一来，那天晚上你在上楼梯时碰到的那个理澄，就可以解释了。"

没错——

出梦曾经说过，她们是"断片集"的副产物。

宛如一具空壳的理澄妹妹。

仿佛一片空洞的理澄妹妹。

傀儡，能远程操控的自动化机器人。

那并不是……比喻，没有炫耀也没有隐晦，就是直截了当的字面意思。理澄妹妹的肉体被赋予的人格，极度随意且带有缺陷，并且完全遵从出梦的意志。

是被操纵的一方。

就像那天晚上那样。

就像傀儡。

傀儡被赋予了暂时性的人格，必须设定一个，人格不健全到根本不会对自己总是忽然失去意识，以及斗篷下的奇装异服这些事情抱有疑问的，最低限度的虚拟人格。

没想到连写乐保介[1]都算不上。

---

[1] 写乐保介，日本漫画家手冢治虫作品《三眼神童》的主人公，"三眼族"最后的幸存者。平时是大大咧咧、天真无邪的初中生，但当前额的叉形胶布被取下，露出隐藏着的"第三只眼"时，就会变成智商极高，能使用强大超能力的三眼族人，性格也变得狂妄自大。——译者注

排除一切弱小,强化一切强大之后,被训练成无敌杀手的匂宫出梦,以及身为其附属品的匂宫理澄。匂宫理澄是那具附属肉体的保管者。由此,似乎也不难理解了,出梦为什么会对理澄妹妹那样地爱护。

"然而……由于那场决斗,两个人中不小心死了一个。"

"果然是这样呢。不过,这样计算起来就合乎逻辑了。实际上有六个人——其中两个人活下来了,这不就说明那个狼狈窝囊的蠢男人,并不一定是凶手了吗?隔壁病房里的那具尸体,自然是身为附属品的妹妹。"

理澄妹妹的身体被斩断了首级,那一定是小姬用"病蜘蛛"的琴弦招式造成的。然而,破开胸膛将心脏带走的人,是出梦吧。

心脏,理澄妹妹的心脏。那是她活过的证明。

"……"

两人共饰一角伪装成双重人格,像"军师"荻原子荻那种等级的人,恐怕不费吹灰之力就能看穿这种伎俩吧。正因如此,子荻妹妹和匂宫兄妹从未正面交锋才成为了一项重要的前提条件。同时,明明从未正面交锋,子荻妹妹却仍然知道匂宫兄妹,这个事实也是关键。话虽如此,如果不是遇到像这次一样的例外状况,或是完全脱离预定计划的突然事件,那么包括我在内,绝大部分人都不可能看穿这个诡计。

正因为太过单纯,所以反而难解。

需要的不是逻辑,而是跳跃性思维。

限定条件下的灵感乍现。

甚至连排除法都算不上。

"……"

然而这并不代表匂宫兄妹的诡计十分高明，我完全没有这个意思。

倒不如说，恰恰相反。

噱头。

完全是哗众取宠的把戏。

这个评价说得很对。

我乃杀手，委托者即为秩序。

身负十字之符，即将完成使命。

餍寐奇术集团——匂宫杂技团。

他们究竟把人类当作什么啊？

"不过，多重人格其实在医学上就无法完全得以证明。所以，那个杀手应该也是在搭档死了之后才想到的，如果现在把尸体留在这儿逃走的话，自己不就可以自由了吗！因为平常一直在扮演双重人格，所以知道真相，知道自己的存在的只有极少数相关人士，以及关系亲近的人而已。对外界而言，自己已经是一个死人了，可以藏起来过隐居生活了。虽然这样就不得不将妹妹的尸体遗留在现场——"

"但是，两人的心，却永远在一起，是吗？"

真相，恐怕没有这么浪漫吧。出梦并不是一个幻想主义者。如果当着他的面说这种话，大概只会被嘲笑吧。被嘲笑还算好的，以出梦的性格，说不定还会雷霆大怒呢。

然而，这一切并不是事先计划好的。

出梦他失去了妹妹。

虽然在整个诡计中只是起到替代品的作用，但是，对于出梦而言，理澄妹妹绝不是单纯的替代品。这一点，从他宁愿冒着诡计被识破的危险都要在中庭出声叫住我的行为中，就能充分地感觉到了。

那个时候的出梦，一定——已经厌倦了杀戮。

甚至，对于活着……

啊，原来如此。

也许，对于出梦来说，那个行为只是一时的心血来潮罢了。只会发生在那个瞬间的突发奇想，一秒钟之前连想都没想过，一秒钟之后或许就会遗忘的，无比虚幻脆弱的，如同流星一般稍纵即逝的念头。

所有的一切。

如果非要刨根问底的话，其实也不过就是这么回事。

"大概就是这样吧。因为谜题线索严重不足，所以没办法推理出细节部分，不过那些也不重要啦。总而言之、言而总之，正解差不多就是这样吧？"

"嗯……果然厉害。"

"欸嘿嘿。"

护士小姐骄傲地挺起胸膛。

好像不小心让她有点忘乎所以了。

"哎呀，我真是的，都忘了工作了。伊伊，你吃好了吗？"

"欸，啊啊——我吃好了。本来也没什么食欲。"

"这倒也是，那我先把餐具收走了。"护士小姐有条不紊地把碗筷放回托盘上，"好啦，那么接下来的一个月，就请多指教，伊伊——"

"……"

一个月。

我忽然想到一件令人冷汗直冒的事情。

在身体几乎无法动弹的状态下，被这种变态掌握生杀大权……

"那个，护士小姐。"

"都跟你说过多少遍，我是护理师了，小心我告你。"

"可以请问一下，尊姓大名吗？感觉我们……怎么说呢，今后会有不少打交道的机会。"

"嗯？你还不知道吗？我怎么记得第一次见面的时候，就已经报过名字了。"

"可能说过吧，但是我忘记了。"

"你记性真差欸。"

护士小姐双手环抱在胸前，一脸无奈地看着我说："唉，算了算了。我叫形梨乐芙蜜（Love me）。"

"形梨？Love？"

"乐芙蜜（Love me）。嘿嘿，很少女的名字吧？"

"不……啊……是呢。"

这根本不是人类的名字啊。

听起来完全不像是一个普通配角的名字啊。

"能冒昧问一下，令尊令堂是从事什么职业的吗？"

"欸——慢着慢着，这个问题也太私人了。如果想知道有关我的更多事情，你必须先进入医院路线，选择乐芙蜜剧情才行。"

"哪儿有那种东西。"

"欢迎来到'恐怖惊魂夜'[1]？"

"闭嘴啦，白痴。"

"哈哈——那我就先行一步了！"

护士小姐单手叉腰摆出正义伙伴中的女英雄一样的姿势，然后转身拉开房门，径直离开了。

我有时候都怀疑，这个世界是不是已经没有正常人了。

每个人都像疯了一样。

一切都是崩坏的、病态的。

可能是世界的结构本身就有问题。

"权当这个故事本身就是这种风格吧。真是个残酷又毫无逻辑

---

[1] 恐怖惊魂夜，日本游戏公司CHUNSOFT（现Spike Chunsoft）开发的视觉小说类电子游戏。该游戏于1994年11月25日在超级任天堂平台推出，后移植到其他各种平台。故事舞台位于深冬的雪山旅馆，玩家通过选项逐步解开神秘杀人事件的谜题，不同的选择会导致不同的结局。——译者注

的故事啊。"

就比如说美衣子小姐的事吧。那才叫作自作自受,除了因果报应之外,想不出其他更好的解释。

因为我是疯狂的,所以身边的一切都跟着疯狂了。因为我是最恶的,所以身边的一切都变成最恶了。迷失了坐标的罗盘,还能画出正确的地图吗?

啊,对了,美衣子小姐。

美衣子小姐那边,该怎么办呢?

依现在的身体情况来看,短时间内是无法回到骨董公寓了⋯⋯有点无地自容。要是过几天美衣子小姐来探病的话,我该怎么面对她呢?

这样狼狈不堪的模样。

这样狼狈不堪的结果。

真是无地自容啊。

再窝囊也要有个限度。

"出梦⋯⋯不知道后来怎么样了。"

距那之后已经过了三天。

"死色真红"对决"饕餮者"。

应该早就分出胜负了吧。

出梦说自己对杀戮已经厌倦了。

厌倦了从出生就作为杀手被培养至今的人生,厌倦了为了成为杀手而被创造出来的人格。但是,这种事情真的可能吗?只为了杀戮而存在的，只为了杀戮而被创造出来的兵器，事到如今，真的有可能改变心意吗？

一定……也是有可能的吧。

有人对生存感到厌倦。

也有人对自己感到厌倦。

有人忘记自己还活着。

也有人想忘记自己还活着。

甚至还有人，什么都不知道。

小姬她又是怎样呢？

还能好好地回想起来吗？

我和小姬的相遇。

我和小姬相遇了。

我想，那其中一定有什么特殊的意义。一定有什么无可替代的意义。然而，即便对我来说是肯定的，对小姬而言又是怎样呢？对小姬而言，与我的相遇是否有意义呢？小姬与我相遇之后，是否有所改变呢？当时遇见的人是我，不是其他任何人而是我，这件事情对她来说，有什么特别的意义吗？

小姬在我面前哭过好几次。

我曾经伤害过她好几次。

有时是无意识地，有时又是故意地。

这些伤害，我有给过她什么补偿吗？

作为交换，我有为她做过什么吗？

我其实完全不知道答案。

"当事人自己其实意外地察觉不到呢。"

这是小姬曾经的话。

原来如此，真是绝妙啊。

实在是绝妙至极。

那么，也许我一辈子都不会明白吧。

唯有面对这个问题时，那位总在最后的最后英姿飒爽登场的可靠承包人不会出现，不会替我指点迷津。毕竟自己的课题，自己的问题，自己的目标，终究只能靠自己去解决。

但有一点是可以肯定的——

在六月的事件之后，小姬她曾经真正地活过。

既然如此，我的存在就不是没有意义的。

我和小姬的相遇也没有白费。

值得庆幸。

或许就如出梦所言，小姬——紫木一姬，为了生存已经杀了太多太多的人，或许这一切都是自作自受，因果报应——

即便如此……即便如此，紫木一姬也曾经真正地活过。

活出了她自己的故事。

"属于她自己的一个人的故事吗？"

"故事"这个词忽然浮现出来。

我不禁想起了狐面男子的话。

在这次事件中，从始至终都徘徊在故事外侧。最终，也没有参与到故事当中的他。明明与木贺峰副教授、朽叶妹妹、理澄妹妹和出梦都关系匪浅，却与实际发生的事件没有一丝关系的狐面男子。跟我这种角色截然不同，彻头彻尾以旁观者的立场隔岸观火的他。知晓原因中的原因，设置舞台中的舞台——

即使知道真相，也仅止于此的他。

就连"饕餮者"的那两人……都只把他们的存在当作是随时可以找人替代的东西，毫不放在眼里。把拥有不死之身的少女，也只当作过程中的一个点，毫不放在眼里。

"竟然是哀川小姐的……"

虽然有点突然，却并非无法接受。不如说这么想反而觉得很有说服力。两人之间存在着异常的相似点，以及异常的相异点。

不过，我还没有告诉哀川小姐。在京都御所碰面的时候，也刻意没有提到这方面的话题。我决定先暂时在哀川小姐面前，彻底隐瞒狐面男子的事。并不是故弄玄虚，也不是因为擅自触及哀川小姐的过去而感到愧疚。尽管如此，关于狐面男子的存在，以及自己知道他的这件事，我仍然对哀川小姐只字未提。

对于这样的自己，我感到的厌恶感远大于罪恶感。

但是，无论如何都还是说不出口。

并非没说出口，而是说不出口。

我只是怕了。

狐面男子。

我只是对那个男人感到恐惧。

不管怎样，都不想和那个异形扯上关系。

我的敌人。

既然都这样宣告了。那么，狐面男子接下来，是不是已经开始打算对付我了呢？如果是的话，我是不是也必须硬着头皮接受挑战呢？这未免也太荒唐了。就算这是故事的安排，我也不能接受。

那种，比死亡还可怕的恐惧。

那样，最恶的存在。

让我如何去正面迎击啊？

"不知道接下来会怎么发展呢？"

希望一切都不发生改变。

希望谁都不要发生改变。

希望自己也不要发生改变。

与任何人，任何事物都不产生瓜葛。

在无所作为的状态中，任凭时光流逝，这样就好。

然而这是不可能的。

生存本身，就是量变与质变的连续。

是一个逐渐向死亡收束的，交错纵横的连环。

我们还没有活到有资格厌倦生命的地步。

如行尸走肉般苟且到现在，反倒应该厌倦死亡。

故事怎么展开根本无所谓。

因为，重要的只有一件事——我们还活着——

拜拜。

再见。

晚安。

谢谢。

"Do not eat, need we say more?" is the end.[1]

---

[1] 此句意为"饕餮魔法：勾官兄妹之餍寐奇术"到此完结。——译者注

后记

　　上来就把什么生啊死啊的话题，大大咧咧地摆上台面，难免会惹人郁闷。但这其实是极为理所当然的事情，此时此刻生活在这个世界上的所有人，将来都无一例外地会死去。虽然我知道这并不是人们愿意时常提及的事情，但这个严峻的事实是无法撼动的，不管去不去想，它都是个让人困扰的大问题。但是，这个问题其实可以反过来理解。如果我们将那个严峻的事实倒过来解读，就变成了此时此刻已然死去的所有人，过去都无一例外地在这个世界上生存过。并不是虚构的人物，那些现实中家喻户晓的天才、英雄，都曾经踏踏实实地站在我们脚下的这片土地上。怎么样？虽然是再简单不过的道理，但这样一转换思维，是不是就意外地萌发了一点希望，或是类似于希望的积极情绪。不知道这是不是一种错觉。虽然有些偏题，不过我还是想说，把生与死放在对立面上思考这种行为本身就是不妥当的。把生与死的关系，简单替换为开关的ON键与OFF键，这种做法其实犯了一个重大的错误。好比说，人们在感冒了，身体虚弱的时候，不是很容易胡思乱想觉得自己快要死掉了吗？如果将人类的健康状态设定为100，那么感冒时的状态大概就是90吧。当这个数字变为0的时候，就是死亡的时候。但是，100和

0，从1开始就不是对立的啊。100和-100倒还有可能。人们常说，发现"0"这个数字的人很伟大，那么从这个角度来看，发现"死"的人也相当了不起呢。虽然感觉这种自然现象好像谁都能够发现，但是在研究古墓或是木乃伊之类文化时，我发现人类从发现"死"到真正定义"死亡"之间，其实花费了不少时间。话说，其实从刚才起我就发现自己离题千里了，一直在寻找一个合适的时机把话题拉回来。但是，很抱歉，最终还是没能自圆其说。

本书是戏言系列的第五部。内容该怎么说呢，就如大家读到的文字、文章一样，所见即所得。本作中可能会时不时出现一些擅长讨论生死话题的角色，可能会出现一些有关生死的情节，但是那些东西都与位于坐标轴最中心的主线没有任何关系。用数字来打比方的话，最关键的地方正是坐标轴上的-100。换句话说，故事由此开始即将渐入佳境。最重要的，其实不是活着而是怎样更好地活着，不是死亡而是选择怎样的方式迎接死亡。在这种氛围中，戏言系列的最终BOSS终于登场了。以上，就是《饕餮魔法：匂宫兄妹之餍魅奇术》。

最后，本书能够得以出版，仍然要感谢于讲谈社文库出版部、插画家竹小姐的鼎力相助，以及各位读者一直以来的厚爱。西尾维新文库系列如今也已经出版至第六卷了。真的非常感激。从下一卷开始，戏言系列便将进入最终章——《完全过激》三部曲，还请大家多多支持。

西尾维新

图书在版编目（CIP）数据

饕餮魔法／（日）西尾维新著；萧鸮译．－－北京：国文出版社，2024．－－ISBN 978-7-5125-1684-7

Ⅰ．I313.45

中国国家版本馆 CIP 数据核字第 2024T9E563 号

北京市版权局著作合同登记号：图字 01-2024-5324

HITOKUI MAJIKARU SATSURIKUKIJUTSU NO NIOUNOMIYA KYOUDAI
© NISIOISIN 2003
All rights reserved.
Original Japanese edition published by KODANSHA LTD.
Publication rights for Simplified Chinese character edition arranged with KODANSHA LTD.through KODANSHA BEIJING CULTURE LTD.Beijing,China.
本书由日本讲谈社正式授权，版权所有，未经书面同意，不得以任何方式做全面或局部翻印、仿制或转载。

饕餮魔法

作　　者	［日］西尾维新
译　　者	萧　鸮
责任编辑	侯娟雅
策划编辑	林　将
插画绘制	take
封面设计	MF
出版发行	国文出版社
经　　销	全国新华书店
印　　刷	北京盛通印刷股份有限公司
开　　本	880 毫米 ×1230 毫米　　　32 开
	18.25 印张　　　373 千字
版　　次	2024 年 12 月第 1 版
	2025 年 2 月第 1 次印刷
书　　号	ISBN 978-7-5125-1684-7
定　　价	68.00 元

国文出版社
北京市朝阳区东土城路乙 9 号　　邮编：100013
总编室：（010）64270995　　传真：（010）64270995
销售热线：（010）64271187
传　真：（010）64271187-800
E-mail：icpc@95777.sina.net